Janine

Spiegelherz

Das Spiel mit dem Teufel

PLANET!

»Es ist Unsinn
sagt die Vernunft
Es ist was es ist
sagt die Liebe«

Gedicht »Was es ist«, Erich Fried

1.

»Aber abseits, wer ist´s?
Ins Gebüsch verliert sich sein Pfad,
Hinter ihm schlagen
Die Sträuche zusammen,
Das Gras steht wieder auf,
Die Öde verschlingt ihn.«

Auszug aus »Harzreise im Winter«,
Johann Wolfgang von Goethe

Pflatsch! Ein Schneeball landete in meinem Nacken und löste sich in seine Einzelteile auf. Schneeklümpchen schoben sich unter den Kragen meiner Jacke und zogen eine eisige Bahn über meinen Rücken. Ich quiekte erschrocken auf. Reflexartig machte ich ein Hohlkreuz, um der plötzlichen Kälte zu entgehen. Ich ließ den Umzugskarton, den ich gerade aus dem Kleintransporter wuchten wollte, los und drehte mich langsam um.

»Wer war das?«, fragte ich mit zusammengekniffenen Augen.

Meine Eltern und mein kleiner Bruder Jonas standen mit unschuldigen Mienen vor mir. Jedenfalls versuchten sie, unschuldig auszusehen, doch es gelang ihnen nicht besonders gut. Mein fünfjähriger Bruder grinste von einem Ohr zum anderen und präsentierte dabei seine zwei Zahnlücken, mit denen er einfach zum Abknutschen aussah. Mein Vater presste angestrengt seine Lippen zusammen und die Schultern meiner Mutter bebten vor unterdrücktem Lachen.

»Was ist denn, mein Schatz?«, fragte sie kichernd.

Gespielt vorwurfsvoll stemmte ich die Hände in die Taille. »Das ist also der Dank dafür, dass ich hier schon den ganzen Tag Umzugskartons schleppe? Ihr greift mich ohne jede Vorwarnung aus dem Hinterhalt an!« Ich ging vor Jonas in die Knie und zog streng die Augenbrauen zusammen. »Du weißt doch, dass das gegen den Kodex der weißen Ritter ist?«

Er nickte eifrig, sodass seine braunen Locken auf und ab wippten. »Das war auch Papa«, plauderte er unversehens aus.

»Du verrätst mich, Ritter Jonas?« Mein Vater fasste sich getroffen an sein Herz. »Deinen eigenen König?«

»Aber du hast die Prinzessin angegriffen«, meinte Jonas und deutete dabei auf mich.

Mein Herz schmolz dahin. Ich verstrubbelte sein Haar und erhob mich wieder. »Ich glaube, der König wollte nur einen Spaß machen«, beruhigte ich Jonas.

»Genau, das war ein ganz liebevoll gemeinter Schneeball«, sagte Papa.

Er zog mich an sich und drückte mir einen Kuss auf die Stirn. Ich kuschelte mich an ihn und die Anspannung der letzten Stunden fiel ein wenig von mir ab. Noch heute Morgen hatten wir uns fast sechshundert Kilometer entfernt in unserem früheren Zuhause in München befunden. Für unsere Familie sollte hier im Harz, direkt am Fuße des sagenumwobenen Brocken, ein neues Leben beginnen. Mir wurde schon ganz flau im Magen, wenn ich an meinen ersten Tag an der neuen Schule dachte. Das würde bestimmt kein Spaß werden!

»Du hast uns ganz großartig geholfen, mein Engel«, sagte Papa mit seiner tiefen Stimme. »Deine Mutter und ich sind dir wirklich dankbar. Auch dafür, dass du dir den Umzug nicht so zu Herzen nimmst wie deine Schwester.«

Er blickte seufzend auf ein Fenster im zweiten Stock. Dort befand sich das neue Reich meiner dreizehnjährigen Schwester Sofie. Sie hatte aus Protest die Musik so laut aufgedreht, dass die Fensterscheibe rhythmisch vibrierte. Das Wummern des Basses drang bis zu uns in den Hof. Wie hielt Sofie das nur aus? Mir hätten bei dieser Lautstärke wahrscheinlich schon die Ohren geblutet. Seit wir in Schierke, einem winzigen Dorf mitten im Harz, angekommen waren, hatte sie sich in ihr Zimmer verzogen und schmollte. Tja, meine jüngere Schwester nahm sich den Umzug wirklich sehr zu Herzen! Sie hatte meine Eltern sogar allen Ernstes gefragt, ob sie bei ihrer besten Freundin Sarah in München wohnen bleiben könnte. Mit dreizehn!

»Sieh es doch positiv, Papa«, meinte ich. »Sofie hat immerhin ihre heiß geliebte Anlage aufgebaut. Somit hat sie nicht vor, heute Nacht mit Sack und Pack abzuhauen.«

»Dein Wort in Gottes Ohr«, erwiderte er trocken.

Im Gegensatz zu meiner Schwester versuchte ich mich auf die Vorteile unseres Umzugs zu konzentrieren. Zum Beispiel hatten wir hier in Schierke ein ganzes Haus für uns alleine. In unserer kleinen Wohnung in München war es fast ein Ding der Unmöglichkeit gewesen, ungestört mit meiner Freundin zu quatschen oder in Ruhe ein Buch zu lesen. Ab sofort hatte jeder von uns sein eigenes Reich und Streitereien wegen der Überschreitung unsichtbarer Zimmergrenzlinien gehörten der Vergangenheit an. Außerdem wohnten wir nun mitten in der Natur und irgendwie gefiel es mir, so nah am Waldrand zu leben. Von meinem neuen Zimmer aus konnte ich den Sonnenaufgang über den Spitzen der dunklen Tannen sehen, und wenn ich im Sommer bei geöffnetem Fenster zu Bett ging, würde mich das stetige Plätschern und Gurgeln des kleinen Bachlaufs direkt neben unserem Garten in den Schlaf lullen.

Ich musterte das dreistöckige Haus mit den grasgrünen Klappläden, den zwei Erkern und dem runden Fenster unter dem Dachgiebel. Es hatte früher meiner Großmutter Trudi gehört und stand am Hang eines Berges, in dessen Tal sich das Dorf befand. Von uns drei Geschwistern war ich wohl die Einzige, die sich noch an Großmutter erinnern konnte. Sie war vor zehn Jahren gestorben, kurz nach meinem sechsten Geburtstag.

»Irgendwie fehlt mir Oma Trudi«, murmelte ich.

Mama, die gerade eine Zimmerpflanze mit ziemlich welken Blättern im Arm hielt, folgte meinem Blick. Über ihr Gesicht mit den Lachfältchen und dem energischen Kinn legte sich ein Schatten. »Es fühlt sich seltsam an, dass sie nicht mehr hier ist, oder?«, fragte sie traurig. »Ständig erwarte ich, dass sie an der Eingangstür auftaucht und uns hereinwinkt, weil sie den Apfelkuchen gerade aus dem Backofen geholt hat.«

»Der war echt superlecker!«, seufzte ich.

Als Großmutter noch lebte, war ich unheimlich gerne hier gewesen und hatte mit meinen Eltern die Sommerferien bei Oma verbracht. Durch ihren plötzlichen Herzinfarkt hatte diese schöne Tradition ein Ende genommen. Nach Omas Tod hatte meine Mutter das Haus vermietet und deswegen waren wir nicht mehr hergekommen. Bis heute.

Mama drückte mich mit ihrer freien Hand an sich. »Ich glaube, dass deine Großmutter immer noch irgendwie bei uns ist. In unseren Herzen«, meinte sie mit einem aufmunternden Lächeln. »Und sobald wir alles ausgepackt haben, probiere ich mal ihr Apfelkuchen-Rezept aus.«

Ich zog eine Grimasse, sagte jedoch nichts. Mamas Koch-

und Backkünste waren in der ganzen Familie gefürchtet. Meistens war das Essen versalzen oder zu scharf. Zum Glück schmeckten wir davon nicht mehr viel, weil es in der Regel auch noch verkohlt war. Meine Mutter liebte genau wie ich Bücher und hatte die leidige Angewohnheit, beim Kochen nebenbei zu lesen. Kein Wunder also, dass jedes Schnitzel in der Pfanne anbrannte oder Nudeln bis zur Unkenntlichkeit verkocht waren.

In diesem Moment zupfte Jonas am Ärmel meiner Winterjacke. »Anna, baust du mit mir im Garten einen Schneemann?« Er zog eine Schnute. »Biiiitte!«

Ich blickte fragend zu meiner Mutter.

Sie nickte mir zu. »Geh ruhig! Dein Vater und ich schaffen den Rest auch alleine.«

Ich konnte meine Erleichterung kaum verbergen. So ein Umzug war anstrengender, als ich gedacht hatte. Mein Rücken tat schon weh und meine Arme fühlten sich von der vielen Schlepperei ganz ausgeleiert an.

Jonas griff sofort nach meiner Hand und zog mich mit sich. »Der Schneemann soll gaaanz groß werden«, verlangte er. »Bis nach oben zu meinem Zimmerfenster.«

Ich grinste. »Das wird schwierig werden. Aber wenn wir uns Mühe geben, wird er vielleicht so groß wie Papa. Das wäre doch auch cool, oder?«

Als wir um die Ecke bogen, blieb ich bewundernd stehen. Obwohl es schon Mitte März war, hatte es noch einmal einen Wintereinbruch gegeben. Die dicke Schneeschicht im Garten war unberührt und im Licht der Nachmittagssonne wirkte sie wie eine mit glitzernden Diamanten bestickte Decke. Fast tat es mir leid, dass wir diese Winteridylle gleich mit unseren Fußspuren zerstören würden. Die kleinen Tannen am Rand des Gartens waren so beladen mit Schnee, dass von ihren Ästen nichts mehr zu sehen war und sie wie kunstvolle Schneeskulpturen aussahen. Jonas stapfte auf das kleine Gartenhäuschen zu, an dessen Dachvorsprung sich Eiszapfen nebeneinanderreihten, als wären es winzige Orgelpfeifen.

»Wintereis!«, jubelte er und streckte verlangend die Hand nach den Eiszapfen aus. Obwohl er sich auf die Zehen stellte, kam er nicht an sie heran. Klein zu sein war echt doof!

Ich brach einen Zapfen ab und drückte ihn Jonas in die Hand. »Du weißt doch, dass die überhaupt keinen Geschmack haben.«

»Gar nicht!« Er leckte genüsslich daran und behauptete voller Überzeugung: »Die schmecken nach Vanilleeis.«

Tatsächlich war ich eine Sekunde lang versucht, mir ebenfalls einen Eiszapfen abzubrechen, doch ich riss mich zusammen. Natürlich schmeckten Eiszapfen nicht nach Vanilleeis!

Wir fingen mit der ersten Kugel für unseren Schneemann an. Schnell stellte ich fest, dass diese Arbeit fast so anstrengend war, wie Umzugskisten zu schleppen. Schon bald schwitzte ich unter meiner Jacke, meine langen Haare klebten mir im Gesicht und die eisige Winterluft brannte in meinen Lungen. Es überraschte mich nicht, dass es meinem kleinen Bruder irgendwann zu langweilig wurde.

»Mir ist kalt«, jammerte er. »Und ich hab keine Lust mehr. Gehen wir rein?«

Ich hatte auch keine Lust mehr. Wirklich nicht. Am liebsten hätte ich mich in mein neues Zimmer verzogen und meine Handynachrichten gecheckt. Aber ich gab mich ganz als erwachsene große Schwester.

»Nein, wir machen den Schneemann jetzt fertig, Jonas«,

beharrte ich. »Was man angefangen hat, bringt man auch zu Ende. Es fehlt doch nur noch der Kopf.«

Ich betrachtete unser bisheriges Werk. So schief, wie die zweite Kugel auf der ersten saß, hatte unser Schneemann offenbar ganz schlimme Rückenprobleme. Armer Kerl!

Ich trug Jonas auf, im Garten Äste für die Arme und Steine für das Gesicht des Schneemanns zu sammeln. Damit war er wenigstens ein Weilchen beschäftigt.

Nachdem ich endlich auch den Kopf des Schneemanns fertiggestellt hatte, blickte ich mich suchend um. »Jonas? Wo steckst du?«

Keine Antwort. Ich runzelte die Stirn. Ob er vielleicht hinter einer der schneebedeckten Tannen stand?

»Das ist nicht witzig, Jonas!«, rief ich ärgerlich. Ich strich mir mit meinem Handschuh, dessen Wolle mit Schneekügelchen verklebt war, eine Strähne aus dem Gesicht. »Wir spielen jetzt kein Verstecken. Komm her!«

Ich suchte mit den Augen den Garten ab. Keine Spur von Jonas. Das war eigentlich nicht seine Art. Normalerweise wusste er, wann die Zeit für Späße vorbei war.

»Jonas?« Angst und Sorge ließen meine Stimme gepresst klingen. »Wo bist du?«

Endlich entdeckte ich seine Fußspuren im Schnee. Sie verliefen am Pfad entlang, der vom Garten aus direkt in den angrenzenden Wald führte. Ich kniff die Augen zusammen. War das da oben nicht seine hellblaue Jacke? Direkt am Waldrand? Dort reihten sich die hochgewachsenen Tannen wie eine Armee aus Soldaten aneinander. Sie wirkten ganz und gar nicht so harmlos wie die kleinen Tannen in unserem Garten, sondern gewaltig und Furcht einflößend. Als stünde mein Bruder vor dem Eingang zu einer Welt aus Finsternis und Gefahr. Die feinen Härchen in meinem Nacken richteten sich auf. Aus irgendeinem Grund hatte ich plötzlich ein ungutes Gefühl in der Magengegend.

»Jonas?« Ich rannte los. »Jonas, geh da nicht rein!«

Auf dem Pfad ragten spiegelglatte Wurzeln unter der Schneedecke hervor. Trotzdem lief ich, so schnell ich konnte. Dabei wusste ich nicht einmal, was mich derart in Panik versetzte. Immer wieder rief ich nach meinem Bruder, doch er reagierte nicht. Ohne sich umzublicken, lief er direkt in den Wald hinein.

»Jonas!«, brüllte ich.

Endlich passierte auch ich die Grenze zum Wald – und tauchte ein in eine andere Welt. Von der friedlichen Winteridylle war hier nichts mehr zu sehen. Die Bäume standen so eng beieinander, dass die Nachmittagssonne kaum bis zum Boden vordringen konnte. Schon nach wenigen Schritten umgab mich düsteres Zwielicht. Die Luft schien um einiges kälter zu sein und mein hektisch ausgestoßener Atem schwebte wie ein dichter Nebelschleier vor meinem Gesicht.

»Da bist du ja!«, rief ich erleichtert.

Mein Bruder stand regungslos mit dem Rücken zu mir auf dem Weg. Ich ging in die Knie und riss ihn zu mir herum.

»Tu das nie wieder!«, fuhr ich ihn an. »Verdammt, Jonas, was fällt dir ein, einfach wegzulaufen?«

Erschrocken zuckte er vor mir zurück. Tränen sammelten sich in seinen großen blauen Augen. In diesem groben Tonfall hatte ich noch nie mit ihm geredet.

»Es tut mir leid«, entschuldigte ich mich sofort. Ich legte ihm die Hände an die Wangen und versuchte zu lächeln. »Ich hab mir Sorgen um dich gemacht. Was willst du denn im Wald?«

Jonas beugte sich vor und flüsterte mir ins Ohr: »Er ruft nach dir, Anna!«

»Wen meinst du denn? Papa?« Ich schaute über meine Schulter zurück, doch unser Haus war von hier aus nicht mehr zu sehen.

»Nein.« Jonas schüttelte den Kopf. »Hör doch!«

Er legte den Kopf in den Nacken und sah nach oben. Ich folgte seinem Blick.

Obwohl es heute absolut windstill war, schwangen die Äste über uns sanft hin und her. Schneeflocken lösten sich und rieselten auf uns herab. Erst nach und nach nahm ich das Wispern wahr. Was anfangs nur wie das Rauschen der Tannen geklungen hatte, formte sich zu einem Wort: Anna! Anna! Annaaaa!

Ich erstarrte. Das bildete ich mir nur ein, oder? Wahrscheinlich war ich lediglich übermüdet. Von der langen Autofahrt und dem Umzug. Mit zittrigen Knien erhob ich mich. Doch egal, in welche Richtung ich mich auch drehte, drang von allen Seiten mein Name an mein Ohr.

Anna! Anna! Annaaaa!

Nur nebenbei bekam ich mit, dass Jonas etwas zu mir sagte.

»Was ... was ist das?«, stammelte ich geschockt.

»Der Wald hat auf dich gewartet.« Jonas lächelte mich beruhigend an, als wäre es das Normalste der Welt. Seine kleine Hand legte sich in meine. »Er freut sich, dass du da bist.«

*

»Sofie?« Ich hämmerte mit der Faust gegen ihre Zimmertür. »Steh endlich auf! Die Schule fängt bald an.«

Die Antwort war ein äußerst liebevolles: »Verpiss dich, Anna!«

Ich verdrehte die Augen. »Nur zur Erinnerung, Schwesterherz: Ich kann nichts dafür, dass wir umgezogen sind und du dich von Sarah trennen musstest.«

Sarah war Sofies allerbeste Freundin seit dem Kindergarten. Papa hatte die beiden bei ihrem Abschied in München fast mit Gewalt voneinander losreißen müssen, weil sie sich tränenüberströmt aneinander festgeklammert hatten. Obwohl Sofie sich seither wie ein Ekelpaket verhielt, hatte ich Mitleid mit ihr.

»Ich hasse euch«, rief sie mir durch die geschlossene Tür zu. »Alle zusammen!«

Okay, mein Mitleid wurde gerade etwas weniger. »Mir doch egal«, blaffte ich zurück. »Dann hasst du mich eben. Sag mir einfach Bescheid, wenn du noch Haare von mir brauchst, um eine Voodoo-Puppe zu basteln.«

»Die Puppe ist schon fertig«, kam die schlagfertige Antwort zurück. »Hast du zufällig gerade Kopfschmerzen?«

Ich ließ entnervt meine Faust sinken. Kopfschmerzen hatte ich zwar nicht, aber dafür war mir ziemlich übel. Vor Aufregung hatte ich in der vergangenen Nacht kaum ein Auge zugemacht. Zum ersten Mal in meinem Leben musste ich die Schule wechseln. Meine Mutter, die selbst Lehrerin war, meinte jedoch, dass das keine große Sache wäre und wir problemlos in den Unterricht einsteigen könnten. Klar, dass sie das behauptete. Schließlich hatten meine Eltern uns diesen Umzug aufgezwungen. Der Schulstoff war allerdings nicht meine größte Sorge. Ob die Neue zu sein tatsächlich so schlimm war, wie es in vielen Büchern und Filmen dargestellt wurde? Schon sah ich mich als Opfer einer brutalen Mädchen-Clique, die mich in den Pausen dazu zwang, aus der Toilette zu trinken. Bäh! Vielleicht sollte ich vorsichtshalber ein Mundwasser zum Ausspülen mitnehmen? Womöglich verbrachte ich aber auch meine letzten beiden Schuljahre damit, die einsame Außenseiterin zu sein, mit der nicht einmal die anderen Außenseiter befreundet sein wollten. Oh Mann …

In diesem Moment nahm ich aus den Augenwinkeln wahr, wie Papa mit Jonas im Arm auf das Badezimmer zusteuerte. Wie der Blitz fuhr ich herum und sauste in meinem Entchen-Pyjama den Flur entlang. Im letzten Moment schlüpfte ich vor den beiden ins Bad und schlug meinem Vater die Tür vor der Nase zu. »Besetzt!«, rief ich von drinnen.

»Aber ich muss Jonas fertig machen«, beschwerte er sich. »Er hat seinen ersten Tag im Kindergarten.«

»Geh doch unten mit ihm ins Bad!«

Mein Vater stieß einen leidvollen Seufzer aus. »Da drin ist deine Mutter schon seit einer halben Stunde.«

»Na, dann ist sie bestimmt bald fertig!«, entgegnete ich zuversichtlich.

Mein Vater murrte etwas von »zu viele Frauen im Haus« und seine Schritte entfernten sich. Er tat mir zwar ein bisschen leid, doch zu spät in den Kindergarten zu kommen, war schließlich kein Drama. Ich dagegen stand vor der Aufgabe, das Beste aus meinen widerspenstigen Haaren und den Schatten unter meinen Augen zu machen. Während ich mit meiner langen kastanienroten Mähne schon immer zu kämpfen hatte, waren die Augenringe neu. Seit unserem Einzug wurde ich nämlich jede Nacht von einem seltsamen Albtraum heimgesucht: Ich rannte durch einen finsteren Wald und wurde von etwas verfolgt, das mir panische Angst einjagte. Über kurz oder lang strauchelte ich bei meiner Flucht und fiel in einen Spiegel, der mit einem ohrenbetäubenden Knall in Tausende Scherben zersprang. Wenn ich mich dann jedoch aufrappelte, war der Wald verschwunden und ich war nur noch von unzähligen Spiegeln umgeben. Wohin ich auch blickte, sah ich mein eigenes Spiegelbild. An diesem Punkt wachte ich jedes Mal schweißgebadet auf und konnte stundenlang nicht mehr einschlafen. Keine Ahnung, was dieser Traum zu bedeuten hatte.

Seit meinem Erlebnis mit Jonas war ich jedenfalls nicht mehr in den Wald gegangen. Mittlerweile hatte ich mir erfolgreich eingeredet, dass ich mich von Jonas' blühender Fantasie lediglich hatte anstecken lassen. Schließlich glaubte mein kleiner Bruder auch, dass Eiszapfen nach Vanilleeis schmeckten. Zu denken, dass der Wald meinen Namen geflüstert hatte, war bestimmt nicht weniger kindisch.

Hastig putzte ich mir die Zähne und sprang unter die Dusche. Ich entschied mich dafür, meine Lieblingsjeans und einen eng anliegenden dunkelroten Pullover anzuziehen, der gut zu meiner Haarfarbe passte. Obwohl ich kein großer Fan von Schminke war, legte ich heute etwas Wimperntusche und einen zartrosa Lipgloss auf.

Ich warf einen letzten prüfenden Blick in den Spiegel. Wie immer war mein Teint etwas zu blass und ein paar Strähnen hatten sich schon aus meinem Pferdeschwanz gelöst. Aber im Großen und Ganzen war ich recht zufrieden mit meiner Erscheinung. Wenn nur diese Schatten unter den Augen nicht gewesen wären … Nun bereute ich, dass ich nicht einmal einen Abdeckstift besaß. Ich zuckte mit den Schultern. Besser bekam ich es jetzt sowieso nicht mehr hin.

Ich strich noch einmal meinen Pullover glatt und nickte meinem Spiegelbild ermutigend zu.

»Auf in den Kampf!«, murmelte ich.

2.

*»Heller wird es schon im Osten
Durch der Sonne kleines Glimmen,
Weit und breit die Bergesgipfel
In dem Nebelmeere schwimmen.«*

»Auf dem Brocken«, Heinrich Heine

Unsere neue Schule in der Stadt Wernigerode war erstaunlich groß und bestand aus drei Gebäudekomplexen. Sofie und ich warteten in einem schönen Altbau vor dem Lehrerzimmer auf unsere Mutter. Bisher war es Mama immer wichtig gewesen, nicht an derselben Schule zu unterrichten, die auch ihre Kinder besuchten. Um nicht Familiäres und Schulisches miteinander zu vermischen. Doch das würde sich ab heute ändern. Da die Auswahl an Gymnasien im Harz nicht so groß war wie im Großraum München, würde mir meine Mutter ab sofort täglich im Schulflur über den Weg laufen. Trotz meines Vorsatzes, unseren Umzug optimistisch anzugehen, war es mir noch nicht gelungen, dieser Tatsache etwas Positives abzugewinnen.

Meine Schwester lehnte mit verschränkten Armen an der Wand und starrte böse die Luft vor ihrer Nase an. Gemäß ihrer düsteren Stimmung trug sie heute ausschließlich Schwarz. Das stand ihr sogar richtig gut. Mit ihren glatten dunkelblonden Haaren und ihren Augen, die wie bei Jonas leuchtend blau waren, erinnerte Sofie mich an einen wunderschönen Racheengel. Natürlich besaß ich genug Feingefühl, ihr das nicht offen ins Gesicht zu sagen. Gut auszusehen war bestimmt das Letzte, was Sofie wollte. Immerhin befand sie sich mitten in einem rebellischen Teenager-Kreuzzug.

Endlich öffnete sich die Tür und meine Mutter kam heraus. Sie hatte dieses strahlende Lächeln aufgesetzt, mit dem Eltern ihren Kindern immer weismachen wollten, dass alles super und in bester Ordnung war.

»Sofie, du kommst in die 7b«, sagte sie und hielt meiner Schwester den Stundenplan hin. »Dein Klassenzimmer ist ein Stockwerk unter uns und hat die Nummer …«

»Find ich schon«, knurrte Sofie. Sie riss Mama den Zettel aus der Hand und wandte sich um.

»Viel Glück!«, rief ich ihr hinterher.

Sofie zögerte kurz. Ohne sich noch einmal umzudrehen, sagte sie leise: »Dir auch, Anna.«

Meine Mutter blickte ihr nach und stieß einen sehr tiefen Seufzer aus.

»Und in welche Klasse gehe ich?«, fragte ich.

»In die 10a.« Sie räusperte sich. »Ich bringe dich hin.«

»Och, Mama, muss das sein? Ich werde mich schon nicht verlaufen.«

Ohne auf meine Beschwerde einzugehen, marschierte meine Mutter los. Ich musste mir Mühe geben, mit ihr Schritt zu halten.

»Aber nur bis zum richtigen Stockwerk, okay?«, bat ich sie. »Es wäre echt peinlich, wenn du mich bis zu meinem Klassenzimmer begleitest.« Ich warf ihr einen fragenden Seitenblick zu, doch sie ignorierte mich einfach. Hm, das war seltsam!

Auf den Fluren herrschte ziemliches Gedränge. Schwatzend und lachend strömten die Schüler in unterschiedliche Richtungen zu ihren jeweiligen Klassenräumen. Mama und ich liefen ein paar Treppen hinab und gelangten in einen neueren Gebäudekomplex. Im Erdgeschoss bahnten wir uns einen Weg durch die Menge, als mein Blick auf einen älteren Schüler fiel, der uns entgegenkam. Er war groß, schlank und im Licht der Morgensonne, das durch die Fenster fiel, schimmerten seine Haare wie flüssiges Gold. Mit seinen fein geschwungenen Lippen, den dunklen Augen und den ebenmäßigen Gesichtszügen war er ziemlich gut aussehend. Was offenbar nicht nur mir auffiel. Er hatte gleich drei Mädels im Schlepptau, die ihn umringten wie Groupies einen Superstar. Gerade als wir auf gleicher Höhe miteinander waren, stolperte eines der Mädchen wie zufällig und warf sich dabei gekonnt in seine Arme. Überrascht taumelte der Typ einen Schritt zur Seite und ich riss abwehrend die Hände hoch. In dem Moment, als wir uns berührten, durchfuhr mich ein unangenehm starkes Kribbeln und jedes Haar an meinem Körper richtete sich auf. Es fühlte sich an, als würde ich direkt in eine Steckdose fassen.

»Autsch!« Hastig zog ich meine Hände zurück.

Ich hob den Kopf und sah in seine dunkelbraunen Augen, die voller Erstaunen aufgerissen waren. Hatte er es etwa auch gespürt?

»Anna, kommst du?«, rief meine Mutter.

»Sofort!«, murmelte ich abwesend. Ehe ich jedoch den Blickkontakt mit dem Typen unterbrechen konnte, zwinkerte er mir noch mit einem frechen Grinsen zu. Pah! Der hielt sich wohl für unwiderstehlich. Verärgert kniff ich die Lippen zusammen und folgte meiner Mutter.

Nachdem wir um eine Ecke gebogen waren, blieb sie vor einer offenen Tür stehen. »Hier ist es!«, verkündete sie und setzte dabei wieder dieses übertrieben strahlende Lächeln auf.

Von drinnen hörte ich das Stimmengemurmel und Gelächter meiner neuen Klassenkameraden. Mein Magen zog sich vor Aufregung zusammen.

»Danke.« Ich nickte ihr zu. »Bis später dann!«

Meine Mutter rührte sich allerdings nicht vom Fleck. »Anna, ich muss leider mit dir reingehen.«

Verständnislos blinzelte ich sie an, dann begriff ich endlich. »Du bist meine Lehrerin?«, entfuhr es mir mit quiekender Stimme.

»Nur vorübergehend.« Sie zupfte mit unbehaglicher Miene an einem losen Faden ihrer Ledertasche herum. »In zwei Monaten ist euer eigentlicher Deutschlehrer zurück aus der Elternzeit. Das sind nur ein paar Wochen, Anna. Die werden wir doch schaffen, oder?«

»Das … das kannst du mir nicht antun«, stammelte ich.

»Glaub mir, ich finde das auch nicht gut!« Sie hob beschwichtigend die Hände. »Aber der Rektor hat mir versichert, dass es keine andere Möglichkeit gibt. Ich habe nur deshalb so schnell eine Stelle an dieser Schule bekommen, weil es zu wenige Deutschlehrer gibt.«

Ich stöhnte auf. Meine Mutter würde in meiner eigenen Klasse unterrichten. Ging es denn noch peinlicher?

Da kam mir ein Gedanke. »Ist das nicht gegen das Gesetz? Bestimmt dürfen Lehrer ihre eigenen Kinder überhaupt nicht unterrichten. Das *muss* verboten sein!«

Das Gemurmel im Klassenzimmer war mittlerweile verstummt. Offenbar lauschten alle voller Interesse unserem Gespräch. Aus den Augenwinkeln sah ich, wie sich ein paar Schüler aus der ersten Reihe neugierig über ihre Tische beugten, um einen Blick auf uns zu erhaschen.

»Das ist total unfair!«, zischte ich etwas leiser. »Hast du eine Ahnung, wie schrecklich das für mich wird?«

»Wie gesagt, es ist nur vorübergehend.« Meine Mutter strich mir eine Haarsträhne aus dem Gesicht. »Ich bin lediglich eure Vertretungslehrerin. Halb so schlimm.«

Halb so schlimm? *Halb so schlimm?* Ich schnappte fassungslos nach Luft.

»Komm, Anna, wir müssen jetzt rein!«

Sie schob mich mit sanfter Gewalt ins Klassenzimmer. Ich konnte es nur meinem Schock zuschreiben, dass ich mich ohne jede Gegenwehr meinem Schicksal ergab. Ich wusste nicht einmal, ob meine Mutter eine gute Lehrerin war. Zu Hause gab sie sich zwar liebevoll und fürsorglich, aber vielleicht ließ sie in der Schule all ihre angestauten Aggressionen heraus? Wenn Mama zu der Lehrerfraktion »superstreng und unfair« gehörte, war ich als ihre Tochter geliefert.

Bevor Mama das Lehrerpult ansteuerte, raunte sie mir noch zu: »Ach, Anna: Es wäre besser, wenn du mich ab sofort ›Frau Winkler‹ nennen und mich siezen würdest. Okay?«

Wie vom Donner gerührt starrte ich sie an. Ich sollte sie siezen? Meine eigene Mutter? Das war doch krank!

*

In der ersten Pause lag ich mit der Stirn auf meinem Tisch und war bereit zu sterben. Ich hasste mein neues Leben im Harz. Mein Optimismus war verflogen, meine guten Vorsätze waren dahin. Kaum hatte ich das Klassenzimmer an der Seite meiner Mutter betreten, hatten mich meine neuen Mitschüler angestarrt, als käme ich von einem anderen Stern. Und als mich meine Mutter gegen Ende der Stunde aufgerufen hatte, war mir reflexartig ein »Ja, Mama« herausgerutscht. Die ganze Klasse hatte gebrüllt vor Lachen. Das war so unendlich peinlich gewesen … Selbst meine Mutter hatte hektische rote Flecken im Gesicht bekommen.

Nach Schulschluss würde ich mich sofort mit Sofie zusammenschließen und mit ihr die KUU gründen, die »Koalition der Umzugs-Unwilligen«. Ich hatte auch schon einen Plan: Wir schlichen uns nachts davon, klauten ein Auto, fuhren zurück nach München und wohnten dann gemeinsam bei ihrer Freundin Sarah im Keller. Leider wusste ich nicht, wie man ein Auto klaute. Geschweige denn fuhr. Aber ich hatte auch nicht behauptet, dass es ein besonders guter Plan war. Vielleicht sollte ich stattdessen lieber bei Amnesty International anrufen? Es verstieß garantiert gegen die Menschenrechte, dass Lehrer ihre eigenen Kinder unterrichteten!

Jemand tippte mir an die Schulter. Bestimmt stand jetzt die Mädchen-Clique neben mir, um mich, die Lehrer-Tochter, kopfüber in die Toilette zu tunken. Am besten ich brachte es gleich hinter mich. Bis Schulschluss wären meine Haare dann wenigstens wieder trocken. Schicksalsergeben hob ich meinen Kopf.

Ich blickte in das freundliche Gesicht eines Mädchens mit einer bunt gemusterten Brille und schulterlangen braunen Haaren. »Hallo, Anna«, sagte sie und streckte mir ihre Hand hin. »Ich bin Chloe. Wir wohnen auch in Schierke, genau wie ihr.«

Ich ergriff ihre Hand und brachte ein krächzendes »Hallo!« heraus. Seltsam. Irgendwie kam mir das Mädchen bekannt vor.

Sie grinste mich an. »Du kannst dich nicht mehr an mich erinnern, oder?«

»Sollte ich?«, fragte ich verunsichert.

Sie setzte sich neben mich auf den freien Stuhl und klemmte den rechten Fuß angewinkelt unter ihren linken Oberschenkel. »Wir haben früher miteinander gespielt, als wir noch klein waren. In den Sommerferien, wenn du mit deinen Eltern deine Oma besucht hast.«

Ich legte den Kopf schräg und musterte sie noch einmal intensiver. Endlich förderte mein Gehirn das verschwommene Bild eines schüchternen Mädchens mit langen Zöpfen und einer Harry-Potter-Brille zutage. Wir hatten als Kinder zusammen am Bach Papier-Schiffchen fahren lassen und die Pferde in dem Gestüt am Dorfrand gestreichelt.

Meine Augen weiteten sich vor Überraschung. Chloe hatte sich in den letzten zehn Jahren wirklich extrem verändert. Na ja, ich selbst wahrscheinlich auch. Auf alle Fälle fand ich Chloes extravagante Brille und den frechen Stufenschnitt sehr viel besser.

»Natürlich! Tut mir leid, dass ich dich nicht gleich erkannt habe.«

Sie winkte ab. »Kein Problem! Meine Mutter musste mir am Wochenende auch auf die Sprünge helfen. Erst als sie mir ein Foto gezeigt hat, auf dem wir beide im Garten stolz unser Baumhaus präsentieren, habe ich mich wieder erinnert.«

»Ach ja, das Baumhaus …« Ich schmunzelte. Unser »Baumhaus« bestand damals aus zwei Holzlatten, die wir auf einen Ast genagelt hatten.

»Cool, dass wir jetzt in einer Klasse sind!« Chloe beugte sich zu mir und flüsterte in vertraulichem Tonfall: »Euer Umzug hat sich in Schierke herumgesprochen wie ein Lauffeuer. So etwas Interessantes passiert in unserem verschlafenen Nest nur selten.«

Ich zog eine Grimasse. »Dann kannst du deiner Mutter ja

heute gleich von meinem megapeinlichen Ausrutscher erzählen«, entfuhr es mir.

Chloe runzelte irritiert die Stirn. »Weil du vorhin zu deiner Mutter ›Mama‹ gesagt hast?« Sie machte eine wegwerfende Handbewegung. »Pfff! Das war doch nicht schlimm. Ich an deiner Stelle würde durchdrehen, wenn meine Mutter mich unterrichten würde.« Bei der Vorstellung schüttelte sie sich angewidert, sodass ich unwillkürlich lachen musste. »Ist so etwas nicht verboten?«

»Genau das habe ich mich auch gefragt.« Ich stieß einen tiefen Seufzer aus. »Zum Glück ist in ein paar Wochen unser richtiger Deutschlehrer wieder da.«

»Diese Worte wirst du noch bereuen«, prophezeite Chloe mir mit erhobenem Zeigefinger. »Herr Kugler ist ein Kotzbrocken. Eine Drei ist bei ihm eine richtig gute Note und er hält es für unsere Pflicht als Schüler, dass wir in unserer Freizeit Schiller, Goethe und Thomas Mann lesen. Er nennt das ›obligatorisches Grundwissen‹.«

Oh weh! Eine Sekunde lang fragte ich mich, ob meine Mutter vielleicht doch keine so schlechte Alternative war. Dann meldete sich allerdings sofort mein gesunder Menschenverstand zurück. Nein, das ging gar nicht! Am Ende siezte ich meine Mutter auch noch zu Hause und sagte beim Schlafengehen »Gute Nacht, Frau Winkler«. Obwohl ich nach unserer ersten gemeinsamen Schulstunde zugeben musste, dass sie als Lehrerin offenbar ganz in Ordnung war.

»Morgen, die Herrschaften!«, rief in diesem Augenblick eine wohltönende Männerstimme. Ein relativ junger und gut aussehender Lehrer betrat den Raum. Ein verzücktes Seufzen lief durch die Reihen der Mädchen.

»Jetzt haben wir Mathe beim *schönen Schumann.*« Chloe zwinkerte mir zu. »Bereit zum Anschmachten?«

Das Fach Mathematik war in meiner Gunst gerade um neunzig Prozentpunkte gestiegen. Herr Schumann sah aus, als wäre er einer Zeitschrift für Männermodels entstiegen. Er hatte kunstvoll verstrubbelte dunkle Haare, gebräunte Haut, breite Schultern und ein absolut umwerfendes Zahnpasta-Lächeln. Falls Herr Schumann zufällig einen jüngeren Bruder hatte, der noch zur Schule ging, hätten die Mädels in der Klasse für dessen Telefonnummer wahrscheinlich gemordet.

Mein neuer Mathelehrer begrüßte mich kurz und sagte, ich solle mich sofort bei ihm melden, falls ich Probleme hatte, in den Schulstoff einzusteigen. Danach begann er umgehend mit dem Unterricht, sodass Chloe einfach neben mir sitzen blieb und sich von einem Jungen namens Micha ihre Schulsachen reichen ließ. Über das unerwartete Wiedersehen mit ihr freute ich mich so sehr, dass ich dem »schönen Schumann« und seinen Erläuterungen zu trigonometrischen Funktionen kaum Beachtung schenkte. Das war allerdings nicht weiter schlimm, da wir dieses Thema in München schon durchgenommen hatten. Daher wusste ich auch, dass ich trigonometrische Funktionen sowieso nicht kapierte.

*

Vom schrecklichen Start mit »Frau Winkler« einmal abgesehen, verlief mein erster Tag an der neuen Schule um Längen besser, als ich es erwartet hatte. Chloe stellte mir ihre Freundinnen Steffi und Julia vor, die ebenfalls in unsere Klasse gingen. Interessiert fragten sie mich nach meinem

Leben in München und dem Grund unseres Umzuges aus. Auch erzählten mir Chloe, Julia und Steffi alles, was man als Schüler dieses Gymnasiums wissen musste. Was weniger mit der Schule als mit Klatsch und Tratsch im Allgemeinen zu tun hatte. Dabei erfuhr ich auch, dass Chloe mittlerweile Vegetarierin, politisch interessiert und sozial engagiert war. Deshalb war sie auch Klassensprecherin und dritte Schülersprecherin. Damit hatte sie offiziell zwar keinen Posten inne, aber da es insgesamt *vier* Kandidaten bei der Wahl des Schülersprechers gegeben hatte, betrachtete Chloe dies als ersten Wahlerfolg. Ihr Berufswunsch hatte mich im ersten Moment offen gestanden sprachlos gemacht, denn Chloe wollte später einmal Bundeskanzlerin werden.

»Ich möchte die Welt verändern. Sie besser machen«, hatte sie mir voller Selbstbewusstsein erklärt. »Und irgendjemand muss schließlich damit anfangen, oder? Außerdem wäre die Welt ein besserer Ort, wenn mehr Frauen an der Macht wären. Für Kriege, Unterdrückung, Terror und Machtmissbrauch sind immer nur Männer verantwortlich. So sieht's doch aus!«

Das war zwar eine gewagte Theorie, aber ich konnte nicht umhin, Chloe für ihre Entschlossenheit und Zielstrebigkeit zu bewundern. Mit ihren langen Zöpfen war in den letzten zehn Jahren offensichtlich auch ihre Schüchternheit verschwunden. Ich dagegen hatte noch keine Ahnung, was ich später einmal werden wollte. Immerhin ging es Julia und Steffi genauso. Julia beschäftigten vielmehr aktuelle Probleme. Sie suchte nämlich händeringend einen Job, um ihr uraltes Tasten-Handy gegen ein gebrauchtes Smartphone austauschen zu können. Während Steffi, die in den Pausen an einem stylischen Schal für ihre kleine Schwester strickte, nicht wusste, ob sie daraus einen normalen oder einen Loop-Schal machen sollte. Das Teil sah schon jetzt richtig cool aus und ich wünschte mir auch eine große Schal strickende Schwester.

Nach Schulschluss auf der Heimfahrt im Bus hatte mich Chloe sogar gefragt, ob ich Lust hätte, mit ihr am nächsten Tag nach der Schule zusammen auszureiten. Ich hatte mich so sehr über ihre Einladung gefreut, dass ich ohne weiteres Nachdenken zugesagt hatte. Dabei war es schon einige Jahre her, seit ich zum letzten Mal auf dem Rücken eines Pferdes gesessen hatte. Insgeheim hoffte ich, dass es auf dem Gestüt in Schierke auch gutmütige Mini-Ponys gab. Da würde ich wenigstens nicht so tief fallen. Esel wären auch nicht schlecht. Mit etwas Glück setzten die sich gar nicht erst in Bewegung und blieben stur auf einem Fleck stehen. Trotz meiner Befürchtungen würde ich die Verabredung mit Chloe jedoch auf keinen Fall sausen lassen!

Alles in allem konnte ich festhalten, dass mich heute niemand schikaniert oder in die Toilette getunkt hatte. So langsam begann ich ernsthaft am Wahrheitsgehalt von Jugendromanen zu zweifeln. Denn nicht nur bei mir war der Schulwechsel überraschend unproblematisch verlaufen. Ich hatte nämlich meine Schwester Sofie dabei beobachtet, wie sie die Pause mit einem ebenfalls ganz in Schwarz gekleideten Mädchen verbracht hatte. Sie hatten zusammen auf ein Handy gestarrt und vergnügt gekichert. Als ich Sofie beim gemeinsamen Abendessen darauf angesprochen hatte, war meine Schwester blass um die Nasenspitze geworden und hatte das Kichern entrüstet von sich gewiesen.

Durch all die vielen Eindrücke und die Albträume der letzten Nächte fühlte ich mich wie erschlagen und machte mich früher als normal zum Schlafengehen fertig. Gerade als ich mir die Zähne putzte, trommelte jemand gegen die Badezimmertür und riss mich aus meinen Gedanken.

»Hallo?«, hörte ich Jonas' Stimme von draußen. »Ich muss mal ganz dringend.«

»Geh 'och un'en aufs Klo«, antwortete ich nuschelnd.

»Annaaa!«, rief er gequält. »Bitte!«

Na schön, ich war ja kein Unmensch. Mit fünf Jahren hatte man eben noch keine so gestählte Blasenfunktion wie als Erwachsener. Für meinen kleinen Bruder waren schon Sekunden entscheidend. Und das Badezimmer im Erdgeschoss erfreute sich leider keiner großen Beliebtheit. Dort war es nämlich immer bitterkalt, weil die Heizung nicht richtig funktionierte.

Ich schloss die Tür auf und ließ Jonas herein. Er trug seinen Bob-der-Baumeister-Schlafanzug und flitzte sofort in Richtung Toilette, während ich mich wieder ans Waschbecken stellte.

»Nicht gucken!«, verlangte er.

Ich verdrehte die Augen und machte ein »Pfff!«, wobei ich leider einige Spritzer Zahnpaste quer über den Spiegel verteilte. Mist! Mein Vater war zwar kein Reinlichkeitsfanatiker, aber er hasste es, wenn der Badezimmerspiegel nicht sauber war. Angeblich konnte er sich dann nicht mehr richtig rasieren.

Hinter mir seufzte Jonas erleichtert auf. Seine restlichen Toilettengeräusche versuchte ich tunlichst auszublenden. Ich spülte mir den Mund aus und nahm ein Wattepad, um die weißen Spritzer vom Spiegel zu wischen. Doch ich hielt mitten in der Bewegung inne. Erschrocken schnappte ich nach Luft.

Schräg hinter mir stand eine dunkle Gestalt.

So dicht, dass sie nur die Hand hätte heben müssen, um mich zu berühren. Obwohl der Spiegel nicht beschlagen war, konnte ich weder den Oberkörper noch das Gesicht richtig erkennen. Es war … wie ein unheimlicher Schatten! Allerdings war er eindeutig größer als ich. Ich blinzelte mehrmals hintereinander, doch er verschwand einfach nicht. Ein kalter Schauer kroch über meinen Rücken. Mit einem Aufschrei fuhr ich herum.

»Nicht gucken!«, kreischte Jonas sofort empört.

Aber ich beachtete ihn gar nicht. Panisch wedelte ich mit der Hand in der Luft herum. Doch da war niemand.

3.

»In die Traum- und Zaubersphäre
Sind wir, scheint es, eingegangen.
Führ´ uns gut und mach dir Ehre
Daß wir vorwärts bald gelangen
In den weiten, öden Räumen!
Seh die Bäume hinter Bäumen,
Wie sie schnell vorüberrücken,
Und die Klippen, die sich bücken,
Und die langen Felsennasen,
Wie sie schnarchen, wie sie blasen!«

»Faust«, Johann Wolfgang von Goethe

Ich schluckte schwer. Das Pferd, vor dem ich stand, war riesig und das dunkelbraune Fell schimmerte im kalten Licht der Stallbeleuchtung fast schwarz. Das war eindeutig kein Mini-Pony!

»Mit Hades wirst du Spaß haben«, meinte Chloe, während sie selbst eine weiße Stute mit runden schwarzen Flecken sattelte. »Er ist total lieb. Im ganzen Stall gibt es kein gutmütigeres Tier.«

»Mhm.« Skeptisch blickte ich auf Hades. Er schielte mich ebenso misstrauisch von der Seite an. Schon allein sein Name machte mich stutzig. Wahrscheinlich galoppierte ich mit Hades ohne Umwege in die Welt der Toten.

»Außerdem hattest du doch Reitunterricht, oder nicht?«, hakte Chloe nach.

Ich nickte, ohne mich zu ihr umzudrehen. »Ja, hatte ich.« Allerdings nur ein halbes Jahr. Mein Reitlehrer hatte damals gesagt, ich wäre eine außergewöhnliche Schülerin. Damit hatte er wohl gemeint, außergewöhnlich schlecht. Aber ich schämte mich, das vor Chloe offen zuzugeben. Ich hatte mich in diesen luftigen Höhen einfach nicht wohlgefühlt und laut meinem Reitlehrer hatte sich mein Unwohlsein auf das Pferd übertragen. Mir war es einfach schleierhaft gewesen, weshalb es sich dieses fast tausend Kilogramm schwere Tier gefallen ließ, von einer kleinen Elfjährigen herumkommandiert zu werden.

»Weißt du noch, wie wir damals hier an der Koppel die Pferde gestreichelt haben? Das ist ja echt schon ewig her«, meinte Chloe, während ich mir fieberhaft eine glaubwürdige Ausrede überlegte, um dem Ausritt in letzter Sekunde zu entgehen. »Zum Reiten bin ich aber erst durch meinen großen Bruder David gekommen.«

Ob Chloe mir eine urplötzlich auftretende Pferdeallergie abkaufen würde? Wohl eher nicht. Schließlich hatte ich weder tränende Augen noch eine Schniefnase.

»Ich gebe es zwar nicht gern zu, aber David ist ein großartiger Reiter«, plauderte Chloe unbekümmert weiter. »Ihm geht es allerdings weniger um die Tiere als um den Sport. Er nimmt sogar regelmäßig an Turnieren teil und hat eine ganze Pokalsammlung zu Hause. Andauernd reibt er mir unter die Nase, wie …«

Schade eigentlich, dass Pferde nicht auf Menschen allergisch reagieren konnten. Wenn Hades wegen mir tränende Augen und eine Schniefnase hätte, würde jeder Tierfreund sogar darauf bestehen, dass ich mich von dem armen Pferd fernhielt. Hoffnungsvoll sah ich zu Hades, doch er zeigte keinerlei Anzeichen einer menschenbedingten allergischen Reaktion.

»… im Großen und Ganzen also leider ein Vollidiot und Blödmann sondergleichen. Kannst du dich eigentlich noch an ihn erinnern?«

Ertappt zuckte ich zusammen und wandte meinen Blick von Hades ab.

»An David?« Zum Glück hatte ich ein paar wichtige Stichpunkte von Chloes Monolog mitbekommen. »Deinen großen Bruder?« Ich runzelte konzentriert die Stirn, aber mein Gehirn förderte kein einziges Bild zutage. »Nein, tut mir leid.«

»Ist nicht schlimm! Ihr habt euch auch nur ein paarmal gesehen«, meinte Chloe. »Obwohl es ihn natürlich ziemlich treffen würde, dass er bei einem Mädchen so wenig Eindruck hinterlassen hat. David hält sich nämlich für unwiderstehlich.«

Sie führte ihre Stute aus dem Stall heraus und notgedrungen folgte ich ihr mit Hades. Draußen erwartete uns ein eiskalter Wintertag. Schwere Wolken hingen am Himmel und es herrschte dämmriges Licht, obwohl es erst früher Nachmittag war.

Dankbar zog ich mir die gefütterten Handschuhe über, die meine Mutter mir mitgegeben hatte. Wie verrückt musste man eigentlich sein, um bei diesem Wetter auszureiten? Kein Wunder, dass Chloe und ich die Einzigen auf dem Gestüt waren. Nun ja, abgesehen von der Besitzerin Frau Götz natürlich. Sie hatte uns vorhin freudestrahlend begrüßt und es ganz großartig gefunden, dass wir die Tiere bewegen wollten. Anscheinend ließ sich bei dieser Kälte außer Chloe und ihrem großen Bruder David kaum ein Reiter hier blicken.

Bis auf ein paar Krähen, die mit lautem Krächzen über uns ihre Kreise zogen, war es merkwürdig still. Hades stieß ein unruhiges Schnauben aus und aus seinen Nüstern stiegen gespenstische Dampfwolken auf. Wie bei einem Höllenpferd … Boah, so langsam ging wirklich meine Fantasie mit mir durch! Seit ich gestern Abend diesen grusligen Schatten im Spiegel gesehen hatte … Nein! Seit ich mir gestern Abend diesen grusligen Schatten im Spiegel *eingebildet* hatte, stand es mit meinen Nerven nicht zum Besten.

»Später könnte es noch Schnee geben«, meinte Chloe mit einem bedauernden Blick zum grauen Himmel. »Lass uns lieber schnell losreiten.«

Oh weh, jetzt wurde es ernst! Ich fütterte Hades noch einmal mit einem Möhrenstückchen, während Chloe sich routiniert in den Sattel schwang. Ich versuchte, es ihr gleichzutun, doch ich erklomm Hades' Rücken so schwerfällig wie ein Faultier den Mount Everest. Oben angekommen, wurde mir prompt wieder bewusst, weshalb ich das Reiten aufgegeben hatte. Mit klopfendem Herzen schielte ich zu Boden. Himmel, war das hoch! Jeder Muskel in meinem Körper versteifte sich. Umgehend begann Hades nervös hin und her zu tänzeln.

»Chloe, ich … ich muss dir ein Geständnis machen«, stammelte ich mit belegter Stimme. »Ich bin keine besonders gute Reiterin.«

Sie musterte mich mit hochgezogenen Augenbrauen. »Das … äh … sehe ich. Du machst ein Gesicht, als würdest du auf dem Rücken eines ausgehungerten Tigerhais sitzen.«

Trotz der Kälte sammelte sich Schweiß auf meiner Stirn. »Ich habe Höhenangst. Und Reitunterricht hatte ich auch nur sechs Monate lang. Ich habe mich so gefreut über deine Einladung, dass ich einfach gehofft habe, ich würde es irgendwie hinbekommen. Aber jetzt …«

»Du tust das nur mir zuliebe?«, fragte sie ungläubig.

Ich nickte steif. »Findest du das kindisch?«

»Quatsch! Natürlich nicht.« Chloe lächelte mich gerührt an. »Es tut mir nur leid, dass dir das Reiten solche Angst macht.«

Einen Moment lang schwieg sie nachdenklich, dann dirigierte sie ihre Stute an meine Seite. Chloe beugte sich vor, löste meine verkrampfte Hand vom Zügel und hielt sie fest in ihrer. »Versuch es mal positiv zu sehen, Anna! Du bist jetzt immerhin schon aufgesessen und ich kann dir versprechen, dass es nicht mehr höher werden wird.«

Gegen meinen Willen musste ich grinsen. »Da hast du wohl recht.«

»Traust du dir zu, mit meiner Hilfe ein paar Minuten zu reiten?«, fragte sie mich vorsichtig. »Ganz langsam, in gemütlichem Tempo. Keine Sorge, ich bleibe immer neben dir. Du kannst mir vertrauen!«

Ich atmete tief durch. Einen entspannten Waldspaziergang schafften sogar blutige Anfänger. Wenn Chloe mir half und Hades wirklich ein so gutmütiges Tier war, müsste ich das eigentlich hinbekommen, oder?

Unweigerlich wanderte mein Blick jedoch wieder hinab zum weit entfernten Boden.

Sofort schnalzte Chloe tadelnd mit der Zunge. »Nicht nach unten sehen! Die Augen immer schön geradeaus halten.«

Ertappt! Meine selbst ernannte Reitlehrerin schien sehr aufmerksam zu sein. Irgendwie fand ich das beruhigend.

Mein Vater hatte einmal zu mir gesagt, dass nicht derjenige mutig war, der keine Angst hatte, sondern derjenige, der seine Angst überwand. Vielleicht sollte ich jetzt einfach meinen Mut zusammennehmen und an meiner Angst arbeiten?

Ich nickte Chloe entschlossen zu. »Okay, du hast mich überzeugt. Aber du lässt mich nicht allein, okay?«

»Versprochen!«

*

»Pass auf die vereisten Flächen auf«, ermahnte mich Chloe. »Die Pferde haben im Winter zwar Stollen an den Hufeisen, aber das kann trotzdem gefährlich werden.«

»Okay!«

Mit Chloes Hilfe klappte das Reiten so gut wie nie zuvor. Seit fünfzehn Minuten liefen unsere Pferde nebeneinander her und meine Angst war deutlich weniger geworden. Es machte mir sogar ein kleines bisschen Spaß. Schnee und Eis waren an den Bäumen festgefroren und verhüllten die kahlen Äste, sodass wir durch einen märchenhaften weißen Wald ritten. Die Luft war herrlich frisch und kleine Schneeflocken tanzten um uns herum. Wenn es nur nicht so schrecklich kalt gewesen wäre! Meine Nase fühlte sich schon an wie ein Eiszapfen.

Ich beugte mich vorsichtig nach vorne und streichelte Hades' Hals. »Du machst das super, mein Großer!«

Er wackelte mit den Ohren und prustete leise.

»Hades fühlt sich wohl«, meinte Chloe. »Das sieht man auch an seinem Schweif, der beim Laufen locker hin und her schwingt. Wenn du auf solche Zeichen achtgibst, weißt du, dass du dir keine Sorgen machen musst.«

Ich lächelte sie dankbar an. Obwohl wir anstatt des geplanten aufregenden Ausritts jetzt nur in diesem lahmen Tempo vorankamen, blieb Chloe geduldig und verständnisvoll. Sie war wirklich großartig!

Eine Zeit lang ritten wir schweigend nebeneinander her und genossen die friedliche Stille. Nur das Knirschen des Schnees unter den Pferdehufen war zu hören. Nach und nach begann sich der Wald um uns herum jedoch zu verändern. Der Weg wurde schmaler und wir kamen in einen Abschnitt, der ausschließlich von hohen Tannen bewachsen war.

Ich warf einen unbehaglichen Blick in den finsteren Wald. »Hat es hier schon immer so gruslig ausgesehen?«

Abseits des Weges gab es nur noch wenig Schnee, als würden die fröhlich tanzenden Schneeflocken diesen Bereich meiden. Zwischen undurchdringlichem Dickicht, Farnen und umgefallenen Bäumen schienen dunkle Schatten zu lauern. Steinfelsen, die mit Moos und Flechten bewachsen waren, lagen wild verstreut auf dem Waldboden herum, als hätte ein Riese sie achtlos beiseitegeworfen.

Chloe nickte inbrünstig. »Oh ja, es war schon immer gruslig! Im Sommer hast du es damals vielleicht nur nicht bemerkt. Wusstest du nicht, dass der Harz der Ursprung des Aberglaubens und fantastischer Sagen ist?«

Ich schüttelte den Kopf. Falls meine Eltern oder meine Großmutter mir je davon erzählt hatten, konnte ich mich jedenfalls nicht daran erinnern.

»Hier im Harz entstanden einst die Legenden von Zwergen, Riesen, Kobolden und natürlich von den Hexen. Früher hatten die Leute so große Angst vor diesen Wäldern, dass sie sich jahrhundertelang nicht hineingewagt haben.«

Mit einem Schaudern blickte ich erneut zu den Stellen abseits des Weges, an denen sich das Zwielicht zu grusligen Schattengestalten verdichtete. »Das kann ich verstehen.«

»Erst die Gier nach Bodenschätzen hat die Menschen dazu gebracht, den Harz zu besiedeln«, berichtete Chloe weiter.

»Auf der Suche nach Silber, Blei, Gold und Kupfer haben sie immer tiefere Stollen in die Erde gegraben. Angeblich zu tief. In den Überlieferungen heißt es, dass sie dadurch den Sohn des Teufels befreit haben. Seit dieser Zeit streift das Böse im Wald umher.«

Jetzt übertrieb sie aber! Ich konnte mir ein Schmunzeln nicht verkneifen. »So wie bei ›Herr der Ringe‹ die Zwerge in den Minen von Moria? Die haben doch auch zu tief gegraben und das Böse erweckt.«

»Was denkst du, woher Tolkien die Idee hatte?« Chloe schien ein bisschen eingeschnappt zu sein, weil ich sie nicht ernst nahm. »Auch Goethe hat sich im Harz zu ›Faust‹ inspirieren lassen. In seinem Werk ist sogar von unserem Dörfchen Schierke die Rede, wusstest du das?«

»Das sind doch alles nur Geschichten«, wandte ich ein.

»Geschichten mit einem wahren Ursprung«, beharrte sie. »Jeder spürt, dass es hier nicht mit rechten Dingen zugeht. Es gibt im Harz viele Orte und Plätze, die schon seit Ewigkeiten von den Menschen gefürchtet werden. Wie der ›Hexentanzplatz‹, die ›Teufelsmauer‹, das ›Hexenmoor‹ und natürlich …«, Chloe senkte die Stimme, »… der Blocksberg.«

Für eine zukünftige Bundeskanzlerin war Chloe überraschend abergläubisch. Natürlich kannte auch ich die Geschichten rund um den Brocken, zu dem die Hexen in der Nacht zum Ersten Mai mit ihren Besen flogen, um dort die alljährliche Walpurgisnacht zu feiern. Aber das war doch nur ein altes Märchen!

»Wenn das alles wirklich stimmt«, setzte ich zu einer skeptischen Frage an, »warum haben wir uns dann überhaupt in den Wald hineingewagt? Hast du keine Angst?«

Chloe lehnte sich wieder in ihrem Sattel zurück und straffte die Schultern. »Vielleicht nicht Angst, aber ich habe Respekt«, räumte sie ein. »Ich bin auf der Hut und achte auf gewisse Anzeichen, wenn ich allein unterwegs bin. Wenn du wie ich in Schierke aufgewachsen wärst, würdest du auch daran glauben.« Sie verzog die Mundwinkel und fügte kaum hörbar hinzu: »Hier geschehen zu viele merkwürdige Dinge, die sich rational einfach nicht erklären lassen.«

Unweigerlich fiel mir mein Erlebnis mit Jonas am Tag unserer Ankunft wieder ein. Nicht zu vergessen die gruslige Gestalt im Spiegel und meine immer wiederkehrenden Albträume. Mich beschlich ein unangenehmes, klammes Gefühl der Furcht. An was für einem Ort war ich hier nur gelandet?

»Und auf was achtest du genau, wenn du alleine unterwegs bist?«, fragte ich mit belegter Stimme.

Chloe schien zu bemerken, dass meine Skepsis schwand. »Das sind ein paar einfache Richtlinien«, erklärte sie bereitwillig. »Zum Beispiel solltest du auf deinen Instinkt hören. Wenn sich urplötzlich diese feinen Härchen in deinem Nacken aufrichten und du am liebsten wegrennen würdest, dann mach es! Unser Körper nimmt eine Gefahr manchmal besser wahr als unser Verstand.«

Erneut musste ich daran denken, wie Jonas alleine in den Wald gegangen war. Ganz automatisch hatte ich auf meine innere Stimme gehört, die mich gewarnt hatte. Ob ich mir das Flüstern meines Namens vielleicht doch nicht nur eingebildet hatte?

»Auch würde ich nie und nimmer nach Einbruch der Dunkelheit …« Chloe brach ab und runzelte die Stirn.

Ich folgte ihrem Blick. Mit einem Mal hatte sich zwischen den Bäumen Nebel gebildet, der immer dichter wurde und sich unaufhörlich dem Waldweg näherte. Er kroch wie ein lebendiges Wesen auf uns zu und nahm dabei die Steinfelsen, Farne und Baumstämme in sich auf. Das Innere des Waldes verschwand vor unseren Augen im Nichts. Hades stieß ein unruhiges Schnauben aus.

»Hexennebel«, wisperte Chloe. Sie ließ ihre Stute anhalten.

Wie vom Donner gerührt starrte ich sie an. »Du meinst, Hexen sind für diesen Nebel verantwortlich?«

Sie schüttelte langsam den Kopf. »So nennen wir den plötzlich auftretenden Nebel im Wald. Allerdings ist Hexennebel bei dieser Witterung ungewöhnlich.«

Die ersten Nebelfetzen tasteten sich zum Waldweg vor. Chloes Stute wieherte erschrocken. Im Nu rankten sich die Dunstschwaden um die Beine des Tieres. Ich konnte kaum noch die Sicherheits-Reflektoren erkennen, die das Pferd trug.

»Das gefällt mir nicht«, murmelte Chloe.

Der Nebel stieg in die Höhe und schloss uns in sich ein. Ich wäre froh gewesen, wenn Chloe mir nicht gerade erst all diese Gruselgeschichten über den Harz erzählt hätte. Das machte es mir erheblich schwerer, dies als völlig normalen Wetterumschwung abzutun.

Meine Freundin wandte sich entschlossen zu mir um. »Lass uns umkehren! Genau jetzt ist so ein Moment, in dem wir auf unseren Instinkt hören sollten.«

»Einverstanden.«

Ich ließ Chloe den Vortritt und sie machte mit ihrer Stute auf dem schmalen Pfad kehrt. Als ich jedoch seitlich am Zügel zog und mit meinem rechten Schenkel Druck ausübte, rührte sich mein Pferd nicht von der Stelle.

»Hades?« Ich zog stärker am Zügel, doch er blieb wie erstarrt stehen.

»Mach ich irgendetwas falsch?« Fragend wandte ich mich zu Chloe um, doch ich konnte ihre Umrisse nur noch verschwommen erkennen.

»Keine Ahnung, ich sehe dich kaum noch. Blöder Nebel!« Chloe schnalzte auffordernd mit der Zunge. »Hades, komm, mein Junge!« Ihre Stimme klang gedämpft und wie aus weiter Ferne.

Am besten, ich blieb ganz ruhig! Wenn ich die Nerven verlor, half das weder mir noch meinem Pferd.

Hatte ich nicht noch eine halbe Möhre in der Tasche? Ich beugte mich im Sattel vor und hielt meine Hand seitlich ausgestreckt neben Hades' Kopf. Lockend wedelte ich mit der Möhre in der Luft herum. »Komm, dreh dich um, Hades!«

Doch der Gott der Unterwelt war offenbar unbestechlich. Hades würdigte die Möhre keines Blickes. Stattdessen tänzelte er nun nervös von einer Seite zur anderen.

»Ich kann verstehen, dass dir der Nebel Angst macht«, flüsterte ich ihm zu. »Lass uns einfach umkehren, okay?«

Ich beugte mich noch ein wenig weiter vor. Mein Herz stockte vor Schreck und nur mit Mühe konnte ich einen Aufschrei unterdrücken. Hades' Augen!

Sie leuchteten rot wie glühende Kohlen. Schaum tropfte aus seinem Maul und erst jetzt bemerkte ich, dass sein Fell mit Schweiß getränkt war.

»Chloe«, keuchte ich mit mühsam unterdrückter Panik, »mit Hades stimmt etwas nicht.«

Aber meine Freundin gab keine Antwort.

»Chloe?« Alarmiert wandte ich meinen Kopf zu ihr um. Doch der Hexennebel war nun so dicht und undurchdringlich wie eine Mauer. Er schloss mich von allen Seiten ein.

»Chloe, wo bist du?«

Ob sie ohne mich zum Stall zurückgeritten war? Nein. Nein, das würde sie mir niemals antun. Sie wusste schließlich, dass ich keine gute Reiterin war. Mein Herz raste und das Atmen fiel mir schwer, denn mein Brustkorb war plötzlich wie zugeschnürt. Hatte womöglich dieser Hexennebel etwas damit zu tun? Trennte er Chloe und mich irgendwie voneinander?

In diesem Moment stieß Hades ein wütendes Schnauben aus. Mit einem Schlag verflüchtigte sich mein letzter Rest Selbstbeherrschung. Ich musste sofort von diesem Pferd runter! Lieber rannte ich zu Fuß zurück in den Stall. Ich ließ die Zügel fallen und wollte mich vom Sattel gleiten lassen, doch mein Stiefel verkeilte sich im Steigbügel. Panisch zog und zerrte ich daran. Prompt bäumte sich Hades mit einem lauten Wiehern auf. Ich kippte nach hinten und schrie aus Leibeskräften.

4.

»Ein Nebel verdichtet die Nacht.
Höre, wie's durch die Wälder kracht!
Aufgescheucht fliegen die Eulen.
Hör, es splittern die Säulen
Ewig grüner Paläste.
Girren und Brechen der Äste!
Der Stämme mächtiges Dröhnen!
Der Wurzeln Knarren und Gähnen!«

»Faust«, Johann Wolfgang von Goethe

In letzter Sekunde gelang es mir, meine Arme um Hades' Hals zu schlingen. Im ersten Augenblick war ich nur dankbar, dass er mich nicht abgeworfen hatte, doch dann preschte Hades in vollem Galopp los. In halsbrecherischem Tempo jagte er querfeldein in den Wald hinein. Ich hielt meine Hände vor seinem Hals verschränkt und klammerte mich an ihm fest.

»Bitte, halt an!«, wimmerte ich. »Hades, bleib stehen!«

Doch das Tier war völlig außer Kontrolle.

Ich hörte nur noch Hades' hektische Atemstöße und seine schweren Schritte, die wie dunkle Trommelschläge auf dem Boden auftrafen. Oh Gott, ich war in einem Albtraum gefangen!

Wie sollte ich ein wild gewordenes Pferd mit dämonischen roten Augen nur aufhalten?

Ich konnte lediglich darauf hoffen, dass Hades sich irgendwann wieder beruhigte. Bis dahin musste ich versuchen, im Sattel zu bleiben. Doch die Muskeln in meinen Armen brannten schon und bei jedem Schritt wurde ich heftig hin und her geschleudert. Ich presste meine Zähne fest zusammen.

Mir fiel auf, dass der Hexennebel weniger wurde und sich lichtete, aber die schlechte Sicht war leider mein geringstes Problem gewesen.

Hades verkrampfte sich unter mir und ich hob alarmiert den Kopf. Zwischen vereinzelten Nebelfetzen entdeckte ich vor uns einen riesigen entwurzelten Baum, der quer über dem Waldboden lag. Und Hades lief geradewegs darauf zu. Er hatte doch nicht etwa vor, das Hindernis zu überspringen? Weshalb wich er denn nicht aus? Mein Herz gefror in meiner Brust.

»Stopp!«, schrie ich ihm zu. »Hades, um Himmels willen, halt an!«

Ungeachtet der Gefahr galoppierte er weiter auf die fast unüberwindliche Hürde zu. Ich mobilisierte meine letzten Kräfte und presste mich noch fester an Hades' schweißnassen Körper. Wenn ich das hier überlebte, würde ich niemals wieder auf ein Pferd steigen. Nie wieder!

Aus den Augenwinkeln nahm ich eine Bewegung wahr. Ein Luftzug streifte meine Wange und eine Krähe stieß ein lautes Krächzen aus. Sie flog direkt neben mir. Ihre dunklen Knopfaugen musterten mich mit intelligentem Blick und ihr schwarzes Gefieder glänzte majestätisch. Nun steuerte die Krähe zielstrebig auf Hades' Kopf zu. Wollte sie ihm etwa ihren spitzen Schnabel in die Augen bohren? Ich schrie auf. Hades wich erschrocken nach links aus und entging dadurch dem Angriff.

Jetzt kam noch eine zweite Krähe hinzu. Sie schien das Pferd ebenfalls attackieren zu wollen und Hades schlug einen Haken, um der Krähe zu entkommen. Was bezweckten die Vögel damit? Machten sie sich einen Spaß daraus, dem Pferd Angst einzujagen?

Erst als Hades seitlich den umgestürzten Baum passierte, begann ich zu begreifen: Die Vögel hatten ihn mit ihren Scheinattacken von dem Hindernis abgedrängt. Damit hatten sie mir wahrscheinlich das Leben gerettet …

Hades galoppierte weiter durch das Unterholz und ich drehte den Kopf, um mich nach den Krähen umzusehen. Sie waren verschwunden. Wie vom Erdboden verschluckt. Für einen Augenblick fragte ich mich, ob ich sie mir vielleicht nur eingebildet hatte. Dann lenkte ein Reiter, der ein gutes Stück hinter mir ritt, meine Aufmerksamkeit auf sich und die Krähen waren vergessen.

»Anna«, rief er mir von Weitem zu, »halt durch!«

Er ritt einen wunderschönen schwarzen Wallach. Irgendwie kam mir der Typ bekannt vor. Durch seine Winterklamotten und den Reithelm dauerte es einen Moment, bis mir einfiel, dass ich ihn an meinem ersten Tag in der neuen Schule gesehen hatte. Es war der gut aussehende ältere Schüler, bei dessen Berührung ich eine Art Super-Stromschlag abgekriegt hatte. Wie kam der denn hierher?

Während ich wie eine willenlose Puppe an Hades' Rücken klebte, schienen der Typ und sein Pferd zu einer Einheit verschmolzen zu sein. Sie schlossen in Windeseile zu uns auf.

»Gut festhalten!«, befahl er energisch. »Lass nicht los!«

Damit sagte er mir ja ganz was Neues. Dachte er vielleicht, dass ich gerade mein Handy hatte zücken wollen, um ein Selfie zu schießen?

Der Typ beugte sich in vollem Galopp zur Seite und griff beherzt nach Hades' Zügeln. »Brrr, meine Junge! Ganz ruhig. Alles ist gut.«

Er drosselte die Laufgeschwindigkeit seines eigenen Pferdes und Hades glich sich dem neuen Tempo unwillkürlich an. Nach ein paar weiteren Metern kamen wir endlich zum Stehen.

»Oh mein Gott«, hauchte ich, »er hat endlich angehalten!«

»Noch nicht bewegen«, ermahnte er mich. »Hades muss sich erst beruhigen.«

Das war mir nur recht. Ich zitterte am ganzen Körper und schaffte es kaum, meine verkrampften Arme von Hades' Hals zu lösen. Der Junge hielt das Pferd weiterhin am Zügel und sprach leise auf ihn ein. Nach einigen Minuten atmete Hades wieder entspannter und seine Muskeln lockerten sich.

Schließlich nickte der Typ mir mit ernster Miene zu. »Wenn du willst, kannst du absteigen.«

»Gerne.« Mein Zittern hatte nachgelassen und jetzt wollte ich nur noch herunter von diesem Pferd. Um Hades nicht nervös zu machen, riss ich mich allerdings zusammen. Ich bewegte mich fast wie in Zeitlupe, und als ich endlich wieder festen Boden unter meinen Füßen spürte, schwankte ich vor Erleichterung. Ich ging ein paar Schritte zur Seite und ließ mich kraftlos gegen einen Baumstamm sinken. Was für ein Horrorerlebnis! Hades' dunkelbraune Augen sahen nun wieder völlig normal aus. Nicht die Spur eines teuflischen roten Glühens. Ich fuhr mir über das Gesicht. Wurde ich vielleicht so langsam verrückt?

»Das war bestimmt ein Schock für dich«, stellte der Typ fest und stieg ebenfalls ab. Mit routinierten Handgriffen band er die Zügel der Tiere an einem tief hängenden Ast fest. »Du hättest dir den Hals brechen können. Besonders, da du offenbar keine geübte Reiterin bist. Tut mir leid für dich, dass du so etwas durchmachen musstest.«

»Vielen Dank für deine Hilfe«, sagte ich mit heiserer Stimme. Ich zwang mich dazu, tief ein- und auszuatmen. »Dass du zufällig hier aufgetaucht bist, war wirklich Glück im Unglück.«

»Das war kein Zufall.« Er kam auf mich zu. Selbst mit dem doofen Reithelm sah er noch richtig gut aus. »Chloe hat mich über ihr Handy alarmiert. Sie wusste, dass ich ebenfalls mit meinem Pferd unterwegs bin, und so haben wir uns getrennt voneinander auf die Suche nach dir gemacht.«

Chloe! Erleichterung durchflutete mich. Ich wusste doch, dass sie mich nicht im Stich gelassen hatte. »Dann bist du ihr Bruder?«

»Ich bin David.« Er streckte mir seine Hand hin. Heute war sein Lächeln zum Glück weniger arrogant als in der Schule, was ihn gleich sympathischer machte. »Meine Mutter meinte zwar, dass wir uns schon von früher kennen, aber leider kann ich mich nicht mehr erinnern.«

»Nicht schlimm, geht mir genauso.« Ich ergriff seine Hand und erwiderte sein Lächeln. »Wie hast du mich und Hades eigentlich so schnell gefunden?«

»Von Chloe wusste ich die grobe Richtung und dann habe ich die Spuren im Schnee entdeckt«, erklärte er schulterzuckend. »Am hilfreichsten waren jedoch deine gellenden Angstschreie.«

»Ich habe überhaupt nicht geschrien«, entgegnete ich empört.

Seine fein geschwungenen Lippen verzogen sich zu einem Grinsen. »Ah ja? Für mich hat sich das anders angehört.«

»Na schön, vielleicht ein oder zwei Mal«, räumte ich ein. »Immerhin war ich auf dem Rücken eines wild gewordenen Höllenpferdes gefangen.«

Erneut sah ich zu Hades, der friedlich neben dem Wallach stand. In seinen großen dunklen Augen konnte ich beim besten Willen nichts Bösartiges entdecken.

David folgte meinem Blick. »Seltsam, dass Hades mit dir durchgegangen ist. Das sieht ihm überhaupt nicht ähnlich. Was ist eigentlich passiert?«

Ich berichtete ihm von dem dichten Hexennebel, doch beim Rest drückte ich mich eher schwammig aus. »Das Pferd war plötzlich … äh … verändert. Als ob Hades nicht mehr er selbst wäre. Dann ist er wie von Sinnen losgerast und war nicht mehr zu stoppen.«

Eine tiefe Falte hatte sich zwischen Davids Augenbrauen gebildet. Mir fiel auf, dass er etwas blass um die Nasenspitze geworden war.

»Denkst du, ich habe etwas falsch gemacht?«, fragte ich verunsichert.

David schreckte aus seinen Gedanken auf. »Was? Ja. Nein. Ich meine, keine Ahnung«, antwortete er zerstreut. »Ich ruf mal Chloe an und sag ihr, dass ich dich gefunden habe, okay?«

Er musste seiner Schwester ungefähr zehn Mal versichern, dass es mir gut ging. Doch erst nachdem er mir sein Handy augenrollend in die Hand gedrückt und ich persönlich mit ihr gesprochen hatte, beruhigte Chloe sich wieder. Kaum hatte ich aufgelegt, band David auch schon die Pferde los.

»Soll ich dir beim Aufsteigen helfen?«

Ich starrte ihn mit großen Augen an. Das konnte nicht sein Ernst sein! Er erwartete doch nicht etwa, dass ich wieder auf ein Pferd stieg?

»Können wir nicht zu Fuß gehen und die Tiere am Zügel führen?«, bat ich ihn. Dabei setzte ich ein mitleidheischendes Lächeln auf, das – wie ich hoffte – sein ritterliches Herz erweichte. Doch da tat sich nichts.

David schüttelte entschlossen den Kopf. »Es geht schneller, wenn wir reiten. Die beiden Pferde müssen zurück in den Stall. Sie sind total verschwitzt und hier draußen ist es ziemlich kalt.«

Zugegeben, auch ich wollte schnellstmöglich aus diesem unheimlichen Wald raus. Unglücklich sah ich zu Hades, der ebenso unglücklich zurückstarrte. Wegen meines verzweifelten Klammergriffs hielt er mich jetzt bestimmt für eine bösartige Pferdewürgerin.

»Du kannst bei mir mitreiten«, bot David an. »Dann kann überhaupt nichts passieren.«

Ohne meine Antwort abzuwarten, band er Hades' Zügel an seinem Sattel fest. Er blickte mich auffordernd an und mit einem gequälten Stöhnen ergab ich mich meinem Schicksal.

»Also gut!« Ich stellte mich neben David und griff nach dem Sattel. »Hilfst du mir bitte beim Aufsteigen?«

Die Vorstellung, mit mir zusammen auf einem Pferd zu sitzen, schien ihm nicht gerade unangenehm zu sein, denn aus den Augenwinkeln nahm ich Davids selbstzufriedenes Schmunzeln wahr. Damit wirkte er wieder viel mehr wie der überhebliche Macho-Typ aus der Schule.

»Wenn du mir an den Hintern fasst, kannst du was erleben«, warnte ich ihn.

Er stellte sich dicht hinter mich. Ich konnte seinen warmen Atem auf meiner Wange spüren, als er sich vorbeugte und mir zuraunte: »Da würde ich ganz sicher etwas erleben!«

Ich schnappte empört nach Luft, doch bevor ich etwas erwidern konnte, packte David mich auch schon mit einem Lachen am Bein und hob mich schwungvoll in die Höhe.

Um ein Haar wäre ich auf der anderen Seite wieder heruntergefallen, doch ich konnte mich gerade noch rechtzeitig festhalten.

David setzte sich hinter mich, und als er nach den Zügeln griff, lag ich quasi in seinen Armen. Anfangs versuchte ich noch, von ihm abzurücken und einen gewissen Abstand einzuhalten, doch schon bald gab ich es auf. Eigentlich war seine Nähe gar nicht so übel. Während die kalte Luft mir nämlich von vorne wie mit kleinen Nadeln ins Gesicht pikste, war mein Rücken dank David mollig warm. Mit einem erfahrenen Reiter auf einem Pferd zu sitzen, fühlte sich ungemein beruhigend an.

Während wir den Weg zurück zum Stall einschlugen, fing es wieder an zu schneien und die bauschigen Schneeflocken sanken lautlos auf uns herab. Der Wald, der mir vorhin noch solche Angst eingeflößt hatte, wirkte nun wunderbar friedlich und herrschaftlich. Ich ertappte mich bei dem Gedanken, dass mir diese Art des Ausritts eigentlich ganz gut gefiel.

*

Der Rest der Woche verlief zum Glück völlig normal und ohne mysteriöse Zwischenfälle. Es war erstaunlich, wie schnell sich selbst an einer neuen Schule die übliche Routine einstellte. Wenn meine Mutter nicht zur ersten Stunde Unterricht hatte, fuhren meine Schwester und ich mit dem Bus nach Wernigerode. In der Klasse folgte ich mehr oder weniger aufmerksam dem Unterricht, unterhielt mich in den Pausen mit meinen Freundinnen und daheim brütete ich über den Hausaufgaben. Außer natürlich, Jonas hielt mich davon ab, weil er mir unbedingt von Lilian, seiner neuen

Freundin im Kindergarten, erzählen musste. Schon in den ersten Minuten ihres Kennenlernens hatten die beiden nämlich beschlossen zu heiraten. Ich fand das zwar etwas übereilt, aber Jonas war sich seiner Liebe zu Lilian sicher. Tja, mit fünf Jahren war das Leben eben noch einfach und unkompliziert.

Chloe hatte mich zwar erneut gefragt, ob ich mit ihr zum Gestüt gehen wollte, aber sie hatte Verständnis dafür gehabt, dass ich vom Reiten fürs Erste genug hatte.

»Sobald das Wetter wieder besser ist, versuchen wir es noch einmal«, hatte sie jedoch in einem Tonfall gesagt, der keinen Widerspruch duldete. »Mit ein bisschen Übung wirst du eine großartige Reiterin. Das habe ich im Gefühl.«

Daran hatte ich zwar meine Zweifel, aber ich war ihr auch dankbar, dass sie mich nicht einfach als hoffnungslosen Fall abtat.

David hatte ich in der Schule nur flüchtig zu Gesicht bekommen. Einmal hatte er mir im Vorbeilaufen immerhin mit einem knappen Lächeln zugenickt. Aber was hatte ich auch anderes erwartet? Schließlich kannten wir uns kaum. Trotzdem hätte er ruhig mal stehen bleiben und fragen können, ob ich mich von Hades' Höllenritt erholt hatte.

Auch als ich am Samstag mit Chloe, Steffi und Julia in Wernigerode unterwegs war, tauchte David immer wieder in meinen Gedanken auf. Die Mädels wollten mit mir eine Stadtführung machen, damit ich mehr als nur das Schulgebäude zu sehen bekam. Was im Endeffekt bedeutete, dass sie mir die besten Läden zum Shoppen zeigten. Trotzdem war ich von den alten Fachwerkhäusern und den schmalen verwunschenen Gässchen wie bezaubert. Weit über der Stadt thronte auf einem Felsen das eindrucksvolle Schloss, das mit seinen zahlreichen Türmen und Erkern wie der Herrschaftssitz eines Königs oder Grafen aussah. Als wir zu viert über das Kopfsteinpflaster der Altstadt schlenderten, hatte ich das Gefühl, die Zeit wäre stehen geblieben und wir befänden uns im Mittelalter. Nur dass es damals im Erdgeschoss der Fachwerkhäuser wahrscheinlich keine Restaurants oder Klamottenläden gegeben hatte.

Während Steffi und Julia in solch einem Laden mit einem Stapel Kleider in den Umkleidekabinen verschwanden, sah ich mir zusammen mit Chloe ein paar T-Shirts an. Ich konnte meine Neugier nicht mehr länger zurückhalten.

»Sag mal«, fragte ich so beiläufig wie möglich, »hat dein Bruder eigentlich eine Freundin?«

Ruckartig hob Chloe den Kopf. »Du hast dich doch nicht in ihn verguckt, oder?«, fragte sie scharf. »Bitte sag mir, dass wenigstens du gegen ihn immun bist!«

Oh weh! Mit dieser heftigen Reaktion hatte ich nicht gerechnet. Ich drehte ihr den Rücken zu und musterte scheinbar sehr interessiert die Armbänder auf einem Schmuck-Aufsteller. »Darf ich mich etwa nicht für deine Familie interessieren? Vorhin hast du mich schließlich auch gefragt, wie es bei Jonas und seiner neuen Freundin im Kindergarten läuft.«

»Dein Bruder ist auch erst fünf Jahre alt und vor allem ist er goldig.« Chloe stieß ein abfälliges Schnauben aus. »Das ist mein Bruder ganz und gar nicht.«

Mit dieser Meinung stand sie wohl ziemlich alleine da. Man musste sich nur mal Davids weiblichen Fankreis in der Schule ansehen.

»Meinen Bruder würde ich auch nur an seinen guten Tagen als goldig bezeichnen«, erwiderte ich schmunzelnd. »Du hättest mich mal fragen sollen, als Jonas meinen Laptop mit Wachsstiften angemalt hat! Er hatte auf einer dieser Kinderwebseiten ein Ausmalbild gefunden und sich gedacht, dass er sich das Ausdrucken auch sparen kann.«

»Bei David ist das etwas anderes.« Chloe gesellte sich zu mir und nahm ein hübsches Armband mit Holzperlen in die Hand. »Natürlich streiten sich Geschwister und sind manchmal gemein zueinander. Aber David kann echt kalt und herzlos sein.« Sie schwieg einen Moment, dann fügte sie kaum hörbar hinzu: »Manchmal macht er mir richtig Angst.«

Ich runzelte die Stirn. Übertrieb Chloe damit nicht ein wenig? Wenn er tatsächlich so kalt und herzlos wäre, wie sie behauptete, hätte David sich wohl kaum die Mühe gemacht, den Wald nach mir zu durchsuchen.

»Hör zu, Anna, ich mag dich wirklich! Deswegen sei bei David bitte vorsichtig, okay? Es wäre besser, wenn du dich von ihm fernhältst. Versprichst du mir das?«

»O-okay«, stammelte ich überrumpelt.

Da David mich in der Schule sowieso kaum beachtete und ich auch nicht vorhatte, noch einmal mit einem panischen Pferd durchs Unterholz zu preschen, würde das wohl nicht besonders schwer werden. Trotzdem fand ich ihre Bitte merkwürdig.

Chloe atmete sichtlich erleichtert auf. Nun grinste sie wieder und versetzte mir einen freundschaftlichen Stoß mit dem Ellbogen. »Hey, was hältst du davon, wenn wir uns zwei dieser Armbänder kaufen? Dann haben wir beide die gleichen.«

Ich nickte und zwang mich zu einem Lächeln. Mein Gefühl sagte mir, dass meine Freundin nicht ganz ehrlich zu mir war.

5.

»Niemandem ist erlaubt weiszusagen; andernfalls wird das Richtschwert die Todesstrafe an ihm vollziehen.«

Hexenhammer, Teil 1

Außer dem Armband hatte ich mir bei unserer Shoppingtour auch ein Notizbuch gekauft. Ich hatte nämlich beschlossen, all die seltsamen Begebenheiten, die seit meiner Ankunft in Schierke geschehen waren, aufzuschreiben. Irgendetwas stimmte hier einfach nicht. Vielleicht waren im Harz tatsächlich nicht ohne Grund so viele Gruselgeschichten entstanden? Ich wollte dem Geheimnis dieses Ortes auf die Spur kommen. Daran war Chloe mit ihren Andeutungen und Warnungen nicht ganz unschuldig. Ich wusste nur noch nicht, welchen Titel ich meinen Notizen verpassen sollte. Vielleicht »Schierke – ein Ort des Grauens«? Oder eher »Tagebuch einer angehenden Geisteskranken«?

Ich kam gerade von der Bushaltestelle und grübelte über meinen ersten Eintrag nach, als ich in unserer Straße meine Schwester auf dem Gehweg entdeckte. Sie hielt ihr Handy in die Höhe und filmte mit konzentrierter Miene ein stark verfallenes Haus.

Ich trat näher. »Was machst du denn da?«

Sofie quiekte erschrocken auf und ließ fast ihr Handy fallen. »Himmel, musst du dich so an mich heranschleichen?«

»Ich habe mich überhaupt nicht angeschlichen! Du warst nur so vertieft in das, was auch immer du gerade machst, dass du mich nicht gehört hast.«

Sofie richtete die Handykamera wieder auf das verfallene

Haus. »Ich drehe ein Videotagebuch fürs Internet«, erklärte sie. »Um den Schrecken dieses Ortes festzuhalten, an den mich meine Erzeuger gegen meinen Willen verschleppt haben.«

Prompt musste ich bei ihren Worten an meine Titelauswahl für das Notizbuch denken. Seltsam, wie ähnlich Sofie und ich uns manchmal waren. Ich sah es jedoch als gutes Zeichen, dass meine Schwester sich nach draußen gewagt und nicht wie jeden Nachmittag alleine in ihrem Zimmer verbarrikadiert hatte.

»Selbst bei Tageslicht bekommt man bei diesem Anblick eine Gänsehaut, oder?« fragte sie.

Nun betrachtete auch ich das Haus, das von einem hohen Bauzaun umgeben war, etwas genauer. Bisher war ich immer nur daran vorbeigelaufen, ohne es weiter zu beachten. Laut der kaputten Leuchtbuchstaben an der Fassade war es einmal ein Erholungsheim gewesen. Das längliche Gebäude hatte Holzverzierungen über den Sprossenfenstern, verspielte Anbauten und säulenartige Brüstungen über dem Haupteingang. Früher war das Heim wahrscheinlich hübsch gewesen, doch es musste schon seit langer Zeit leer stehen. Das Dach war teilweise eingestürzt und die Farbe abgebröckelt. Zerschlissene Vorhänge, die aus den kaputten Fenstern hingen, wehten gespenstisch im Wind. Dort drin hätte man sofort mit den Dreharbeiten für einen Horrorfilm beginnen können.

Sofie ließ mit einem Schaudern ihr Handy sinken. »Ist das zu fassen, Anna? Wir wohnen direkt neben einer obergrusligen Spukvilla.«

Ich warf ihr einen nachsichtigen Blick zu. »Und woher willst du wissen, dass es in dem Haus spukt?«

»Das ist doch wohl offensichtlich. Ich sag dir, der alte Kasten ist wahrscheinlich eine Geburtsstätte für Gespenster.«

Ich zog skeptisch meine Augenbrauen in die Höhe. »Mhm.«

»Na schön, dann glaub mir eben nicht.« Sie rümpfte die Nase und warf ihre blonden Haare über die Schulter. »Dir fehlt wahrscheinlich nur das nötige Einfühlungsvermögen, um die übernatürlichen Schwingungen wahrzunehmen.«

Ein gefährliches Funkeln trat in Sofies Augen. Noch bevor sie den Mund öffnete, wusste ich, dass sie gerade eine ganz, ganz schlechte Idee gehabt hatte.

»Ich beweise es dir einfach! Todesmutig wage ich mich in das *Haus des Horrors*, um meiner ungläubigen Schwester ein Beweisvideo zu drehen. Auf YouTube wird das bestimmt der Knaller!«

Mir klappte die Kinnlade runter. »Spinnst du? Da ist ein großes Schild, auf dem steht, dass man das Grundstück nicht betreten darf. Dieses Gebäude bricht jeden Moment in sich zusammen.«

Sofie winkte schulterzuckend ab. »Das wird nicht ausgerechnet dann einstürzen, wenn ich reingehe.«

Da war meine Schwester sonst immer so konsequent pessimistisch, aber ausgerechnet dann, wenn dieser Charakterzug einmal hilfreich gewesen wäre, legte sie plötzlich einen völlig unbegründeten Optimismus an den Tag. Es war zum Verrücktwerden!

»Wünsch mir Glück!« Sie zwinkerte mir zu. »Hoffentlich finde ich eine Stelle, an der ich durch den Bauzaun schlüpfen kann.«

»Sofie, du machst das nicht!«, befahl ich mit all der Autorität, die ich als große Schwester aufbringen konnte. »Du bleibst hier, sonst … sonst werde ich echt sauer!«

Sie ignorierte mich einfach, was mich nicht wirklich überraschte. Sofie gehorchte schließlich kaum unseren Eltern.

Schon war meine Schwester zwischen den Büschen, die vor dem Bauzaun standen, verschwunden. Zwei Minuten später hörte ich sie einige Meter von mir entfernt einen Jubelruf ausstoßen. »Ich bin drin, Anna.«

Na toll! Jetzt musste ich mir etwas einfallen lassen. Ob ich schnell nach Hause rennen und unsere Eltern holen sollte? Allerdings besuchte Mama heute Mittag eine frühere Schulfreundin in Schierke und Papa wollte mit Jonas zum Friseur gehen. Die Wahrscheinlichkeit war groß, dass überhaupt niemand daheim war. Mir blieb wohl nichts anderes übrig, als Sofie zu folgen und sie wieder zur Vernunft zu bringen. Auch wenn ich noch keine Ahnung hatte, wie ich das anstellen sollte.

Ich fand relativ schnell die Stelle, an der sie durch den Zaun geschlüpft war. Nur war ich leider nicht ganz so klein und zierlich geraten wie Sofie. Beim Hindurchquetschen musste ich die Luft anhalten und den Bauch einziehen, sodass sich meine inneren Organe fast miteinander verknoteten. Auf der anderen Seite rappelte ich mich keuchend auf und rieb meine von Erde und Schnee verschmutzten Hände an der Jeans ab. Ich ging rechts um das Gebäude herum und entdeckte im Erdgeschoss ein Fenster mit komplett eingeschlagener Scheibe. Jede Wette, dass meine Schwester dort reinklettert war!

Ich streckte den Kopf hinein. »Sofie?«

Keine Antwort. Nur das Haus gab einen ächzenden Laut von sich, als würde es aus einem tiefen Schlaf erwachen. Eine Gänsehaut kroch meinen Rücken hinauf. Vielleicht hausten hier tatsächlich Gespenster? Doch ich hatte keine andere Wahl. Wenn Sofie sich dort drin verletzte, würden mir meine Eltern das nie verzeihen. Und ich mir auch nicht. Ich stieß mich kraftvoll vom Boden ab und hangelte mich hinein. Mit klopfendem Herzen sah ich mich um. Das Innere des ehemaligen Erholungsheims sah noch schlimmer aus, als ich es mir vorgestellt hatte. Die schimmligen Tapeten hingen in Fetzen von den Wänden und der Holzboden hatte kraterartige Löcher. Trotz der kaputten Fenster roch es modrig und verfault. In dem Zimmer gab es nichts außer einem kaputten Stuhl, einem leeren Bilderrahmen und einer durchnässten Werbezeitschrift.

»Sofie?«

Auch dieses Mal antwortete sie nicht. Ich zog mein Handy aus der Tasche und wählte ihre Nummer. Keine Sekunde später erklang von irgendwoher aus dem Inneren des Hauses der Song »We are Family«.

Sofie nahm ab. »Was ist?«, fragte sie im Flüsterton.

»Für jemand, der seine Familie mit Voodoo-Puppen verfluchen will, ist das ein sehr rührseliger Klingelton«, bemerkte ich. »Magst du uns etwa doch noch?«

»Quatsch! Ich hatte nur noch keine Zeit, ihn in ›Give Hate a Chance‹ zu ändern.«

Ich schüttelte seufzend den Kopf, während ich mich vorsichtig in den nächsten Raum vorantastete. »Kommst du bitte wieder raus? Hier drin ist es echt gefährlich, Sofie.«

»Gleich«, versprach sie. »Ich brauche nur noch etwas Spannendes fürs Video.«

Im zweiten Zimmer bot sich mir das gleiche Bild des Verfalls. Die Decke hatte einen beängstigenden Riss und wölbte sich nach unten, als würde sie jeden Moment einstürzen. Mitten im Raum stand ein Tisch mit einer herausgebrochenen Ecke. In der Staubschicht, die sich auf der Tischplatte abgesetzt hatte, stand etwas geschrieben. Neugierig trat ich näher. Eine Bodendiele unter meinen Füßen knarzte schauerlich.

»Hey«, stieß Sofie halb begeistert, halb ängstlich hervor. »Hinter mir habe ich etwas gehört.«

»Das war wahrscheinlich ich«, murmelte ich abwesend, denn in eckigen Buchstaben hatte jemand im Staub eine Botschaft hinterlassen: Anna, komm morgen zum Hexenbrunnen!

Mir wurde abwechselnd heiß und kalt. Einen Augenblick lang war ich davon überzeugt, dass die Nachricht für mich bestimmt war. Doch dann beruhigte ich mich mit dem Gedanken, dass mein Name nicht besonders selten war. Damit konnte auch eine andere Anna gemeint sein und die Nachricht war wahrscheinlich schon vor langer Zeit ... Moment mal!

»Sofie, findest du das etwa witzig?«, fuhr ich meine Schwester über das Handy an. »Wenn du mir Angst einjagen willst, musst du dir schon ein bisschen mehr einfallen lassen, als eine mysteriöse Botschaft in den Dreck zu schmieren.«

»Eine Botschaft? Was meinst du denn damit?« Sie zog am anderen Ende der Leitung scharf die Luft ein. »Ist dir etwa ein Geist erschienen? Kommuniziert er mit dir?«

Ihre Ahnungslosigkeit und die fehlende Häme in ihrer Stimme brachten mich ins Zweifeln. Doch meine Schwester war wahrscheinlich nur eine verdammt gute Schauspielerin.

»Mit mir kommuniziert niemand außer dir«, knurrte ich. »Du veräppelst mich nur für dein doofes Video. Allerdings würde mich schon interessieren, was du damit bezwecken willst. Soll das eine Art Geister-Schnitzeljagd werden? Du glaubst doch wohl nicht ernsthaft, dass ich den ganzen Tag in der Kälte an diesem Hexenbrunnen herumstehe und auf ein Gespenst warte?« Ich schnaubte verärgert auf.

»Bleib, wo du bist, Anna!«, rief Sofie. »Ich komme sofort. Himmel, ich wollte doch nicht, dass dir etwas …«

Mitten im Satz brach die Verbindung ab. Dafür hörte ich vom anderen Ende des Hauses ein lautes Poltern. Irrte ich mich oder hatte Sofie panisch geklungen? Wenigstens kam sie jetzt zurück und wir konnten dieses gruslige Erholungsheim endlich wieder verlassen.

Gerade als ich mich vom Tisch abwenden wollte, strich ein eisiger Luftzug über meine Wange. Dabei waren ausgerechnet in diesem Raum noch alle Fensterscheiben intakt. Reflexartig hielt ich den Atem an.

Ich war nicht mehr alleine. Obwohl ich nichts Ungewöhnliches sehen konnte, fühlte ich die Gegenwart eines anderen Wesens. Eine Bewegung auf der staubigen Oberfläche des Tisches ließ das Blut in meinen Adern gefrieren. Wie von Geisterhand wurde die Botschaft direkt vor meinen Augen ergänzt: Um 14.30 Uhr

Wow! Das … das war krass. Hiermit schied meine Schwester als Urheberin der Nachricht wohl offiziell aus. Hatte ich nicht gerade erst am Telefon verkündet, dass ich morgen ganz bestimmt nicht den ganzen Tag an diesem Hexenbrunnen herumstehen und in der Kälte warten würde?

Wahrscheinlich wäre jetzt der Moment gewesen, in dem ich kreischend und mit wedelnden Armen hätte davonlaufen müssen. Doch mein Instinkt schlug dieses Mal nicht Alarm, als wüsste ich tief in meinem Inneren, dass keine echte Gefahr bestand. Nach einer Schrecksekunde zog ich hastig mein Handy hervor, um ein Foto für mein Notizbuch zu machen. Doch kaum hatte ich die Kamerafunktion eingeschaltet, ging ein geisterhaftes Wispern durch das Zimmer und ein Windstoß verwischte die Nachricht.

Im selben Moment stürmte Sofie herein.

»Da bist du ja!«, keuchte sie. »Hat der Geist dich angegriffen? Geht es dir gut? Wo ist die Botschaft? Ich sehe hier überhaupt nix.« Suchend blickte sie sich um.

Ich ließ mein Handy sinken. »Kannst du auch nicht. Sie ist weg.«

Offenbar war die Nachricht allein für mich bestimmt gewesen. Schwer zu sagen, ob Sofies Auftauchen oder mein Versuch, ein Foto zu machen, sie hatte verschwinden lassen.

Meine Schwester fixierte mich mit zusammengekniffenen Augen. »War das etwa ein Trick? Damit du mich hier rausbekommst?«

»Ich habe nicht gelogen!«, beteuerte ich. »Ich schwöre dir, ich habe etwas gesehen.«

Sofie verschränkte die Arme vor der Brust. »Und wieso sollte ich dir glauben? Du bist doch genau wie Mama und Papa. Ihr wollt immer nur, dass ich nach eurer Pfeife tanze und mache, was ihr sagt.«

»Sofie, du kennst mich doch! Traust du mir wirklich zu, dass ich so etwas Hinterhältiges tun würde? Nur um dich aus dem Spukhaus zu locken?«

Sie überlegte kurz, dann zuckte sie halbherzig mit den Schultern. »Ich glaub nicht.« Plötzlich sah meine Schwester unglaublich verloren und einsam aus.

Ich trat zu ihr und legte ihr die Hand auf den Arm. »Hey, ich bin nicht deine Feindin! Wenn ich die Wahl gehabt hätte, wäre ich auch lieber in München geblieben.«

»Und warum bist du dann nicht sauer auf Mama und Papa?«, fragte Sofie, den Blick stur auf ihre Schuhe gerichtet.

»Würde das irgendetwas ändern?« Ich lächelte traurig. »Hast du mit deinem Verhalten denn etwas erreicht?«

»Nein«, gab Sofie überraschend ehrlich zu. Sie hob den Kopf und reckte stolz ihr Kinn in die Höhe. »Aber ich zeige unseren Eltern damit wenigstens, dass ich keine doofe Zimmerpflanze bin, die man einfach dorthin bringen kann, wo es einem gerade passt.«

Ich konnte ihre Wut nachvollziehen. Aber ich verstand auch meine Eltern. Sie hatten versucht, uns in Ruhe die Gründe für den Umzug zu erklären. Sofie hatte jedoch in dem Moment abgeschaltet, als sie gehört hatte, dass sie ihre beste Freundin Sarah verlassen sollte.

»Mama und Papa wollten uns damit doch nicht ärgern oder uns das Leben schwer machen«, bemerkte ich.

»Das weiß ich ja.« Eine Träne lief über ihre Wange. Sofie wischte sie verärgert beiseite. »Du hast einen ganzen Haufen Freunde in München zurückgelassen, Anna. Aber ich bin nicht so wie du. Ich hatte nur eine Freundin. Eine einzige! Ich vermisse Sarah so schrecklich …« Sie schluchzte leise auf.

»Hey! Es ist völlig okay, wenn du deswegen traurig bist.« Ich zog sie in meine Arme und streichelte ihr über den Rücken. Zuerst versteifte sich Sofie, doch dann legte sie ihren Kopf an meine Schulter.

»Ich hasse diesen Ort«, schniefte sie. »Wir kommen aus der Großstadt und jetzt soll ich in einem winzigen Dorf mitten im Wald leben. Es fühlt sich an, als wären wir von der Zivilisation abgeschnitten.«

Im Gegensatz zu mir erinnerte Sofie sich nicht mehr an die Sommerferien bei unserer Großmutter. Für sie war Schierke ein völlig fremder Ort, während ich damit eine Vielzahl schöner Erinnerungen verband. Ich betrachtete das Dorf nicht mit dem kritischen Blick eines Auswärtigen. Nicht einmal dieses gruslige Spukhaus war mir bisher richtig aufgefallen.

»Denk doch mal an die positiven Dinge!«, versuchte ich Sofie aufzumuntern. »Dieses Mädchen, mit dem ich dich in der Schule gesehen habe, scheint doch ganz nett zu sein. Auch wenn ihr offiziell nicht zusammen gekichert habt.«

»Sie heißt Jennifer.« Meine Schwester machte sich mit einem schiefen Lächeln von mir los und atmete tief durch. »Und sie ist tatsächlich ganz nett. Aber sie ist eben nicht Sarah.«

Ich kramte in meiner Jacke nach einem Taschentuch und drückte es Sofie in die Hand.

»Danke!« Sie wandte sich zur Seite, wischte sich die letzten Tränen aus dem Gesicht und schnäuzte sich lautstark.

»Es gibt auch noch andere positive Dinge«, fuhr ich fort und schlenderte zum Fenster. »Zum Beispiel müssen wir uns kein Zimmer mehr teilen. Und du hast das Glück, Mama *nicht* als Lehrerin zu haben.«

Sofie nickte zustimmend. »Himmel, das würde ich nicht überleben! Du tust mir ehrlich …«

Den Rest ihres Satzes konnte ich nicht mehr verstehen. Ohne Vorwarnung begann sich alles um mich herum zu drehen und jeder Muskel meines Körpers spannte sich an. Für den Bruchteil einer Sekunde sah ich ein Bild vor mir, wie ein Teil der tief hängenden Decke zu Boden fiel und Sofies Körper unter sich begrub. Blut quoll aus einer klaffenden Wunde an Sofies Kopf und breitete sich über den ganzen Fußboden aus. Der Anblick war so grauenerregend, dass mir ein erstickter Laut entwich.

»Anna, geht es dir gut?« Besorgt runzelte Sofie die Stirn. »Du bist ganz blass im Gesicht.«

Ich schüttelte den Kopf, um die Vision zu vertreiben. Meine Schwester befand sich genau in dem Teil des Zimmers, in dem sich die Decke beängstigend nach unten wölbte. Ich zögerte nicht, sprang vor und packte Sofies Arm. Unsanft zerrte ich sie mit mir.

»Hey!«, beschwerte sie sich. »Du tust mir weh.«

Doch ich ließ sie erst wieder los, als wir den Türsturz erreichten.

Verärgert funkelte Sofie mich an. »Was soll das denn?«

»Warte einen Moment!« Mit klopfendem Herzen lauschte ich in die Stille. Doch alles blieb ruhig.

»Was ist denn nun?«, fragte Sofie ungeduldig.

»Ich … ich weiß nicht«, stammelte ich. Meine Wangen glühten vor Verlegenheit. »Tut mir leid, ich hatte nur das Gefühl, dass gleich etwas Schreckliches …«

In diesem Augenblick krachte die Decke, unter der Sofie eben noch gestanden hatte, zu Boden. Das baufällige Haus erbebte und eine dicke Staubwolke erfüllte den Raum.

»Raus hier!«, brüllte ich Sofie zu.

Hustend und mit tränenden Augen flüchteten wir uns nach draußen.

Erst als wir wieder die Straße erreicht hatten, blieben wir keuchend stehen.

»Das war knapp!« Sofie stand der Schock ins Gesicht geschrieben. Sie sah fassungslos zum Spukhaus. »Dieser ganze Schutt hätte mich fast unter sich begraben. Das hätte eine ziemlich üble Beule gegeben.«

»Oder mehr«, antwortete ich düster, da ich immer noch die schrecklichen Bilder meiner Vision im Kopf hatte.

Ruckartig wandte Sofie sich zu mir um. »Hast du gewusst, dass das passieren wird?«

Es fiel mir schwer, ihrem bohrenden Blick standzuhalten. »Irgendwie schon.«

»Kannst du etwa in die Zukunft sehen?«, fragte sie mit zittriger Stimme.

Mit einer kraftlosen Geste rieb ich mir über die Stirn. Ich stand mindestens ebenso unter Schock wie meine Schwester. »Ich hatte eine Art Vision«, gab ich widerstrebend zu. »In der habe ich gesehen, wie du mit einer riesigen Wunde am Kopf halb tot auf dem Boden liegst.«

Sofies Augen weiteten sich. »Aber so etwas ist nicht möglich«, wisperte sie. Sie trat einen Schritt von mir zurück. »Kein Mensch kann das! Zu Hause in München warst du doch noch völlig normal.«

Beschwichtigend hob ich die Hände. »Ich bin immer noch dieselbe, glaub mir«, versicherte ich ihr und ging auf sie zu. »Das war bestimmt nur Zufall und ich …«

»Bleib weg von mir!« Sofie wurde aschfahl im Gesicht. Es dauerte einen Augenblick, bis ich begriff, dass der verkniffene Ausdruck in ihrer Miene Angst war. Sie hatte Angst vor *mir*.

6.

»Es ist ein überaus gerechtes Gesetz, dass die Zauberinnen getötet werden, denn sie richten viel Schaden an … Schaden fügen sie nämlich an Körpern und Seelen zu, sie verabreichen Tränke und Beschwörungen, um Hass hervorzurufen, Liebe, Unwetter, alle Verwüstung im Haus, auf dem Acker, über eine Entfernung von einer Meile und mehr machen sie mit ihren Zauberpfeilen. Die Zauberinnen sollen getötet werden, weil sie Diebe sind, Ehebrecher, Räuber, Mörder … Sie schaden mannigfaltig, also sollen sie getötet werden.«

»Hexenpredigt«, Martin Luther

Ein Trampelpfad führte aus dem Dorf heraus direkt in das kleine Waldstück, in dem sich der Hexenbrunnen befand. Neben mir gurgelte ein Bach, auf dem mit Schnee beladene Eisschollen trieben. Wie winzige Eisberge machten sie sich mit der Strömung auf den Weg in die Fremde.

So langsam hatte ich wirklich genug vom Winter, immerhin war es schon fast Ende März. Doch die Bäume waren noch nackt und kahl gefegt von den hungrigen Herbststürmen des vergangenen Jahres und der Frühling schien nur ein weit entfernter Traum zu sein. Ich bohrte die Fäuste in die Taschen meiner Jacke.

Vielleicht war es nicht meine beste Idee, heute zum Hexenbrunnen zu gehen, aber ich wollte Antworten. Seit unserem gestrigen Erlebnis hatte Sofie kein Wort mehr mit mir gesprochen. Was ich ein wenig übertrieben fand. Immerhin hatte ich ihr wahrscheinlich das Leben gerettet. Sofie war zwar bereit gewesen, auf Geisterjagd in ein Spukhaus zu gehen, aber sobald ihre Schwester eine Vision von der Zukunft hatte, fand sie das offenbar zu unheimlich und Furcht einflößend. Vielleicht konnte ich beim Hexenbrunnen durch den mysteriösen Verfasser der Botschaft etwas herausbekommen, das Sofie wieder beruhigte? Mein Notizbuch hatte mir jedenfalls nicht weitergeholfen. Nachdem ich alle Vorfälle sorgfältig und gewissenhaft aufgeschrieben hatte, war mir lediglich bewusst geworden, wie viele unerklärliche Dinge seit meiner Ankunft im Harz schon geschehen waren.

An einer Gabelung blieb ich kurz stehen und ging im Kopf die Wegbeschreibung durch, die meine Mutter mir gegeben hatte. Sie war ziemlich überrascht gewesen, dass ich mich für den Hexenbrunnen interessiert hatte, denn er war wohl ziemlich unspektakulär und nur den Einheimischen bekannt. Ich hatte mich damit herausgeredet, dass Chloe mir eine Gruselgeschichte darüber erzählt hatte und ich ihn mir deswegen ansehen wollte.

Ich schlug den Pfad zu meiner Rechten ein. Bis zum vereinbarten Zeitpunkt waren es nur noch wenige Minuten. Mein Atem beschleunigte sich und bildete Wölkchen vor meinem Gesicht. Endlich erreichte ich eine Lichtung, in deren Mitte sich ein gemauerter schmaler Brunnen befand. Das musste der Hexenbrunnen sein!

Nur leider war ich nicht alleine. Wie vom Donner gerührt starrte ich David an, der mit verschränkten Armen am Brunnen lehnte. Er trug nur eine Lederjacke, während ich mich in mein komplettes Winteroutfit mit Daunenjacke, Handschuhen, Schal und Mütze geworfen hatte.

»Was machst du denn hier?«, platzte es aus mir heraus.

Er musterte mich mit unergründlichem Blick. »Frische Luft schnappen.«

Ausgerechnet beim Hexenbrunnen? Das kaufte ich ihm keine Sekunde lang ab. Ich tippte eher auf eine Verabredung mit einem Mädchen, denn ungestört war man hier auf alle Fälle.

»Und du?«, wollte er wissen.

»Ich … äh … schaue mir die örtlichen Sehenswürdigkeiten an«, behauptete ich. Demonstrativ schlenderte ich zum Hexenbrunnen und begutachtete ihn so fachmännisch, als wäre ich ein staatlich geprüfter Brunneningenieur. Ganz offensichtlich war der Brunnen sehr alt und auf dem Metallgitter, das zur Sicherheit über der Öffnung angebracht worden war, lagen zwei leere Bierflaschen und eine ausgeblichene Plastiktüte. Alles in allem nicht besonders spektakulär, genau wie meine Mutter gesagt hatte.

Verstohlen warf ich einen Blick auf meine Armbanduhr. Noch vier Minuten bis zum Treffen!

Um etwas Zeit zu schinden, nahm ich einen Kieselstein und ließ ihn durch das Gitter fallen. Ich wartete mit angehaltenem Atem, bis ich ein weit entferntes Pflatschen hörte.

»Genug gesehen?«, fragte David, der mich die ganze Zeit über beobachtet hatte. Er legte den Kopf schräg und seine blonden Haare fielen ihm in die Stirn.

»Nein, noch nicht. Und du?«, gab ich zurück. »Genug Luft geschnappt?«

»Nein.«

Ich lehnte mich ebenfalls an den Brunnen und verschränkte die Arme vor der Brust. Zwar hatte ich keine Ahnung, mit wem ich mich gleich treffen würde, aber eins stand fest: David musste ich irgendwie loswerden!

Ich warf ihm einen prüfenden Seitenblick zu. David wirkte nach außen hin ruhig, doch seine Augen suchten permanent die Lichtung ab. »Wartest du auf jemanden?«

»Vielleicht«, räumte er nach kurzem Zögern ein. Er fixierte mich mit seinen außergewöhnlich dunklen Augen. »Hör zu, ich möchte nicht unhöflich sein, Anne, aber es wäre toll, wenn du jetzt abhauen würdest.«

»Anna«, verbesserte ich ihn zähneknirschend. »Ich heiße Anna.«

Noch vor wenigen Tagen hatte David keine Probleme damit gehabt, sich meinen Namen zu merken. Bestimmt wollte er mich mit seiner unfreundlichen Art von hier vertreiben. Aber da hatte er sich geschnitten!

»Tut mir leid, aber ich warte auch auf jemanden. Deshalb wäre es toll, wenn *du* jetzt abhauen würdest.«

Er schüttelte den Kopf. »Nein, ich bleibe.«

Eine bedrückende Stille breitete sich zwischen uns aus. In der Ferne schlug die Kirchturmuhr zur halben Stunde. Jetzt war es so weit! Mein Magen zog sich vor Aufregung zusammen. Neben mir trommelte David nervös mit der Fußspitze auf den Boden.

Einige Minuten verstrichen, aber nichts geschah. Zweifel keimten in mir auf. Hatte ich mir die Botschaft im Spukhaus vielleicht nur eingebildet? Oder lag es an Davids Gegenwart, dass sich meine Verabredung nicht zeigte?

Schließlich unterbrach David unser Schweigen. »Du redest nicht viel, oder?«

Ich zog eine Grimasse. »Das Gleiche könnte ich dich fragen.«

»Ich hab mir das Reden abgewöhnt«, erklärte er trocken. »Seit Chloe geboren wurde, bin ich zu Hause nicht mehr zu Wort gekommen.«

Unwillkürlich musste ich grinsen. Chloe plapperte manchmal wirklich ohne Punkt und Komma. »Du Armer!«

David betrachtete mich mit einem aufmerksamen, ernsten Blick. »Du bist mir schon an deinem ersten Tag in der Schule aufgefallen, weißt du das?«

Kein Wunder, schließlich hatte es zwischen uns irgendeine elektrische Entladung gegeben. »Ach ja?«

Er nickte. »Du hast etwas ganz Besonderes an dir, Anna«, gestand er mir. Seine Worte klangen aufrichtig.

Womöglich hätte ich mich jetzt geschmeichelt gefühlt, wenn David nicht noch vor fünf Minuten so getan hätte, als könnte er sich nicht mehr an meinen richtigen Namen erinnern.

»Und warum hast du mich dann nicht wenigstens mal gefragt, wie ich den Ausritt mit Horror-Hades verkraftet habe?«, fragte ich skeptisch.

Er rieb sich über sein kantiges Kinn. »Ich hielt es für klüger, mich von dir fernzuhalten, weil du jünger bist und in die Klasse meiner Schwester …«

Weiter kam er nicht, denn ein donnernder Schlag aus dem Inneren des Hexenbrunnens unterbrach ihn. Erschrocken fuhren wir herum.

Hitze stieg aus den Tiefen des Brunnens auf. Das Gitter, auf dem der Müll lag, begann rot aufzuglühen und die Luft darüber flimmerte.

Ich keuchte erschrocken auf. »Was ist das?«

Eine tiefe Furche hatte sich zwischen Davids Augenbrauen gebildet. »Keine Ahnung. Aber sei lieber vorsichtig, okay?«

Mit einem zischenden Laut zerfiel das Gitter zu Asche. David packte mich am Arm und zog mich einen Schritt zurück. Genau im richtigen Moment, denn nun stach eine giftgrüne Flamme einige Meter in die Höhe und grüner Nebel quoll über den Rand des Brunnens.

Ohgottohgottohgott. Jetzt tat es mir leid, dass ich David nicht vorgewarnt und ihn in diese Sache hineingezogen hatte.

»Anna, du musst jetzt wirklich gehen!« Er warf mir einen scharfen Blick zu, der keinen Widerspruch duldete.

Doch selbst wenn ich gewollt hätte: Ich konnte mich nicht mehr bewegen. Der dunkelgrüne Nebel waberte um unsere Beine und hielt meine Füße an Ort und Stelle. Wie war das möglich?

»Elender Hexer!«, brüllte eine wütende Stimme. »Fahr zur Hölle!«

Alarmiert schaute ich auf. David und ich waren nicht mehr alleine. Überall auf der Lichtung standen Leute in altertümlicher Kleidung. Ihre hasserfüllten Blicke waren auf uns gerichtet, sie ballten die Fäuste und beschimpften uns.

»Ihr sollt sterben, Hexenpack!«

»Verflucht seist du, Teufelsweib!«

Ein kalter Schauer lief mir über den Rücken. Anstatt meiner normalen Kleidung trug ich plötzlich ein zerrissenes Unterkleid aus Leinen, das vor Dreck starrte, und meine Handgelenke waren mit einem groben Seil gefesselt.

Der Mann, der David als Hexer bezeichnet hatte, warf einen Stein. Da David genau wie ich gefesselt war, konnte er nicht mehr rechtzeitig ausweichen. Seine Haut platzte direkt über seiner Augenbraue auf und im Nu war sein Gesicht blutüberströmt. Die Menge johlte.

Mit weit aufgerissenen Augen starrte ich auf Davids Wunde. Aber … aber das konnte doch nicht sein! Gerade hatten wir uns noch im 21. Jahrhundert befunden und nun schienen wir offenbar die Angeklagten in einem mittelalterlichen Hexenprozess zu sein.

Stadtknechte packten David und mich unter den Armen.

Sie schleiften uns zu einem Mann in einer schwarzen Robe, der anscheinend unser Inquisitor war. Die Haut unter seinen Augen war aufgequollen und der schwarze Hut mit der weißen Feder ließ sein speckiges Gesicht noch runder wirken.

»Die beiden Angeklagten wurden von der geständigen Hexe Maria Kleinecke der Zauberei beschuldigt«, verkündete er der Menge. »Doch da sie sich nicht dazu bekannt haben, mit dem Teufel zu buhlen, werden sie nun der Wasserprobe unterzogen und in den Hexenbrunnen geworfen. Die Schuld der Angeklagten ist erwiesen, wenn sie nicht untergehen und vom Teufel aus den Tiefen des Brunnens gerettet werden.«

Erst nach und nach sickerte die Botschaft seiner Worte in mein Bewusstsein. Sie wollten uns umbringen! Panisch fummelte ich am Knoten meiner Fesseln herum, doch meine Fingernägel waren blutig und bis zur Wurzel eingerissen. Der Schmerz war so intensiv, dass mir übel wurde. Unter dem kläglichen Rest meines Daumennagels steckte sogar noch ein angebrannter Kienspan, der sich tief ins Fleisch bohrte. Ich war wohl gefoltert worden.

Die Wächter packten uns erneut und bugsierten uns zum Hexenbrunnen.

»Lasst mich sofort los, ihr Mistkerle!« David wehrte sich mit Händen und Füßen, doch er hatte keine Chance.

Ich wurde als Erste zum Rand des Brunnens gedrängt. Eisige Kälte drang von unten herauf und ließ mich frösteln.

»Das ist total bescheuert!«, rief ich und vor Angst überschlug sich meine Stimme. »Wenn wir unschuldig sind, ertrinken wir doch.«

Ein kleiner Junge trat aus der Menge hervor. Schon glaubte ich, er wolle mir zu Hilfe eilen, doch er grinste mich nur hämisch an und spuckte mir ins Gesicht.

Der Mann in der schwarzen Robe zeichnete mit der Hand ein Kreuzzeichen in die Luft. »Möge der Herr eurer Seele gnädig sein!«

Die Stadtknechte stießen mich über den Rand und ich fiel in die Tiefe. Als ich den schneidenden Luftzug spürte, der mein Unterkleid flattern ließ, packte mich blankes Entsetzen.

*

Das Wasser schlug über mir zusammen. Reflexartig wollte sich mein Körper in rettende Schwimmbewegungen flüchten, doch die Fesseln an meinen Händen und Füßen machten dies unmöglich. Ich ging unter wie ein Stein. Alles, was mich umgab, war Wasser, Dunkelheit und Kälte. Schon fühlte ich ein unangenehmes Brennen in meinen Lungen. Eine Bewegung im Wasser drückte mich zur Seite und etwas streifte meinen Rücken. David! Die Stadtknechte hatten also auch ihn in den Brunnen gestoßen. Mit blinden Fingern tastete ich um mich, aber ich bekam ihn nicht mehr zu fassen. Tiefer und tiefer sank ich ins ewige Dunkel hinab. Der Druck auf meinen Brustkorb verstärkte sich und das Verlangen zu atmen wurde unerträglich. Ein Teil von mir wunderte sich, dass ich nicht schon längst den Grund des Brunnens erreicht hatte. Doch die dumpfe Leere, die sich nach und nach in meinem Kopf ausbreitete, brachte eine angenehme Gleichgültigkeit mit sich. Meine Gegenwehr erstarb und ich schloss benommen die Augen.

Ein merkwürdiges Kribbeln lief durch mich hindurch. Es war reine prickelnde Energie, die plötzlich in mir pulsierte und mir neue Kraft gab. Ich riss die Augen auf. Über mir drang gleißendes Licht durch das Wasser. Ich bewegte mich geradewegs darauf zu, wie von einer unsichtbaren Schnur gezogen. Immer näher kam ich der Wasseroberfläche, dann tauchte ich endlich auf. Frische, klare Luft strömte in meine Lungen. Ich saugte sie so gierig ein, dass mich ein Hustenanfall schüttelte und ich würgen musste. Nicht weit von mir entfernt durchbrach auch David die Wasseroberfläche und rang keuchend nach Atem.

Wir hatten festen Grund unter den Füßen und befanden uns am Ufer eines wunderschönen Sees. Wärmende Sonnenstrahlen strichen über unsere Haut, Vögel zwitscherten und Schilfgras wiegte sich raschelnd im Wind.

»Sind wir tot?«, krächzte ich. Meine Kehle fühlte sich wund an. »Das ist jedenfalls nicht mehr der Hexenbrunnen.«

»Und es ist auch nicht mehr Winter.« David musterte unsere neue Umgebung argwöhnisch. »Immerhin sind wir diese religiösen Fanatiker losgeworden.«

Unsere Fesseln waren verschwunden, ebenso wie unsere Verletzungen. Wir trugen auch wieder unsere normale Kleidung. Doch das war nicht unbedingt von Vorteil, da sie jetzt mit Wasser vollgesogen war. Als ich neben David an Land watete, hing meine Winterjacke an mir wie ein Bleigewicht.

Nachdem wir uns durch das dichte Schilfgras gekämpft hatten, erwartete uns gleich die nächste Überraschung. Drei alte Frauen standen in Ufernähe im Schatten einer knorrigen Eiche und starrten neugierig zu uns herüber. Sie waren von ziemlich unterschiedlicher Gestalt, trugen jedoch alle lange schwarze Kleider. David und ich wechselten einen unbehaglichen Blick.

Die kleinste der drei Frauen setzte sich in Bewegung und lief auf uns zu. Was einige Zeit in Anspruch nahm, da sie sich vornübergebeugt auf einen Stock stützte und nur in Trippelschritten vorwärtskam. Ihre grauen Haare waren zu einem strengen Dutt zurückgekämmt und ihr Gesicht war von so vielen Falten durchzogen, dass es mich an eine Walnuss erinnerte. Sie blieb vor uns stehen und musterte uns mit wässrigen Augen. Die Greisin strahlte so viel Wissen und Weisheit aus, dass es beängstigend war.

»Anna und David, ihr seid unserer Einladung gefolgt«, sagte sie zufrieden. Ihre Stimme hatte den unangenehmen Klang von trockener Kreide, die man über eine Tafel zog.

Mir blieb der Mund offen stehen. David war also gar nicht zufällig hier? Hatte er etwa die gleiche mysteriöse Botschaft erhalten wie ich? Doch ehe ich nachhaken konnte, eilte auch schon die zweite Frau auf mich zu. Mit ihrer kurzen grauen Lockenfrisur und dem leichten Übergewicht erinnerte sie mich an meine verstorbene Großmutter.

Sie riss mich freudestrahlend in die Arme. »Anna, mein Mädchen, es ist so schön, dich wiederzusehen! Du hast dir wirklich Zeit gelassen. Ich dachte schon, du kommst überhaupt nicht mehr zurück nach Hause.«

Zurück nach Hause? Was meinte sie denn damit? Während ich sie verständnislos anblinzelte, strich sie mir die feuchten Haare aus der Stirn – mit einer Vertrautheit, als würde sie mich seit Langem kennen.

»Ihr … ihr habt auf mich gewartet?«, brachte ich verwirrt hervor.

»Wir warten schon seit 333 Jahren auf euch«, bestätigte sie. »Aber du musstest zunächst zurück in den Harz kommen. Wir konnten David und dich erst in dem Moment ausfindig machen und zu uns holen, als ihr beide mit euren erwachten magischen Kräften aufeinandergetroffen seid.«

Erneut erinnerte ich mich an das seltsame Kribbeln, als David und ich uns im Schulflur berührt hatten. Das sollte Magie gewesen sein?

»Ihr wisst nicht mehr, wer wir sind, oder?« Die pummelige Frau mit den Lachfältchen legte den Kopf schräg. »Dann muss ich mich euch wohl vorstellen. Ich bin Walpurga, die zweitälteste Hexe und stellvertretende Zirkelanführerin im Hexenwald.«

Ich verstand kein einziges Wort. Genauso gut hätte sie auch Marsianisch mit uns sprechen können. Walpurga schien die Unterhaltung jedoch problemlos alleine bestreiten zu können.

»Ihr seid ja pitschnass«, stellte sie nun fest. »Das müssen wir sofort ändern.« Sie legte die Hände zusammen und murmelte ein paar fremdartig klingende Worte. Dann öffnete sie ihre Handflächen und ein grünblaues Schimmern entströmte ihnen. Es sah aus wie eine Welle aus Polarlicht, die uns gleich darauf einhüllte. Hitze flackerte auf und einen Wimpernschlag später waren unsere Kleider trocken. Krass!

»Na toll!« David betrachtete unglücklich seine Lederjacke, die nun einige unschöne Flecken aufwies. Das Vollbad im See hatte ihr wohl nicht besonders gutgetan. Wie konnte er sich in so einem Moment nur Gedanken um den Zustand seiner Jacke machen?

»Anna und David.« Walpurga fasste sich gerührt an ihren wogenden Busen. »Ihr seht genauso aus wie damals. Ist das zu fassen, Ludmilla?« Sie wandte sich an die kleinere Frau. »Ich hatte geglaubt, nur ihre Seelen würden wiedergeboren werden. Aber dass sie sogar im gleichen Körper erscheinen, ist doch unglaublich.«

Moment mal … Wiedergeburt? Sprach sie etwa von Reinkarnation? Das war doch total verrückt! Allerdings ließ es

Walpurgas bisherige Andeutungen wenigstens etwas logischer erscheinen.

Die Frau namens Ludmilla betrachtete uns skeptisch. »Sie sind nicht genau wie früher. Die da«, dabei zeigte sie auf mich, »hat einen längeren Zinken und bei ihm«, dabei deutete sie mit ihrem dürren Finger auf David, »stimmen die Augen nicht.«

Reflexartig betastete ich meine Nase. So lang war sie jetzt auch wieder nicht!

Nun trat auch die dritte Frau zu uns, die etwas jünger als die anderen beiden war. In ihrem Gesicht zeichneten sich weniger Falten ab und in ihrem langen dunklen Zopf leuchteten erst vereinzelte silberne Strähnen.

»Das ist Edith«, stellte Walpurga uns die Frau vor. »Sie kann nicht reden. Ihr wurde die Zunge von einem Inquisitor …«

»Einem fanatischen Spinner«, warf Ludmilla ein und spuckte zu Boden.

»… herausgeschnitten. Wir sind zwar unsterblich, doch Körperteile können selbst wir nicht nachwachsen lassen. Wir verständigen uns mit ihr telepathisch.«

Edith lächelte und machte eine grüßende Handbewegung. Ich tat es ihr gleich, während David die Arme vor der Brust verschränkt hielt und die drei Frauen misstrauisch anfunkelte. In ihren schwarzen unförmigen Kleidern erinnerten sie mich fatal an die drei Moiren aus den griechischen Sagen.

Ludmilla räusperte sich und erklärte feierlich: »Und ich bin Ludmilla Schwartzerdt, die Zirkelanführerin. Wir sind die drei Brockenhexen und ich heiße euch im Hexenwald willkommen.«

Ludmilla, Walpurga und Edith sahen uns erwartungsvoll an. Für einen Moment herrschte peinliches Schweigen.

»Brockenhexen?«, raunte ich David zwischen zusammengebissenen Zähnen zu. »Sagt dir das was?«

Er nickte knapp. »Es gibt eine alte Legende, laut der die Brockenhexen immer erscheinen, wenn Unheil bevorsteht. Ansonsten versteinern sie und werden zu den drei Jungfernklippen in der Nähe von Schierke. Es heißt, sie sind so alt wie der Harz selbst.«

»Hast du gehört?« Ludmilla versetzte Walpurga einen Stoß mit dem Ellbogen. »Über uns werden Legenden erzählt. Sogar heute noch, im Zeitalter der Ungläubigen.«

Anscheinend war ich durch meine mysteriösen Erlebnisse in den vergangenen Tagen schon abgehärtet, denn mein Verstand befand, dass wir möglicherweise tatsächlich vor drei Hexen standen. Eine andere, wissenschaftlichere Erklärung wollte mir auf die Schnelle jedenfalls nicht einfallen.

»Und wo ist dieser Hexenwald?«, fragte David.

Er deutete um sich. Hinter dem See erhob sich ein grasbewachsener Hügel, auf dem einige Schafe weideten, und dahinter erstreckte sich ein endloser Eichenwald.

»Es ist eine Welt, die direkt neben eurer existiert«, antwortete Walpurga. »Wir sind immer noch mitten im Harz, aber auf einer anderen Ebene. Durch den Hexenwald ist es uns möglich, unerkannt von den Menschen zu leben. Auch können wir hier die Natur und die Elemente beeinflussen.«

Das erklärte zumindest, weshalb es hier keinen Schnee und keine eisige Kälte gab. Ich zog meine Jacke und meinen Schal aus, weil ich in den Winterklamotten zu schwitzen begann. »Und was war mit diesem grusligen Hexenprozess, den wir erlebt haben?«

»Das war nur eine magische Halluzination«, sagte Ludmilla. »Hervorgerufen durch den grünen Nebel. Ihr habt eine Szene erlebt, die in dieser Art unzähligen Hexen und Hexern widerfahren ist. In den Tiefen des Brunnens gibt es ein magisches Portal, das direkt in den Hexenwald führt. Wir haben es vor langer Zeit errichtet, um sowohl Hexen als auch unschuldige Menschen vor dem Tod zu bewahren.«

Das sprach ohne Frage für die drei Brockenhexen. Bestimmt hatten sie auf diese Weise einige Leben gerettet.

»Ihr habt uns doch bestimmt nicht ohne Grund hergeholt«, bohrte David weiter. »Was wollt ihr von Anna und mir?«

»Du kommst gleich zur Sache, David, genau wie früher«, meinte Walpurga lächelnd. »Gut, dann gehen wir erst einmal ins Haus. Ich mache uns einen schönen Tee und dann erzählen wir euch alles in Ruhe.«

7.

»Niemand schadet dem christlichen Glauben mehr als die Hebammen. Denn wenn sie die Kinder nicht töten, dann tragen sie, als wollten sie etwas besorgen, die Kinder aus der Kammer heraus und opfern sie, sie in die Luft hebend, den Dämonen.«

Hexenhammer, Teil 1

Wir folgten den Brockenhexen zu einem etwas windschiefen Holzhaus in der Nähe des Sees. Durch die mit Efeu bewachsene Fassade, seine Erker und runden Sprossenfenster machte das Heim der Hexen einen verwunschenen Eindruck. Im Garten standen alte Obstbäume und der Duft blühender Fliederbüsche stieg mir in die Nase. Bis auf einen penibel gepflegten Kräutergarten, der mit einem Holzzaun abgetrennt worden war, schien die Natur größtenteils sich selbst überlassen zu sein. Das emsige Brummen von Bienen und Hummeln lag in der Luft.

»Kommt rein!« Walpurga stand schon an der Tür und winkte uns zu sich.

Im Inneren des Hauses war es gemütlicher, als ich erwartet hatte. Es hingen weder Spinnweben von der Decke, noch gab es einen Ofen, in dem man kleine Kinder braten konnte. In der hellen freundlichen Küche bestand der Großteil der Einrichtung aus poliertem Holz, auf dem Steinfußboden lag ein Flickenteppich und getrocknete Kräuterbündel hingen von der Decke.

David und ich nahmen auf einer gepolsterten Bank Platz und Walpurga kredenzte uns neben dem versprochenen Tee auch einen Baumkuchen mit Zitronenglasur und herrlich duftende Schokoladenkekse. Alles wirkte so unglaublich normal, dass es fast schon beängstigend war.

»Muss sich eigentlich jede Hexe so anziehen?«, entfuhr es mir neugierig.

Ludmilla warf mir einen gereizten Blick zu. »Wieso? Findest du unsere Hexenkleidung etwa nicht schick?«

»Also … äh …«, stammelte ich.

Zum Glück half Walpurga mir aus der Patsche. »Wir kleiden uns so, weil das Schwarz absolut unempfindlich gegen Flecken ist«, erklärte sie. »Beim Anrühren von Hexentränken ist das äußerst praktisch.«

»Ihr solltet froh sein, dass ihr bei uns gelandet seid«, brummte Ludmilla. »In Südfrankreich gibt es einen Hexenzirkel, der sich der ursprünglichen Natur so verbunden fühlt, dass sie sämtliche Kleidung ablehnen.«

Ich zog die Augenbrauen in die Höhe. »Sie sind nackt?«

»Splitterfasernackig«, bestätigte die Zirkelanführerin. »Aber bei dem schönen Wetter dort kann man das ja auch machen. Wir hingegen würden uns beim Kräutersammeln im Winter den Arsch ab…«

»Ludmilla«, fiel Walpurga ihr ins Wort. »Benimm dich! Was sollen denn die beiden von uns denken?«

Ich wechselte einen amüsierten Blick mit David.

Ludmilla rümpfte die Nase. »Wir hingegen sind nicht nur nicht nackt«, fauchte sie. »Man darf nicht einmal die Namen von Körperteilen offen aussprechen, die normalerweise von Kleidung verdeckt sind. Verklemmt bis ins Mark, so nenne ich das!«

»Ich bin überhaupt nicht verklemmt«, erwiderte Walpurga eingeschnappt.

Edith stieß einen Seufzer aus und rollte mit den Augen. Offenbar stritten Walpurga und Ludmilla häufiger miteinander.

Davids Finger trommelten einen ungeduldigen Rhythmus auf die Tischplatte. »Also, was wollt ihr von uns?«

Ich stöhnte innerlich auf. Musste er denn so unhöflich sein? Obwohl ich keinen Hunger hatte, nahm ich mir einen Schokoladenkeks vom Teller, den Walpurga mir auffordernd hinhielt. Er war sogar noch ein bisschen warm und schmeckte herrlich.

»Ihr habt schon einmal gelebt«, erklärte Ludmilla nun ohne Umschweife. »In eurem früheren Leben seid ihr eine außergewöhnlich begabte Hexe und ein begabter Hexer gewesen. Ihr hattet sogar die gleichen Namen: Anna und David.«

»Wie bitte?«, unterbrach ich sie fassungslos. Vor Schreck fielen mir einige Kekskrümel aus dem Mund. Ich sollte eine Hexe gewesen sein?

»Vor fast 333 Jahren habt ihr zusammen das Böse bekämpft, das hier im Harz für Leid und Kummer unter den Menschen gesorgt hat«, fuhr Ludmilla fort. »Doch euer Widersacher war sehr stark. Offen gestanden hat es nicht gut für euch ausgesehen. Deshalb habt ihr einen magischen Eid abgelegt. Ihr habt geschworen, noch einmal zurückzukehren, wenn die Zeit gekommen ist – um eure Mission zu beenden und den Sohn des Teufels für immer auszuschalten. Tja, und hier seid ihr nun!«

Völlig erstarrt blinzelte ich Ludmilla an. Wenigstens war ich nicht die Einzige, der es die Sprache verschlug, denn auch David brachte kein Wort hervor.

Erst langsam kam mein Gehirn wieder in Gang und ich erinnerte mich an Chloes Erzählung bei unserem gemeinsamen Ausritt. »Hat das etwas mit dieser Gruselgeschichte zu tun, dass die Menschen im Harz versehentlich den Sohn des Teufels befreit haben?«

Ludmilla nickte. »Nebruel«, sagte sie düster. »In Wahrheit wurde er allerdings von seinem Vater aus dessen Reich verbannt. Der Teufel mag keine Konkurrenz, schon gar nicht aus der eigenen Familie. Kaum war Nebruel hier, folgten ungewöhnlich harte Winter, in denen die Menschen hungerten. Seuchen und Krankheiten brachen aus. Naturkatastrophen häuften sich – Erdbeben, Orkane und Überschwemmungen. Aber auch die Seelen der Menschen und Tiere veränderten sich. Herzensgute Leute wurden zu skrupellosen Mördern, treue Hunde fielen ihre Besitzer an, Pferde warfen ihre Reiter ab und zertrampelten sie. Nebruel war sich jedoch nicht zu schade, auch eigenhändig zu morden und zu töten.«

»Das klingt schrecklich.« Ich musste an mein Erlebnis mit Hades denken. Vielleicht hatte ich mir seine rot glühenden Dämonenaugen doch nicht nur eingebildet.

»Es war auch schrecklich.« Walpurga nippte an ihrem Tee und stieß einen traurigen Seufzer aus. »Wir Brockenhexen haben uns immer als die Beschützer der Menschen, Tiere und Pflanzen im Harz gesehen. Doch gegen ein Wesen wie Nebruel konnten wir nichts ausrichten. Ohne David und Anna hätte er uns vernichtet. Ihr beide wart so mutig und entschlossen!«

»Leider seid ihr später zurückgekommen, als wir vermutet haben«, bemerkte Ludmilla vorwurfsvoll. »Bis zur nächsten Walpurgisnacht bleibt uns nicht mehr viel Zeit. Bis dahin müsst ihr eure Magie wieder im Griff haben, denn in dieser Nacht werdet ihr euch Nebruel stellen.«

Wie bitte? Das war ja wohl der bescheuertste Plan, den ich

je gehört hatte! Ich blickte zu David. Seine Miene war unergründlich und ich hatte keine Ahnung, was gerade in ihm vorging.

»Tut mir leid, aber was mich betrifft, täuscht ihr euch«, erklärte ich entschieden. »Ich habe keine besonderen Kräfte und an ein früheres Leben als Hexe erinnere ich mich ebenfalls nicht. Deshalb werde ich mich auch ganz bestimmt nicht mit diesem Nebruel anlegen.«

Mein Einwand prallte an Ludmilla einfach ab.

»Natürlich hast du Hexenkräfte«, blaffte sie mich an. »Sie schlummern in euch beiden und wir müssen sie nur wiedererwecken. Ihr werdet doch bestimmt schon einige ungewöhnliche Erlebnisse gehabt haben, die ihr euch nicht erklären könnt.« Sie beugte sich vor und ihre wässrigen Augen schienen mich regelrecht zu durchbohren. »Stimmt's?«

Ich schluckte schwer. In jüngster Zeit herrschte wirklich kein Mangel an ungewöhnlichen Erlebnissen in meinem Leben. Allerdings konnte ich nur die Vision im Spukhaus meinen eigenen Fähigkeiten zuschreiben. Alles andere war ohne mein Zutun geschehen.

»Na schön«, räumte ich ein. »Ich konnte tatsächlich für einen kurzen Moment in die Zukunft sehen und dadurch meine Schwester …«

»Wusste ich es doch!«, fiel Ludmilla mir zufrieden ins Wort. Die Details schienen sie überhaupt nicht zu interessieren.

Sie wandte sich an David. »Und wie sieht es bei dir aus?«

Er presste die Zähne zusammen und ein Muskel in seinem Kiefer zuckte. Doch schließlich nickte er. »Zum ersten Mal habe ich vor etwa zwei Jahren meine außergewöhnlichen Kräfte bemerkt, aber erst in den letzten Wochen ist es richtig schlimm geworden. Ich habe versucht, es zu kontrollieren, aber es gelingt mir einfach nicht.«

Überrascht sah ich ihn an. Dass er magische Fähigkeiten besaß, passte gar nicht zu einem coolen Typ wie ihm. Obwohl … passte es etwa zu mir?

»Im Alter von fünfzehn oder sechzehn erwacht bei den meisten Hexen und Hexern ihre Magie«, meinte Walpurga. »Aber eure Kräfte sind auch eng mit eurer Heimat verknüpft. Anna besaß früher zwar die stärkeren Hexenkräfte, aber sie ist gerade erst in den Harz zurückgekehrt.«

Ich sollte eine besonders mächtige Hexe gewesen sein? Mir entwich ein sarkastisches Schnauben. Auch fiel es mir schwer zu glauben, dass dies alles vorherbestimmt sein sollte. »Ihr meint also, dass es kein Zufall war, dass meine Familie direkt an den Blocksberg gezogen ist?«

Walpurga schüttelte mit nachsichtiger Miene den Kopf. »Nichts im Leben ist Zufall, Kindchen. Das Schicksal hat dich zu deinem Bestimmungsort zurückgeführt. Der Harz wirkt wie ein magnetischer Anziehungspunkt auf Leute wie uns, das war schon immer so. Deswegen sammelt sich in diesen Wäldern auch so viel magisches Volk.«

Ach du lieber Himmel, hier lebten noch mehr von der Sorte? Das musste ich erst einmal verdauen.

Edith, die stumme Hexe, hielt mir fragend die Teekanne hin. Ich schüttelte den Kopf, ehe mir einfiel, dass sie zwar nicht sprechen konnte, aber dennoch nicht taub war. »Nein, danke«, fügte ich hastig hinzu.

Sie lächelte mir aufmunternd zu. Edith war mir auf Anhieb sympathisch und ich bedauerte, dass sie nichts zu unserem Gespräch beitragen konnte.

David räusperte sich. »Dann könnt ihr mir beibringen, wie

ich meine Magie kontrollieren kann?« An seiner angespannten Miene konnte ich ablesen, wie wichtig ihm die Frage war.

»Selbstverständlich können wir das!« Ludmilla rümpfte beleidigt die Nase. »Um die Magie nach deinem Willen zu formen, benötigst du sowohl einen Zauberspruch als auch ein persönliches Machtwort. Falls du einen mächtigeren Zauber wirken willst, kannst du deine eigene Magie auch noch mit einer Kraftquelle verstärken.«

David beugte sich interessiert vor. »Und was genau ist eine Kraftquelle?«

Ludmilla hob ihre Hand über eine Kerze, die in der Mitte des Tisches brannte und stimmungsvolles Licht verbreitete. »Kraftquellen sind Feuer, Wasser, Luft und Erde.« Die Flamme der Kerze sprang auf ihre Finger über und züngelte munter auf ihrer geöffneten Handfläche weiter. »Wir Hexen können die Energie der Elemente für unsere Zwecke nutzen.«

Sie schloss die Faust um die Flamme, murmelte etwas Unverständliches und öffnete ruckartig ihre Hand. Ein Feuervogel schoss daraus hervor, der sich im Flug in ein Rotkehlchen verwandelte. Es flog zwitschernd durch die Küche, bis Ludmilla mit den Fingern schnipste und der Vogel zu Asche zerfiel.

»Unerfahrene Hexen ohne Ausbildung zaubern oft unbewusst mit Kraftquellen«, fuhr sie fort. »Sie manipulieren zum Beispiel versehentlich die Luft und ein Gegenstand, den sie haben wollen, fliegt geradewegs auf sie zu.«

David nickte seufzend. »Das erklärt, weshalb mir schon mehrfach die Fernbedienung an die Stirn gedonnert ist. Einmal ist eine Wasserflasche mit solcher Wucht in meine Hand geflogen, dass ich mir den Finger verstaucht habe.«

»Das tut mir leid.« Walpurga tätschelte mitfühlend seinen Arm. »Wir konnten eure wiedergeborenen Seelen erst erkennen, als es den magischen Funken zwischen Anna und dir gegeben hat, sonst hätten wir dir schon früher geholfen. Sobald du dein Machtwort besitzt, wird alles besser, glaub mir! Wir müssen mit euch nur das Aonaich-Ritual durchführen.«

Sie fing unsere verständnislosen Blicke auf und erklärte: »Mit dem Aonaich-Ritual werden wir die Erinnerungen an euer früheres Leben zurückholen. Für euch hat das den Vorteil, dass ihr dadurch auch wieder euer gesamtes Hexenwissen besitzt und fertig ausgebildet seid. Ihr müsst weder Zaubersprüche pauken noch verzweifelt euer Machtwort suchen.«

Eigentlich war die Nachricht, dass man etwas nicht mühsam erlernen musste, ein Grund zur Freude. In diesem Fall beschlich mich jedoch ein beklemmendes Gefühl. Wollte ich wirklich all die Erinnerungen aus einem früheren Leben in meinem Kopf haben?

»Allerdings müsst ihr euch *beide* dazu entschließen, das Ritual durchzuführen. Ansonsten wird es nicht funktionieren, weil …«, sie stockte und suchte angestrengt nach den richtigen Worten, »… ihr seid eben ein ganz spezieller Fall.«

Ich stutzte. Es war offensichtlich, dass Walpurga nicht ganz ehrlich zu uns war. Oder uns wenigstens einen Teil der Wahrheit verschwieg.

»Genug für heute!« Mit einer entschlossenen Handbewegung beendete Ludmilla das Gespräch und erhob sich. »Ihr wisst jetzt über die wichtigsten Dinge Bescheid. So wie ich das sehe, habt ihr nun genau zwei Möglichkeiten.« Sie blickte David und mir mit ernster Miene in die Augen. »Ihr könnt euch uns anschließen, für das Gute kämpfen und eure Mission beenden. Oder ihr kehrt in euer Leben zurück und wir sehen uns nie mehr wieder.« Sie hob ihren dürren Zeigefinger und ihre Augen verengten sich. »Doch dann müsst ihr mit euren Hexenkräften alleine klarkommen. Damit könnt ihr großes Unheil anrichten. Also überlegt gut und entscheidet weise!«

David stieß ein bitteres Schnauben aus. »Dann bleibt uns wohl kaum eine Wahl.«

Ludmilla überging seine Bemerkung. »Wenn ihr zustimmt, kommt morgen Mittag in den Wald zu den Schnarcherklippen.«

Da sich nun auch Walpurga und Edith erhoben, standen David und ich ebenfalls auf.

Doch mich beschäftigte noch eine andere Sache. »Wenn unsere Seelen dank dieses magischen Schwurs tatsächlich wiedergeboren wurden, bedeutet das doch, dass wir damals versagt haben, oder nicht?«

Augenblicklich war es mucksmäuschenstill in der Küche.

»Nun ja, richtig versagt habt ihr nicht«, druckste Walpurga herum. »Ihr habt Nebruel immerhin in ein magisches Gefängnis gesperrt. Deswegen waren wir die letzten Jahrhunderte vor ihm und seinen Gräueltaten sicher.«

»Aber es wird ihm schon bald möglich sein, diesem Gefängnis zu entkommen«, fügte Ludmilla düster hinzu. »Und zwar in der kommenden Walpurgisnacht. Die Einzelheiten erfahrt ihr dann morgen.« Sie schien sich ziemlich sicher zu sein, dass wir auf den Handel eingehen würden.

Walpurga murmelte wieder etwas auf diese geheimnisvolle Weise und ein Strahlen entströmte ihrer ausgestreckten Hand. Im nächsten Moment öffnete sich mitten im Raum ein gleißender Durchgang. Dahinter konnte ich Bäume und ein paar Felsen ausmachen. »Das ist ein Portal, das euch direkt zu den Schnarcherklippen bringt. Von dort ist es nicht mehr weit bis zum Dorf.«

»So einfach geht das?«, fragte David und der Vorwurf in seiner Stimme war unüberhörbar. »Und warum mussten wir vorhin durch dieses schreckliche Portal im Hexenbrunnen?«

»Das war eine Lektion«, antwortete Ludmilla ohne die Spur eines schlechten Gewissens. »Ihr solltet erfahren, was es heißt, eine Hexe und ein Hexer zu sein. Schon seit Anbeginn unserer Existenz wurden wir gejagt, gefoltert und getötet. Wir sind Außenseiter und werden es auch immer sein. Unsere Kräfte sind ein Geschenk, das einsam macht.«

Schon wollte ich protestieren, denn schließlich lebten wir nicht mehr im finsteren Mittelalter. Doch dann fielen mir wieder Sofies Reaktion und die Angst in ihren Augen ein. So viel hatte sich seither womöglich tatsächlich nicht verändert.

David machte eine einladende Handbewegung in Richtung Portal. »Ladys first!«

Ich nahm all meinen Mut zusammen und trat hindurch. In eine Welt, die nicht bereit für Menschen mit magischen Fähigkeiten war – weder vor dreihundert Jahren noch heute.

8.

»Du mußt verstehn!
Aus Eins mach´ Zehn,
Und Zwei laß gehn,
Und Drei mach´ gleich,
So bist Du reich.
Verlier´ die Vier!
Aus Fünf und Sechs,
So sagt die Hex´,
Mach´ Sieben und Acht,
So ist´s vollbracht:
Und Neun ist Eins,
Und Zehn ist keins.
Das ist das Hexen-Einmal-Eins!«

»Faust«, Johann Wolfgang von Goethe

Es war Montag und der Schultag zog sich schier endlos hin. Ich saß im Deutschunterricht bei meiner Mutter, doch ich konnte mich kaum konzentrieren, denn in meinem Kopf gab es nur noch einen einzigen Gedanken: Ich war eine Hexe.

Ich war eine Hexe!

Ich war eine Hexe.

So oft ich es mir auch sagte, ein Teil von mir wollte es einfach nicht glauben. Das klang zu absurd. Völlig verrückt. Im Laufe der vergangenen Nacht hatte ich mir immer wieder das Gespräch mit den Brockenhexen ins Gedächtnis gerufen, in der Hoffnung, dass ich etwas Klarheit in diese verworrene Geschichte bekam. Meine Probleme fingen schon damit an, dass ich bis gestern Nachmittag nicht einmal wirklich an

Reinkarnation geglaubt hatte. Davon abgesehen klang das, was die Hexen David und mir erzählt hatten, nicht gerade ungefährlich. Ich, Anna Winkler, sollte gegen den Sohn des Teufels kämpfen? Von meinen angeblichen magischen Superkräften hatte ich jedenfalls noch nicht viel bemerkt. Wenn nicht die Vision von Sofies Unfall gewesen wäre, hätte ich das alles wenigstens als himmelschreienden Blödsinn abtun können. Falls ich allerdings wirklich Hexenkräfte besaß, wäre es fatal, wenn ich nicht lernte, sie zu kontrollieren. Allein bei der Vorstellung, dass ich meine Geschwister versehentlich verletzen könnte, krampfte sich mein Magen vor Übelkeit zusammen. Dass ich schon in wenigen Stunden meine Entscheidung treffen musste, machte mich fast wahnsinnig. Dabei kannte ich nicht einmal alle Fakten. Denn mal ehrlich: Der Sohn des Teufels? Glaubte ich wirklich an so etwas wie das personifizierte Böse?

Ich kaute nachdenklich auf meinem Stift herum, während meine Mutter vorne auf die Tafel in geschwungenen Buchstaben *Personencharakteristik Kapitel 1 + 2* schrieb. Ich hatte nicht die geringste Ahnung, von was gerade die Rede war, doch sofort schossen die Hände einiger Mitschüler in die Höhe. Immerhin war ich nicht die Einzige, die dem Unterricht nur mit mäßigem Interesse folgte. Chloe hielt neben mir ihr Handy unter dem Tisch versteckt und las mit gerunzelter Stirn einen Artikel. Wenn ich es richtig entzifferte, ging es dabei um das Thema Kinderarbeit in indischen Textilfabriken.

Wie Chloe sich wohl an meiner Stelle entscheiden würde? Immerhin besaß man mit magischen Kräften auch einige Macht. Würde sie es als Möglichkeit sehen, die Welt zu einem besseren Ort zu machen? Ich kämpfte gegen die Versuchung an, mich meiner Freundin einfach anzuvertrauen. Aber die Erfahrung mit Sofie hatte mich vorsichtig werden lassen. Wenn meine eigene Schwester schon so ablehnend reagierte, wollte ich nicht auch noch meine Freundschaft zu Chloe gefährden. Wohl oder übel musste ich diese ganze Geschichte vor meiner Familie und meinen Freunden geheim halten. Das war ebenfalls eine Sache, die mir absolut nicht gefiel. Ich hasste Heimlichtuerei und Lügen. Somit gab es nur noch einen Menschen, mit dem ich über all dies sprechen konnte.

Verstohlen fischte ich ebenfalls mein Handy aus der Tasche. Nachdem die Hexen David und mich gestern durch das Portal geschickt hatten, waren wir beide ziemlich durcheinander gewesen, doch wir hatten immerhin daran gedacht, unsere Handynummern auszutauschen.

Als das Display aufflackerte, stellte ich überrascht fest, dass ich bereits eine Nachricht von David erhalten hatte:

Gehst du nachher zu dem Treffen? Denk bitte daran, dass deine Entscheidung gleichzeitig auch mich betrifft!

Diesen Punkt hatte ich bei meinen Überlegungen tatsächlich vernachlässigt. Walpurga hatte jedoch explizit betont, dass David und ich das Ritual nur gemeinsam durchführen konnten.

Bevor ich eine Antwort eintippte, blickte ich kurz zu Chloe, die jedoch immer noch in den Artikel vertieft war. Dass ich ihr versprochen hatte, mich von ihrem Bruder fernzuhalten, machte die Situation nicht gerade weniger kompliziert.

Ich weiß noch nicht genau. Gehst du hin?

Fast augenblicklich schrieb David zurück: *Klar. Wie gesagt: Ich habe keine andere Wahl.*

Damit hatte ich offen gestanden gerechnet. Immerhin schien er unter seinen unkontrollierbaren magischen Kräften ziemlich zu leiden. Aber machte er sich denn keine Sorgen, was das im Endeffekt zu bedeuten hatte?

Also willst du auf den Deal eingehen? Und kämpfen?

Davids Antwort fiel leider ziemlich kryptisch aus: *Nein. Erklär ich dir später. Laufen wir zusammen hin?*

Nachdenklich kaute ich auf meiner Unterlippe. Wem wollte ich eigentlich etwas vormachen? Im Grunde ging es mir wie David: Mir blieb wohl keine andere Wahl. Gerade als ich mein *Okay* abgeschickt hatte, knuffte Chloe mich warnend in die Seite. Ertappt sah ich zu ihr und bemerkte, dass sie ihr Smartphone hatte verschwinden lassen.

»Anna, wie du sicherlich weißt, sind Handys im Unterricht verboten«, sagte meine Mutter mit schneidender Stimme.

Sie stand direkt vor unserem Tisch und funkelte mich wütend an.

»Entschuldigung«, murmelte ich. Hastig wollte ich mein Handy zurück in die Tasche stecken, doch meine Mutter streckte verlangend die Hand aus.

»Ich konfisziere das Handy bis zum Ende der Stunde. Aber ich kann dir jetzt schon verraten, dass das Konsequenzen haben wird, Anna.« Die Kälte in ihrer Stimme hätte sogar einem Eisberg eine Gänsehaut verursacht.

Oh Mann, das hatte mir gerade noch gefehlt!

*

Als ich ein paar Stunden später mit David durch den Wald lief, war ich nicht in allerbester Stimmung. Zwar hatte meine Mutter mir am Ende der Stunde tatsächlich mein Handy wiedergegeben, allerdings mit den Worten, dass sie noch über eine angemessene Strafe nachdenken würde. Wenigstens blieb mir eine kurze Gnadenfrist bis zum großen Donnerwetter, da sie heute bis mindestens 18 Uhr eine Lehrerkonferenz hatte.

Um zu den Schnarcherklippen zu gelangen, mussten David und ich uns den »Teufelsstieg« hinaufkämpfen. Auf dem Heimweg am Tag zuvor war mir überhaupt nicht aufgefallen, wie unglaublich steil der schmale Pfad war. Er wurde zu beiden Seiten von unzähligen Bäumen eingerahmt und ihre dicken stufenartigen Wurzeln überwucherten fast den kompletten Waldweg. Es sah aus, als würden David und ich eine schier endlose Treppe hinauflaufen. Wenigstens hatte ich daran gedacht, mir feste Schuhe und warme Socken anzuziehen.

»Du wolltest mir noch erzählen, was du wegen des Deals mit den Hexen vorhast«, erinnerte ich David keuchend.

»Der ist mir ehrlich gesagt gleichgültig«, gab er unumwunden zu. Er war nicht einmal außer Atem und ging zielstrebig voran. »Ich muss unbedingt meine Magie in den Griff bekommen. Wenn ich nicht lerne, sie bewusst zu steuern, könnte das auf Dauer unangenehm werden. Genau wie Ludmilla gesagt hat.«

Ich konnte meine Neugier nicht zurückhalten. »Was ist denn passiert?«

David lief schweigend weiter. Schon dachte ich, er würde mir keine Antwort geben, doch dann sagte er: »Wenn ich mir in den vergangenen Wochen Dinge gewünscht oder vorgestellt habe, sind sie manchmal tatsächlich geschehen. Im Endeffekt ist nichts Schlimmes passiert, aber es hat das Potenzial, gefährlich zu werden. Für mich und für andere.«

Ich schluckte schwer. Würde mir so etwas auch passieren, wenn ich mich in letzter Sekunde gegen das Aonaich-Ritual entschied? Wie schnell wünschte man sich aus einer spontanen Laune heraus Dinge, die man überhaupt nicht so meinte.

Plötzlich fiel mir Chloes Warnung bei unserer Shoppingtour wieder ein. Vielleicht hatte sie nur deshalb Angst vor ihrem Bruder, weil David versehentlich seine Magie in ihrer Gegenwart eingesetzt hatte? Leider war es offensichtlich, dass David nicht weiter ins Detail gehen wollte.

»Dann hast du gar nicht vor, dich an die Abmachung zu halten?«, hakte ich nach. Ich wich einer besonders großen Baumwurzel aus, die sich wie eine dicke Schlange quer über den Waldweg rekelte. »Die Hexen erwarten schließlich, dass wir uns diesem Nebruel stellen. Wir können doch nicht zuerst ihre Hilfe annehmen und sie danach im Stich lassen.«

Die Brockenhexen mochten zwar schrullig, seltsam und ziemlich eigenwillig sein, aber in diesem Punkt hatten sie aufrichtig gewirkt. Sie schienen sich vor diesem Nebruel wirklich zu fürchten.

David schnaubte auf. »Gott, Anna, sei doch nicht so vertrauensselig! Die drei könnten uns auch nach Strich und Faden belügen«, meinte er. »Wahrscheinlich sind sie selbst nur zu feige, Nebruel gegenüberzutreten. Und deshalb sollen wir beide den Kopf hinhalten. Aber ich kenne diesen Typen nicht einmal. Weshalb sollte ich also mein Leben riskieren und gegen ihn kämpfen?«

Unglücklich ließ ich die Schultern hängen. »Ich kann den Hexen doch nicht ein Versprechen geben, wenn ich überhaupt nicht vorhabe, mich daran zu halten.«

David blieb ohne Vorwarnung stehen. Er warf mir einen provozierenden Blick zu. »Du bist doch nicht etwa so eine

Streberin mit überhöhten Moralvorstellungen? Eine, die kaum Freunde hat, andauernd lernt und sich nicht für Jungs interessiert?«

»Natürlich nicht!« Ich gab mir Mühe, angemessen empört auszusehen. Allerdings war mir auch klar, dass ich durch meine beschämenden Reitversuche, mein Alter und meine moralischen Prinzipien bisher wohl keinen besonders coolen Eindruck auf David gemacht hatte. »Für eine Streberin sind meine Noten viel zu durchschnittlich«, erwiderte ich etwas lahm. »Außerdem hatte ich in München sehr wohl Freunde. Und auch einen festen Freund.«

Okay, das Letztere war ein wenig übertrieben. Dass ich einen Freund hatte, lag nämlich schon über ein Jahr zurück. Die Beziehung zwischen Matthias und mir hatte damals gerade mal drei Wochen gehalten. Außer ein bisschen Händchenhalten und ein paar verstohlenen Küssen war da nicht viel passiert.

»Aha.« David wirkte nicht gerade überzeugt.

»Und du?«, ging ich zum Gegenangriff über. »Hast du denn eine Freundin?«

Er schüttelte schnaubend den Kopf. »Ne, das fehlt mir gerade noch. Ich hab schon genug um die Ohren.«

Er tat ja so, als wäre eine Freundin etwas Lästiges und megaanstrengend. Wenn ich allerdings daran dachte, dass wir gerade auf dem Weg zu drei Hexen waren, die uns auf einen magischen Kampf vorbereiten wollten, musste ich ihm wohl oder übel recht geben.

»Aber was die Sache mit dem falschen Versprechen betrifft …«

Er trat einen Schritt vor und stand mit einem Mal so dicht vor mir, dass ich den Kopf in den Nacken legen musste, um zu ihm aufzusehen. Trotz des Winters hatte seine Haut eine frische goldbraune Tönung und seine vollen Lippen besaßen einen sanften Schwung. Seine Gesichtszüge kamen mir auf seltsame Weise vertraut vor. Als hätte ich schon oft auf diese Weise zu David aufgeschaut.

»Das würde ich an deiner Stelle nicht so radikal sehen«, fuhr er fort. »Aus Mangel an Informationen weißt du im Moment nur noch nicht, ob du dich tatsächlich an die Abmachung mit den Hexen halten wirst. Das ist so etwas wie ein vorsichtig optimistisches Versprechen mit möglicher Rücktrittsklausel.«

Seine Einstellung gefiel mir nicht besonders. Wenn ich jemandem mein Wort gab, stand ich auch dazu und meine Freunde konnten sich darauf verlassen. »Ach, so definierst du das also? Erinnere mich noch mal daran, wenn ich dir irgendwann ein Versprechen abnehmen möchte!«

Mein sarkastischer Tonfall schien David jedoch überhaupt nicht aufzufallen. »Auf alle Fälle solltest du dich wegen Nebruel nicht von dem Aonaich-Ritual abhalten lassen, Anna!«, beharrte er. »Wir ziehen das jetzt einfach zusammen durch und dann sehen wir weiter.« Er blickte mir tief in die Augen, strich mir eine Locke aus dem Gesicht und seine Fingerspitzen streiften sanft meine Wange. Gegen meinen Willen beschleunigte sich mein Herzschlag.

»Was soll das denn werden?«, fragte ich verwirrt. »Flirtest du etwa mit mir?«

»Und wenn es so wäre?«, raunte er mit sonorer Stimme, die wohl verführerisch wirken sollte.

Wollte David mich etwa manipulieren? Damit ich meine letzten Zweifel über Bord warf? Entschlossen trat ich einen Schritt zurück. »Dann würde ich dir sagen, dass du dir die Mühe sparen kannst. Konzentriere dich lieber wieder auf deine Verehrerinnen in der Schule. Die werfen sich dir schließlich freiwillig in die Arme.«

»Ja, aber das wird mit der Zeit auch langweilig.« Er zuckte lässig mit den Schultern, ohne mich für einen Moment aus den Augen zu lassen. »Mich reizen Herausforderungen ungemein.«

Plötzlich hatte ich das dringende Bedürfnis, ihm eine Ladung Schneematsch ins Gesicht zu werfen. »Wenn du mir weiter in dieser herablassenden Art auf die Pelle rücken willst, kannst du dich gleich mal mit dem Scheitern vertraut machen!«

Überraschung zeichnete sich in seiner Miene ab. Anscheinend hatte er nicht mit dieser Reaktion gerechnet. Er lachte leise. »Ich scheitere nie, Anna. Ich bekomme, was ich will. Immer.«

Okay, David hatte es geschafft: Ich war sprachlos. Mir blieb der Mund offen stehen. Wie hatte Chloe ihren Bruder noch gleich bezeichnet? Als Vollidiot und Blödmann sondergleichen.

David setzte sich wieder in Bewegung und ich folgte ihm wutschnaubend. Immerhin hatte mir die kurze Pause gutgetan, denn nun schaffte ich die restliche Steigung ohne Probleme.

»Wir sind gleich bei den Schnarcherklippen«, meinte David und deutete nach rechts. »Gestern auf dem Heimweg sind wir an dem Trampelpfad dort vorne …« Er stockte und blieb abrupt stehen.

Auch ich hatte etwas gespürt. Als hätten wir soeben eine unsichtbare Schwelle erreicht. Mir wurde schwindlig und ich hatte das dumpfe Gefühl, dass wir uns verlaufen hatten. Sollten wir nicht lieber umkehren? Doch, ganz sicher, wir waren hier völlig falsch!

David fuhr sich mit beiden Händen über das Gesicht und schüttelte grinsend den Kopf. »Die Hexen sind wirklich clever! Das ist wohl eine Art Verwirrungszauber, damit uns bei dem Ritual keine ungebetenen Besucher stören.«

»Ein Zauber?« Auch ich fuhr mir mit der Hand übers Gesicht, doch mir fiel es deutlich schwerer, meine Orientierungslosigkeit loszuwerden. Immer noch kämpfte ich gegen das Bedürfnis an, in die entgegengesetzte Richtung zu marschieren.

Während David schon weiterlief, waren meine Beine wie am Boden festgeklebt. In Zeitlupe hob ich meinen bleischweren Fuß an und machte einen Schritt vorwärts. Kaum hatte ich mich jedoch in Bewegung gesetzt, ließ ich das magische Hindernis hinter mir. Der Drang umzukehren war urplötzlich verschwunden. Trotzdem fühlte ich mich, als wäre ich gerade durch eine Prüfung gefallen. Ohne Davids Hilfe hätte ich mich bestimmt nicht derart verbissen vorwärtsgekämpft.

Nachdenklich folgte ich ihm zu den Klippen. Weshalb war ich nur so viel schlechter als er, wenn es um Magie ging? Ob es wirklich nur daran lag, dass ich erst seit Kurzem im Harz lebte? Meine Kräfte bereiteten mir im Gegensatz zu David jedenfalls keine Schwierigkeiten, im Gegenteil. Sie zeichneten sich vor allen Dingen durch ihre Abwesenheit aus.

*

Die Schnarcherklippen waren zwei knapp dreißig Meter hohe graue Felsen, die sich wie Zwillingstürme inmitten des Waldes erhoben. Sie bestanden aus vielen unterschiedlich großen Felsblöcken, als wären sie einst von Riesen aufeinandergestapelt worden. In den Zwischenräumen der Steine wuchsen Büsche und kleine Bäume, die dem Ganzen eine idyllische Note verliehen.

»Weshalb haben sie eigentlich diesen seltsamen Namen?«, fragte ich David, während ich die Klippen betrachtete. »Wurden sie vielleicht von einem Typ namens Otto Schnarcher entdeckt?«

»Man nennt sie so, weil sie manchmal bei Südostwind seltsame Geräusche von sich geben. Es klingt dann wie ein Schnarchen.«

»Das sind nicht die Klippen«, meldete sich direkt neben uns eine Stimme zu Wort. »Das ist Ludmilla. Sie macht manchmal in einem Hohlraum in den Klippen ein Mittagsschläfchen, wenn wir in eurer Welt sind.«

Ich zuckte zusammen. Walpurga war wie aus dem Nichts an meiner Seite erschienen.

»Ihr seid beide gekommen.« Die Hexe strahlte uns überglücklich an. Über ihren schwarzen Kleidern trug sie heute einen grauen bodenlangen Mantel, der aussah, als sei er aus Haaren gefilzt worden und ungemein kratzig. »Das ist der erste Schritt, um uns alle zu retten! Dann habt ihr euch entschieden?«

Sofort meldete sich mein schlechtes Gewissen. Unsicher blickte ich zu David, in dessen Gesicht sich jedoch nicht die geringste Regung zeigte. »Ja, wir gehen auf eure Abmachung ein«, entgegnete er so überzeugend, dass selbst ich ihm beinahe geglaubt hätte.

In diesem Moment hörte ich ein schleifendes Geräusch von einer der Klippen. Dort, wo eben noch blanker Fels gewesen war, schwang eine steinerne Tür zur Seite und das

Portal öffnete sich. Ludmilla trat hustend heraus und mit ihr drang ein Schwall Rauch ins Freie.

»Hast du in der Küche wieder mit deinen Zaubertränken herumexperimentiert?«, fragte Walpurga scharf.

»Ähm. Nein.« Die alte Hexe zog eine Grimasse. »Ich habe gekocht. Bin ich zu spät?«

»Keine Sorge, für deine Verhältnisse bist du sogar überpünktlich.« Der indirekte Vorwurf, der dabei mitschwang, war nicht zu überhören.

Ludmilla humpelte zu uns und stützte sich schwerfällig auf ihren knorrigen Stock. »Konntet ihr unsere Sicherheitsbarriere problemlos überwinden?«

»Ja, ohne Schwierigkeiten«, bestätigte David mit selbstzufriedener Miene.

Ich hüllte mich lieber in Schweigen. Zwar hatte ich die Barriere überwunden, aber ganz sicher nicht »problemlos« und »ohne Schwierigkeiten«.

»Sehr gut!« Ludmilla nickte zufrieden. »Um diese Jahreszeit gibt es hier zwar nicht viele Touristen, doch wir wollten sichergehen, dass wir nicht gestört werden. Um den Schleier zu lüften, müssen wir das Ritual nämlich in eurer Welt durchführen.«

David runzelte die Stirn. »Was für einen Schleier?«

Walpurga bedeutete uns, mit ihr auf einer der Holzbänke Platz zu nehmen, auf denen normalerweise die Touristen ihre Pausen einlegten. Von hier aus hatten wir einen guten Blick auf die Schnarcherklippen, die von der Wintersonne in goldenes Licht getaucht wurden.

»Ihr beide seid in einer Welt der Logik und Wissenschaft aufgewachsen«, erklärte Walpurga. »Schon von klein auf habt ihr gelernt, das Unmögliche auszublenden. Deshalb gibt es heutzutage auch viel weniger Hexen. Die meisten ignorieren einfach ihre Fähigkeiten oder reden sich ein, ihr magisches Erlebnis wäre nur Zufall gewesen. Weil sie Angst haben, für verrückt gehalten zu werden. Anstatt ihre Kräfte zu schulen, lassen sie sie verkümmern.«

Diese Angst war nicht unbegründet. Ich selbst bereute jedenfalls, dass ich meiner Schwester von meiner Vision erzählt hatte. Sofie hielt mich allerdings nicht für verrückt, sondern beäugte seither misstrauisch jede meiner Bewegungen, als wäre ich von einem Dämon besessen.

»Diesen Schleier müssen wir von euch nehmen«, fuhr Ludmilla fort, »damit ihr wieder die wahre Natur der Dinge erkennen könnt. In erster Linie bekommt ihr heute jedoch eure Kräfte und die Erinnerung an euer früheres Leben zurück.«

Hinter uns raschelte es und Edith tauchte mit einem Weidenkorb voller Wurzeln und Knollen zwischen den Büschen auf. Sie hob lächelnd die Hand und winkte uns zur Begrüßung zu. Dann sah sie mit konzentrierter Miene zu Walpurga und Ludmilla. Offenbar verständigten sie sich gerade telepathisch miteinander.

»Edith hat alle Zutaten gefunden und wir können mit dem Aonaich-Ritual beginnen«, informierte uns Walpurga.

Die drei Hexen begannen geschäftig umherzulaufen. Offenbar sollte die Zeremonie genau zwischen den Schnarcherklippen stattfinden. Ludmilla fegte den Schnee und die vertrockneten Blätter allein mit Wischbewegungen ihrer Hand beiseite, während Walpurga die gesammelten Zutaten in einem Mörser zerkleinerte. Edith kratzte mit einem leuchtenden Kristall fremdartige Zeichen, bei denen es sich wohl um Runen handelte, in die gefrorene Erde.

»Hau ab!«, zischte Ludmilla plötzlich.

Die Zirkelanführerin warf eine Ladung Schnee auf eine Krähe, die auf einem Ast saß und das Geschehen aufmerksam zu beobachten schien. Der Vogel drippelte flink zur Seite, sodass der Schneeball ihn knapp verfehlte. Als Ludmilla unsere erstaunten Blicke auffing, erklärte sie grummelnd: »Die Krähen sind Nebruels einziger Kontakt in unsere Welt. Durch sie kann er uns beobachten.«

Sein einziger Kontakt in unsere Welt? Die Brockenhexen hatten uns offenbar noch viel über Nebruel und die Art seines Gefängnisses zu erzählen.

»Hey, das wegen vorhin tut mir leid«, entschuldigte David sich unvermittelt. »Ich habe mich wohl nicht besonders gentlemenlike verhalten. Manchmal rede ich einfach nur Müll, verzeih mir bitte!« Er legte seine Hand auf meine. »Bist du dir sicher, dass du das tun möchtest? Ich weiß, dass dir die Entscheidung schwerer fallen muss als mir.«

In einem Moment benahm David sich wie ein Vollidiot und im nächsten gab er sich wieder verständnisvoll. Da sollte man noch mitkommen! Ich zog eine Grimasse. »Klar, natürlich bin ich noch dabei.«

Er lächelte mir zu. »Das freut mich.«

»Seid ihr bereit?« Walpurga winkte uns zu sich. »Es geht los.«

Die Hexen dirigierten uns in den Runenkreis an eine Feuerstelle, über der in einer Kupferschale die klein gemahlenen Pilze, Kräuter und Wurzeln glommen. Ein beißender Geruch lag in der Luft und meine Augen tränten vom Rauch, der aus der Schale aufstieg. Zu allem Überfluss mussten wir auch noch unsere Winterjacken ausziehen, sodass ich einige Minuten später in Pulli und Jeans schlotternd in der Kälte stand. Walpurga wies David und mich an, uns an den Händen zu halten und den Rauch tief einzuatmen.

Ludmilla warf uns einen zuversichtlichen Blick zu. »Dann wecken wir mal eure Erinnerungen und Gefühle füreinander!«

Vor Aufregung wurden meine Handflächen feucht und … Moment mal! Was hatte Ludmilla gerade gesagt?

»W-was für G-Gefühle?«, fragte ich zähneklappernd.

»Na, ihr habt euch früher geliebt und seid ein Paar gewesen«, antwortete Ludmilla. »Ihr seid ein Cáraid. Ein Hexenpaar, das durch seine Liebe seine magischen Kräfte miteinander verbinden kann. Nur deshalb seid ihr so stark gewesen und konntet Nebruel entgegentreten. Haben wir das noch nicht erwähnt?«

»Wie bitte?« Ich starrte sie fassungslos an. »David und ich sollen ein Liebespaar sein?«

Walpurga nickte bestätigend. »Ihr seid füreinander bestimmt.«

Das hatte sie also gestern gemeint, als sie uns als ganz speziellen Fall bezeichnet hatte!

David ließ schlagartig meine Hand los.

9.

»Die Hexe: *O Herr, verzeiht den rohen Gruß!*
Seh´ ich doch keinen Pferdefuß.
Wo sind denn Eure beiden Raben?
Mephistopheles: *Für diesmal kommst du so davon;*
Denn freilich ist es eine Weile schon,
Dass wir uns nicht gesehen haben.«

»Faust«, Johann Wolfang von Goethe

»Das Letzte, was ich will, ist eine Freundin!« David ballte die Fäuste und funkelte die Hexen wütend an. »Außerdem bin ich ja vielleicht schon in ein anderes Mädchen verliebt. Habt ihr daran mal gedacht?«

Walpurga stieß einen tiefen Seufzer aus. »Bist du denn in ein anderes Mädchen verliebt?«

»Nein«, knurrte er, als würde er diesen Umstand zutiefst bedauern.

Okay, ich versuchte, nicht allzu gekränkt auszusehen. Trotzdem nagte Davids Reaktion an meinem Ego. Er diskutierte schon seit zehn Minuten mit den Hexen über diese Sache mit dem »Cáraid«, während ich die Arme um meinen Oberkörper geschlungen hatte und auf der Stelle hüpfte, um mich aufzuwärmen. Vielleicht sollte ich auch einmal etwas zu dem Thema sagen? Nicht dass die anderen den Eindruck bekamen, ich würde mich darüber freuen, mit David nach dem Ritual zusammen zu sein. Sicher, ich fand ihn attraktiv und er konnte manchmal ganz nett sein, aber so dringend wollte ich ganz bestimmt keinen Freund. Besonders keinen, der schon allein die Vorstellung, mich zu lieben, offensichtlich unfassbar schrecklich fand. Wenn das so weiterging, starb ich allerdings ohnehin an Unterkühlung und es war völlig gleichgültig, ob Gefühle aus früheren Leben zurückkehren konnten oder nicht.

»Jetzt mach dir deswegen nicht ins Hemd, David!«, meinte Ludmilla entnervt. »Niemand will dich zu einer Beziehung mit Anna zwingen. Eure Gefühle werden nur dann zurückkommen, wenn ihr euch wirklich geliebt habt. Es muss eine Art von Liebe sein, die so wahr und stark ist, dass sie Jahrhunderte und sogar den Tod überwindet – bis die beiden Seelen wieder zueinanderfinden.«

Wahrscheinlich hatte ich zu viele Liebesfilme gesehen, denn ich fand das romantisch. Eine Liebe, die so wahr und stark war, dass sie Jahrhunderte und sogar den Tod überwand … Klang das nicht nach etwas Einzigartigem und Wunderschönem?

»Ihr habt damals einen magischen Schwur geleistet und ab jenem Tag ein Hexenamulett um den Hals getragen, das ihr niemals abgelegt habt«, erklärte Walpurga und zitierte feierlich: »*So wie im Augenblick unseres Todes unsere Seelen sich von unseren leiblichen Hüllen trennen, so werden sie einst wieder zusammenfinden: Hülle an Hülle, Seele an Seele, in Liebe vereint.*«

David schüttelte den Kopf. »Das ist doch total bescheuert«, murmelte er kaum hörbar.

Er fuhr zu mir herum. »Sag doch mal was, Anna! Jetzt sollen uns auch noch fremde Gefühle eingepflanzt werden. Regt dich das nicht auf?«

So drastisch formuliert klang das tatsächlich abschreckend. Weshalb blieb ich dann so cool? Vielleicht, meldete sich die Stimme meines Verstands zu Wort, weil ich doch nicht ganz so immun gegen Davids Charme war, wie ich es gerne gehabt hätte? Ich schluckte schwer.

»Du … du hast doch gehört, dass wir zu nichts gezwungen werden können«, stammelte ich. »Außerdem hast du selbst gesagt, dass wir dieses Ritual durchführen müssen und im Grunde überhaupt keine Wahl haben.«

»Ja, das habe ich.« Er stieß die Luft aus und starrte mit brütendem Blick auf die Klippen. Dann ergriff er fast schon widerwillig meine Hand. »Na schön, machen mir weiter.«

Ich konnte mir nicht verkneifen, David einen säuerlichen Blick zuzuwerfen. Die drei Brockenhexen schienen jedoch froh zu sein, dass er endlich Ruhe gab. Sie begannen ohne weiteren Kommentar mit dem Ritual. Walpurga und Ludmilla stimmten einen melodiösen Singsang an, während ich wie befohlen den Rauch einatmete. Die Runen glühten auf und der Boden unter meinen Füßen vibrierte leicht. Wärme kroch meine Zehen hinauf und vertrieb die Kälte aus meinen Gliedern. In meiner Winterjacke wäre mir jetzt wahrscheinlich der Schweiß ausgebrochen. Die Melodie der Hexen wirkte unglaublich beruhigend und entspannend. Wie von selbst schlossen sich meine Augen. Mein Zeitgefühl begann zu verschwimmen und eine angenehme Leichtigkeit erfasste mich. Ich blinzelte … und stieß einen leisen Schrei aus.

David und ich schwebten etwa eineinhalb Meter über dem Boden. In dem grünblauen Schimmer, den die Hexen beim Zaubern verströmten, schwammen unsere Körper wie in einem See aus Polarlicht. Doch der Schreck, der durch meine Glieder fuhr, wirkte wie ein Bleigewicht an meinen Füßen. Sofort sackte ich nach unten.

Ludmilla zischte: »Konzentrier dich, Anna!«

»Sorry.« Ich schloss wieder die Augen. Es dauerte ein paar

Minuten, dann verlor ich mich wieder in dem Gefühl der Schwerelosigkeit. Als würde ich mich nicht nur von meinem Körper und allem Irdischen lösen, sondern auch von Raum und Zeit. Ein Teil meines Ichs erhob sich weit in den Himmel und darüber hinaus bis zu den Sternen. Ich tauchte ein in die Ewigkeit des Universums und bewunderte die Schönheit der Erde. Ich sah eine Vielzahl von Leben unter mir. Sie waren mit silbrig glitzernden Fäden miteinander verbunden – jedes Wesen, jede Pflanze, jeder Mensch. Alles hing miteinander zusammen, alles war eins. Es war das Bild des Lebens. Ganze Zeitalter zogen an mir vorbei, die jedoch genauso existent waren wie die Gegenwart. Denn es zählte keine Vergangenheit und keine Zukunft, alles war im Fluss.

Von einem der silbrigen Fäden fühlte ich mich unwiderstehlich angezogen. Ich streckte meine Hand danach aus und ließ mich zu meinem früheren Ich führen, zu Anna Huber aus dem Jahr 1685. Als ich das Ende des Fadens erreichte, sah ich … mich selbst. Anna Huber hatte dieselben Gesichtszüge, die gleichen dunkelroten Haare und meinen Körperbau. In ihren Augen lagen tiefes Mitgefühl und Wärme, aber auch eine Art von Selbstbewusstsein und Entschlossenheit, die ich bei mir selbst noch nie wahrgenommen hatte. Sie schloss mich in eine liebevolle Umarmung und die beiden Teile unserer Seele – unsere Erfahrungen, unsere Erinnerungen, unser Wissen – begannen zu verschmelzen und eins zu werden. Zugleich überkam mich die Erkenntnis, dass dies alles richtig war und mir schon immer dieser andere Teil meiner Seele gefehlt hatte. Doch mitten in der Verschmelzung verschwand die wunderbare Leichtigkeit aus meinem Körper. Hitze flammte in meinem Inneren auf und ein Schmerz durchfuhr mein Bewusstsein, so scharf und stechend, dass ich mir sicher war, daran zu sterben. Hier lief etwas völlig falsch! Anna Huber riss erschrocken die Augen auf. Wir wollten einander festhalten und das Ritual beenden, doch eine Art Strudel erfasste mich und zog mich von ihr weg. Erbarmungslos und brutal wurde ich in die dunklen Wälder des Harzes und in meinen Körper zurückkatapultiert. Keuchend schlug ich die Augen auf und sackte auf die Knie.

Ich übergab mich direkt neben der Feuerstelle. Von den Holzscheiten waren nur noch rot glühende Kohlestücke übrig und die Kräuter in der Schale waren verglommen.

Edith war die Erste, die bei mir war. »*Was ist geschehen, Anna?*« Ediths telepathische Stimme war sanft und melodiös, doch ihr Widerhall ließ den Schmerz in meinem Kopf erneut aufflammen. Stöhnend fasste ich mit beiden Händen an meine Schläfen.

»Nicht«, sagte ich gepresst. »Nicht sprechen … Tut weh.«

Walpurga kniete sich neben mich. »Heiliger Bimbam! Du bist kalkweiß im Gesicht.« Ihre warme Hand strich über meinen Rücken. »Ist etwas schiefgegangen?«

»Quatsch!«, krächzte Ludmilla. »Ganz offensichtlich konnte sie Edith hören. Das bedeutet, dass sie jetzt wieder eine richtige Hexe ist.«

Ich atmete tief ein und aus, doch nach wie vor drehte sich alles um mich herum.

Walpurga hielt mir ein Fläschchen mit einer sonnengelben Flüssigkeit hin. »Trink davon einen Schluck! Das ist …«

»Surggismus«, beendete ich mit schwacher Stimme ihren Satz. »Es ist dem Riechsalz der Menschen ähnlich, nur sehr viel wirkungsvoller. Es vertreibt Schwindel, Schwächegefühle und hilft auch bei Übelkeit.«

Sie lächelte erfreut. »Exakt.«

»Ich hab doch gesagt, dass es funktioniert hat.« Der Triumph in Ludmillas Stimme war nicht zu überhören. »Anna ist genauso besserwisserisch wie damals.«

Ich nahm das Fläschchen und zwang mich, die bittere Flüssigkeit zu schlucken. Zum Glück hatte mein Magen ein Einsehen und rebellierte nicht gegen die magische Medizin. Schon nach wenigen Atemzügen ließ das Schwindelgefühl nach und ich fühlte mich besser.

»Das ist alles ganz normal.« Ludmilla tätschelte mir unbeholfen den Kopf. »Eine Astralreise, besonders in dieser außergewöhnlichen Art und Weise, kann einem schon mal auf den Magen schlagen.«

»Nein«, widersprach ich matt. »Das ist nicht normal. Beim Ritual ist …« Weiter kam ich nicht.

»Mit David stimmt etwas nicht!«, hörte ich in diesem Moment Ediths Stimme in meinem Kopf. Ich stöhnte gequält auf. Die telepathische Kommunikation fühlte sich in meinem derzeitigen Zustand so an, als würde jemand direkt in meinem Gehirn einen Gong schlagen. Trotzdem richtete ich mich auf, um nach David zu sehen. Ob er womöglich ähnliche Probleme bei der Verschmelzung gehabt hatte wie ich?

Wie zu einer Statue erstarrt stand David mit geschlossenen Augen neben mir. Seine Hände waren zu Fäusten geballt und seine Gesichtsmuskeln qualvoll verzerrt. Blut rann aus seiner Nase und seinen Ohren.

»Sein Puls ist so schwach, dass ich ihn kaum fühlen kann.«

Mir gefror das Blut in den Adern. David schwebte in Lebensgefahr? Schwerfällig kämpfte ich mich auf die Beine. Es ärgerte mich, dass ich auf Walpurgas Hilfe angewiesen war, um aufrecht stehen zu bleiben.

»Wieso geht es ihm so schlecht? Was habt ihr mit ihm angestellt?«

»Wir haben alles richtig gemacht, Mädchen. Also gib uns nicht die Schuld!« Ludmilla reckte selbstbewusst ihr Kinn und humpelte zu Edith. »Geh beiseite!«, befahl sie der jüngeren Hexe. »Lass mich nach ihm sehen.«

Sie hob Davids Augenlid an, um seine Pupille zu untersuchen, dann legte sie ihm die Hand an die Schläfe. Ludmillas blassblaue Augen weiteten sich schlagartig.

»Was ist? Was hat er?«

»Einen magischen Schock«, sagte sie knapp. »Wir dürfen keine Zeit verlieren.«

Mein Gehirn brauchte nur den Bruchteil einer Sekunde, um mir die Informationen zu Ludmillas Diagnose zu liefern: Ein magischer Schock glich den Symptomen eines kardiogenen Schockzustands. In beiden Fällen war das Herz überlastet und es fehlte ihm die Kraft, den Blutkreislauf aufrechtzuerhalten. Nach einiger Zeit stellte sich eine Schockspirale ein, die tödlich enden konnte. Ein magischer Schock wurde hervorgerufen durch einen magischen Rückstoß, einer Überaufnahme an magischer Energie oder einem fehlgeschlagenen Zauber.

»David muss sofort in den Hexenwald«, beschloss Ludmilla.

Sie murmelte etwas, klatschte in die Hände und keine Sekunde später waren David und sie verschwunden. Stattdessen rauchte der Boden und im Umkreis von zwei Metern war die Erde zu Asche verbrannt.

*

Um den Transport-Zauber so schnell durchführen zu können, hatte die Zirkelanführerin eine Kraftquelle benutzt. Walpurga und ich nahmen stattdessen das Portal bei der Schnarcherklippe, während Edith versprach, die Hexenutensilien aufzuräumen und den Verwirrungszauber rund um das Areal aufzuheben.

»Schon bald müsste es dir besser gehen«, meinte Walpurga, als wir in der Küche der Hexen ankamen. »Bei uns ist alles im Gleichgewicht und in natürlicher Harmonie. Der Hexenwald hilft euch, wieder gesund zu werden.«

Ich hoffte inständig, dass sie recht hatte! Die Sorge um David raubte mir fast den Verstand. Niemand von uns hatte vor dem Aonaich-Ritual damit gerechnet, dass so etwas Schlimmes passieren könnte.

Ludmilla stand in einem angrenzenden, schlicht eingerichteten Zimmer, in dem sich neben einem Bett nur noch ein Stuhl und eine Kommode befanden. David war nach wie vor bewusstlos und so blass wie das weiße Kissen, auf dem er lag.

»David?« Ich setzte mich auf die Bettkante und griff nach seiner Hand.

»Hast du ihm Minuatis gegeben?«, fragte Walpurga an Ludmilla gewandt.

Erst jetzt fielen mir die Fläschchen, Tinkturen und Kräuter auf, die Ludmilla auf dem Nachttischchen bereitgestellt hatte.

Die ältere Hexe nickte. »Sofort bei unserer Ankunft. Aber es hat noch nicht angeschlagen.« Sie griff nach einem bräunlichen Pulver. »Wir könnten es notfalls noch mit Giftwurz probieren.«

Ehe Walpurga antworten konnte, schüttelte ich schon den

Kopf. »Wir müssten David eine fast tödliche Menge verabreichen, damit es etwas gegen einen magischen Schock ausrichten kann.«

Dass ich in Sachen Hexenwissen plötzlich problemlos mit Ludmilla und Walpurga mithalten konnte, fühlte sich befremdlich an. Die neuen Informationen tauchten einfach wie aus dem Nichts in meinem Gehirn auf. Doch das hatte auch seine positiven Seiten, denn mit einem Mal kam mir eine gewagte Idee. Ruckartig hob ich den Kopf. »Wenn David zu viel Magie im Körper hat, könnten wir sie ihm mit dem Clepitur-Fluch einfach entziehen und …«

»Nein! Oh nein!«, fiel Walpurga mir ins Wort und hob abwehrend die Hände. »Das geht in den Bereich der schwarzen Magie. Es ist strengstens verboten, einer anderen Hexe oder einem Hexer die Magie zu stehlen.«

»Aber wir würden sie ihm doch nicht stehlen«, widersprach ich. »Nur ein wenig davon ableiten, damit sich sein Körper erholen kann.«

»Ich lasse nicht zu, dass der Einsatz schwarzer Magie bei uns zur Gewohnheit wird. Nicht immer heiligt der Zweck die Mittel.« Ihr leichtes Doppelkinn zitterte vor Aufregung. »Dieser Clepitur-Fluch ist unglaublich schwierig. Ohne es zu wollen, könntest du David nicht nur die überschüssige, sondern seine komplette Magie rauben. Dann wäre er kein Hexer mehr.«

»Er wacht auf!«, unterbrach Ludmilla unsere Diskussion. »Das Minuatis wirkt.«

Tatsächlich begannen Davids Augenlider zu flattern. »Nein …«, murmelte er benommen. »Das darf nicht …«

Vor Erleichterung traten mir Tränen in die Augen. »David, hörst du mich? Wie geht es dir?«

»Alles anders.« Sein Blick glitt fahrig umher, ohne an etwas haften zu bleiben. »… ich hatte keine Ahnung, dass …«

Walpurga beugte sich über ihn und legte ihm sanft die Hand auf die Schulter. »Wie fühlst du dich, mein Junge?«

»Als … wäre ich von einem Baum erschlagen worden«, antwortete er kraftlos.

»Das ich ganz normal nach einem magischen Schock«, behauptete Ludmilla brüsk. Doch selbst ihr war die Erleichterung deutlich anzusehen.

»Alles ganz anders …«, murmelte David erneut.

Er blinzelte, dann fielen ihm wieder die Augenlider zu. Doch seine Gesichtszüge wirkten nun entspannter und er atmete tief und regelmäßig.

»Es ist gut, wenn er schläft«, meinte Walpurga und lächelte mir beruhigend zu. »Das Minuatis hat zwar gegen den magischen Schock geholfen, aber nun muss er wieder zu Kräften kommen.«

»Danke.« Mir fiel ein tonnenschwerer Stein vom Herzen. »Dann können wir jetzt nichts tun, außer abzuwarten?«

»Eigentlich schon, allerdings«, Ludmilla grinste und warf mir einen verschmitzten Blick zu, »könntest du noch einen einfachen Heilzauber für ihn sprechen, um seinen Körper zu stärken. Schließlich bist du jetzt eine Hexe. Hast du Lust?«

10.

»Das drängt und stößt, das rutscht und klappert!
Das zischt und quirlt, das zieht und plappert!
Das leuchtet, sprüht und stinkt und brennt!
Ein wahres Hexenelement!«

»Faust«, Johann Wolfgang von Goethe

Mein Schwindelgefühl und meine Kopfschmerzen hatten tatsächlich nachgelassen, genau wie Walpurga prophezeit hatte. Im Prinzip stand einem ersten Zauberversuch also nichts mehr im Weg.

Nervös blickte ich auf David hinab. Es verunsicherte mich, dass die Erinnerungen an meine früheren Handlungen als Hexe seltsam verschwommen wirkten. Es gelang mir partout nicht, ein klares Bild in meinem Kopf wachzurufen. Hatte das etwas mit den Schwierigkeiten bei der Verschmelzung zu tun?

»Schritt eins: Zur Ruhe kommen und sammeln«, half Ludmilla mir auf die Sprünge.

»Okay.« Ich nickte, schloss die Augen und atmete mehrmals tief ein und aus. Nun musste ich mich auf meine Magie konzentrieren. Ich fühlte in mich hinein und erspürte ihr Zentrum auf Höhe meines Brustkorbs. Es war wie ein wärmendes Feuer in meinem Innern. Eine berauschende Kraft, die voller Lebendigkeit pulsierte. Die Magie war wie ein süßer Nektar, der meinem Leben nicht nur einen Sinn gab, sondern zugleich meine Seele nährte.

Jetzt kam der letzte Schritt: Ich musste den Zauber aussprechen und meine Magie mithilfe meines Machtwortes in die Welt entlassen. Ich streckte meine Hände über David aus und genau wie die Brockenhexen murmelte ich den Heilzauber nur halblaut vor mich hin. Man musste immer mit ungebetenen oder gar unsichtbaren Zuhörern rechnen. Gerade wenn es um das Machtwort einer Hexe ging, war äußerste Vorsicht geboten und … Moment mal! Wie lautete überhaupt mein Machtwort? Verflixt, es lag mir auf der Zunge! Gleich hatte ich es. Mein Machtwort war …

Ich runzelte die Stirn und verlor prompt den Kontakt zu meiner inneren Magie. Um einen Zauber gezielt zu wirken, brauchte jede Hexe ein eigenes Machtwort, das nur für sie selbst bestimmt war. Es war das Herzstück ihrer Macht. Manche benötigten Jahre dafür, um es zu finden, doch erst damit wurde man zu einer richtigen Hexe. Ohne das Machtwort schoss die Magie völlig unkontrolliert aus einem heraus und konnte im schlimmsten Fall genau das Gegenteil von dem bewirken, wozu der Zauber gedacht war.

Langsam ließ ich die Hände sinken. »Ich weiß mein Machtwort nicht.«

Ludmilla starrte mich an, als hätte ich den Verstand verloren. »Das kann nicht sein! Dein Hexenwissen ist mit dem Ritual schließlich auch zurückgekehrt.«

Sie warf mir einen strengen Blick zu. »Konzentriere dich, Anna! Du weißt es, da bin ich mir sicher.«

»Nein, ich weiß es nicht!«, widersprach ich und rang hilflos die Hände. »Bei der Zeremonie muss irgendetwas schiefgegangen sein. Sieh dir doch David an! Im Gegensatz zu ihm hatte ich lediglich Glück. Aber auch bei mir hat die Zusammenführung mit Anna Hubers Seele nur zum Teil funktioniert.«

»Zum Teil?« Walpurga runzelte die Stirn. »Was meinst du damit?«

»Ich erinnere mich an nichts aus meinem früheren Leben«, gestand ich den beiden. »Alles in meinem Kopf ist nur verschwommen und unklar. Mein Hexenwissen und meine Magie sind das Einzige, das ich vollständig zurückbekommen habe.«

Ludmilla stieß ein überraschtes Grunzen aus. Ausnahmsweise war sie tatsächlich einmal sprachlos.

»Du erinnerst dich nicht an deine Schwestern?«, hakte sie schließlich nach. »Den Tod deiner Eltern? Oder wie wir uns zum ersten Mal getroffen haben?«

Angestrengt versuchte ich, irgendwelche Bilder zu diesen Informationen wachzurufen. Aber da tat sich nichts. »Nein, tut mir leid.«

»Und was ist mit ihm?«, fragte Walpurga und deutete dabei auf David. »Was ist mit deinen Gefühlen für ihn?«

Unschlüssig blickte ich auf David hinab. Obwohl er so viel durchgemacht hatte, tat es seiner Attraktivität keinen Abbruch und seine Gesichtszüge weckten in mir ein diffuses Gefühl des Wiedererkennens. Ihn in diesem hilflosen Zustand zu sehen, machte mir Angst und ich sehnte mich danach, ihm zu helfen.

»Ich mag David und wahrscheinlich …«, ich stockte und spürte, wie sich meine Wangen bei meinen nächsten Worten röteten, »fühle ich mich auch ein klitzekleines bisschen zu ihm hingezogen.«

Doch diese Antwort schien Ludmilla nicht auszureichen. Sie packte mich am Handgelenk und sah mich mit weit aufgerissenen Augen an. »Liebst du ihn, Anna? Ist er derjenige, für den du lebst und atmest? Für den du sterben würdest?«

Ich schüttelte schweren Herzens den Kopf. »Nein«, wisperte ich.

Sie ließ so abrupt mein Handgelenk los, als hätte sie sich daran verbrannt. »Dann ist alles verloren«, murmelte sie erschüttert. »Nur das Cáraid hat genug Macht, Nebruel zu besiegen. Die Zusammenführung eurer Seelen ist fehlgeschlagen.«

Obwohl ich im Grunde nichts dafür konnte, fühlte ich mich schuldig. »Aber das kann doch noch geschehen«, wandte ich ein. »Wenn wir wirklich zueinander gehören, dann werde ich mich auch ein zweites Mal in David verlieben, oder nicht?«

»Vielleicht.« Mit schweren Schritten verließ Ludmilla den Raum.

»Hey«, rief ich ihr hinterher, »was ist mit David?«

»Der wird auch ohne den Heilzauber wieder gesund«, antwortete Walpurga an ihrer Stelle. Das fröhliche Leuchten in ihrem Gesicht war verschwunden. Stattdessen zeichnete sich abgrundtiefe Enttäuschung in ihrem Gesicht ab. Fast war ich froh, als sie sich endlich von mir abwandte und mich alleine ließ.

Kraftlos lehnte ich mich mit dem Rücken an die Wand. Ein Teil von mir wünschte sich nur noch weg, zurück nach Hause, zurück nach München. Hauptsache, weit weg von den Brockenhexen und dieser verfluchten magischen Welt.

*

Ich stand am Fenster und blickte auf den Eichenwald, der von der untergehenden Sonne in spektakuläre Rot- und Orangetöne getaucht wurde. Bald würde es dunkel werden, aber David schlief noch immer tief und fest.

»*Eure Eltern werden nicht merken, dass ihr so lange weg seid*«, hörte ich Ediths Stimme in meinem Kopf, doch dieses

Mal hatte es keine Schmerzattacke zur Folge. Ich wandte mich um und sah die jüngste Brockenhexe mit verhaltenem Lächeln an der Tür stehen.

»*Wir können die Zeitlinie im Hexenwald beeinflussen. Wenn ihr euch beispielsweise zwölf Stunden bei uns aufhaltet, können wir es bei der Rückkehr in eure Welt so einrichten, dass nur zwölf Minuten vergangen sind.*«

»Davon wusste ich gar nichts.« Meine Erinnerungslücken waren wohl größer, als ich gedacht hatte.

»*Kannst du auch nicht*«, beruhigte mich Edith. »*Dass wir mit der Zeit herumtricksen können, ist uns erst vor siebzig Jahren aufgefallen. Damals waren wir schon über zwei Stunden zu spät zu einem Treffen mit einem Hexenzirkel aus Siebenbürgen. Pünktlichkeit ist nicht Ludmillas Stärke.*«

Hinter Edith drang der verlockende Duft von frisch gebackenem Brot, gerösteten Kräutern und Kartoffeln ins Zimmer. »*Walpurga hat einen kleinen Imbiss vorbereitet. Kommst du zu uns in die Küche?*«

Mein Magen beantwortete ihre Frage mit einem hungrigen Knurren, doch ich schüttelte den Kopf. »Ich habe absolut keine Lust, mir wieder Ludmillas und Walpurgas vorwurfsvolle Mienen anzusehen.«

»*Keine Sorge, die beiden haben sich wieder gefangen.*« Edith winkte mich zu sich. »*Sie schmieden sogar schon Pläne, wie sie dir bei der Suche nach deinem Machtwort helfen können.*«

»Wirklich?« Ich gab mich geschlagen. »Na gut!«

Als ich in die Küche kam, war der Tisch schon fertig gedeckt und mir lief das Wasser im Mund zusammen. Gleich bei meinem ersten Bissen stellte ich fest, dass Walpurga eine hervorragende Köchin war. Von den in Butterschmalz gerösteten Bratkartoffeln mit Petersilie und feinen Speckwürfeln konnte ich nicht genug bekommen. Während des Essens spekulierten die Brockenhexen, ob Davids Erinnerungen wohl zurückgekehrt waren. Da wir unterschiedlich auf das Aonaich-Ritual reagiert hatten, konnte immerhin auch das Ergebnis unterschiedlich ausfallen. Für diesen Fall hielten die Hexen es für sinnvoller, uns in den nächsten Tagen getrennt voneinander zu unterrichten, und die Zirkelanführerin höchstpersönlich würde es übernehmen, mich bei der Suche nach meinem persönlichen Machtwort zu unterstützen. Schließlich blieb uns nicht mehr viel Zeit bis zur nächsten Walpurgisnacht.

»Wie war der Sohn des Teufels eigentlich?«, fragte ich neugierig und strich mir etwas Kräuterquark auf eine Brotscheibe. »Seid ihr Nebruel jemals persönlich begegnet?«

Schlagartig änderte sich die Stimmung am Tisch. Jedes Lächeln, jedes fröhliche Funkeln in den Augen der Hexen erstarb. Sogar das Licht der Kerzen schien mit einem Mal dunkler zu werden. Es war so still, dass ich mich nicht einmal traute, in die knusprige Brotscheibe hineinzubeißen.

»Nur eine von uns hat Nebruel getroffen. Aber das sollte dir am besten Walpurga erzählen«, meinte Edith schließlich.

Walpurga starrte vor sich ins Leere und nestelte mit unruhigen Fingern an ihrer Serviette herum. »Wir haben damals die Ankunft Nebruels nicht sofort bemerkt«, begann sie zaghaft. »Zwar gab es Gerüchte unter den Menschen von einem Fremden, der durch die Wälder streifte und Angst und Schrecken verbreitete, aber die haben wir nicht allzu ernst genommen. Erst als Teile des Waldes verdorrten und wir ungewöhnlich viele tote Tiere auffanden, wurden wir misstrauisch. Die Leichen der Tiere waren ein grauenerregender Anblick. Das Fell oder das Gefieder waren ausgefallen, die

Knochen in ihrem Leib pulverisiert und ihre Haut war vertrocknet wie bei einer Mumie. Als wäre jede lebendige Zelle in ihrem Körper zerstört worden.«

»Jemand hat ihre Lebensmagie geraubt? Um zu zaubern?«, fragte ich mit belegter Stimme. Alles, was lebte, trug einen winzigen Funken Magie in sich, doch kein Hexer mit Anstand und Ehre wäre je so tief gesunken, sich dieser Magie zu bedienen.

Als die Hexen nickten, lief mir ein kalter Schauer über den Rücken.

»Mit dem Clepitur-Fluch«, sagte Walpurga düster. »Ab diesem Moment wussten wir, dass wir es mit einem äußerst mächtigen Wesen zu tun haben. Einige Zeit später bin ich Nebruel im Wald begegnet. Leider war ich völlig unvorbereitet, denn ich war an diesem Tag auf der Suche nach Heilkräutern. Er hat mich aus dem Hinterhalt angegriffen und es kam zu einem Kampf, doch ich hatte keine Chance.« Walpurga schob den Ärmel ihres Gewands zurück. Ihr rechter Arm war von tiefen Furchen übersät, als würden Teile ihrer Haut, Sehnen und Muskeln fehlen. Dazwischen zog sich eine dicke schwarze Ader wie ein gezackter Blitz von ihrem Handgelenk nach oben und verschwand unter dem Stoff an ihrer Schulter.

Es erschien mir unvorstellbar, dass eine mächtige Hexe wie Walpurga einem anderen Wesen derart unterlegen war. »Konntest du gar nichts gegen ihn tun?«

Mit einem bitteren Lächeln schüttelte sie den Kopf. »Der Sohn des Teufels beherrscht schwarze Magie wie kein anderer. Er zögerte nicht eine Sekunde, den Clepitur-Fluch in voller Stärke bei mir einzusetzen. Ich hatte Glück, dass mein Gehirn nicht sofort zu Brei gekocht wurde.« Walpurga rollte den Ärmel wieder nach unten, um ihre Narben zu verdecken.

»Und wie konntest du ihm entkommen?«

Ludmilla antwortete an Walpurgas Stelle: »Diese schwarze Ader auf Walpurgas Arm wurde von einer Giftkapsel verursacht. Jede von uns trägt so eine Kapsel für den Notfall bei sich. Ehe Nebruels Fluch seine volle Wirkung entfalten konnte, hat Walpurga sich das Gift selbst verabreicht.«

»Ich war schon in dem Moment verloren, als der Sohn des Teufels mich aufgespürt hatte«, schätzte Walpurga ihre Lage schonungslos realistisch ein. »Ich konnte nur noch verhindern, dass er meine Magie bekommt. Damit wäre Nebruel um so vieles stärker geworden und er hätte noch mehr Unheil anrichten können. Das Gift hat gerade noch rechtzeitig gewirkt.« Walpurga starrte mit bleichem Gesicht ins Leere, als würde sie die schrecklichen Geschehnisse im Kopf gerade erneut durchleben.

Nun verstand ich endlich, weshalb sie sich vorhin so vehement gegen den Clepitur-Fluch gesträubt hatte. »Aber du lebst noch«, wandte ich vorsichtig ein.

»Ich habe eine spezielle Giftmischung für die Kapseln benutzt«, erklärte Ludmilla. »Augenscheinlich tritt der Tod sofort ein, doch nach wenigen Minuten beginnt das Herz wieder schwach zu schlagen. Es hat jedoch ausgereicht, um Nebruel in die Irre zu führen. Er hat Walpurga im Dreck liegen lassen und ist gegangen.« Die Hexe knirschte vor Wut mit den Zähnen. »Ich habe sie wenig später im Wald gefunden. In letzter Sekunde, denn Walpurga hatte schon fast die dritte Phase der Giftmischung erreicht. Den endgültigen Tod.«

Walpurga sah zur Zirkelältesten und lächelte leicht. »Ich habe darauf gebaut, dass du mich rechtzeitig rettest.«

»Kein guter Plan«, murrte Ludmilla. »Schließlich betonst du immer, dass ich ständig zu spät komme.« Ungeachtet ihres rüden Tonfalls trat ein gefühlvolles Funkeln in ihre Augen und die beiden Hexen wechselten einen einvernehmlichen Blick. »Und was habt ihr dann gemacht?«, wollte ich wissen. »Habt ihr euch an Nebruel gerächt?«

»*Wie denn?*« Edith rang die Hände. »*Als Sohn des Teufels ist er unsterblich, also konnten wir ihn nicht töten. Zudem beherrscht er den Clepitur-Fluch wie kein anderer. Es gibt keine Möglichkeit, sich gegen diesen Fluch zu schützen.*«

Ich runzelte nachdenklich die Stirn. Gegen diesen Gegner hatten sie tatsächlich keine Chance gehabt. Hätten sie sich Nebruel gestellt, hätte es nur dazu geführt, dass er ihnen ihre Magie geraubt hätte. Die Brockenhexen hätten ihn damit quasi unbesiegbar gemacht.

»*Uns blieb keine andere Wahl, als uns in den Hexenwald zurückzuziehen und eine Lösung für das Problem zu finden.*«

»Und die Lösung seid ihr gewesen«, sagte Walpurga und nun zeigte sich endlich wieder ein fröhliches Lächeln in ihrem Gesicht. »Das Cáraid! Wir haben David und dich zum ersten Mal im Wunschsee gesehen. Ich kann durch ihn die Menschenwelt beobachten und einfache Zauber hindurchschicken.«

Nun ahnte ich immerhin, wie die geisterhafte Schrift im Spukhaus zustande gekommen war. Doch im Moment interessierte mich viel mehr die gemeinsame Vergangenheit von David und Anna. »Dann kannten wir uns schon vorher?«

»*Ihr seid zusammen im Dorf aufgewachsen und wart beste Freunde*«, bestätigte Edith. »*Eure Familien sind sehr arm gewesen. Du hast mir damals erzählt, dass David dir immer zur Seite gestanden hat und es Momente gab, in denen du ohne ihn nicht überlebt hättest. Als ihr entdeckt habt, dass ihr beide*

Hexenkräfte besitzt, hat euch dieses Geheimnis noch mehr zusammengeschweißt. Doch erst mit unserer Hilfe habt ihr alles über das Hexenkunstwerk und eure Macht als Cáraid gelernt. Bis ihr bereit wart, gegen Nebruel zu kämpfen, sind jedoch einige Jahre vergangen.«

»Jahre, in denen Nebruel viel Unglück und Leid verursacht hat«, warf Ludmilla betrübt ein.

Angestrengt hörte ich in mich hinein, ob Ediths Erzählung irgendwelche Bilder in mir wachrief. Ich versuchte mir vorzustellen, wie schwer es gewesen sein musste, im Jahr 1685 in einer ärmlichen Hütte zu leben, zu hungern und im Winter zu frieren. Nichts zu besitzen als die Kleider, die man am Leib trug. Und dann tauchte auch noch der Sohn des Teufels auf, der einem das Wenige raubte, das man hatte. Bestimmt hatten David und Anna keine Sekunde lang gezögert, als sie von den Brockenhexen erfahren hatten, dass sie sich und ihre Lieben von Nebruel befreien konnten. Dabei hatten sie wahrscheinlich in ständiger Angst gelebt, die anderen Dorfbewohner könnten ihre Hexenkräfte entdecken.

Ich schaute auf und bemerkte die erwartungsvollen Blicke der Brockenhexen. Offenbar hofften auch sie, dass meine Erinnerung geweckt worden war. Ich schüttelte den Kopf und die Enttäuschung war ihren Gesichtern deutlich anzusehen. Schweigen breitete sich zwischen uns aus und Walpurga stand auf, um das Geschirr abzuräumen. Vor den Fenstern spiegelte sich mittlerweile der Vollmond auf der dunklen Oberfläche des Wunschsees.

Edith bekam einen verträumten Gesichtsausdruck. *»Es war nicht zu übersehen, wie viel ihr beide füreinander empfindet. Ihr seid bereit gewesen, füreinander zu sterben. Das ist die wahre Macht des Cáraid. Jeder von euch hat bei Gefahr seine* *eigene Deckung fallen lassen, um einen magischen Schutzschild für den anderen zu schaffen. Im vollsten Vertrauen, dass der andere das Gleiche für ihn tut. Nur deshalb konnte der Clepitur-Fluch bei euch nicht wirken.*« Sie seufzte sehnsüchtig auf. »*Eure Liebe hat euch beschützt.*«

»Magie hat ihre eigenen Regeln, ob es uns gefällt oder nicht.« Ludmilla schnaubte. »Sie scheint ein Faible für Kitsch und Romantik zu haben.«

David und Anna mussten sich damals tatsächlich blind vertraut haben. Aber schließlich hatten sie sich auch ihr ganzes Leben lang gekannt. Ihrer kindlichen Freundschaft war eine tiefe Liebe entsprungen und wahrscheinlich hatten sie schon an der Miene des anderen ablesen können, was gerade in ihm vorging. Schlagartig wurde mir klar, dass das eine Katastrophe war. Obwohl ich in Liebesdingen kein Profi war, wusste ich doch, dass es praktisch unmöglich war, diese Art der Verbundenheit in nur vier Wochen aufzubauen. Dass meine Gefühle für David nicht zurückgekehrt waren, war sogar noch schlimmer als mein vergessenes Machtwort. Wenn ich mich bis zur Walpurgisnacht nicht Hals über Kopf in David verliebte, wären wir Nebruel schutzlos ausgeliefert.

*

»Jetzt solltest du nach unserem Patienten sehen«, meinte Ludmilla, als wir uns vom Tisch erhoben, »denn er muss so langsam wieder auf die Beine kommen. Es wäre gut, wenn du seinen Oberkörper damit einreibst.« Sie griff in eine der Taschen ihres schwarzen Gewands und reichte mir ein Gefäß.

Neugierig schraubte ich den Deckel ab und schnüffelte an der gelben Paste. Sie erinnerte mich an ganz normales Wollwachs. »Was ist das?«

»Ein Heilmittel, das kräftigt«, behauptete Ludmilla, ohne mit der Wimper zu zucken.

Skeptisch schmierte ich mir die dickliche Paste auf den Arm. Es fühlte sich auch genauso an wie Wollwachs. »Und was für ein Heilmittel soll das sein?«, hakte ich nach.

»Ein gutes.«

Ich zog die Augenbrauen in die Höhe. »Aber …«

»Hopp, hopp«, fiel Ludmilla mir ins Wort und gab mir einen ungeduldigen Wink. »Auf was wartest du denn? Du willst doch, dass es David besser geht, oder nicht?«

»Ja, natürlich!«

Das war das Problem, wenn man Hexenwissen ohne die dazugehörigen Erinnerungen besaß: Ich hatte keine Ahnung, ob ich womöglich eine Bildungslücke hatte, weil ich damals beim Lernen das Kapitel »Magische Heilpasten« nur überflogen hatte. Oder ob ich gerade gewaltig an der Nase herumgeführt wurde.

Mit einem ergebenen Seufzen lief ich zu Davids Zimmer. Ich klopfte an die Tür, doch niemand antwortete.

»David?« Ich wagte einen Blick hinein.

Das Zimmer lag im Halbdunkeln und nur eine Kerze auf dem Nachttisch spendete ein wenig Licht.

David schlief noch immer, aber er sah schon viel besser aus. Die Farbe war in sein Gesicht zurückgekehrt und seine Haare standen wirr in alle Richtungen ab.

Ich trat ans Bett. »David?«

Er murmelte etwas, drehte sich im Halbschlaf auf den Rücken und seine Decke rutschte zur Seite. Unschlüssig stand ich neben dem Bett, das Gefäß mit der Heilpaste fest an meine Brust gepresst. Vielleicht war es gar nicht schlecht, dass er so tief schlief? Wenn ich David vorsichtig einrieb, würde er nichts davon merken und ich konnte schnurstracks wieder verschwinden. Das würde uns beiden eine peinliche Situation ersparen.

Mit glühenden Wangen ließ ich mich auf die Bettkante sinken. Himmel, weshalb benahm ich mich eigentlich so schüchtern und verklemmt? Schließlich war ich eine Hexe und hatte den Auftrag, David zu helfen. Im Grunde genommen war ich nur seine Krankenschwester und er mein Patient. Seltsamerweise fühlte es sich trotzdem so an, als würde ich etwas tun, von dem meine Eltern nicht gerade begeistert wären. Ach, egal, jetzt brachte ich es einfach hinter mich!

Entschlossen schob ich Davids T-Shirt bis zur Brust nach oben. Auch hier war seine Haut leicht gebräunt, als würde er im Sommer viel Zeit im Freien verbringen. Ich nahm etwas Paste auf die Fingerspitzen und legte meine Hand auf Davids warme Haut oberhalb des Bauchnabels. Noch nie hatte ich dort einen Jungen berührt und ich versuchte, das aufgeregte Kribbeln in meinem Inneren zu ignorieren. Schnell eincremen, rief ich mir meinen Plan ins Gedächtnis, und dann abhauen!

Ich begann, Ludmillas Heilmittel in kleinen Kreisen zu verreiben. Mit angehaltenem Atem wartete ich auf eine Reaktion, doch David schlief weiterhin tief und fest. Ich kannte nur meinen eigenen Körper, der an den meisten Stellen weich und nachgiebig war, aber nun glitten meine Finger über festes Fleisch und harte Muskelstränge. Hatte Chloe nicht erwähnt, dass ihr Bruder in der Schulmannschaft Handball spielte? Das Training schien sich auf alle Fälle auszahlen.

Etwas mutiger geworden, wanderte meine Hand höher zu seiner Brust und … Ohne jede Vorwarnung schoss Davids Hand vor und packte mit festem Griff mein Handgelenk. Ich stieß einen Schrei aus und das Gefäß mit der Heilpaste fiel klirrend zu Boden. David riss die Augen auf. Sein Blick glitt fahrig umher, als würde er nach einem Angreifer oder einer unbekannten Gefahr Ausschau halten.

»Ich bin es nur, David! Es ist alles in Ordnung. Du bist in Sicherheit.«

»Anna?«, fragte er benommen.

Sein Blick klärte sich und er schien sich seiner Umgebung wieder bewusst zu werden. Sein Griff lockerte sich, doch er ließ mein Handgelenk nicht los.

»Anna …« Wie gebannt schaute David mich an, als könne er den Blick keine Sekunde von mir abwenden. Bisher hatte er mich noch nie auf diese Weise angesehen. Mein Herz schlug mir bis zum Hals.

Er setzte sich auf. Im Halbdunkel des Zimmers erschienen seine Augen fast schwarz.

»Anna, meine Güte, du bist es wirklich!« In seiner Stimme schwangen so viel Gefühl und Ergriffenheit mit, dass ich eine Gänsehaut bekam.

»Du … du erinnerst dich an mich?«

Er lachte auf. »Natürlich tue ich das.«

Bei ihm hatte das Ritual also funktioniert? Okay, das war jetzt etwas ungünstig. Ganz offenbar waren seine Gefühle für mich zurückgekehrt. Oh mein Gott, wie reagierte ich jetzt nur darauf?

David hob beide Hände und strich ehrfurchtsvoll über mein Haar und meine Wangen, als hätte er einen kostbaren Schatz wiedergefunden, den er verloren geglaubt hatte.

»Wie hatte ich nur so blind sein können? Ich kann mir selbst nicht verzeihen, dass ich dieses Ritual benötigt habe, um meine Gefühle für dich wiederzufinden. Dabei wusste ich schon bei unserer ersten Begegnung, dass zwischen uns eine besondere Verbindung besteht. Meine Seele hat dich wiedererkannt, Anna! Weil ich dich liebe und immer geliebt habe.«

Jetzt wäre wahrscheinlich der richtige Moment gewesen, David darauf hinzuweisen, dass ich mich im Gegensatz zu ihm nicht an ihn erinnerte. Stattdessen stockte mir der Atem und ich starrte ihn mit großen Augen an. Noch nie zuvor hatte mir ein Junge eine Liebeserklärung gemacht. »Ehrlich?«

Er schenkte mir ein träges Lächeln, beugte sich vor und raunte mir ins Ohr: »Ganz ehrlich.«

Sein Atem strich über meinen Nacken und ich erschauerte. Wir waren uns so unglaublich nah. Sein Duft nach Seife und Tannennadeln stieg mir in die Nase und ich hätte nur die Hand heben müssen, um sein seidiges Haar zu berühren.

»David, ich …«, setzte ich zu einer Erklärung an, aber schon im nächsten Moment vergaß ich, was ich hatte sagen wollen.

Davids Lippen streiften zärtlich über meine Schläfen. Er verteilte federleichte Küsse auf meiner Wange und folgte dabei einer unsichtbaren Spur hinab zu meinem Mund. Mein Herz pochte so aufgeregt in meiner Brust, dass ich mir sicher war, David müsste es hören.

»Ich habe dich vermisst, Anna«, hauchte er.

Seine Lippen berührten so leicht und zärtlich meinen Mund, dass ich schon glaubte, ich hätte mir den Kuss nur eingebildet. Ein Kribbeln lief durch mich hindurch und brachte mich zum Beben. Erneut legten sich Davids weiche Lippen auf meine und ich … erwiderte seinen Kuss. Wie von selbst schlangen sich meine Hände um seinen Hals und meine Fingerspitzen streichelten über die feinen Härchen in seinem Nacken. Ähnlich wie bei einem Déjà-vu überkam mich ein vages Gefühl der Erinnerung. Als würde ich ihm nicht zum ersten Mal so nahe sein. Hatte ich David nicht schon oft auf diese Weise berührt? Oder wünschte ich es mir vielleicht nur?

Als hätte David auf ein Signal von mir gewartet, zog er mich noch näher an sich heran und seine Wärme hüllte mich ein. Überdeutlich spürte ich jede Stelle, an der sich unsere Körper berührten. Er presste mich mit seinen starken Händen an sich, als wolle er mich nie mehr loslassen. Aber war es denn ein Wunder? Er hatte soeben seine Seelengefährtin wiedergefunden. Seine große Liebe, die den Tod und die Jahrhunderte überdauert hatte. Gab es etwas Schöneres? Plötzlich meldete sich eine leise Stimme in meinem Kopf zu Wort. Was hier passierte, war falsch. Ich war eine Betrügerin, denn David liebte nicht *mich*. Er liebte einen Teil von mir, an den ich überhaupt keine Erinnerung besaß. Ich durfte das nicht länger zulassen!

»Nein«, stieß ich zwischen seinen Küssen atemlos hervor. »David, bitte hör auf!«

»Aber ich sehne mich so sehr nach dir, Anna«, flüsterte er mir mit tiefer Stimme zu.

»David, ich will wirklich nicht …« Weiter kam ich nicht, denn erneut verschlossen seine Lippen meinen Mund.

Davids Küsse wurden leidenschaftlicher und reflexartig drückte ich mich mit beiden Händen an seiner Brust ab. Zum ersten Mal kam mir der Gedanke, dass David und Anna sich vor über dreihundert Jahren nicht nur seelisch, sondern auch körperlich nahe gewesen sein mussten. Als Liebespaar hatten sie bestimmt nicht nur harmlose Küsse miteinander ausgetauscht. Und wir befanden uns gerade alleine in einem Zimmer und auf einem Bett. Sicher, ich empfand etwas für David, aber das reichte ganz bestimmt nicht aus, um mit ihm … Oh Gott! Mit den Händen presste ich noch stärker gegen seine Brust, um mich von ihm loszumachen, während ich gleichzeitig in meinem Inneren das machtvolle Vibrieren meiner Magie fühlte. Sie schwoll sekündlich an, wurde mit jedem erzwungenen Kuss stärker, und obwohl ich instinktiv die nahende Gefahr spürte, konnte ich es nicht unterdrücken. Die Energie pulsierte durch meine Adern und die Luft um mich herum schien unter Spannung zu stehen.

David bemerkte davon jedoch nichts. Seine Hände fanden einen Weg unter mein T-Shirt und glitten über meine bloße Haut nach oben bis zu meinem BH. Mein Herz stockte und Panik durchzuckte mich. »Ich sagte, hör auf!«

Ein magischer Energiestoß schoss durch meine Hände, die immer noch auf Davids Brust lagen. Er wurde mit voller Wucht nach hinten geschleudert und krachte an die Rückwand des Betts. Benommen sackte David in sich zusammen.

Gelähmt vor Schreck starrte ich ihn an. »David, um Himmels willen!« Ich hatte mir doch nur gewünscht, dass er aufhörte. Ganz sicher war es nicht meine Absicht gewesen, ihn zu verletzen.

Ludmilla kam herein. »Was soll denn dieser Lärm?«

Direkt hinter ihr tauchten auch Walpurga und Edith auf.

David stöhnte gequält und rieb sich mit schmerzverzerrter Miene über die Brust. Meine Handflächen hatten sich als schwarze Umrisse in den Stoff seines T-Shirts eingebrannt.

»Das wollte ich nicht!«, beteuerte ich. »Die Magie ist einfach aus mir herausgeschossen. David, es tut mir so leid!«

»Lass mich mal sehen.« Walpurga trat ans Bett und untersuchte mit routinierten Handbewegungen Davids Verletzungen.

»Es geht schon wieder«, versicherte er uns. »Halb so schlimm. Ich war nur für einen kurzen Moment ausgeknockt.«

»Es sind zum Glück nur leichte Verbrennungen«, meinte Walpurga schließlich. »Wir haben eine gute Tinktur gegen Brandblasen hier. Damit ist deine Haut innerhalb weniger Minuten wie neu.«

Ihre Diagnose beruhigte mich leider nur wenig. Dass ich David nicht schwer verletzt hatte, war reiner Zufall gewesen. Ich hatte durch das Ritual zwar meine vollen magischen Kräfte zurückerhalten, aber ohne mein Machtwort und meine Erinnerungen hatte ich sie nicht einmal ansatzweise unter Kontrolle. Ich war zu einer Gefahr für alle geworden.

11.

»Heller wird es schon im Osten
Durch der Sonne kleines Glimmen,
Weit und breit die Bergesgipfel
In dem Nebelmeere schwimmen.«

»Auf dem Brocken«, Heinrich Heine

Nach allem, was bei den Brockenhexen geschehen war, fühlte es sich surreal an, zurück zu Hause und im Kreise meiner Familie zu sein. Vielleicht hatte ich aber auch eine Art Zeitreise-Jetlag? Denn genau wie Edith angekündigt hatte, waren bei unserer Rückkehr aus dem Hexenwald in unserer Welt gerade einmal wenige Minuten vergangen. Während es für die anderen erst früher Abend war, fühlte ich mich schon hundemüde und völlig übernächtigt.

Nach dem Abendessen mit meiner Familie brauchte ich dringend etwas frische Luft. Ich zog meine Jacke über und ging hinaus in den Garten. Unzählige Sterne leuchteten über mir am dunklen Nachthimmel. Mir kam das Gute-Nacht-Lied in den Sinn, das meine Mutter uns immer zum Einschlafen vorgesungen hatte: »Der Mond ist aufgegangen, die goldnen Sternlein prangen am Himmel hell und klar. Der Wald steht schwarz und schweiget …«

Tatsächlich ragte der Wald wie eine schwarze schweigende Mauer im hinteren Teil unseres Gartens auf.

Ich stieß einen tiefen Seufzer aus. Seit meiner Rückkehr herrschte sowohl in meinem Kopf als auch in meinem Herzen das reinste Chaos. Ich hatte nicht einmal den Versuch unternommen, meine Hausaufgaben für den nächsten Tag zu erledigen. Zu meiner Überraschung hatte meine Mutter beim Abendessen die Schule und den Vorfall mit dem Handy mit keinem Wort erwähnt. Wahrscheinlich hätte mich das stutzig machen sollen, aber eigentlich war ich nur froh und dankbar. Noch mehr Ärger konnte ich im Moment wirklich nicht gebrauchen.

Meine Gedanken wanderten zurück in den Hexenwald. Nach unserem Kuss und dem darauffolgenden »Unfall« waren David und ich uns aus dem Weg gegangen. Während ich mich wegen meiner Schuldgefühle kaum getraut hatte, ihm in die Augen zu sehen, hatte Ludmilla ihm in der Küche bei einer Tasse Tee kurz und knapp erklärt, dass das Ritual sowohl bei ihm als auch bei mir nicht wie geplant funktioniert hatte. David hatte zwar erstaunt, aber trotzdem gefasst reagiert. Vielleicht hatte er schon vermutet, dass seine Seelengefährtin ihm unter normalen Umständen keinen magischen Energiestoß verpasst hätte. Natürlich hatte es Ludmilla daraufhin brennend interessiert, wie sich das Ritual auf David und seine Kräfte ausgewirkt hatte. Die Hexen hatten ein paar Tests mit ihm gemacht und schon bald darauf war klar, dass David sich nicht nur an mich und unsere einstige Liebe erinnerte, sondern dass er auch zaubern konnte wie ein Vollprofi. Ohne jede Mühe hatte er eine Rose in einer Vase zum Erblühen gebracht und Walpurgas Oma-Löckchen eine violette Tönung verpasst. Die Hexe hatte sich vor Begeisterung über ihren neuen Look kaum noch eingekriegt. Natürlich freute ich mich für David, aber seither fühlte ich mich nur noch mehr wie eine Versagerin, die alle enttäuscht hatte.

Ich hörte Schritte im Schnee, die langsamer und zaghafter wurden, je näher sie mir kamen. Gleichzeitig stieg mir der

Duft eines blumigen Parfums in die Nase. Ich musste mich nicht umdrehen, um zu wissen, dass meine Schwester hinter mir stand.

Sofie räusperte sich. »Anna, es tut mir leid«, murmelte sie kaum hörbar.

Stirnrunzelnd wandte ich mich zu ihr um. »Was tut dir leid?«

»Ach, du weißt schon ... wegen dieser Sache.« Sie stockte und machte eine vage Handbewegung. »Weil ich mich so verhalten habe, als seist du ein Monster.«

»Und jetzt hältst du mich nicht mehr für ein Monster?«

Sofie überlegte kurz. »Doch, eigentlich schon«, gab sie unverhohlen zu. »Allerdings bist du meine Schwester und ich bin zu dem Schluss gekommen, dass du wahrscheinlich kein schlimmes und bösartiges Monster bist. Eher eines von der netten Sorte.«

Ich schnaubte auf. »Na, herzlichen Dank auch!«

»Es hat mich eben verunsichert, dass du Visionen hast.« Sofie schlang fröstelnd die Arme um sich. Sie hatte ihre Jacke im Haus gelassen und trug lediglich einen dünnen schwarzen Pullover. »Normalerweise behaupten nur irgendwelche Spinner im Fernsehen, dass sie hellsehen können. Hätte ich es nicht selbst erlebt, hätte ich dir nicht einmal geglaubt.«

Mit einem nachsichtigen Lächeln zog ich meinen Plüschschal aus und legte ihn ihr um die Schulter. Sofie zuckte nicht vor mir zurück. Offenbar misstraute sie mir wirklich nicht mehr und hatte keine Angst vor meiner Nähe. Schlagartig erlosch mein Lächeln. Meine Schwester hatte jedoch keine Ahnung, wie gefährlich eine Berührung von mir tatsächlich sein konnte. Hastig zog ich meine Hände von ihrem Hals zurück und versteckte sie in meinen Jackentaschen.

»Sag mal«, setzte Sofie zu einer Frage an, während sie auf den Boden starrte und einen ihrer Hausschuhe in die festgetrampelte Schneedecke bohrte, »hast du eigentlich noch mehr übernatürliche Fähigkeiten? Oder kannst du nur in die Zukunft sehen?«

Das war typisch Sofie. Kaum hatte sie entschieden, dass sie mit einer übersinnlich begabten Schwester leben konnte, hatte ihre Neugier die Führung übernommen.

Ich zog eine Augenbraue in die Höhe. »Ach, reicht dir das etwa nicht?«

Sie zuckte mit den Schultern. »Ich möchte eben wissen, was genau mit dir los ist. Kannst du deine hellseherischen Fähigkeiten denn willentlich abrufen? Dann könntest du nämlich ein Vermögen als Wahrsagerin verdienen und bräuchtest nicht mehr in die Schule gehen.«

Sofies Vorschlag war so herrlich pragmatisch, dass ich laut losprustete. »Eine super Idee!«, rief ich lachend.

Zuerst schaute meine Schwester mich verdutzt an, doch dann stimmte sie in mein Gelächter ein. Gemeinsam kicherten und lachten wir, bis uns die Tränen kamen. Nachdem wir uns wieder beruhigt hatten, atmete ich tief durch und fasste einen Entschluss. Weshalb sollte ich eigentlich nicht mit Sofie darüber sprechen?

»Leider kann ich meine Fähigkeiten nicht willentlich steuern. Jedenfalls im Moment noch nicht. Eigentlich habe ich deswegen an einem magischen Ritual im Wald teilgenommen, aber es hatte bei mir kaum einen Effekt. Deswegen wird es fürs Erste wohl auch nichts mit meiner Karriere als Wahrsagerin.«

»Ein magisches Ritual? Im Wald?« Meine Schwester sah mich mit großen Augen an.

Ich nickte. »Das Ritual hätte mir meine Erinnerung zurückgeben sollen. Angeblich bin ich nämlich eine Hexe und habe schon einmal vor 333 Jahren gelebt.«

»K-krass!« Sofie klapperte vor Kälte mit den Zähnen.

»Komm, wir gehen rein!«, sagte ich entschlossen. »Du bist schon völlig durchgefroren.«

Sofie rührte sich jedoch nicht vom Fleck. »Sp-pinnst du?«, fuhr sie mich bibbernd an. »Nachher überlegst du es dir auf dem Weg nach drinnen anders.«

Ich verdrehte die Augen. »Tue ich nicht! Wir gehen jetzt nach oben und ich werde dir alles erzählen, was ich weiß.«

»W-wirklich alles?«

»Versprochen.«

»Na schön!« Endlich setzte Sofie sich in Bewegung.

Die Wärme, die uns im Haus erwartete, legte sich wie eine kuschlige Decke um uns.

Es dauerte bis kurz vor 23 Uhr, bis ich Sofie alles berichtet hatte. Da meine Schwester bei der heimlichen Durchsuchung meines Zimmers mein Notizbuch übersehen hatte – meine heillose Unordnung war somit doch zu etwas gut –, hatte ich mit dem Tag unserer Ankunft beginnen müssen, als Jonas in den Wald gerannt war und die Bäume meinen Namen geflüstert hatten. Sofie hatte mir mit angehaltenem Atem und geöffnetem Mund zugehört. Ich war mir sicher, dass ich meine Schwester noch nie zuvor in solch einem Zustand des ehrfürchtigen Schweigens erlebt hatte.

»Du hast wirklich nicht mehr mit David über eure Gefühle gesprochen, nachdem du ihm diesen magischen Stromschlag verpasst hast?«, fragte sie schließlich ungläubig.

Peinlich berührt wich ich ihrem Blick aus. »Das hat sich irgendwie nicht ergeben.«

»Auch nicht auf eurem Heimweg?«

Ich stieß einen genervten Seufzer aus. »Da haben wir nur über unwichtige Dinge geredet. Peinliche Themen wie ›Seelengefährte‹, ›Liebe‹ und ›leidenschaftliche Küsse‹ haben wir wohlweislich gemieden.«

»Auch David?«

»Ja, auch David«, bestätigte ich, seltsam erleichtert darüber, dass nicht ich alleine mich ungeschickt angestellt hatte.

Aber war es denn ein Wunder, dass wir nicht wussten, wie wir miteinander umgehen sollten? Schließlich waren wir zwei wiedergeborene Seelen, von denen sich nur eine Hälfte an die frühere unsterbliche Liebe erinnern konnte. Ich bezweifelte, dass sich schon jemals zuvor ein Paar in solch einer komplizierten und verwirrenden Lage befunden hatte. Jedenfalls gab es bestimmt nirgends einen Beziehungsratgeber mit dem Titel *Zehn Liebestipps bei Reinkarnations-Amnesie*.

»Und wie war Davids Kuss?«, fragte Sofie mit einem frechen Grinsen. »Hat es dir gefallen?«

In Gedanken kehrte ich in das kleine, halbdunkle Zimmer im Haus der Brockenhexen zurück und saß wieder auf Davids Bett. Ich blickte in seine fast schwarzen Augen und spürte, wie sich seine weichen Lippen auf meine legten.

»Am Anfang war der Kuss … wirklich schön.« Etwas leiser fügte ich hinzu: »Für einen ganz kurzen Moment hatte ich tatsächlich das Gefühl, ich würde mich an ihn erinnern.«

Ehe Sofie etwas dazu sagen konnte, ging die Tür auf und unser Vater schickte uns ohne jede Gnade ins Bett.

»Keine Widerrede, meine Damen! Morgen früh müsst ihr in die Schule«, erinnerte er uns mit strenger Miene. »Es ist schon spät!«

Trotz seiner Standpauke glaubte ich, ein erleichtertes Funkeln in seinen Augen zu entdecken, weil Sofie ihr Einsiedlerdasein offenbar aufgegeben hatte. Wahrscheinlich wäre seine Erleichterung jedoch sofort verflogen, wenn mein Vater geahnt hätte, in was für gefährliche Geheimnisse ich meine Schwester gerade eingeweiht hatte.

*

Am nächsten Morgen schleppten Sofie und ich uns wenig enthusiastisch in die Schule. Ich erreichte mein Klassenzimmer, ohne in den morgendlichen Schülermassen von David auch nur eine blonde Haarsträhne oder den Zipfel seiner Lederjacke entdeckt zu haben. Was mich sowohl erleichterte als auch enttäuschte. Dieses Gefühlschaos machte mich noch völlig verrückt!

Ich lief zu meinem Platz und hoffte insgeheim auf einen ruhigen, entspannten Schultag. Doch kaum hatte ich mich gesetzt, stürmte Chloe auf mich zu. Einen panischen Augenblick lang dachte ich, sie wolle mir Vorwürfe machen, weil ich ihren Bruder fast umgebracht hatte. Oder weil sie beobachtet hatte, wie ich mich mit David im Wald getroffen hatte. Aber zum Glück hatte sie etwas ganz anderes im Sinn.

»Anna, machst du bei einer Demo mit?«, platzte es atemlos aus ihr heraus. »Julia und Steffi habe ich auch schon gefragt.«

»Äh … was?« So eine überfallartige Bitte überforderte definitiv meine noch schläfrigen Gehirnzellen. Ich konterte mit einer Gegenfrage: »Warum warst du eigentlich nicht im Bus?«

Chloe winkte ungeduldig ab. »Meine Mutter hat David und mich mit dem Auto gefahren, weil sie heute früh einen

Termin in Wernigerode hat. Was ist nun mit der Demo? Bist du dabei?«

Jetzt wusste ich immerhin, weshalb ich David nicht zu Gesicht bekommen hatte. Wohl oder übel konzentrierte ich mich auf Chloes Anliegen. Nicht, dass ich etwas gegen Demos gehabt hätte, aber so pauschal wollte ich ihr auch keine Zusage geben. »Gegen was denn?«

»Gegen Kinderarbeit.« Sie knallte ihre Tasche auf den Tisch. »Ich habe ein wenig recherchiert und herausgefunden, dass dieser Klamottenladen gleich neben der Schule seine Kleider von einer indischen Fabrik herstellen lässt, die Kinder beschäftigt. Unter katastrophalen Bedingungen und einem verschwindend geringen Verdienst. Findest du nicht, dass man die Kunden darauf aufmerksam machen muss?«

»Schon«, stimmte ich ihr zu, »aber darf man das denn einfach? Vor einem Geschäft demonstrieren?«

Chloe warf mir einen vorwurfsvollen Blick zu. »Darf man Ungerechtigkeiten einfach mit einem Schulterzucken hinnehmen, Anna?« Ihre Stimme zitterte vor Empörung. »Darf man sich einfach faul zurücklehnen mit der bequemen Entschuldigung, dass man sowieso nichts ändern kann? Meinst du, Gandhi hat so gedacht?«

»Nein«, murmelte ich schuldbewusst. »Na schön, ich mache bei der Demo mit.«

Chloe fiel mir strahlend um den Hals. »Du bist die Beste!«

Der Gong läutete zum Beginn eines langen unerfreulichen Schultages. Ich bekam Ärger wegen meiner fehlenden Französisch-Hausaufgaben, döste bei einem Vortrag unseres Geschichtslehrers zur Weimarer Republik fast ein und von »Frau Winkler« erhielt ich eine saftige Strafarbeit wegen der unerlaubten Nutzung meines Handys. Schon wollte ich sie fragen, weshalb sie mir das nicht schon zu Hause gesagt hatte, doch dann ging mir ein Licht auf: Meine Mutter wollte daheim nur meine Mutter sein. Meine Deutschlehrerin war sie lediglich in der Schule. Trotz der Strafarbeit konnte ich nicht umhin, meine Mutter für diese faire Einstellung zu bewundern.

Vor Beginn der letzten Stunde stand ich gerade mit Julia am geöffneten Fenster, als David in unserem Klassenzimmer auftauchte. Bei seinem Anblick hörte mein Herz kurz auf zu schlagen, nur um dann in rasantem Tempo wieder einzusetzen. David steuerte direkt auf mich zu und die Blicke sämtlicher Mädchen folgten ihm. Doch ehe er mich erreichte, stellte Chloe sich ihm in den Weg. Sie musterte ihren Bruder mit zusammengekniffenen Augen. »Was willst du hier?«

Im krassen Gegensatz zu ihrer misstrauischen Miene lächelte David seine Schwester freundlich an. »Ich möchte zu Anna, wenn du nichts dagegen hast.«

»Und ob ich etwas dagegen habe«, zischte sie. »Anna ist meine Freundin. Also hau gefälligst ab!«

Verdutzt starrte ich Chloe an. Was war nur in sie gefahren?

David war diese Seite seiner Schwester aber wohl schon bekannt. »Tut mir leid, aber das kann ich nicht«, gab er mit ruhiger Stimme zurück. »Ich habe etwas mit Anna zu besprechen.«

Chloe verschränkte demonstrativ die Arme vor der Brust. »Und was?«

»Das geht dich zwar nichts an, Schwesterherz, aber unsere Eltern haben vorgeschlagen, dass ich mir bei der Vorbereitung fürs Deutsch-Abitur nächstes Jahr professionelle Hilfe suchen soll. Und heute kam mir die Idee, Annas Mutter darum zu bitten. Schließlich ist sie Deutschlehrerin und wohnt bei uns in Schierke. Das wäre praktisch.«

»Und warum fragst du Frau Winkler nicht persönlich?«, bohrte Chloe unerbittlich weiter.

»Das wollte ich! Aber im Lehrerzimmer hat man mir gesagt, dass Annas Mutter schon nach Hause gefahren ist.«

»Das stimmt«, mischte ich mich zum ersten Mal in das Geschwisterduell ein. »Meine Mutter hat heute früher aus.«

Chloes abweisende Fassade bekam einen Riss und Unsicherheit zeichnete sich in ihrem Gesicht ab. Im Klassenzimmer herrschte atemlose Stille. Offenbar lauschten alle gespannt dem Streit der beiden Geschwister.

»Okay.« Chloe trat beiseite, um David den Weg frei zu machen. Doch sie hielt ihre Arme weiterhin vor der Brust verschränkt, als wollte sie deutlich machen, dass sie ihrem Bruder immer noch nicht traute.

Nun wandte David seine Aufmerksamkeit mir zu. »Kommst du bitte kurz mit raus, Anna? Ich habe hier schon mal die Sternchenthemen notiert und die Bereiche, in welchen ich die Hilfe deiner Mutter bräuchte.« Er zog einen zusammengefalteten Zettel aus seiner hinteren Hosentasche. »Allerdings möchte ich nur ungern vor der ganzen Klasse meine literarischen Defizite erörtern.« Mit hochgezogenen Augenbrauen warf er einen Blick in die gaffenden Reihen.

Sofort brach überall im Raum hektische Betriebsamkeit aus und jeder tat so, als wäre er unglaublich beschäftigt. Stühle wurden gerückt, Schulbücher aufgeschlagen und Trinkflaschen geöffnet.

»Natürlich!« Mit gesenktem Blick lief ich an Chloe vorbei und folgte David hinaus in den Schulflur.

In diesem Moment klingelte es schon zur nächsten Stunde. Zum Glück hatten wir nun Englisch und unsere Lehrerin Frau Köhler nahm es mit der Pünktlichkeit meist nicht so genau.

David führte mich am Ellbogen von der Tür weg, dann senkte er die Stimme. »Wir müssen unbedingt miteinander reden, Anna. Ich hätte schon gestern etwas sagen sollen, aber ich war so durcheinander wegen des magischen Schocks, meinen Zauberkräften und unserem …« David brach ab und rieb sich mit der Hand den Nacken.

»Unserem Kuss«, beendete ich mit heiserer Stimme seinen Satz. »Ich hätte auch mit dir sprechen sollen! Es tut mir wirklich leid, dass ich dich verletzt habe. Das war keine Absicht.«

David sah mich erstaunt an. »Du musst dich doch nicht entschuldigen. Mir tut es leid, Anna! Ich hätte aufhören sollen, als du mich darum gebeten hast. Ich war so dumm!« Er schüttelte verärgert über sich selbst den Kopf. »Mir ist nicht einmal in den Sinn gekommen, dass du dich nicht an mich erinnern könntest. Das alles ist … echt kompliziert.«

»Das kannst du laut sagen.«

Der Ausdruck in Davids Augen veränderte sich, wurde weicher und verletzlicher. »Ich war gestern wirklich überwältigt von deinem Anblick und unserem Wiedersehen.« Zaghaft hob er die Hand, als würde er erwarten, dass ich vor ihm zurückschreckte. Doch ich ließ zu, dass er mit den Fingerspitzen sanft über meine Wangen strich. Seine Berührung sandte ein leichtes Kribbeln durch meinen Körper.

»In diesem Moment wollte ich dich einfach für immer festhalten.«

Es fühlte sich schrecklich an, dass ich darauf nichts erwidern konnte. Denn egal, wie sehr ich mich auch anstrengte – ich konnte nicht so empfinden wie er. David schien mein Unbehagen zu bemerken, doch er interpretierte es falsch. Mit einem Räuspern ließ er seine Hand sinken und trat einen Schritt zurück. »Aber ich verspreche dir, dass so etwas nicht noch einmal vorkommen wird. Ich werde dich nicht mehr küssen oder dir in sonst irgendeiner Weise zu nahe treten.«

»Nicht?«, entfuhr es mir.

»Außer natürlich, du bittest mich darum«, räumte er mit dem Anflug eines Lächelns ein. Gleich darauf wurde er wieder ernst. »Aber solange du dich nicht an unser früheres Leben erinnerst, werde ich mich verhalten wie ein Gentleman. Ich will, dass wir ganz normal miteinander umgehen können und es sich nicht komisch anfühlt, wenn wir zusammen sind.«

Ich nickte erleichtert. »Das möchte ich auch.«

Über den Flur hallten die klackenden Schritte von Stöckelschuhen zu uns. Vermutlich war Frau Köhler im Anmarsch.

»Aber wie ist es für dich?«, fragte ich unsicher. »Kommst du damit klar?«

Er steckte die Hände in die Hosentaschen und hob die Schultern. »Mach dir keine Sorgen, ich bin ein Mann.« Er setzte ein schiefes Grinsen auf. »Männer können ihre Emotionen problemlos ignorieren.«

Ich wusste, dass er nur die Stimmung auflockern wollte, trotzdem musste ich lachen. »Das beruhigt mich ungemein.«

Aus den Augenwinkeln sah ich Frau Köhler, die mit wehendem Seidenschal auf uns zueilte. »Tut mir leid, aber ich muss wieder rein.«

»Kein Problem, wir sehen uns ja heute Mittag im Wald. Es war mir wichtig, dass wir das vorher miteinander klären.«

Ich wandte mich zur Tür, während Frau Köhler mir schon von Weitem zuwinkte. »Let's go, Anna! Get yourself into your classroom.«

»Of course, Miss Köhler«, antwortete ich folgsam.

»Ach, Anna?«, hielt David mich noch einmal zurück. Er streckte mir den zusammengefalteten Zettel hin. »Gibst du den bitte deiner Mutter?«

»Du willst tatsächlich bei ihr Nachhilfe nehmen?«, entfuhr es mir erstaunt.

»Klar! Ich gebe es ungern zu, aber Deutsch gehört nicht zu meinen besten Fächern.«

Ich nickte ihm zu und schlüpfte hastig vor Frau Köhler ins Klassenzimmer. Ich war seltsam erleichtert darüber, dass David seiner Schwester die Wahrheit gesagt und sie nicht kaltschnäuzig angelogen hatte.

12.

»Die Hexen zu dem Brocken ziehn,
Die Stoppel ist gelb, die Saat ist grün.
Dort sammelt sich der große Hauf,
Herr Urian sitzt oben auf.
So geht es über Stein und Stock,
Es farzt die Hexe, es stinkt der Bock.«

»Faust«, Johann Wolfang von Goethe

»Fertig!« Zufrieden verstaute ich meine Schulbücher zusammen mit meinem Ordner im Rucksack. »Ich habe sogar schon die Strafarbeit von Mama erledigt.«

Jonas drehte sich zu mir um. In einer Hand hielt er hellbraune Gesichtsfarbe und in der anderen einen Handspiegel. »Spielst du jetzt mit mir?«, fragte er erwartungsvoll.

Jonas hatte mir in seinem Zimmer Asyl gewährt, weil ich mich vor Sofie verstecken musste. Seit wir von der Schule nach Hause gekommen waren, verfolgte sie mich auf Schritt und Tritt. Als ich sie darauf hingewiesen hatte, dass ich gerne in Ruhe meine Hausaufgaben machen würde, hatte sie einfach weitergequasselt und mir unermüdlich von den Ergebnissen ihrer Internetrecherche berichtet. Obwohl ich zugeben musste, dass einiges von dem, was sie herausgefunden hatte, recht interessant war. Beispielsweise war die Legende von den Brockenhexen tatsächlich uralt und im Volksglauben verankert. Schon Anfang des 16. Jahrhunderts wurde der Brocken als Anziehungsort für Hexen und magische Gestalten schriftlich erwähnt. Bekannt als der Hexenberg schlechthin wurde er jedoch durch das Werk »Blockes-Berges Verrichtung« von Johannes Praetorius im Jahr 1668. Unser neuer Wohnort war wirklich alles andere als normal! Das erste Gedicht über Geisterwesen rund um den Brocken ging sogar auf das Jahr 1300 zurück. Natürlich war ich meiner Schwester für ihre Hilfe dankbar, aber ihre Begeisterungsfähigkeit konnte manchmal erdrückend sein. Zum Beispiel wenn man ganz dringend seine Hausaufgaben machen musste.

»Spiel mit mir, Anna, biiitte!«, verlangte Jonas und zog eine Schnute.

In den letzten Tagen hatte ich tatsächlich kaum Zeit mit ihm verbracht. Ich warf einen Blick auf die Uhr. Mir blieb noch über eine halbe Stunde, bis ich mich auf den Weg zu den Brockenhexen und meinem heutigen Unterricht bei Ludmilla machen musste. Ich ging zu Jonas und setzte mich neben ihn auf den Boden.

»In was für ein Tier hast du dich denn verwandelt?« Er hatte sich seine Nase schwarz angemalt und über sein Gesicht verliefen kreuz und quer hellbraune Streifen. »In eine Katze?«

»Das ist ein Löwe«, entgegnete er empört. Er hielt mir das Kästchen mit den Gesichtsfarben hin. »Willst du?«

»Soll ich auch ein Löwe werden?« Ich nahm den Handspiegel und das Kästchen entgegen. »Deine große Löwen-Schwester?«

Jonas überlegte kurz, dann schüttelte er den Kopf. »Lieber ein schwarz-weißer Bär. So einen, wie ich ihn gestern im Fernsehen gesehen habe.«

»Du meinst einen Panda-Bären?« Ich seufzte auf. Das hieß, dass ich meine Augen komplett schwarz ausmalen musste. Hoffentlich bekam ich die Farbe danach wieder weg! David würde sich bestimmt halb tot lachen, wenn er mich so sah.

Ich hatte den Stift gerade angesetzt, als die Tür aufgerissen wurde und Sofie hereinstürmte.

»Ach, da steckst du!« Mit vorwurfsvoller Miene stemmte sie die Hände in die Taille. »Ich hab schon das ganze Haus nach dir abgesucht.«

»Entschuldige! Ich habe nur ein bisschen Ruhe gebraucht.«

Sofie zog skeptisch die Augenbrauen in die Höhe. »Und die findest du ausgerechnet bei der kleinen Nervensäge?«

Zum Glück fühlte Jonas sich nicht angesprochen. Er strahlte seine neue Besucherin fröhlich an. »Machst du auch mit? Wir spielen Zoo.«

»Wer nicht mitspielt, darf nicht hierbleiben«, informierte ich Sofie, während ich versuchte, einen schwarzen Kreis um mein rechtes Auge zu ziehen.

Mit einem ergebenen Seufzer ließ sie sich auf den Boden sinken. »Na schön.«

»Ich kann dich anmalen«, bot Jonas an. »Ich mache aus dir … einen Soffelgnut.«

»Bitte, dann verunstalte mich eben! Allerdings«, Sofie hob mahnend einen Zeigefinger, »nur unter der Bedingung, dass Anna und ich ein Gespräch unter Erwachsenen führen können. Halt schön die Klappe beim Malen!«

Jonas nickte gehorsam. Er nahm drei Stifte gleichzeitig in die Hand und begann mit seinem Werk. Offenbar waren Soffelgnuts sehr bunte Tiere.

»Ich habe etwas über ›N‹ und seinen Vater herausgefunden«, verkündete Sofie stolz.

Ich hielt ihre Vorsicht zwar für unnötig, sagte jedoch nichts. Jonas konnte sich nicht einmal das Wort Pandabär merken, da wäre er mit einem komplizierten Namen wie Nebruel völlig überfordert.

Ich kniff mein Auge zu, um es auszumalen. »Und was?«

»In einem Satanistenforum im Internet meinten sie, dass er tatsächlich der Sohn des Teufels ist …«

Vor Schreck stach ich mir mit dem Stift fast das Auge aus. Sofie war auf einer Satanisten-Seite gewesen? War sie denn von allen guten Geistern verlassen? Wenn das unsere Eltern herausfanden, waren wir geliefert!

»Allerdings ist damit nicht der Teufel im herkömmlichen Sinn gemeint. In früheren Schriften wurden bösartige Wesen oder Dämonen oft als ›Diabolus‹ bezeichnet«, berichtete sie. »Zwar ist die Übersetzung ›Teufel‹ nicht direkt falsch, aber im heutigen Sprachgebrauch beziehen wir das ausschließlich auf die Bibel. Mit dem ›Diabolus‹ hier im Harz hat das jedoch nichts zu tun. Dieses Wesen soll in den Eingeweiden der Erde unter dem Brocken leben und es erhält seine Macht ausschließlich aus der Magie dieses Ortes. Es hat im Laufe der Jahrhunderte viele Namen bekommen, doch am bekanntesten ist wohl der Name Urian.«

»Urian?« Nachdenklich nagte ich an meiner Unterlippe. Irgendwie kam mir der Name bekannt vor.

Sofie grinste. »Man kann dir ansehen, wie dein Gehirn auf Hochtouren läuft. Ich gehe jede Wette ein, dass du das Buch, in dem Urian erwähnt wird, schon gelesen hast. Schließlich steht es bei uns im Bücherregal und Mama behauptet, es sei eines der wichtigsten Werke der deutschen Literaturgeschichte.«

Endlich fiel bei mir der Groschen. Urian wurde im »Faust« von Johann Wolfgang von Goethe erwähnt! Ich hatte erst vor Kurzem in dem Buch geblättert, weil Chloe es bei unserem Ausritt erwähnt hatte. Dabei hatte ich mich natürlich besonders für das Kapitel rund um Schierke und den Brocken interessiert. Vielleicht steckte darin mehr Wahres, als ich bisher vermutet hatte?

Ein kalter Lufthauch streifte meinen Nacken. Ich ließ den Spiegel sinken und sah mich aufmerksam um. Doch alles im Zimmer wirkte normal. Nun ja, bis auf Sofies knallbuntes Gesicht vielleicht, das immer mehr einer Regenbogenpfütze glich. Jonas war eifrig bei der Arbeit und versuchte gerade, ihre Augenbrauen sonnengelb einzufärben.

Ich hob den Handspiegel, um mein zweites Auge anzumalen.

»Ich wünschte, die drei …« Ich stockte, da ich Sofies warnenden Blick bemerkte. »… die drei *Damen* im Wald wären etwas mitteilsamer. Echt seltsam, dass ich durch dich und das Internet mehr über ›N‹ erfahre als von ihnen.«

»Typisch Erwachsene!«, knurrte meine Schwester. »Die geben uns nur so viele Informationen wie absolut notwendig. Damit sie uns besser gängeln und bevormunden können.«

Nun ja, in diesem Fall traf das nicht ganz zu. Schließlich hatten die Brockenhexen alles darangesetzt, mir meine Erinnerungen zurückzugeben. Dass es nicht geklappt hatte, konnte ich ihnen nicht zum Vorwurf machen.

An Jonas gerichtet fügte Sofie hinzu: »Merk dir das, Zwerg: Vertrau nie einem Erwachsenen!«

»Okay.« Er nickte mit ernster Miene. »Bist *du* schon erwachsen, Sofie?«

»Äh …« Nun steckte meine Schwester in der Zwickmühle. Natürlich hielt sie sich schon für ziemlich erwachsen, aber gleichzeitig natürlich auch für ungemein vertrauenswürdig. »Also, ich bin selbstverständlich eine Ausnahme«, wiegelte sie seine Frage kurzerhand ab. »Bist du endlich fertig mit dem Soffelgnut? Von dieser vielen Farbe kriege ich bestimmt Pickel im Gesicht.«

Ich runzelte die Stirn. Die Oberfläche des Handspiegels war plötzlich beschlagen und ich konnte mich nur noch verschwommen erkennen. Ich zog den Ärmel meines Pullovers über mein Handgelenk, um darüberzuwischen, doch wie eingefroren hielt ich in der Bewegung inne. Im Spiegel war ein seltsamer Schatten zu sehen, genau wie schon vor ein paar Tagen im Badezimmer. Eine eisige Gänsehaut kroch meinen Rücken hinauf.

In diesem Moment begann sich die silbrige Oberfläche zu bewegen und der Spiegel wurde von leichten Wellen durchzogen. Okay, das war eindeutig nicht mehr normal! Ich warf einen besorgten Blick auf meine Geschwister, die miteinander herumalberten und nichts davon mitbekamen.

Nach und nach veränderte sich der schemenhafte Schatten. Gesichtszüge wurden sichtbar – eine gerade Nase, ein kantiges Kinn, ausdrucksvolle Augenbrauen und glänzende schwarze Haare, die bis über die Schultern reichten. Ich blinzelte mehrmals hintereinander, denn ich konnte kaum glauben, was ich sah. Wie gebannt starrte ich in den Spiegel, aus dem mir nun ein Junge entgegenblickte, der ein paar Jahre älter sein mochte als ich. Eine innere Stimme, von der ich nicht wusste, ob sie meinem Instinkt oder zu Anna Hubers Erinnerungen gehörte, flüsterte mir zu: »Nebruel.«

Wäre ich alleine gewesen, hätte ich wahrscheinlich dem Drang nachgegeben, einen panischen Schrei auszustoßen und den Spiegel sofort an die Wand zu werfen. Doch das hätte Jonas einen riesigen Schreck versetzt. Nur mit Mühe gelang es mir, meine Fassung zu wahren. Trotzdem zitterten meine Hände unkontrolliert.

Ich blickte in das Angesicht von Urians Sohn. Er war wunderschön, aber auf eine Furcht einflößende Art und Weise. Seine Entschlossenheit und sein eiserner Wille waren in jeder scharfen Kante seines männlichen Gesichts zu erkennen. Wahrscheinlich wäre ich alarmiert zurückgewichen, wenn nicht seine Augen gewesen wären. Diese leuchtend grünen, warmherzigen Augen. Sie hielten mich gefangen und ich war nicht imstande, mich abzuwenden. Nebruels Blick brachte etwas in mir zum Klingen und mein Herz flatterte aufgeregt in meiner Brust. Er legte den Kopf schräg und ein liebevolles Lächeln erhellte sein Gesicht. Nebruels Lippen bewegten sich, und obwohl ich ihn nicht hören konnte, wusste ich sofort, was er gesagt hatte: »Anna.«

*

In den nächsten Tagen stellte sich eine gewisse Regelmäßigkeit in meinem Tagesablauf ein. Morgens ging ich in die Schule und in den Pausen half ich Chloe, andere Schüler für ihre geplante Demo zu erwärmen. Zurück daheim machte ich meine Hausaufaufgaben und Sofie versorgte mich eifrig mit Informationen über Magie, Hexen und den Brocken. So hatte sie zum Beispiel über die Hexenverfolgung im Harz recherchiert und angeblich waren im Jahr 1589 im nahen Ort Quedlinburg an einem Tag 133 Hexen verbrannt worden. Diese Vorstellung war wirklich gruslig!

Am späten Nachmittag traf ich mich dann mit David und wir machten uns gemeinsam auf den Weg zu den Schnarcherklippen. Er hielt sein Versprechen und kam mir nicht zu nahe. Anstatt in unserer gemeinsamen Vergangenheit zu schwelgen, konzentrierte David sich in unseren Gesprächen allein auf die Gegenwart und unser jetziges Leben, wofür ich ihm sehr dankbar war. So erfuhr ich ganz neue Dinge über ihn. Beispielsweise, dass er die Musik von David Guetta mochte, sich die »Herr der Ringe«-Filme schon mehr als zehn Mal angesehen hatte und für Pizza mit Sardellen sterben würde. Bei Letzterem konnte ich nur angeekelt das Gesicht verziehen.

Mit Beginn des Aprils schien die Natur beschlossen zu haben, dass es nun Zeit für den Frühling wurde. Die Luft hatte sich deutlich erwärmt und die letzten Schneeklumpen, die sich unter den Bäumen versteckt gehalten hatten, schmolzen dahin. Der Wald erwachte aus seinem Winterschlaf und durch den gelüfteten Schleier konnten David und ich das sanfte magische Glimmen wahrnehmen, das jeden Baum und jede Pflanze hier im Harz umgab.

Die Hexen hatten nicht gelogen, als sie behauptet hatten, dass in den Wäldern noch andere magische Geschöpfe lebten. Besonders zahlreich waren die Venediger. Diese kleinen Männchen waren etwa so groß wie eine Männerhand, hatten dunkle Haut, zerzauste Haare und waren in Felle gehüllt. Sie hatten nur Unfug im Kopf und klauten wie die Raben. Früher hatten die Menschen dort, wo besonders viele Venediger lebten, steinerne Wegmarkierungen mit deren Abbild aufgestellt. Die Markierungen gab es noch heute im Harz, doch die Menschen waren für die Existenz dieser Geschöpfe blind geworden.

Der tägliche Unterricht bei Ludmilla war anstrengend und zermürbend. Während David bei Walpurga tolle Fortschritte machte und immer schwierigere Zauber absolvierte, saßen wir in der Küche, wälzten Hexenbücher, testeten Erinnerungszauber aus oder brauten magische Tränke. Da ganz offensichtlich nur mein angelerntes Wissen zurückgekehrt war, meinte Ludmilla, dass wir die Stellen in meinem Gehirn reizen mussten, in denen sich dieses Wissen mit meinen Erinnerungen verband. Beispielsweise durch einen besonders emotionalen Moment, in dem ich in der Vergangenheit einen Zauber ausgesprochen hatte. Um meinem Gedächtnis auf die Sprünge zu helfen, übergab mir Ludmilla auch Anna Hubers Hexenfibel. Das war eine Art Tagebuch, in dem sich eine Hexe wichtige Vorkommnisse und abgeänderte Zaubersprüche notierte. Es war durchaus interessant, in der Hexenfibel zu blättern und die Einträge zu lesen, die ich selbst vor langer Zeit geschrieben hatte. Nur leider riefen die Notizen kein Bild meines damaligen Lebens in mir wach. Die Suche nach meinem Machtwort verlief keinen Deut besser.

»Es muss ein Wort sein, das etwas in dir zum Klingen bringt«, erklärte Ludmilla. »Du spürst sofort eine große innere Resonanz.«

»Kannst du mir ein Beispiel sagen?«, bat ich sie.

»Es passiert schon mal, dass man ein Machtwort einer unvorsichtigen Hexe aufschnappt.« Ludmilla widerstrebte es sichtlich, diese Information preiszugeben. »Ich kannte mal eine Hexe, die Musik sehr liebte, und ihr Machtwort war *Melodei*. Was allein deswegen ungewöhnlich war, weil die Machtwörter normalerweise aus der alten magischen Sprache stammen. Zaubersprüche hingegen sind oft auch in Latein.«

Ich nickte. Dank des geglückten Teils des Aonaich-Rituals beherrschte ich nun beide Sprachen. Wahrscheinlich hatte es Jahre gedauert, bis Anna Huber sie gelernt hatte.

»Bei anderen Hexen ist es beispielsweise der Name einer geliebten Person«, fuhr Ludmilla fort. »Worte haben viel

Macht, Anna. Sie können in dein Herz eindringen und es zum Zerbrechen bringen. Dein Machtwort soll das Gegenteil tun. Es weckt ein Glücksgefühl in dir, bündelt deine Magie und entlässt sie als helles Licht in die Welt.«

Die Frage war nur: Was bedeutete mir so viel und brachte mein Herz zum Strahlen? Angestrengt durchforstete ich mein Gehirn, doch ich fand keine Antwort. Wie so oft tauchte stattdessen Nebruels Gesicht vor meinem inneren Auge auf. Ich hatte niemand von meiner Begegnung mit ihm erzählt. Irgendwie hatte sich nie der richtige Augenblick dafür ergeben. Außerdem hatten wir uns nur über den Spiegel hinweg angesehen, mehr war überhaupt nicht passiert. Insgeheim wusste ich jedoch, dass ich mir damit nur etwas vormachte. Dieser liebevolle Ausdruck in Nebruels Augen hatte mich bis ins Mark getroffen. Er hatte etwas tief in meinem Inneren ausgelöst, das ich mir nicht erklären konnte. Darüber wollte ich nicht mit Ludmilla oder meiner kleinen Schwester sprechen. Und schon gar nicht mit David.

Ich schreckte aus meinen Gedanken auf, als mir Ludmillas fragender Blick auffiel. »Ich habe keine Ahnung. Ehrlich, Ludmilla, da ist kein Machtwort.«

»Dann musst du dich mehr anstrengen!«, fuhr sie mich verärgert an. »Seit fast zwei Wochen üben wir nun und sind keinen Schritt weitergekommen. Ich habe so langsam den Eindruck, dir fehlt es an Willen und Entschlossenheit.«

Ich stieß den Atem aus und schlug frustriert die Hände vors Gesicht. Das war doch alles völlig sinnlos!

In diesem Moment drangen die aufgeregten Stimmen von David und Walpurga aus dem Garten zu uns. Ich spähte aus dem Fenster. Die beleibte Hexe hatte die Hände in die Taille gestemmt und redete auf David ein, der verstockt dreinblickte und die Arme vor der Brust verschränkt hielt. Anscheinend war ich nicht die Einzige, die Ärger bekam. Mein Blick fiel auf Edith, die neben den beiden Streithähnen stand und ebenfalls aufgewühlt wirkte. Mein Stirnrunzeln vertiefte sich. »*Was ist dort draußen los?*«

Kaum hatte ich es gedacht, fuhr Ediths Kopf herum und sie sah in meine Richtung. In ihrer Miene spiegelten sich sowohl Überraschung als auch Freude. »*Anna? Ich kann es kaum glauben, dass dir das gelungen ist!*«

Ich schnappte erstaunt nach Luft. Hatte ich etwa gerade selbstständig mit ihr telepathischen Kontakt aufgenommen? Ich sah zu Ludmilla, die jedoch ungerührt in einem Hexenbuch blätterte. Vielleicht sollte ich es gleich noch einmal versuchen? Mein Blick heftete sich auf Edith. »*Ist das ungewöhnlich?*«

Trotz der Entfernung sah ich, wie ein Lächeln ihre Lippen umspielte. »*Und ob! Normalerweise müssen wir uns im selben Raum befinden. Bisher gab es nur zwei Hexen, die über einige Distanz hinweg mit mir kommunizieren und andere aus der Unterhaltung ausschließen konnten: Ludmilla und Anna Huber.*«

Tatsächlich schien Ludmilla noch immer nichts von unserem Gespräch zu bemerken. Erneut konzentrierte ich mich auf Edith. »*Weshalb ist Walpurga so sauer auf David?*«

Durch meinen Kopf hallte so etwas wie ein telepathischer Seufzer. »*David will einen sehr schwierigen Angriffszauber üben, obwohl wir es ihm verboten haben. Er könnte dabei den Pflanzen und der Erde um uns herum den magischen Lebensfunken rauben. Aber so etwas machen wir nur im absoluten Notfall. Er meint allerdings, dass wir euch in Lebensgefahr bringen, wenn er solche Zauber nicht trainieren darf.*«

Davids Argument war nicht von der Hand zu weisen. *»Könnt ihr ihn nicht auf später vertrösten? Bis zur Walpurgisnacht bleibt uns doch noch ein bisschen Zeit.«*

Außerdem mussten bis dahin noch einige weitaus grundlegendere Probleme gelöst werden, die allesamt mit mir zusammenhingen.

»David muss euch bestimmt schon früher verteidigen«, wandte Edith ein. *»Es wird gefährlich werden, wenn ihr in Urians Reich das Sphalium für Nebruels neues Spiegelgefängnis holen …«* Sie brach abrupt ab. Durch das Fenster konnte ich sehen, wie Edith sich reflexartig die Hand vor den Mund schlug.

Sphalium? Das war ein hochgiftiges magisches Metall. Das reine chemische Element kam höchst selten vor, doch es gab auch sphaliumhaltige Erze wie Zalvit, das mit etwas Glück hier im Harz zu finden war. Zalvit. Der Begriff brachte etwas in mir zum Klingen. Plötzlich flammte ein Bild in meinem Bewusstsein auf.

Ich rannte einen dunklen Tunnel entlang. Der Weg war uneben und immer wieder rutschten meine Füße von dem spitzen Gestein ab. In mir brannte der sehnliche Wunsch, an die Oberfläche zu gelangen, ins Sonnenlicht. Doch ich befand mich tief, unendlich tief unter der Erde, weit weg von allem, was unserer normalen Welt ähnlich war. Hier unten war es heiß, stickig und meine Haare klebten auf meiner schweißnassen Stirn. Die einzige Lichtquelle war eine Fackel, die ich in der Hand hielt. Mein Herz raste und die Angst schnürte mir fast die Kehle zu. Etwas war hinter mir her … Obwohl meine Beine schon schwer wie Blei waren, nahm ich all meine Kraft zusammen und beschleunigte meine Schritte. Ich musste hier raus! Plötzlich bohrten sich scharfe Krallen in meinen Rücken und ich stieß einen Schrei aus, der gellend von den Tunnelwänden zurückgeworfen wurde. Unsichtbare Hände legten sich um meinen Hals und schnürten mir die Luft ab, während ich mit meinem letzten Atem einen Rückstoßzauber aussprach: »Ashandra esifar …«

Keuchend kehrte ich in das Hier und Jetzt zurück. Ich saß nach wie vor am Tisch neben Ludmilla, die immer noch in ihrem Buch blätterte.

Mein Gott, das war eine Erinnerung gewesen! Ein Augenblick, in dem ich von blanker Todesangst erfüllt gewesen war und einen Zauber angewandt hatte. Bedauerlicherweise handelte es sich nur um einen kurzen Erinnerungsfetzen, der zudem abgebrochen war, ehe ich mein Machtwort ausgesprochen hatte. Trotzdem wusste ich genau, an welchem Ort ich mich damals befunden hatte.

Mein Kopf fuhr herum. »Ludmilla, wann wolltest du mir eigentlich von meinem geplanten Ausflug mit David in Urians Reich erzählen?«

Ohne von ihrem Buch aufzusehen, stieß Ludmilla einen tiefen Seufzer aus. »Oh, verdammt!«, murmelte sie.

13.

»Ich, Anna Huber, habe nun das zweite Jahr meiner Hexenausbildung erreicht. Zusammen mit meinem Freund und Gefährten David Weber erlerne ich bei den Brockenhexen alles Notwendige, um die mir innewohnende Magie verantwortungsvoll einzusetzen und anderen in der Not beizustehen. David und mir wird als Cáraid die Aufgabe zuteil, den Sohn des Teufels zu vernichten. Obwohl Eile geboten ist und sich das Böse wie eine Seuche in unseren Wäldern ausbreitet, müssen wir uns in Geduld üben und warten, bis wir für diesen Kampf ausreichend gewappnet sind. Da es nur wenige Niederschriften über das gemeinsame Zaubern eines Cáraid gibt, soll diese Hexenfibel uns und allen nachfolgenden Cáraid eine Hilfe und Gedächtnisstütze sein.«

Anna Hubers Hexenfibel, 16. Mai 1683

Walpurga führte David und mich durch ein Portal, durch das wir direkt in einen Stollen gelangten. Überall an den grob behauenen Wänden hingen Laternen, in denen das blaue Licht des ewigen Feuers flackerte. Ludmilla hatte Walpurga damit beauftragt, uns hierherzubringen, da ein Besuch dieses Ortes die meisten meiner Fragen beantworten würde.

»Schon Nebruels erstes Spiegelgefängnis haben wir damals in diesem Tunnelsystem angefertigt«, erzählte Walpurga, während sie voranging. »Es liegt einige Kilometer von eurem Dorf entfernt und verläuft unterhalb der Teufelsmauer.«

Wie die Teufelsmauer erhoben sich noch unzählige weitere Sandsteinformationen aus den Tiefen des Harz-Waldes und ragten wie unheimliche Skulpturen des Schreckens gen

Himmel, geformt aus der uralten Angst der Menschen, die hier lebten.

»Hier befindet sich ein Knotenpunkt aus magischen Energielinien. Außerdem würde es den Hexenwald schwächen, wenn wir diese starke schwarze Magie in seiner Nähe ausüben.«

Ich schielte zu David hinüber. Er trug heute eine zerschlissene Jeans und unter seinem dunkelblauen Hemd zeichnete sich sein muskulöser Oberkörper ab. Seine Miene wirkte angespannt und besorgt, was mich kurz irritierte, da unsere Mission in Urians Reich für ihn keine Neuigkeit war. Allerdings hatte er mit den Hexen offenbar schon ausführlich darüber diskutiert, wie gefährlich es für mich war, sich dort ohne meine Zauberkräfte hineinzuwagen. Als David meinen Blick auffing, glättete sich jedoch seine Stirn und ein Lächeln umspielte seine Lippen. Plötzlich fühlte ich mich auf unangenehme Weise ertappt. Wie lange hatte ich ihn eigentlich schon angestarrt?

Wir erreichten eine Gabelung, an der drei verschiedene Tunnel abzweigten. Walpurga lotste uns zielstrebig weiter nach links. »Das alte Spiegelgefängnis hält Nebruel für exakt 333 Jahre in der Spiegeldimension gefangen, dann verliert es seine magische Kraft. In der kommenden Walpurgisnacht wird der Spiegel zerspringen, doch schon in den Tagen und Wochen zuvor bekommt sein Gefängnis Risse und ein Teil seiner Macht sickert nach draußen.«

Nun wusste ich immerhin, weshalb Nebruel ausgerechnet über die Spiegel mit mir in Kontakt getreten war. Ein Schauer lief mir über den Rücken. Spiegelmagie gehörte zur schlimmsten Sorte der schwarzen Magie. Unvorstellbar, dass ausgerechnet die Brockenhexen sie ausübten.

»Das ist für euch von Vorteil«, meinte Walpurga optimistisch, »denn in der Nacht zum 1. Mai sind die Kräfte der Hexen und Hexer verstärkt. Wie ihr wisst, ist Nebruel unsterblich und ihr könnt ihn nicht einfach töten. Deshalb müsst ihr ihn erneut in ein Spiegelgefängnis sperren, aber dieses Mal solltet ihr es unbedingt zerstören. Nur dadurch könnt ihr Nebruel endgültig vernichten.«

Im Gehen beugte sich David zu mir. »Mach dir keine Sorgen«, raunte er mir zu, wobei sein Atem über meinen Nacken strich. »Ich werde alles in meiner Macht Stehende tun, um dich zu beschützen. Wir werden das schaffen! Auch den Ausflug in Urians Reich.«

Ich schob meine Sorgen beiseite und nickte tapfer. »Vielleicht weiß ich bis dahin ja mein Machtwort«, sagte ich hoffnungsvoll. »Immerhin habe ich mich heute zum ersten Mal an etwas aus meinem früheren Leben erinnert. Mit meinem Machtwort wäre ich dir in Urians Reich wenigstens kein Klotz am Bein und könnte dich im Notfall ebenfalls beschützen.«

Überrascht zog David eine Augenbraue in die Höhe. »Du willst mich beschützen?« Sein Blick wanderte aufreizend langsam über meinen Körper.

Hitze stieg in mir auf. »Ja, warum denn nicht?«, blaffte ich ihn an. »Es gibt überhaupt keinen Grund, mich deswegen so anzusehen.«

»Entschuldige, ich war nur gerade auf der Suche nach etwas.« Er grinste breit. »Nach Muskeln, versteckten Waffen oder geheimen Superkräften, die ich bisher noch nicht wahrgenommen habe.«

»Pah!«, schnaubte ich. »Um Typen wie dich zu retten, braucht man keine Superkräfte. Ich muss dir in Urians Reich nur eine Hundeleine mit Rückholfunktion anlegen, weil du bestimmt übereifrig und hirnlos in den gefährlichsten Tunnel rennen wirst, den du finden kannst.«

Er legte den Kopf in den Nacken und lachte lauf auf. »Touché! Aber wenn es dich beruhigt: Ich habe zu keiner Sekunde geglaubt, dass du ein Klotz am Bein sein wirst. Selbst wenn du bis dahin noch nicht zaubern kannst. Das habe ich den Hexen auch gesagt. Zusammen sind wir unschlagbar!«

Tatsächlich? Dann hatte ich vorhin wohl etwas falsch verstanden. David schien mir durchaus zuzutrauen, mich in Urians Reich durchzuschlagen, doch es waren die Brockenhexen, die es für zu gefährlich für mich hielten.

»Wir sind da!«, verkündete Walpurga.

Der Tunnel öffnete sich und ein kuppelartiger Raum tat sich auf, in dessen Mitte ein riesiger Spiegel in der Luft schwebte. Die silbrige Oberfläche war in steter Bewegung, wie ein aufgepeitschtes Meer in einer Sturmnacht. Ich glaubte sogar ein tiefes, metallisch klingendes Brausen und Rauschen zu hören. An einigen Stellen hatten sich Strudel gebildet und an der Unterseite flossen dicke silbrige Tropfen aus dem Spiegel heraus, die von einem steinernen Becken aufgefangen wurden. Der ganze Raum war mit so viel Magie erfüllt, dass meine Haut prickelte und sich die Härchen an meinen Armen elektrisiert aufstellten. Am schlimmsten war jedoch die dämonische und unheilvolle Ausstrahlung, die den Spiegel umgab. Es war wie ein Sog aus Bösartigkeit, von dem man kaum den Blick abwenden konnte.

Walpurga räusperte sich. »Wie ihr seht, ist er fast fertig. Es fehlt nur noch eine letzte Zutat, die zugleich auch die wichtigste ist. Das Zalvit muss spätestens bis zum nächsten Neumond hinzugefügt werden.«

Erschrocken sog ich die Luft ein. Bis zum nächsten Neumond? Das würde bedeuten, dass wir schon bald aufbrechen mussten.

»Und wenn wir es nicht rechtzeitig schaffen, das Zalvit zu holen?«, hakte ich nach.

»Dann manifestiert sich die Oberfläche des Spiegels in diesem instabilen Zustand.« Walpurga deutete auf die silbrige Flüssigkeit, die in das Becken tropfte. »Es würde ein blinder Spiegel werden und wäre damit unbrauchbar.«

Ein dicker Knoten bildete sich in meiner Magengrube. Anna Huber war in meinem Erinnerungsfetzen von blanker Panik erfüllt gewesen, dabei hatte sie ihre vollen Hexenkräfte besessen. Fröstelnd schlang ich die Arme um meinen Oberkörper.

»Ich schicke euch wirklich nur ungern in Urians Reich, glaubt mir bitte!« Die Miene der Brockenhexe drückte Bedauern und Mitgefühl aus. »Leider konnten wir das magische Erz nicht selbst besorgen, denn einer von euch beiden muss Nebruel durch das Spiegelportal stoßen. Das Zalvit wirkt wie ein Schloss, zu dem nur ihr den Schlüssel haben werdet.«

Walpurga trat zu mir und fasste mich an den Schultern. »Ich wünschte, es würde eine andere Lösung geben, Anna. Wir setzen dich ohne dein Machtwort nur ungern einem solchen Risiko aus.« Sie versuchte sich an einem zuversichtlichen Lächeln. »Aber immerhin kann David sich an den Weg erinnern und ihr müsst nicht wie beim ersten Mal eine halbe Ewigkeit durch Urians Reich irren, um nach dem Zalvit zu suchen. Er weiß, wo ihr es finden könnt und an welchen Orten die schlimmsten Gefahren lauern. Nicht wahr, David?«

Da er nicht antwortete, wandten wir uns fragend zu ihm um.

David schreckte aus seinen Gedanken auf. Er straffte den

Rücken und nickte. »Ach so, klar, ich weiß den Weg. Kein Ding! Wir gehen da rein, holen das Zalvit und hauen wieder ab.«

Sein Lächeln, das etwas verkrampft wirkte, dämpfte meine Besorgnis nicht gerade. Machte er sich vielleicht ebenfalls Sorgen wegen dieser Wesen, die mich damals verfolgt hatten?

»Der Spiegel ist besser geworden als euer erster«, wechselte David das Thema und trat dabei so nah an ihn heran, wie es das steinerne Becken am Boden zuließ. Seine goldblonden Haare wurden ihm vom Tosen der Energie aus der Stirn geweht. »Offenbar macht auch in der schwarzen Magie Übung den Meister.«

Walpurga erblasste. So offen ein Kompliment für ihre schwarzmagischen Fähigkeiten zu erhalten, war ihr sichtlich unangenehm. »Nun ja, wir haben wohl tatsächlich ein wenig dazugelernt«, erwiderte sie leise.

Er tippte sich an die Lippen. »Können wir in der Walpurgisnacht den neuen Spiegel nicht einfach direkt gegenüber des alten platzieren? Dann würde dieser Dreckskerl beim Verlassen seines Gefängnisses umgehend im nächsten landen. Er wäre uns schutzlos ausgeliefert und wir könnten ihn ganz einfach töten.«

Schockiert über seine gnadenlosen Worte starrte ich ihn an. Er war tatsächlich bereit, Nebruel umzubringen? Allerdings hatte David seine Erinnerung wiedergefunden. Er war nicht mehr derselbe, mit dem ich noch vor dem Aonaich-Ritual darüber gesprochen hatte.

Walpurga schüttelte den Kopf. »So nah dürfen sich die beiden Spiegel nicht kommen, da sie sich sonst gegenseitig zerstören würden. Ein Kampf zwischen euch ist unvermeidlich.«

David presste missmutig die Lippen zusammen. Einen Moment lang breitete sich Schweigen zwischen uns aus und nur noch das metallische Brausen und Rauschen war zu hören.

»Warum benutzt ihr überhaupt Spiegelmagie?«, unterbrach ich die Stille. Ich konnte nicht verhindern, dass meine Stimme vor Abscheu zitterte. »Bei Davids magischem Schock hast du dich vehement gegen den Clepitur-Fluch gesträubt, aber diese Art der schwarzen Magie war ein Witz verglichen mit …«, ich deutete auf den Spiegel und musste ein Schaudern unterdrücken, »… dem hier.«

Ein Schatten legte sich über Walpurgas Gesicht. »Diese Entscheidung ist uns nicht leichtgefallen, Anna, und die Schuld lastet schwer auf meiner Seele. Sowohl damals als auch heute. Doch wir hatten keine andere Wahl.«

Ich taumelte einen Schritt zurück, denn völlig unvermittelt überflutete eine weitere Erinnerung mein Bewusstsein: *»Das ist unrecht, Walpurga!«, spie ich wütend aus und deutete auf den Spiegel, der neben uns in der Luft schwebte. »Wie konntet ihr uns das nur verheimlichen?«*

»Wir wollten euch damit schützen, Anna«, beteuerte sie. »Ihr solltet nicht mit dieser Schuld belastet werden. Aber das ist unsere einzige Möglichkeit, den Sohn des Teufels zu besiegen. Nur in der Spiegeldimension kann er getötet werden.«

Seit unserer ersten Begegnung hatte diese Frau sich um mich gekümmert wie eine Mutter und ich wiederum liebte sie wie eine Mutter. Doch nun rauschten Zorn und Enttäuschung durch meine Adern.

»Stimmt es, was Ludmilla gesagt hat? Dass ihr dafür ein Menschenleben opfern musstet? Ich hätte nie geglaubt, dass ihr zu so etwas fähig seid. Jahrelang habt ihr uns vom ehrenvollen Kodex der Brockenhexen gepredigt, und jetzt muss ich herausfinden, dass ihr nicht besser seid als Nebruel.«

»Bitte sag so etwas nicht, Anna!«, hauchte Walpurga bestürzt. Sie presste die Augen zusammen und schwankte.

Trotz meiner Wut auf sie wallte Sorge in mir auf. Ihr Körper war durch die schweren Verletzungen, die Nebruel ihr damals im Wald zugefügt hatte, immer noch gezeichnet. »Was ist los? Hast du wieder einen Anfall?«

»Mir ist nur etwas schwindlig.«

Ich fasste Walpurga an den Schultern, um sie zu stützen. »Komm, du musst dich setzen!«

Mein Blick fiel auf ein paar Steinplatten, die vom Bau des Beckens unter dem Spiegel übrig geblieben waren. Ich rief meine magischen Kräfte auf, um daraus eine Bank herzustellen: »Ahilef kalerum eshida zaraf …«

An dieser Stelle brach die Erinnerung ab. Sofort wandte ich mich zur Wand schräg hinter mir um. Tatsächlich befand sich dort eine schlichte Bank aus Steinplatten, die ich selbst vor 333 Jahren zusammengefügt hatte. Oh Gott, dann stimmte es also! Bis eben hatte ich nicht gewusst, dass für die Erschaffung eines Spiegelgefängnisses ein Menschenleben notwendig war. Das sprach wohl für mein früheres Ich, denn somit hatte sich Anna Huber nie intensiv mit schwarzer Magie beschäftigt.

»Wir haben dieses Gespräch schon einmal geführt«, flüsterte ich. »Ob es recht ist, Böses zu tun, nur weil man keinen anderen Weg sieht, das Böse zu bekämpfen.«

David fuhr mit weit aufgerissenen Augen zu mir herum. »Du erinnerst dich wieder?«

»Nur an dieses Gespräch.« Ich warf ihm einen bedauernden Blick zu. Es tat mir im Herz weh, dass ich ihn schon wieder enttäuschen musste.

Walpurga strahlte jedoch übers ganze Gesicht. »Das war

schon die zweite Erinnerung an einem Tag. Es wird nicht mehr lange dauern, bis du dein Gedächtnis zurückhast, Anna!«

Ich deutete auf den Spiegel. »Ihr habt für dieses Ding ein Menschenleben geopfert, Walpurga«, fuhr ich sie an. »Schon wieder! Und ihr behauptet ernsthaft, dass ihr die Guten seid? Dass ich nicht lache! Ihr seid doch wohl diejenigen, die skrupellos und verdorben sind.«

Walpurga schreckte vor mir zurück, als hätte ich sie gerade geohrfeigt. Tränen funkelten in ihren Augen. Was hatte Ludmilla vorhin noch gesagt? *Worte können in dein Herz eindringen und es zum Zerbrechen bringen.*

*

Walpurga führte uns durch ein Portal, das uns direkt zum Wunschsee brachte. Der Ort, an dem David und ich zum ersten Mal den Hexenwald betreten hatten. Jedenfalls in diesem Leben. Der Durchgang lag so nah am Uferbereich, dass wir bei unserer Ankunft fast mit den Schuhen im Wasser standen. Sonnenstrahlen glitzerten auf den Wellen und ein lauer Wind spielte mit meinen Haaren. Irgendwo im Schilfgras neben uns vernahm ich das fröhliche Quaken einer Entenfamilie und eine blaugrüne Libelle schwebte auf der Suche nach Nahrung über dem Wasser. Der Kontrast zu dem stickigen Tunnelsystem und der bösartigen Aura des Spiegelgefängnisses hätte kaum größer sein können.

Walpurga wischte sich neben mir mit einem Stofftaschentuch verstohlen über ihre tränenfeuchten Wangen. »Ich möchte dir zeigen, dass wir keine kaltblütigen Mörder sind, Anna«, sagte sie mit brüchiger Stimme. »Wir sind nicht wie Nebruel.«

Ohne sich die Schuhe abzustreifen oder ihren Rock anzuheben, schritt sie in den See und legte ihre Hand auf das Wasser. Sie murmelte ein paar Worte und um ihre Hand bildete sich ein kreisrunder Bereich, der glatt, durchscheinend und klar war. Für diesen Wasserzauber besaß Walpurga eine besondere Begabung und sie konnte damit Vergangenes betrachten oder die Menschenwelt beobachten.

Sie schloss mit konzentrierter Miene die Augen und im nächsten Moment zeichnete sich ein Bild auf der Oberfläche ab. Ich konnte Ludmilla erkennen, die sich mit besorgter Miene über einen am Boden liegenden Mann beugte. Die Zirkelanführerin wandte sich in unsere Richtung und sagte etwas, das ich jedoch nicht hören konnte. Nun näherten wir uns ebenfalls dem Mann, der, seiner Kleidung und Ausrüstung nach zu urteilen, ein Wanderer war. Offensichtlich war er gestürzt, denn sein Bein stand in unnatürlicher Weise vom Körper ab. Die blutgetränkte Hose war in der Mitte seines Oberschenkels aufgerissen und ein Teil des Knochens ragte heraus. Als Walpurga in ihrer Erinnerung die Verletzung untersuchte, begann mein Magen zu rebellieren. Das sah schrecklich aus! Bedenklicher war jedoch die Kopfwunde, aus der unglaublich viel Blut floss. Die Wangen des Mannes waren schon unnatürlich fahl, er presste die Zähne zusammen und sein Gesicht war eine Maske der Qual und des Schmerzes. Man musste kein Arzt sein, um zu erkennen, dass dieser Mann im Sterben lag. Wie zur Bestätigung meines Verdachts schüttelte Ludmilla nun traurig den Kopf und stellte ihre Rettungsversuche ein …

Walpurga richtete sich auf und die Erinnerungsbilder verblassten. »Genau wie beim ersten Spiegelgefängnis haben wir auch dieses Mal ein Leben gewählt, das ohnehin am Verlöschen war«, sagte sie. »Selbst mit unseren Hexenkräften hätten wir diesen Mann nicht mehr retten können. Bevor wir ihn in das Tunnelsystem gebracht haben, hat Ludmilla ihn in einen friedlichen Dämmerschlaf versetzt. Er bekam von alldem nichts mit und hatte keine Schmerzen mehr.«

»Quasi so etwas wie magische Sterbehilfe«, kommentierte David trocken.

Ich drehte mich zu ihm und kniff die Augen zusammen. »Findest du das etwa witzig?«

»Oh Verzeihung!« Er hob entschuldigend die Hände. »Bitte dreh mir deswegen nicht gleich den Hals um!«

»Dann ist es für dich in Ordnung, einen sterbenden Menschen einfach als Opfer für einen Zauber zu missbrauchen?«, fragte ich ungläubig.

David steckte die Hände in die Hosentaschen und zuckte mit den Schultern. »Ich finde es … nachvollziehbar. Wenn ich im Tod so starke Schmerzen hätte, wäre ich dankbar, wenn jemand mein Leid vorzeitig beendet. Wäre ich dieser Mann gewesen, hätte ich es als Akt der Gnade empfunden. Für ihn gab es keine Rettung mehr und somit auch keine Hoffnung. Doch durch die Brockenhexen hat er mit seinem Tod sogar noch etwas Gutes bewirkt.« Er warf mir einen sanften Blick zu. »Hat das nicht sogar etwas Tröstliches?«

Ich presste die Lippen zusammen. Es ging mir gewaltig gegen den Strich, dass ich darauf nichts zu erwidern wusste. Auch wenn ich nach wie vor nicht einer Meinung mit den Brockenhexen war, musste ich mir eingestehen, dass mein Vorwurf eindeutig überzogen gewesen war. Sie hatten weder skrupellos noch verdorben gehandelt.

Schuldbewusst wandte ich mich an Walpurga. »Danke, dass du mir deine Erinnerung gezeigt hast. Was ich gesagt habe, tut mir leid. Ich hoffe, du kannst mir meine harten Worte noch mal verzeihen?«

Walpurga watete ans Ufer zurück. Ihre Schritte wirkten ungewöhnlich langsam und beschwerlich.

»Du musst dich nicht entschuldigen.« Sie blieb stehen, stieß einen tiefen Seufzer aus und sah in die Ferne zum Eichenwald. »Deine Worte haben mich deshalb so getroffen, weil ich mir selbst ständig Vorwürfe mache. Eigentlich sollten wir Hexen das Leben ehren und beschützen. Du hast völlig recht, Anna. Wir tun Böses, um das Böse zu bekämpfen.«

»Trotzdem tut es mir leid. Ich wollte dich nicht verletzen.«

Ich ging zu ihr und ergriff ihre Hand. »Vielleicht kann ich das alles besser verstehen, wenn ich die Einzelheiten kenne. Erzählst du mir bitte, was damals geschehen ist? Und wie der Kampf in der Walpurgisnacht abgelaufen ist?«

»Natürlich!« Walpurga zwang ihren Blick zu mir zurück und nickte. Sie schwieg einen Moment, ehe sie weitersprach. »Anfangs haben wir noch nach einer Möglichkeit gesucht, Nebruel wie einen ganz normalen Gegner außer Gefecht zu setzen. Aber seine Kräfte sind einfach zu gewaltig. Zudem ist er in den Jahren, in denen ihr beide bei uns eure Ausbildung absolviert habt, immer stärker geworden, weil er jedes Fitzelchen Magie geraubt hat, dessen er habhaft werden konnte. Selbst für ein Cáraid war die Aufgabe fast nicht zu schaffen. Für euren Kampf mussten wir etwas finden, das keine langwierigen Zaubersprüche oder komplizierten Rituale benötigt.«

So langsam begann ich zu begreifen, wie mächtig Nebruel tatsächlich sein musste. Aufgrund seiner Fähigkeiten hatten die Brockenhexen händeringend nach etwas Einfachem und Schnellem mit minimalem Risiko und allerhöchster magischer Zauberkraft gesucht. Das Spiegelgefängnis.

»Selbst rohe Gewalt war keine Möglichkeit.« Walpurga rang die Hände und wanderte umher. Ihr schwarzer Rock war so vollgesogen mit Feuchtigkeit, dass er schwer über das Gras schleifte. »Der Sohn des Teufels ist *wirklich* unsterblich, Anna. Im Gegensatz zu uns Hexen heilen bei ihm selbst die schwersten Wunden in Sekundenschnelle. Sein Körper ist nur eine Hülle, die er beliebig oft erneuern kann.«

Ach du lieber Himmel! Okay, ich hatte mich wohl durch Nebruels Äußeres täuschen lassen. Er mochte zwar aussehen wie ein ganz normaler Mensch, aber er war der Sohn eines dämonischen Wesens. Mich packte das schlechte Gewissen, als ich an unsere Begegnung im Spiegel dachte. Was war nur in mich gefahren, dass ich seine Kontaktaufnahme geheim gehalten hatte? Doch jetzt konnte ich auch nicht mehr mit der Sprache herausrücken. Was würde David wohl davon halten, wenn ich ihm gestand, dass ich nur deshalb so lange geschwiegen hatte, weil mich Nebruels Augen und sein freundliches Lächeln auf unerklärliche Weise berührt hatten? Für ihn musste es schon schlimm genug sein, dass er als mein Seelengefährte bisher in keinem meiner Erinnerungsfetzen aufgetaucht war.

»Deshalb sah der Plan für unseren Kampf zwei Schritte vor«, fuhr David nun mit der Erzählung fort. »Der erste und schwierige Teil bestand darin, Nebruel in eine Falle zu locken und in den Spiegel zu stoßen. Das ist uns gelungen. Wir hatten die Gefahr fürs Erste gebannt.« Er wandte sich ab, aber ich sah, wie ein Muskel in seinem Kiefer zuckte.

»Und der zweite Schritt?«, hakte ich nach.

Walpurga warf ihm einen scharfen Blick zu. »Nicht, David!«, warnte sie ihn.

Er straffte den Rücken und drehte sich wieder zu mir um. »Ich wollte den Spiegel zerstören und damit sein Leben auslöschen. Doch ich konnte die Energiekugel nicht mehr abfeuern, weil …«

»Nein!«, fiel Walpurga ihm schneidend ins Wort. »Sie ist noch nicht bereit dafür.«

Nervös sah ich zwischen den beiden hin und her. »Für was bin ich nicht bereit? Was verheimlicht ihr mir?«

Sie strich sich mit der flachen Hand über ihren Rock und setzte ein bemühtes Lächeln auf. »Etwas ist schiefgegangen. Wir wissen nicht genau, was tatsächlich geschehen ist. Aber am nächsten Morgen haben Ludmilla, Edith und ich euch beide auf dem Blocksberg leblos aufgefunden. Es hat uns das Herz gebrochen, als wir feststellen mussten, dass ihr gestorben seid. Du bist verblutet durch eine Verletzung, die du dir beim Kampf zugezogen hast, Anna.«

»Aber das ist noch nicht alles, nicht wahr, Walpurga?«, fragte David gereizt.

»Still jetzt!« In ihren Augen lag ein gefährliches magisches Leuchten. »Ich verbiete dir, es Anna zu erzählen! Das wäre ein zu großer Schock für sie. Ausgerechnet jetzt, da ihre Erinnerungen nach und nach zurückkehren.«

Ich hatte Walpurga noch nie so wütend erlebt. Dabei hatte ich keinen Schimmer, um was es bei ihrer Auseinandersetzung überhaupt ging.

Davids Hände ballten sich zu Fäusten. »Vielleicht sollten wir das zur Abwechslung einmal Anna entscheiden lassen? Ich an ihrer Stelle hätte jedenfalls genug von den Heimlichkeiten. Anna ist kein kleines Kind mehr. Wenn ihr sie für alt genug haltet, gegen Nebruel zu kämpfen, dann ist sie doch wohl auch alt genug für die Wahrheit, oder?«

In diesem Punkt konnte ich ihm nur aus vollstem Herzen zustimmen.

Ehe Walpurga etwas erwidern konnte, fixierte er mich und fragte geradeheraus: »Möchtest du erfahren, was wirklich geschehen ist?«

Ich vermied es, in Walpurgas Richtung zu sehen. »Ja, unbedingt.«

»Die heilige Hexenmutter stehe uns bei«, murmelte die Brockenhexe.

»Ich werde es dir zeigen!« David watete ins Wasser und legte die Hand auf die Oberfläche, um eine Erinnerung heraufzubeschwören. Ein Bild flammte auf. Es war vom ersten Augenblick an glasklar.

Das Spiegelgefängnis schwebte über dem Hexenmoor und sein gespenstisches silbriges Leuchten erhellte die Nacht. Genau wie David gesagt hatte, befand Nebruel sich schon im Inneren des Spiegels. Doch dieses Mal lag kein freundliches Lächeln auf seinen Lippen, im Gegenteil. Nebruels Gesicht war wutverzerrt und er hämmerte mit den Fäusten von innen gegen sein neues Gefängnis. Seine grünen Augen funkelten voller Zorn, während er offenbar schrie und brüllte.

Nun fiel Davids Blick in seiner Erinnerung auf mich. Ich trug ein einfaches mittelalterliches Gewand und kniete auf dem Boden. Meine Haare fielen in feuchten Strähnen über mein Gesicht, doch ich konnte an meinen bebenden Schultern erkennen, dass ich weinte. Da war eine schreckliche Wunde an meiner rechten Seite, auf die ich meine Hand gepresst hielt. Das Blut quoll unaufhörlich zwischen meinen Fingern hervor und tropfte zu Boden.

Davids Aufmerksamkeit richtete sich auf seine rechte Handfläche, auf der sich eine Energiekugel aus zuckenden

Lichtblitzen formte. Er sah zum Spiegelgefängnis, das sich schon dem Hexenmoor näherte, um darin für die nächsten 333 Jahre zu versinken. David holte aus, doch ehe er die Kugel abfeuern konnte, wurde er zur Seite gerissen und zu Boden geworfen. Zuerst war nur der Nachthimmel zu sehen, doch plötzlich war es mein Gesicht, das sich in Davids Fokus schob. Ein irres Funkeln lag in meinen Augen, als ich ihn mit fast übermenschlicher Kraft niederrang. Meine Lippen bewegten sich hastig. Anscheinend sprach ich einen Zauber, um David am Boden festzuhalten. Da er sich nicht mehr regte und wehrlos zu mir aufschaute, musste die Wirkung sofort eingesetzt haben. Doch offensichtlich war das meinem früheren Ich nicht genug. Erst jetzt entdeckte ich eine silbrige Reflektion in Anna Hubers Hand. Es war ein Hexenmesser, das jede Hexe bei sich trug, um Kräuter und Wurzeln zu sammeln. Mit beiden Händen, die von meinem eigenen Blut rot befleckt waren, holte ich aus und versenkte mit brutaler Entschlossenheit das Messer in Davids Brust. Die Erinnerung auf der Wasseroberfläche wurde schlagartig schwarz.

»Oh, mein Gott!«, wisperte ich. Ich schlug mir die Hand vor den Mund und stieß einen erstickten Schrei aus. Meine Kehle fühlte sich an wie zugeschnürt und ich hatte das Gefühl, keine Luft mehr zu bekommen.

»Du hast mich getötet, Anna«, sagte David leise.

14.

»Hier ist anzumerken, dass die Absicht und die Neigung des Teufels zur Versuchung der Guten größer ist als zur Versuchung der Bösen. (…) Denn da er die Bösen schon besitzt, nicht aber die Guten, so versucht er mehr die Gerechten in seine Gewalt zu bringen, die er nicht hat, als die Bösen, die er schon besitzt.«

Hexenhammer, Teil 2

Ich riss die Tür zum Badezimmer auf und stürzte zur Toilette, um mich zu übergeben. Kalter Schweiß stand auf meiner Stirn und ich zitterte am ganzen Körper. Schon die zweite Nacht in Folge wurde ich von grässlichen Albträumen verfolgt, in denen ich immer wieder Davids Erinnerung durchlebte. Doch wenn ich dann schreiend und um mich schlagend aufwachte, war der Albtraum noch nicht vorbei. Ich war eine Mörderin.

Davids Blut klebte an meinen Händen. Ich hatte meinen Seelengefährten, der völlig wehrlos gewesen war, kaltblütig umgebracht. Diese Erkenntnis traf mich jedes Mal wie ein Schlag in die Magengrube und ich schaffte es nur noch mit Mühe und Not, rechtzeitig ins Badezimmer zu gelangen.

»Was ist denn los, mein Schatz?« Meine Mutter stand im Morgenmantel und verstrubbelten Haaren in der Tür.

Ich hing immer noch gebeugt über der Toilette und konnte nicht aufhören zu würgen, obwohl mein Magen längst leer war. Mit letzter Kraft riss ich mich zusammen, um die Kontrolle über meinen Körper zurückzugewinnen.

»Es … es geht schon wieder«, wisperte ich.

Sie kam zu mir und strich mir liebevoll über den Rücken. »Soll ich dir einen Tee machen?«

Am liebsten hätte ich mich wie ein kleines Kind in ihre Arme gestürzt und mich von ihr halten lassen. Ich wollte sie sagen hören, dass schon bald alles wieder gut sein würde. Aber das wäre eine Lüge gewesen.

Besorgt betrachtete sie mein Gesicht. »Hast du heute etwas gegessen, das vielleicht verdorben war?«

Ich schüttelte stumm den Kopf. Ihr zu beichten, dass ich schon gestern die halbe Nacht im Badezimmer verbracht und sie es nur nicht mitbekommen hatte, brachte ich einfach nicht über mich. Geschweige denn, ihr den wahren Grund zu gestehen, der mir so sehr auf den Magen schlug. Meine Mutter hatte ja keine Ahnung, zu was ich fähig war!

»Geh wieder ins Bett«, sagte ich schroffer als beabsichtigt und drehte den Kopf weg. »Ich komme hier auch ohne dich klar.«

Für einen Moment glaubte ich, sie würde sich weigern, mich in diesem Zustand allein zu lassen, doch dann ließ sie ihre Hand sinken und nickte traurig. An der Tür drehte sie sich noch einmal zu mir um. »Du solltest dich auskurieren. Morgen bleibst du zu Hause.«

»Aber …«

»Kein Aber!«, unterbrach sie mich bestimmt. »Wer nachts mit einem Magen-Darm-Infekt über der Toilette hängt, muss sich am nächsten Tag nicht in die Schule schleppen. Ich werde dich bei deinen Lehrern entschuldigen.«

»Na schön«, gab ich schließlich nach, obwohl morgen nach der Schule Chloes Demo gegen die Kinderarbeit stattfinden sollte. Doch tatsächlich wollte ich nichts lieber, als mich den ganzen Tag in meinem Bett zu verkriechen.

Nachdem meine Mutter gegangen war, erhob ich mich schwerfällig. Die Kälte des Fliesenbodens war in meine Glieder gekrochen, und als ich vor dem Waschbecken stand, zitterten meine Knie. Dunkle Ringe lagen unter meinen Augen und ich war so blass, dass ich bei einem Zombiefilm hätte mitspielen können. Kein Wunder, dass meine Mutter mich nicht in die Schule gehen lassen wollte!

Ich band meine Haare nach hinten und griff nach meiner Zahnbürste, um den ekligen Geschmack in meinem Mund loszuwerden. Als ich den Kopf hob, wurde die Oberfläche des Spiegels von leichten Wellen durchzogen. Nebruel nahm wieder Kontakt zu mir auf. Ausgerechnet jetzt! Sofort verkrampfte sich mein ganzer Körper und die magische Energie in meinem Innern verstärkte sich. Erst als der Geruch von angebranntem Plastik in der Luft lag, stellte ich fest, dass ich gerade den Griff meiner Zahnbürste verschmort hatte. In letzter Zeit schoss die Magie immer häufiger unkontrolliert aus mir heraus.

Nebruels Gesichtszüge erschienen und gewannen an Schärfe. Mein Herzschlag beschleunigte sich. Ob ich einfach aus dem Bad rennen sollte?

Da kam mir eine Idee. Könnte ich den Spieß nicht einfach herumdrehen und auf diese Weise etwas über Nebruels Pläne in Erfahrung bringen? Er musste doch einen Grund dafür haben, dass er sich mir ständig zeigte. Aber ich musste auf der Hut bleiben! Er war der Sohn des Teufels, mein Feind und ein bösartiger Mörder. *Also genau wie du selbst*, raunte mir eine innere Stimme gehässig zu.

Nebruel lächelte und ich blickte ihm in die Augen. Diese seelenvollen grünen Augen. Sie zogen mich wie magisch in ihren Bann. Unweigerlich kam mir Davids Erinnerung im

Wunschsee in den Sinn und wie wütend Nebruel gewesen war, nachdem wir ihn in den Spiegel gesperrt hatten. Meine Güte, das war vor 333 Jahren gewesen! Ein Schauer lief mir über den Rücken, als ich mir vorstellte, selbst so lange eingekerkert zu sein. Völlig allein, ohne eine Menschenseele.

Nebruel musterte mich und seine Stirn legte sich besorgt in Falten. Er machte fast das gleiche Gesicht wie meine Mutter vor wenigen Minuten.

»Ja, ich weiß, dass ich scheiße aussehe«, murmelte ich reflexartig.

Nebruel deutete auf mich und zog fragend die Augenbrauen in die Höhe.

»Was ich habe?«, interpretierte ich seine Geste. Ich hob die Schultern und machte eine wegwerfende Handbewegung. Die Wahrheit ging ihn überhaupt nichts an. »Ich bin krank.«

Zur Bekräftigung imitierte ich noch einen Würgereiz.

Nebruel kniff die Augen zusammen und legte den Kopf schräg, als würde er mir meine Lüge nicht recht abkaufen. Doch dann tippte er sich auf sein Herz und zeigte danach auf mich. Zuerst wusste ich nicht, was er damit meinte, doch dann veränderte sich erneut die Oberfläche des Spiegels, Nebruel verschwand und ich schaute wieder in mein eigenes Antlitz. Allerdings wirkte ich kein bisschen mehr krank und auch die dunklen Ringe waren verschwunden. Stattdessen lächelte ich glücklich und meine Augen strahlten voller Freude. Meine Wangen waren leicht gerötet, als wäre ich gerade gerannt, und meine Haare glänzten wunderschön. Während mein Spiegelbild mich weiterhin anlächelte, fiel mir selbst die Kinnlade herab. Wollte Nebruel mir damit etwa zeigen, wie er mich sah? In seinem Herzen?

Am Rand des Spiegels wurden winzige Gestalten sichtbar. Sie waren etwas unförmig, als hätte sie ein Kind gemalt, aber trotzdem als Venediger zu erkennen. Die Männlein tanzten um mein Spiegelbild herum und bewarfen mich mit silbrigen Rosenblüten. Also, jetzt übertrieb Nebruel es aber eindeutig! Unwillkürlich lachte ich auf.

Als Nebruel wieder erschien, grinste er und zwinkerte mir zu, als hätte er sich genau diese Reaktion gewünscht. Sofort packte mich das schlechte Gewissen. Er war mein Feind! Ich durfte mich nicht von ihm einwickeln lassen. Schlagartig wurde ich wieder ernst.

»Nebruel, warum kommst du zu mir?« Ich formte die Worte überdeutlich mit den Lippen, dabei zeigte ich zuerst auf ihn, dann auf mich und auf den Spiegel.

Nebruel runzelte zuerst die Stirn, doch dann nickte er, zum Zeichen, dass er verstanden hatte. Er deutete auf seine Augen, danach auf mich und schließlich lächelte er breit.

»Mich zu sehen, macht dich glücklich?«, las ich aus seinen Gesten ab. Ich hob fragend die Schulter. »Aber warum? Warum macht dich das glücklich?«

Sein Blick war so intensiv und eindringlich, dass ein leichtes Kribbeln durch meinen Körper lief. Er wiederholte seine Zeichenfolge von vorhin: Er zeigte auf mich und danach auf sein Herz.

Ich war nicht besonders gut im Lippenlesen, doch die Worte, die er dabei sagte, konnte ich so eindeutig verstehen, als hätte er sie mir ins Ohr geflüstert.

»Weil ich dich liebe, Anna.«

*

Ich saß in meinem Bett und lehnte mich mit einem Kissen im Rücken an die Wand. »Vielen Dank, Chloe! Aber du hättest mir die Hausaufgaben auch per Mail schicken können.«

»Kein Problem!« Sie winkte ab und setzte sich zu mir aufs Bett. »Ich bin gerne hergekommen. Dann kann ich die Gelegenheit nutzen, mich bei dir auszuheulen. Über den erschreckenden Mangel an Zivilcourage in unserer Gesellschaft.« Sie stieß einen tiefen Seufzer aus. »Die Kinderarbeit in Indien scheint allen völlig gleichgültig zu sein.«

Ich warf meiner Freundin einen mitfühlenden Blick zu. Zu ihrer gestrigen Demo hatten sich nur fünf Leute eingefunden – Chloe, Steffi und Julia eingerechnet. Nach nicht einmal zehn Minuten war schon die Polizei, die vom Ladenbesitzer gerufen worden war, eingetroffen und hatte die Mini-Demo aufgelöst. Somit lag die Aufmerksamkeit, die Chloe mit ihrer Aktion erreicht hatte, quasi bei null.

»Hey, du hast es immerhin versucht.« Ich nahm ihre Hand. »Bitte lass dich dadurch nicht entmutigen! Was du tust, ist wichtig, und deshalb musst du unbedingt weitermachen.«

»Okay.« Sie straffte die Schultern und lächelte mir zu. »Siehst du, deswegen bin ich hergekommen. Weil du mich immer so toll aufbauen kannst.« Chloe musterte mich kritisch. »Hast du wirklich nur eine Magen-Darm-Grippe? Du siehst richtig scheiße aus.«

Ich brachte ein schiefes Grinsen zustande. »Na, vielen Dank auch! Da fühle ich mich doch sofort besser.«

Meine Albträume waren leider nicht weniger geworden. Immerhin musste ich mich nicht mehr jedes Mal übergeben, wenn ich schweißgebadet und voller Panik aufwachte. Trotzdem verkroch ich mich nun schon seit zwei Tagen in meinem Bett. Ich hatte mir nicht einmal mehr die Haare gebürstet, weil ich seit Nebruels Geständnis den Blick in den Spiegel vermied. Man bekam schließlich nicht jeden Tag gesagt, dass ein schrecklicher und von allen gefürchteter Bösewicht in einen verliebt war. Zudem hatte mich mein eigenes Verhalten ins Grübeln gebracht. Wäre ich noch bei Verstand gewesen, hätte ich ihn schon nach unserem ersten Kontakt bei den Brockenhexen verpetzen müssen. Stattdessen erschien Nebruel mir seltsam vertraut, er brachte mich zum Lachen und wenn er mich ansah, warf ich jede Vorsicht über Bord. Deshalb hatte sich ein ungeheuerlicher Verdacht in meinem Kopf eingenistet. Hatte ich David womöglich getötet, weil ich verhindern wollte, dass er den Sohn des Teufels umbrachte? Weil mein früheres Ich Nebruels Liebe erwidert hatte?

»Was ist los mit dir?«, unterbrach Chloe die Stille. »Du hast doch irgendetwas, Anna.«

Ich schreckte aus meinen Gedanken auf. Schuldbewusst lächelte ich sie an. »Nein, alles in Ordnung. Mach dir um mich keine Sorgen!«

»Tu ich aber. Egal, was es ist, du kannst mir alles sagen, Anna. Ehrlich!« In ihren Augen lag ein fast schon flehentlicher Ausdruck.

Es schmerzte mich, dass ich mich ihr nicht anvertrauen konnte. Aber es ging einfach nicht. Es fing schon damit an, dass ich mich seit Wochen hinter ihrem Rücken mit ihrem Bruder im Wald traf. Das würde sie mir nie verzeihen.

»Es ist wirklich nichts«, wiegelte ich ihre Bedenken ab, konnte aber nicht verhindern, dass ich dabei feige beiseitesah. »Mir macht nur diese doofe Übelkeit zu schaffen.«

In diesem Augenblick wurde die Tür aufgerissen. »Hypnose, Anna!«, rief Sofie und stürmte herein. »Das ist die Lösung. Mit Hypnose wirst du bestimmt dein Macht…« Meine Schwester riss erschrocken die Augen auf, als sie Chloe neben mir auf dem Bett sitzen saß. Sie räusperte sich und beendete stotternd ihren Satz: »… dein macht… äh … machtvolles Verlangen nach Schokoladeneis in den Griff bekommen.« Hastig versteckte sie das Buch hinter ihrem Rücken, das sie in der Hand gehalten hatte.

Trotzdem konnte ich noch einen flüchtigen Blick auf den Titel erhaschen: *Rückführung in vergangene Leben*. Innerlich stöhnte ich auf. Was hatte meine Schwester denn jetzt schon wieder für eine Idee ausgebrütet?

»Super«, ging ich notgedrungen auf ihre Schwindelei ein. »Vielleicht bekomme ich mit Hypnose meine Schokoladeneissucht in den Griff?«

Sofie nickte eifrig. »Zum Glück hast du mit der Magen-Darm-Grippe wieder ein paar Kilo abgenommen, denn du wurdest von dem vielen Eis schon ziemlich dick.«

Chloe sah mit skeptischer Miene zwischen uns hin und her, doch sie verkniff sich einen Kommentar. Sie erhob sich und griff nach ihrer Tasche. »Ich geh dann mal und lass euch beide allein.«

»Warte, Chloe!« Hastig richtete ich mich auf. »Bleib doch noch. Wir könnten ein bisschen quatschen und zusammen Tee trinken.« Ich deutete auf die Kanne neben meinem Bett. »Fenchel-Ingwer-Tee von meiner Mutter. Wenn dir noch nicht übel ist, dann schafft es bestimmt dieses Gebräu.«

»Nein, danke.« Immerhin lächelte sie dabei, was mir ein wenig Hoffnung machte. »Ich möchte beim Gestüt vorbeischauen. Frau Götz hat mich vorhin angerufen. Einige der Pferde scheinen krank geworden zu sein und der Tierarzt ist ratlos.«

Ich stutzte. »Meinst du, es ist etwas Schlimmes?«

»Keine Ahnung. Hoffen wir einfach das Beste! Vielleicht übertreibt Frau Götz auch nur. Seit letzte Woche ihre Hühner gestorben sind, ist sie völlig durch den Wind. Sie kam morgens in den Hühnerstall und alle Tiere waren einfach tot. Ist das zu fassen?«

Sofie warf mir einen eindringlichen Blick zu. Konnte das Nebruels Werk gewesen sein? Immerhin hatten die Brockenhexen gesagt, dass das alte Spiegelgefängnis schon vor der Walpurgisnacht Risse bekam und Nebruels Macht nach außen dringen konnte. Es war sicher kein Zufall, dass sich das Gestüt direkt am Fuß des Blocksbergs in der Nähe des Hexenmoors befand.

»Weiß man denn, woran die Hühner gestorben sind?«, fragte ich mit belegter Stimme.

»Es könnte Geflügelpest gewesen sein, deswegen hat Frau Götz jetzt auch den Seuchenschutz am Hals.« Chloe stieß einen tiefen Seufzer aus. »Vielleicht gelingt es mir, sie wenigstens wegen der Pferde zu beruhigen.«

»Bestimmt!« Ich lächelte ihr aufmunternd zu. »Bitte richte Frau Götz einen lieben Gruß von mir aus. Ich drücke ihr die Daumen, dass sich wieder alles zum Guten wendet.«

Wenn die Ursache der Krankheit allerdings magischer Natur war, gab es wohl nicht besonders viel Hoffnung. Ein Teil von mir weigerte sich strikt zu glauben, dass Nebruel dafür verantwortlich sein könnte. Trotzdem musste ich unbedingt mit den Brockenhexen über diese Sache sprechen.

Chloe verabschiedete sich, und als sie gegangen war, sah Sofie mich schuldbewusst an. »Tut mir leid! Wenn ich gewusst hätte, dass sie hier ist, wäre ich nicht einfach hereingeplatzt. Meinst du, sie hat etwas gemerkt?«

In einer kraftlosen Geste fuhr ich mir übers Gesicht. »Natürlich hat sie das. Chloe ist clever.« Diese Geheimniskrämerei zerriss mich innerlich. Bis auf Sofie musste ich alle, die mir am Herzen lagen, belügen.

Meine Schwester nahm Chloes Platz auf der Bettkante ein und tippte auf den Buchdeckel. »Diese Sache mit der Hypnose ist wirklich vielversprechend. Sogar ganz normale Menschen können sich dadurch an ihre früheren Leben erinnern. Das könnte dir helfen, dein Machtwort zu finden.«

»Bitte sei nicht böse, aber für so etwas habe ich momentan echt keine Kraft.« Ich legte mich hin, gähnte übertrieben und zog mir die Decke unters Kinn. »Machst du bitte die Tür hinter dir zu?«

Doch Sofie blieb regungslos sitzen. Sie kniff die Augen zusammen und maß mich mit stechendem Blick. »Was ist denn nur mit dir los? Seit zwei Tagen benimmst du dich total komisch.«

Ich drehte mich zur Wand und wandte ihr den Rücken zu. »Nichts ist los. Lass mich einfach in Ruhe, okay?«

Ich verspürte nicht das geringste Bedürfnis, ihr von dem Mord an meinem Cáraid zu erzählen. Diese Sache musste ich allein mit mir und meinem Gewissen ausmachen.

»Ich lasse dich auf keinen Fall in Ruhe, denn das geht mich auch etwas an!«, widersprach sie vehement. »Hast du nicht gehört, was Chloe über die Hühner und Pferde gesagt hat? Wenn David und du nichts gegen Nebruel unternehmt, sind wir alle geliefert. Hast du dir wenigstens mal Anna Hubers Hexenfibel durchgelesen?«

Ich gab nur einen undefinierbaren Brummlaut von mir. Zwar hatte mir Ludmilla die Hexenfibel mit nach Hause gegeben, aber bisher hatte ich die Einträge lediglich überflogen.

Theoretisch hätte ich natürlich die letzten zwei Tage Zeit dafür gehabt, doch da hatte ich das Buch wohlweislich nicht angerührt.

Mit einem Seufzen setzte ich mich wieder auf. »Bitte, Sofie, lass mich einfach gesund werden! Es geht mir echt nicht gut.«

Demonstrativ wollte ich nach meiner Tasse mit dem Fenchel-Ingwer-Gebräu greifen, doch schon spürte ich das Pulsieren der Magie zwischen meinen Fingern. Ehe ich reagieren konnte, flog die halb volle Tasse wie ein Geschoss auf mich zu. Reflexartig zog ich meine Hand zurück, die Tasse prallte an meinem Arm ab und der Inhalt ergoss sich über meine Bettdecke.

Während ich einen Fluch ausstieß, weiteten sich Sofies Augen vor Begeisterung. »Wie cool war das denn?«

»Ja, echt supercool!«, sagte ich sarkastisch. Auf meiner Decke schwamm eine hellbraune Pfütze genau zwischen meinen Beinen.

»Jetzt sei doch nicht so negativ!«, blaffte meine Schwester mich an. »Dir wurde eine Gabe geschenkt, Anna. Du kannst etwas bewirken.«

»Ach, wirklich?« Müde und kraftlos starrte ich auf die Teelache. Obwohl es sich nur um ein kleines Malheur handelte, brachte es in meinem Innern das Fass zum Überlaufen. Tränen brannten in meinen Augen. »Ich hasse das alles, Sofie«, flüsterte ich mit erstickter Stimme. »Kann das nicht einfach wieder aufhören?«

Es war einer der seltenen Momente, in denen meine Schwester sensibel genug war, sich einen ihrer mitleidlosen Kommentare zu verkneifen. »Warte, ich hole in der Küche etwas zum Saubermachen«, bot sie stattdessen an und flitzte aus dem Zimmer.

In diesem Augenblick klingelte es an der Haustür. Von unten hörte ich zuerst Stimmen, dann Schritte auf der Treppe. Sie machten genau vor meinem Zimmer halt und jemand klopfte an die Tür. »Darf ich reinkommen?«, fragte eine männliche Stimme.

Ich spürte, wie mir vor Schreck das Blut aus den Wangen wich. »David?«, quiekte ich auf. Mit ihm hatte ich am allerwenigsten gerechnet.

15.

»Drei Monate sind vergangen, seit David und ich uns in Urians Reich gewagt haben, um das Zalvit zu holen. Noch immer wache ich nachts schreiend und schweißgebadet auf, weil mich schreckliche Albdrücke aus dieser Zeit verfolgen. Eine Reise direkt in die Hölle hätte nicht schlimmer sein können. Für den Fall, dass wir erneut Zalvit benötigen, habe ich aus dem Gedächtnis eine Karte angefertigt, die den groben Tunnelverlauf und den Ort zeigt, an dem wir das magische Erz gefunden haben. Helfe uns Gott, dass wir solch eine Reise nicht noch einmal antreten müssen!«

Anna Huber, Eintrag in die Hexenfibel vom 14. Januar 1685

Ich wickelte kurzerhand meine befleckte Bettdecke zu einer Kugel zusammen und strich mir hastig über die Haare. Wenigstens hatte ich heute einen relativ vorzeigbaren dunkelblauen Pyjama angezogen. »Klar, komm rein!«

David trat ein. Mit seinen breiten Schultern und seiner allgegenwärtigen Präsenz, mit der er augenblicklich den Raum erfüllte, wirkte mein Zimmer plötzlich sehr viel kleiner. Er sah sich einen Moment lang schweigend um. Plötzlich wünschte ich mir, ich hätte wenigstens ein bisschen aufgeräumt.

David ließ das Chaos jedoch unkommentiert und baute sich mit verschränkten Armen vor mir auf. »Kannst du mir bitte mal erklären, was das soll?«

Eingeschüchtert blickte ich zu ihm auf. »Was meinst du denn?«

»Ich habe dir mindestens ein Dutzend Nachrichten geschrieben, aber die einzige Antwort, die ich erhalten habe, waren zwei Worte.« Er zog sein Smartphone aus der Tasche, tippte darauf herum und hielt es mir demonstrativ vor die Nase. *Bin krank.*

»Das stimmt ja auch«, verteidigte ich mich.

»Schön und gut, aber ich glaube, du wärst trotzdem zu einer längeren Antwort imstande gewesen. Also, was ist los?«

Er ließ sich neben mich aufs Bett fallen. Die Matratze gab bei ihm deutlich mehr nach, als es bei Sofie und Chloe der Fall gewesen war. Schweigend saßen wir nebeneinander.

»Was denkst du denn, was mit mir los ist?«, fragte ich leise. »Wie erträgst du es überhaupt noch, in meiner Nähe zu sein? Nach dem, was ich dir angetan habe …« Ein Zittern durchlief meinen Körper und ich rang mühsam nach Luft. »Diese schrecklichen Bilder, die du mir gezeigt hast, gehen mir einfach nicht mehr aus dem Kopf. Da konnte ich dir doch nicht ganz normale und belanglose WhatsApp-Nachrichten schreiben, als wäre nichts geschehen.«

Ich zog die Beine an und umklammerte meine Knie. »Ich wünschte, ich wäre niemals zu dem Treffen am Hexenbrunnen gegangen. Seit diesem Tag ist mein Leben die reinste Katastrophe. Das wird mir alles zu viel. Ich hoffe inständig, dass keine einzige meiner Erinnerungen zurückkehrt. Schon gar nicht an diese grauenvolle Nacht des Kampfes.« Ich stieß geräuschvoll die Luft aus. »Es tut mir leid, aber ich möchte mit alldem nichts mehr zu tun haben, David. Ich gehe nicht mehr zu den Hexen zurück.«

Zwischen seinen Augenbrauen bildete sich eine Falte. »Du willst mich im Stich lassen?«

»Dich im Stich lassen?«, wiederholte ich ungläubig. »David, ich habe dich in unserem früheren Leben umgebracht! Etwas Schlimmeres kann man einem anderen Menschen überhaupt nicht antun. Wie kannst du das einfach ausblenden?«

Plötzlich konnte ich seine Nähe nicht mehr ertragen. Ich sprang auf und tigerte im Zimmer umher. »Du solltest mich hassen! Oder mich wenigstens nie mehr wiedersehen wollen. Aber als du nach dem Aonaich-Ritual aufgewacht bist, hast du mich sogar geküsst.« Ich schüttelte den Kopf und rang die Hände. »Dabei wusstest du in dem Moment überhaupt nicht, dass ich meine Erinnerungen nicht zurückerhalten habe. Du hättest um Hilfe schreien oder mich niederringen müssen!« Ich blieb stehen und starrte ihn fassungslos an: »Wie konntest du deine Mörderin küssen?«

»Als Erstes habe ich dich brutal am Handgelenk gepackt, erinnerst du dich?«, wandte er mit einem schiefen Lächeln ein. Er wurde wieder ernst. »Du solltest nicht vergessen, dass ich dir im Wunschsee nur einen winzigen Ausschnitt unserer gemeinsamen Vergangenheit gezeigt habe. Davor haben wir ein ganzes Leben miteinander verbracht, Anna! Wir sind zusammen aufgewachsen, haben uns geholfen, konnten einander blind vertrauen und haben uns geliebt. Das warst nicht du, die mir das Messer in die Brust gerammt hat.«

Ich winkte ab und starrte mit brütendem Blick aus dem Fenster. »Das sagst du doch jetzt nur, um mich zu beruhigen.«

»Nein, tue ich nicht«, widersprach er vehement. »Ich gebe es ungern zu, aber Walpurga hatte recht. Es tut mir leid, Anna, ich hätte dir diese Erinnerung nicht zeigen dürfen! Das war viel zu drastisch, denn du weißt nicht, was vorher geschehen ist.«

»Wieso? Was ist vorher geschehen?«

David stützte die Ellbogen auf die Knie und fuhr sich mit

beiden Händen über das Gesicht. Mit einem Mal wirkte er erschöpft und von seiner üblichen Selbstsicherheit war nichts mehr zu spüren.

»Wie du gesehen hast, warst du sehr schwer verletzt«, begann er zu erzählen. »Beim Kampf, der vorher stattgefunden hat, warst du für einen Moment schutzlos, weil mein Cáraid-Schutzschild versagt hat. Nebruel hat die Gelegenheit sofort genutzt und den Clepitur-Fluch bei dir angewandt. Du bist auf die Knie gegangen, hast dir schreiend an den Kopf gefasst und Nebruel angefleht, damit aufzuhören, aber er hat es genossen, dich winseln zu lassen. Und ich …« David stockte und atmete tief durch. »Und ich habe dir nicht geholfen, Anna. Während er dir fast den Verstand und deine Magie geraubt hat, habe ich mich an Nebruel herangepirscht, um ihn anzugreifen. Nur deshalb konnte ich ihn in das Spiegelgefängnis stoßen. Weil der Sohn des Teufels damit beschäftigt war, meine Seelengefährtin zu quälen.« Er schüttelte den Kopf und stieß ein bitteres Lachen aus. »Was bin ich für ein großartiger Held, nicht wahr?«

Nachdenklich sah ich aus dem Fenster. Draußen schien die Sonne, an den Bäumen sprossen die ersten hellgrünen Triebe und der Rasen war mit den violetten und gelben Farbtupfern der Krokusse und Osterglocken verziert. Die hoffnungsfrohe Frühlingsidylle wollte partout nicht zu dem Schreckensszenario passen, das David mit seinen Worten gerade heraufbeschworen hatte. »Aber du hast es für einen guten Zweck getan. Ich wäre bestimmt zu diesem Opfer bereit gewesen.«

»Trotzdem fühlt es sich so an, als hätte ich dich im Stich gelassen.« Er sah mich mit geröteten Augen an. »Ich habe es geschafft, unser Vorhaben in die Tat umzusetzen. Aber zu welchem Preis? Ich hatte mich dazu entschlossen, dich zu opfern, Anna. Das werde ich mir nie verzeihen.«

Offensichtlich hatte jene Nacht viele Opfer gefordert und keiner von uns konnte sich dem Nachhall dieser Ereignisse entziehen. Noch nicht einmal Nebruel, der seit über drei Jahrhunderten in diesem grauenvollen Spiegelgefängnis eingekerkert war. Doch auch wenn David von Selbstzweifeln verzehrt wurde, wog meine Schuld nach wie vor schwerer.

»Meinst du, ich war nicht mehr bei klarem Verstand und bin deswegen auf dich losgegangen?«, fragte ich und schämte mich dafür, wie viel Hoffnung in meiner Stimme mitschwang.

»Ich bin sogar sicher, dass es so war«, meinte David. »Walpurga hat dir doch erzählt, wie grauenvoll dieser Clepitur-Fluch in Geist und Körper wütet. Wärst du noch bei Sinnen gewesen, hättest du mir das niemals angetan.« Davids unverwandter Blick und seine entschlossene Miene ließen keinen Zweifel daran, dass er fest an das glaubte, was er gesagt hatte.

Er stand auf und ging zu mir. »Es wäre eine Strafe für mich gewesen, diese Nacht zu überleben, denn dein Tod war zu diesem Zeitpunkt schon unabwendbar.« Er blieb vor mir stehen und nahm mein Gesicht in beide Hände. »Mach dir bitte keine Vorwürfe, Anna! Ich habe dir schon längst verziehen. Schon in dem Moment, als du es getan hast.«

Er war mir so nah, dass ich den dunkelbraunen Rand um seine Pupille ausmachen konnte. Davids Augen waren wie ein Spiegel, in dem ich jedoch nur mich selbst erkennen konnte. Eine blasse Gestalt in einem dunkelblauen Pyjama. Verunsichert, schuldbewusst und verwirrt.

»Aber wieso?«, wisperte ich.

»Kannst du dir das nicht denken?« David kam noch näher und im ersten Moment dachte ich, er würde mich küssen. Doch stattdessen legte er sanft seine Stirn an meine und schloss die Augen. Unser Atem vermischte sich miteinander. »Weil ich dich liebe.«

Mein Herz blieb eine Schrecksekunde lang stehen und setzte dann mit heftigem Pochen wieder ein. Das war schon die zweite Liebeserklärung, die ich innerhalb kürzester Zeit erhalten hatte. Und genau wie bei Nebruel wusste ich nicht, wie ich darauf reagieren sollte. Meine Kehle fühlte sich plötzlich an wie zugeschnürt.

Vorsichtig machte ich mich von David los und zog mich von ihm zurück, obwohl ich ahnte, dass ich ihn damit verletzte.

Ich lächelte ihn entschuldigend an. »Danke, dass du mir verzeihst. Das bedeutet mir viel.«

Leider gelang es mir nicht, das enttäuschte Aufflackern in seinen Augen einfach auszublenden. David nickte schweigend.

Schließlich räusperte er sich. »Ich bin noch wegen etwas anderem hier.«

Erleichtert, dass er das Thema wechselte, fragte ich: »Lass mich raten: Ludmilla ist sauer, weil ich nicht zum Unterricht erschienen bin?«

Er schnaubte auf. »Wenn die Brockenhexen auf jemanden sauer sind, dann auf mich. Sie meinen, es wäre kein Wunder, wenn dein Gehirn jetzt alle weiteren Erinnerungen an dein früheres Leben abblockt.«

Bevor ich einwenden konnte, dass ihn überhaupt keine Schuld daran traf und es meine eigene Entscheidung gewesen war, mir seine Erinnerung anzusehen, fuhr er auch schon fort: »Nein, es geht um das Zalvit für das Spiegelgefängnis. Wir sollen es kommendes Wochenende holen. Genauer gesagt brechen wir am Samstag früh auf.«

»Schon?«, entfuhr es mir bestürzt. Ich hatte erfolgreich verdrängt, dass wir uns so bald in Urians Reich wagen mussten. Doch es war nur noch eine Woche bis zur Walpurgisnacht.

David sah mich zweifelnd an. »Jedenfalls, wenn du noch dabei bist?«

Bis gerade eben war ich tatsächlich fest entschlossen gewesen, der magischen Welt den Rücken zu kehren. Plötzlich kam mir das jedoch sehr egoistisch vor. Ich biss mir auf die Unterlippe. »Willst du denn, dass ich mitkomme?«

»Machst du Witze?« David wirkte ehrlich überrascht. »Wir sind das Cáraid, schon vergessen? Wir haben eine wichtige Aufgabe übertragen bekommen – und die schaffen wir nur gemeinsam!« Er nahm meine Hände in seine. »Bitte, Anna, begleite mich! Soll ich auf die Knie gehen und dich anflehen? Gut, dann mach ich das!«

Ich hielt ihn lachend am Arm fest, ehe er sein Vorhaben in die Tat umsetzen konnte.

»Na schön!«, gab ich mich geschlagen. »Ich hatte zwar vor, mich weiterhin im Bett zu verkriechen und in Selbsthass zu versinken, aber wahrscheinlich ist es sinnvoller, mit dir das Zalvit zu holen.«

»Das freut mich!« Er zwinkerte mir zu. »Wahrscheinlich kannst du es kaum abwarten, mit mir durch diese finsteren Höhlengänge zu schleichen und dich dabei an meinen festen Bizeps zu klammern, oder?«

»Träum weiter!« Ich versetzte ihm einen Stoß, der ihn unverhältnismäßig stark aus dem Gleichgewicht brachte, sodass ihm offenbar keine andere Wahl blieb, als sich an meinen Hüften festzuhalten. Dabei zog er mich so eng an sich, dass sich meine Brust an seinen Oberkörper drückte. Wir sahen uns tief in die Augen und mein Herz klopfte mir bis zum Hals.

In diesem Moment streckte meine Mutter den Kopf zur Tür herein. »Aha, hier steckt also mein Nachhilfeschüler!«

Sie zog vielsagend die Augenbrauen in die Höhe.

David trat hastig einen Schritt von mir zurück. »Hallo, Frau Winkler! Vor der Nachhilfe wollte ich Anna nur einen kurzen Krankenbesuch abstatten.«

Irrte ich mich oder wurde er tatsächlich ein wenig rot?

»So, so«, erwiderte sie mit einem wissenden Grinsen. Zum Glück beließ sie es bei diesem einen Kommentar. »Dann mal los, junger Mann!« Sie klatschte energiegeladen in die Hände. »Heute widmen wir uns *Homo Faber*.«

Mit einem ergebenen Seufzer folgte er meiner Mutter.

»Viel Spaß!«, rief ich David schmunzelnd hinterher. Ich war wirklich froh, dass er vorbeigekommen war.

*

»Hier ist es«, sagte Ludmilla und deutete auf eine Felsspalte, die so schmal war, dass man sich nur seitlich hindurchquetschen konnte. »Das ist der Eingang zu Urians Reich.«

»Na, endlich!« David wischte sich über einen blutigen Kratzer an der Wange, den er sich bei unserer Wanderung zugezogen hatte. »Nachdem wir eines eurer Portale benutzt haben, hätte ich nicht erwartet, dass wir noch so lange laufen müssen.«

Wir befanden uns am Fuß des Brockens in einem abgelegenen Waldstück. Je näher wir diesem Ort gekommen waren, desto undurchdringlicher war das Dickicht geworden, als wollte uns der Wald davon abhalten hierherzugelangen. Teilweise standen die knapp vier Meter hohen Tannen so nah beieinander, dass sich ihre Äste ineinander verhakt hatten. Kein Lichtstrahl hatte die darin herrschende Finsternis durchbrochen. Bestimmt verirrte sich kein einziger Wanderer an diesen Ort.

»*Wir haben das Portal lieber etwas weiter entfernt geöffnet*«, erklärte Edith unseren Fußmarsch. »*Wir wollen Urian mit unserer Magie nicht auf uns aufmerksam machen.*«

Ein Seufzen und Ächzen lief durch den ansonsten totenstillen Wald. Mit einem Schaudern sah ich mich um. Morgennebel waberte umher und aus den Bäumen tropfte noch der Regen eines nächtlichen Schauers. Der Felseingang, vor dem wir standen, war rundherum mit Moos und Flechten bewachsen. Diesem Ort haftete etwas Unwirkliches und Abweisendes an. Ein kalter Windhauch strich aus der Öffnung und brachte modrige Luft mit sich.

»Ich habe etwas Proviant vorbereitet«, sagte Walpurga und zog das Geschirrtuch von ihrem Korb. »Nehmt ihr eure Rucksäcke ab, damit wir alles verstauen können? Hier habe ich geräucherte Harzer Schmorwurst mit Speck und Kümmel, selbst gemachtes Graubrot mit Schmalz und passend dazu Harzer Roller. Wusstest du, Anna, dass dieser gerollte Magerquark nach den Kanarienvögeln benannt ist, die die Bergleute früher mit unter Tage genommen haben? Wegen ihres Gesangs wurden die Vögel ›Harzer Roller‹ genannt.«

»Mhm«, gab ich zerstreut zurück.

Schon seit unserem Aufbruch aus dem Hexenwald plapperte Walpurga ohne Punkt und Komma. Ich nahm an, dass sie damit ihre Nervosität und Sorge überspielte. Sie drückte uns ihr liebevoll verpacktes Essen in die Hand, bis David schließlich verkündete, dass sein Rucksack proppenvoll war und jetzt mindestens eine halbe Tonne wog.

»Außerdem möchten wir nicht das ganze Wochenende dort unten verbringen«, fügte er hinzu. »Wenn alles gut läuft, sind wir vor Einbruch der Dunkelheit zurück.«

Ludmilla baute sich wie ein General vor uns auf, um uns letzte Instruktionen zu geben. »Bei eurer ersten Reise in Urians Reich habt ihr eineinhalb Tage benötigt, aber da David den Weg nun kennt, wird es dieses Mal sicherlich schneller gehen. Anna, halte dich an ihn und weiche ihm nicht von der Seite! Ihr dürft euch auf keinen Fall verlieren. David, teile dir deine Magie gut ein. Wie ihr wisst, können wir außerhalb des Hexenwaldes leider nicht die Zeitlinie beeinflussen. Ich hoffe, ihr habt eure Eltern informiert, dass ihr den ganzen Tag mit Freunden unterwegs seid und wahrscheinlich bei ihnen übernachten werdet?«

David und ich nickten übereinstimmend, sodass Ludmilla zufrieden lächelte. »Kein Mensch wird euch somit vermissen. Seht gut!«

»Sie versteht es wirklich, aufmunternde Ansprachen zu halten«, raunte David mir in ironischem Tonfall zu.

»Still!«, zischte Walpurga. »Wir haben ungebetene Zuhörer.«

Ich folgte ihrem Blick und entdeckte in unserer Nähe drei Krähen, die nebeneinander auf einem Ast saßen und uns aufmerksam beobachteten.

»*Nebruels Augen und Ohren! Er ist wirklich überall!*«, fluchte Edith.

Auf mich wirkten die Krähen nicht sonderlich Furcht einflößend. Allerdings hatte ich diesen Vögeln wahrscheinlich auch mein Leben zu verdanken. Hätten bei meinem Ausritt mit Chloe die beiden Krähen mit ihren Scheinattacken nicht dafür gesorgt, dass Hades dem Hindernis in letzter Sekunde ausgewichen war, hätte ich mir wohl den Hals gebrochen. Ob Nebruel die Krähen gesteuert und mich damit gerettet hatte? Doch wenn dem so war, wer war dann für Hades' rot glühende Dämonenaugen verantwortlich?

Ludmilla riss die Hände hoch und sammelte ihre magische Energie. »Ich grill euch, ihr Mistviecher! David und Anna stehen unter unserem Schutz.«

Doch ehe sie ihre Drohung wahrmachen konnte, breiteten die Vögel ihre Flügel aus und schwangen sich in die Höhe. Direkt über mir zogen sie in perfekter Formation zwei Runden und stießen dabei ein lang gezogenes, sanftes Krächzen aus. Ich legte den Kopf in den Nacken, um das blauschwarze Schimmern ihres Gefieders und ihre majestätische Anmut zu bewundern. Schließlich flogen sie, ohne einen weiteren Laut von sich zu geben, davon.

Edith legte einen Arm um meine Schulter. *»Lass dich davon bitte nicht beeindrucken! Nebruel wollte dir nur Angst einjagen.«*

Ich gab mir Mühe, einigermaßen verängstigt auszusehen, obwohl ich die kreisenden Vögel eher für einen Abschiedsgruß hielt. Nebruel wollte mir Glück wünschen. Ich blickte erneut in den Himmel, obwohl von den Krähen längst nichts mehr zu sehen war. Warum tat er das? Warum sorgte sich Nebruel um mich?

David schulterte seinen Rucksack. »Wir sollten jetzt aufbrechen!«

Ich setzte meinen Rucksack ebenfalls auf und wandte mich

in Richtung Felsspalte, doch da fiel mir noch etwas ein. »Hat der Wald eigentlich schon mal mit euch gesprochen?«

»Wie bitte?«, entgegnete Walpurga sichtlich überrascht.

Ludmilla schüttelte entschieden den Kopf. »Pflanzen können nicht reden.«

Sie tippte sich mit ihrem knochigen Finger an die Lippen. »Allerdings kenne ich eine Hexe aus Spitzbergen, die immer mit ihrem Blumenkohl spricht. Sie ist überzeugt, dass Blumenkohl wahnsinnig intelligent sei, weil er in seiner Wuchsform dem menschlichen Gehirn gleicht. Angeblich löst sie zusammen mit ihrem Blumenkohl jedes Wochenende die Sudoku-Rätsel in der Sonntagszeitung.«

»Du meinst Tuva?« Walpurga verzog das Gesicht. »Die betreibt doch manchmal auch schwarze Magie.«

»Ja, aber das muss man nicht ernst nehmen«, wiegelte Ludmilla ab. »Tuva ist eine lausige Hexe und ihre Flüche sind so gefährlich wie ein Ameisenfurz.«

»Aber wäre zum Beispiel der Wald in der Lage, meinen Namen zu flüstern?«, hakte ich nach.

Erneut schüttelte Ludmilla den Kopf. »Als Hexe kannst du das Wesen des Waldes spüren. Du fühlst, wie er atmet und das Leben in ihm pulsiert. Aber er kann nicht mit dir kommunizieren wie ein Mensch.« Sie kniff die Augen zusammen. »Wieso interessiert dich das?«

Ich winkte ab. »Nicht so wichtig. Wenn du recht hast, habe ich es mir nur eingebildet.«

Da Ludmilla grundsätzlich davon ausging, im Recht zu sein, beließ sie es dabei.

»Viel Glück, ihr beiden!« Walpurga zog schniefend ein Stofftaschentuch aus ihrem Ärmel und fuhr sich über die Augenwinkel. »Passt gut auf euch auf!«

David quetschte sich durch den schmalen Durchgang. Ein leichter Schauer überlief mich, als er im dahinterliegenden Dunkel verschwand. Nun war ich an der Reihe …

»Man könnte den Wald als Medium gebrauchen«, meldete sich in diesem Moment Ediths Stimme in meinem Kopf zu Wort.

Überrascht drehte ich mich zu ihr um. Ich konzentrierte mich auf unseren stillen Kontakt und entgegnete: *»Wie meinst du das?«*

»Wegen deiner Frage«, antwortete sie. *»Jemandem mit magischen Kräften ist es möglich, Tiere, Pflanzen und die Elemente zu beeinflussen. Man könnte die Äste der Bäume in Schwingung versetzen und den Schall, der entsteht, zu Worten formen. Dadurch könnte man den Eindruck bekommen, der Wald würde mit einem sprechen. Es wäre jedoch ein schwieriger Zauber und nichts für Anfänger.«*

Ich musste mich nicht lange fragen, wer hinter diesem Zauber gesteckt hatte. Nebruel. Schon am Tag unseres Umzugs hatte er zum ersten Mal Kontakt mit mir aufgenommen. Er hatte meine Ankunft im Harz sofort bemerkt, lange vor den Brockenhexen.

»Anna?« Davids Stimme hallte aus dem Innern des Tunnels. »Kommst du?«

Ich nickte Edith zu. *»Danke!«*

Das Letzte, was ich sah, war ihr zuversichtliches Lächeln, dann schlüpfte auch ich durch den schmalen Eingang. Sofort umfing mich Dunkelheit und Kälte.

16.

»Ludmilla und ich sind heute auf einen Teil des Waldes gestoßen, dessen Lebensmagie von Nebruel bis auf das letzte Fünkchen aufgesaugt worden ist. Im Umkreis von etwa zwei Kilometern gab es kein Leben mehr. Das große Venediger-Volk, das sich dort niedergelassen hatte, wurde völlig ausgelöscht. Ihre kleinen Leichen lagen zu Aberhunderten auf dem völlig verdorrten Gras, unter den Ästen grauer, lebloser Bäume. Alles war tot – von den Vögeln auf den Bäumen, den Hasen und Füchsen bis zu den Würmern und Insekten unter der Erde. Die Stille war gespenstisch und Furcht einflößend. Selbst Ludmilla standen Tränen in den Augen. Weshalb ist Nebruel, der ohnehin so stark und mächtig ist, nur derart gierig nach Magie?«

Anna Hubers Hexenfibel, Eintrag vom 03. Oktober 1684

Manchmal verengte sich der Tunnel so sehr, dass wir nur noch auf allen vieren vorwärtskamen. Zum Glück hatten die Hexen uns Stirnlampen besorgt, damit wir bei unserer Höhlenwanderung beide Hände frei hatten. Da es bisher keine Abzweigung gegeben hatte, wussten wir immerhin, dass wir auf dem richtigen Weg sein mussten. David und ich redeten nur wenig miteinander, denn der Boden war uneben und feucht, sodass wir uns auf jeden unserer Schritte konzentrieren mussten.

Als sich vor uns zum ersten Mal eine größere Höhle öffnete, schlug David vor, eine Pause einzulegen. Dankbar nahm ich den schweren Rucksack ab und ließ ihn auf den Boden plumpsen. Das dadurch entstandene Geräusch hallte unangenehm laut durch die Höhle.

»’tschuldigung«, murmelte ich.

Das Licht meiner Stirnlampe glitt über raue Felswände, treppenartige Vorsprünge und eine Ansammlung von Stalagmiten, die sich wie eine kleine Armee auf dem Boden aneinanderreihten. An den Felswänden flossen kleine Rinnsale herab und von irgendwoher hörte ich das Plätschern von Wasser. Sobald das Licht meiner Stirnlampe von einer Stelle zur nächsten schwenkte, wurde der Rest wieder von Dunkelheit verschluckt, was mich mit einem seltsamen Gefühl des Unbehagens erfüllte. Wie weit wir uns mittlerweile wohl schon von der Oberfläche und den Brockenhexen entfernt hatten?

Ich setzte mich neben David, der einen Teil des Proviants ausgepackt hatte und mit sichtlichem Hunger eine von Walpurgas Schmorwürsten aß. Offenbar machte er sich keine Gedanken über ungebetene Besucher. Eine kleine Stärkung war allerdings tatsächlich nicht verkehrt, denn wir hatten noch einen langen Fußmarsch vor uns. Ich nahm eine Graubrotstulle aus meinem Rucksack und biss hinein. Walpurgas selbst gemachtes Brot war außen herrlich knusprig und innen luftig weich.

Wir aßen schweigend. Obwohl ich wusste, dass es sinnlos war, sah ich mich ständig nach allen Seiten um und lauschte in das Dunkel. Doch alles, was ich hörte, war Davids andächtiges Schmatzen.

»Kannst du nicht ein bisschen leiser essen?«

»Ne«, gab er unbeeindruckt zurück. »Ich will mit dem Schmatzen die Monster aus ihren Verstecken locken. Wenn sie uns nämlich jetzt schon angreifen, hätten wir noch eine Chance, zurück zum Ausgang zu rennen.«

»Ha, ha. Findest du das etwa witzig?«

»Natürlich«, meinte er und zuckte mit den Schultern. »Wir sind schon viel zu weit weg von der Oberfläche und eine Flucht wäre unmöglich. Wenn sich uns etwas in den Weg stellt, haben wir keine andere Wahl, als zu kämpfen. Allerdings wird es wohl keinen Unterschied machen, ob wir uns bis dahin laut oder leise verhalten. Wenn hier unten etwas lebt, hat es uns schon längst gewittert.«

Ich ließ mein Brot sinken. Wahrscheinlich hatte David es nicht böse gemeint, aber mir war der Appetit schlagartig vergangen.

»Weißt du noch, wie weit es von hier bis zur Fundstelle ist?«, fragte ich mit belegter Stimme.

David, der gerade aus seiner Wasserflasche trinken wollte, hielt mitten in der Bewegung inne. Nach einer kurzen Pause räusperte er sich.

»Ich muss dir etwas beichten, Anna.« Das schlechte Gewissen, das sich auf seiner Miene abzeichnete, gefiel mir überhaupt nicht. »Ehrlich gesagt bin ich mir nicht sicher, wo genau sich das Zalvit befindet.«

Ich zog scharf die Luft ein. »Wie meinst du das?«

Er fuhr sich seufzend durch die Haare. Anstatt einer Antwort stellte er mir eine Gegenfrage: »Kannst du dich an deine frühere Kindheit erinnern? An die ersten fünf Jahre?«

Obwohl ich nicht wusste, worauf er hinauswollte, dachte ich einen Moment darüber nach. »Nur verschwommen. Es sind eher einzelne Bilder als zusammenhängende Erinnerungen.«

Er nickte, als hätte er mit dieser Antwort gerechnet. »Genau so geht es mir auch mit meinen Erinnerungen aus meinem früheren Leben. Einiges davon ist klar und voller Details, anderes ist jedoch nur bruchstückhaft und unvollständig. Unser Ausflug hier unter die Erde gehört leider zu Letzterem. Wenn es dumm läuft, dauert unsere Suche nach dem magischen Erz sogar noch länger als beim ersten Mal.«

Ich starrte ihn fassungslos an. »Und warum sagst du mir das erst jetzt?«

»Ich hatte Angst, dass du nicht mitkommst. Du hattest ohnehin schon so viele Bedenken. Aber …«, er unterbrach unseren Blickkontakt und sah zu Boden, »ich konnte einfach nicht ohne dich zu dieser Mission aufbrechen. Die Vorstellung, allein in Urians Reich zurückzukehren …« Er beendete seinen Satz nicht und schüttelte nur den Kopf.

Die Furcht und Anspannung, die in seiner Stimme lagen, sorgten dafür, dass sich mein Magen krampfhaft zusammenzog. Gerade hatte David noch wegen der möglichen Gefahren gescherzt, doch in Wahrheit schien er sich ernsthaft Sorgen zu machen.

Ich schluckte schwer. »Kannst du mir etwas von Urian und seinem Reich erzählen?«

Er nickte und nach kurzem Zögern erfüllte seine sonore Stimme die Höhle: »Urian ist so alt wie die Welt selbst. Einige behaupten, seine Anwesenheit habe die Magie in diese dunklen Wälder gebracht, andere meinen, die Magie des Harzes habe Urian als ihr Herz und ihre Stimme erschaffen. Eines jedoch ist sicher: Nichts ist vergleichbar mit Urians Macht. Er könnte die kleine sichere Welt, die die Menschen sich aufgebaut haben, mit einem Fingerschnipsen auslöschen und den Lauf der Geschichte für immer verändern. Aber Urian zieht es vor, in den Tiefen des Blocksbergs zu leben, in dem Reich, das er sich erschaffen hat, und mit den Wesen, die ihm untertan sind. Diese Geschöpfe sind so mannigfaltig, wie sie kein menschlicher Geist ersinnen kann. Doch Urian behandelt sie alle gleich, die schönen wie die schrecklichen, die liebenswürdigen wie die bösartigen.«

Ich lauschte David mit angehaltenem Atem. Durch die lebendige Art, mit der er erzählte, schienen die Schatten am Rand unserer Lichtkegel ebenfalls lebendig zu werden. Ich glaubte, hüpfende Teufelchen zu sehen, monströse Steinmenschen, dürre Wesen mit quallenartigen Armen und einen gewaltigen Thron, auf dem ein Herrscher ohne Krone saß, um das Treiben seiner vielfältigen Geschöpfe mit gutmütigem Blick zu beobachten.

»In früheren Zeitaltern zog es den Herren der Unterwelt manchmal an die Oberfläche«, fuhr David fort. »Dort wandelte Urian in menschlicher Gestalt umher und bei einem seiner Ausflüge traf er im Wald eine weinende Frau. Sie hieß Kahlia. Er fragte sie, weshalb sie so unglücklich sei, und Kahlia erzählte ihm von einem schrecklichen Überfall auf ihr Dorf. Die Vorräte für den Winter waren geraubt worden, die Kinder drohten zu verhungern und einige Dorfbewohner waren von den Plünderern so schwer verletzt worden, dass sie im Sterben lagen. Urian gab sich daraufhin der Frau zu erkennen und gewährte ihr einen Wunsch. Da Kahlia vom Überfall eine schwärende Wunde davongetragen hatte, glaubte er, dass sie von ihm geheilt werden wollte. Doch stattdessen flehte sie Urian um Hilfe für die anderen Menschen in ihrem Dorf an. Er war von ihrer Selbstlosigkeit und ihrem Mitgefühl so gerührt, dass er einen winzigen Funken seiner magischen Macht nahm und ihn Kahlia übergab, damit sie und ihre Nachkommen selbst den Menschen helfen konnten. So sind die Hexen im Harz entstanden.«

»Unsere Kräfte stammen von Urian?« Ein vages Gefühl der Erinnerung regte sich in mir, als hätte ich diese alte Legende schon einmal vor langer Zeit gehört. Wahrscheinlich hatte Anna Huber die Geschichte nicht in einem Buch gelesen, sondern ebenfalls erzählt bekommen, genau wie ich jetzt.

»Kahlia versprach Urian, ihm zum Dank für seine Güte einmal im Jahr mit einem Fest zu huldigen. Auf dem Gipfel des Brockens unter dem glitzernden Zelt der Sterne und immer in jener Nacht, in der sie und ihre Nachkommen das Geschenk der Magie erhalten haben.«

»In der Walpurgisnacht«, schlussfolgerte ich. Für mich klang es so, als wäre Urian ein Wesen, das man fürchten und respektieren musste, aber das im Grunde seines Herzens gut war. Ein gerechter Herrscher der Unterwelt.

»Und was ist mit seinem Sohn?«, fragte ich deutlich wissbegieriger, als gut für mich war. »Kennst du auch Nebruels Geschichte?«

Davids Miene wurde ausdruckslos. »Urians Sohn, der anfangs geliebte und dann schmählich verstoßene Thronfolger …« Er presste die Lippen zu einer dünnen Linie zusammen. »Über ihn können wir ein andermal sprechen. Wir sollten weiter!«

David erhob sich und verstaute mit schnellen Handgriffen den restlichen Proviant im Rucksack.

»Ähm … okay.«

David lief schon weiter, ehe ich überhaupt meinen Rucksack geschultert hatte. Ich wurde das Gefühl nicht los, dass er mir etwas verschwieg. Etwas, das eindeutig mit Nebruel zu tun hatte.

Wir drangen tiefer in das Höhlensystem vor, nur begleitet von unserem angestrengten Keuchen und der allgegenwärtigen Dunkelheit. Ich verlor jedes Zeitgefühl, und als unser Weg schließlich in einer Sackgasse endete, hätte ich nicht sagen können, ob dreißig Minuten oder mehrere Stunden vergangen waren. Wir standen vor einer schwarzen Felswand, die so glatt und glänzend war, als wäre sie mit einem Tuch poliert worden.

»Hier ist es.« Es war das erste Mal seit unserem Gespräch, dass David wieder das Wort ergriff. »Das ist der eigentliche Eingang in Urians Reich.«

Ich spürte das magische Pulsieren, das von der Felswand ausging, so deutlich, dass sich die feinen Haare auf meinen Armen aufrichteten.

David wandte sich zu mir um. »Kannst du das Tor bitte öffnen?«

»Ich?« Ungläubig zog ich meine Augenbrauen in die Höhe. »Du bist doch das Zauber-Ass! Wenn ich es versuche, könnte im schlimmsten Fall die Höhle über uns einstürzen. Du weißt doch, dass ich keine Kontrolle über meine Kräfte habe.«

»Ich verrate dir jetzt mal etwas, das die Brockenhexen nicht gerne hören würden.« Er legte mir die Hände auf die Schultern und sah mir fest in die Augen. »Du kannst deine Magie auch ohne Machtwort steuern, Anna. Du benötigst dazu nur genügend Konzentration und Willenskraft. Hier ist der perfekte Ort für dich, um es auszuprobieren.« Er machte eine Kopfbewegung in Richtung der Felswand. »Das ist ein Schutz, um Sterbliche aus Urians Reich fernzuhalten. Du musst lediglich einen kleinen magischen Impuls aussenden. Als Beweis, dass du Teil von Urians Welt bist.«

Und da hatten wir auch schon das Problem: Ein *kleiner* magischer Impuls. Ich trug mittlerweile so viel angestaute Energie in mir, dass es leichter für mich gewesen wäre, ein riesiges Loch in die Felswand zu sprengen.

Aber David ließ nicht zu, dass ich meine Bedenken äußerte. »Erzähl mir nicht, dass du nicht liebend gerne einmal zaubern würdest. Du schaffst das, davon bin ich überzeugt. Ich glaub an dich!«

David hatte einen Nerv getroffen. Nach all den zermürbenden Unterrichtsstunden bei Ludmilla konnte ich es nicht erwarten, endlich einen gezielten Zauber zu wirken. Es juckte mich in den Fingern. »Na schön, auf deine Verantwortung!«

Sein breites Grinsen verriet mir, dass er nichts anderes erwartet hatte. Ich zog den Rucksack ab und David dirigierte mich direkt vor die Felswand. Er stellte sich dicht hinter mich, sodass ich seine Brust in meinem Rücken spürte. Sein frischer Duft nach Wald, Erde und Kiefernnadeln umfing mich.

»Leg deine Hand auf das magische Tor!«

Ich hob meinen rechten Arm, doch ehe ich die Felswand berühren konnte, ergriff David meine Hand und drückte sie sanft wieder herunter. »Nein, deine linke.«

Ich sah zur Seite, obwohl ich nur seinen Schatten hinter mir ausmachen konnte. »Warum?«

»Nur eine Sicherheitsmaßnahme. Da du Rechtshänderin bist, ist links deine schwächere Seite. Das spielt auch beim Zaubern eine Rolle. Wir wollen doch nicht, dass du deine geballte magische Energie loslässt.« Er strich mit dem Daumen über die zarte Haut an meinem Handgelenk. »Ich spüre sie in dir, Anna. Deine Magie brodelt und glüht in deinem Inneren. Du leuchtest wie ein überirdisch schöner Engel. Die Welt wartet nur darauf, dass du diese Kraft freisetzt.«

Davids raue verlangende Stimme ließ mich erschaudern. Ich wünschte mir, dass er weitersprach, seine Wangen an mein Haar gepresst und seine Lippen dicht an meinem Ohr. Unweigerlich lehnte ich mich ein Stück nach hinten.

»Deine Magie strahlt wie eine Supernova«, raunte er mir zu, »und du musst es nun schaffen, einen winzigen Teil davon nach draußen zu schicken!«

Ich legte die Hand auf den überraschend warmen Stein und schloss die Augen, um Kontakt zu meiner inneren Magie aufzunehmen. Doch kaum hatte ich mich auf sie fixiert, drohte sie mich auch schon zu überrollen. Sie wollte aus mir heraus und nicht in diesem beengten menschlichen Körper eingesperrt sein. Ich keuchte auf und biss mir auf die Zunge, denn die Energie drohte in einem gewaltigen Knall aus mir herauszuschießen.

»Lass dich nicht auf sie ein«, warnte mich David. »Geh in Gedanken einen Schritt zurück. Betrachte die Magie, bewundere sie. Aber komme ihr nicht zu nahe.«

Davids beruhigende Stimme drang zu mir durch wie ein Leuchtfeuer in einen orkanartigen Sturm und ich ließ mich von ihr führen. Es erfüllte mich mit einem süßlichen Schmerz, mich aus der Umklammerung der Magie zu lösen. Sie war so warm, so gewaltig und berauschend wie ein Strudel aus Millionen funkelnder Sterne. Doch schließlich gelang es mir.

»So ist es gut«, lobte mich David. »Nun konzentrierst du dich und spaltest einen Funken davon ab. Als würdest du von einem Geburtstagskuchen einen winzigen Krümel stibitzen. Denk daran, dass du die Herrscherin über deine Magie bist. Sie muss dir gehorchen!«

»Okay«, stieß ich gepresst hervor.

Meine Magie schien Davids Meinung, wer hier wen beherrschte, nicht ganz zu teilen. Vor Anstrengung rannen feine Schweißperlen meine Stirn herab. Doch dann wanderte ein Fünkchen Magie durch meinen linken Arm bis in meine Fingerspitzen an dem warmen Gestein.

»Wow!«, flüsterte David.

Ich öffnete ein Auge. Nichts brannte und nichts war explodiert. Allerdings leuchteten nun auf dem schwarz polierten Untergrund Runenzeichen auf, die einen Torbogen beschrieben. Die Runen strahlten wie silbriges Mondlicht. Das Innere des Torbogens flimmerte, die Felswand verschwamm und dahinter kam ein Tunnel zum Vorschein.

Ich fiel David jubelnd um den Hals. »Wahnsinn! Es hat geklappt.«

»Ich habe dir doch gesagt, dass du es kannst.« Er lächelte mich an. »Das war wirklich verdammt schwierig. Die meisten wären daran gescheitert.«

»Verdammt schwierig?« Stirnrunzelnd machte ich mich von ihm los. »Das hast du mit keinem Wort erwähnt. Ich hätte also tatsächlich den Tunnel in die Luft sprengen können?«

»So gefährlich war es jetzt auch wieder nicht«, wiegelte er ab. »Ohne ein Machtwort eine derart gezielte Menge Magie abzugeben, ist für die meisten Hexen und Hexer allerdings unmöglich. Es erfordert viel Selbstkontrolle und eine außergewöhnliche Begabung im Umgang mit Magie. Und genau das habe ich dir vorher auch gesagt, erinnerst du dich? Du bist etwas ganz Besonderes, Anna. Ich wünschte, du würdest dir mehr zutrauen.«

Da ich nicht wusste, ob ich mich über sein Kompliment freuen oder wegen seiner Halbwahrheiten sauer sein sollte, presste ich wortlos die Lippen zusammen und griff nach meinem Rucksack. Bestimmt hätte es noch andere Gelegenheiten und weniger gefährlichere Orte gegeben, einen gezielten Magieausstoß mit mir zu üben. Doch jetzt war nicht die Zeit, darüber zu streiten.

Wir betraten Urians Reich und das Tor schloss sich hinter uns. Das unbehagliche Gefühl, in der Falle zu sitzen, überfiel mich.

*

Vor uns zweigten drei gleichförmige, fast kreisrunde Gänge ab. Die Stirnlampen konnten wir ausschalten, denn hinter den Tunnelwänden pulsierte ein gespenstisches graues Licht.

Unschlüssig sah sich David um. »Und welchen Tunnel nehmen wir jetzt? Sollen wir eine Münze werfen?«

Nun war es an mir, ihn zu überraschen. »Ich würde vorschlagen, wir schauen in der Karte nach.« Aus meiner Jackentasche zog ich ein Stück Papier hervor. »Die habe ich in Anna Hubers Hexenfibel gefunden.« Zum Glück hatte ich mich überwunden, doch noch ein wenig darin zu lesen.

David nahm mir die Karte aus der Hand und fuhr mit dem Finger die einzelnen Gänge nach.

»Du wusstest nichts davon, oder?«, fragte ich, obwohl sein staunender Blick Antwort genug war. »Anna Huber hat sie aus dem Gedächtnis angefertigt. Ein paar Monate nachdem sie mit dir das Zalvit geholt hat.«

»Die Karte ist unsere Rettung!« David sah auf und schenkte mir ein breites Lächeln. »Vielleicht kommen wir heute doch noch rechtzeitig zum Abendessen nach Hause.«

»Hoffen wir's!«

David ging mit der Karte voraus. Schon bald musste ich meine Jacke öffnen, da es mit jedem Schritt wärmer wurde.

Die Luft war stickig und erschwerte das Atmen. Trotzdem legte David ein beachtliches Tempo vor. Ich konnte ihm seine Eile jedoch nicht verübeln. Immer wieder drangen aus der Ferne schaurige Laute zu uns: ein drohendes Knurren. Schmerzerfülltes Stöhnen. Ein gellender Aufschrei. Herzzerreißendes Winseln. Die Geräusche erinnerten mich daran, dass wir hier unten nicht alleine waren und wir uns in einer Welt befanden, die nicht mit der unsrigen zu vergleichen war. Trotzdem traf es mich unvorbereitet, als David mich plötzlich am Handgelenk packte und in eine schmale Felsspalte zog. Fast hätte ich es für einen plumpen Annäherungsversuch gehalten, wäre da nicht das Aufflackern von Furcht in seinen Augen gewesen. Endlich hörte ich es auch: ein schwerfälliges rhythmisches Stampfen, das eindeutig näher kam.

»Ein Wächter!«, wisperte David.

Die Erschütterungen wurden immer lauter und der Boden unter meinen Füßen vibrierte. Was war das für ein Wesen? Ungefragt rief mein Gehirn alle möglichen Schreckensgestalten ab – vom missgestalteten Troll bis hin zum gefährlichen Greif.

Bumm. Bumm. Bumm.

»Sieh nicht hin!«, zischte David so leise, dass ich ihn kaum verstand.

Ich schloss die Augen. Leider konnte ich meine übrigen Sinne nicht so leicht ausblenden. Die Schritte des Wächters waren nicht mehr weit entfernt. Erde, die sich zwischen dem Gestein festgesetzt hatte, rieselte auf uns herab.

Bumm. Bumm …

Der Wächter war stehen geblieben. Hatte er uns bemerkt? Mein Herz stockte.

Ich hörte einen grollenden Laut direkt neben mir. Ein beißender Gestank trat mir in die Nase, der mich an Moder und vergammeltes Essen erinnerte. Dann ein rasselndes Luftholen und …

Bumm. Bumm. Bumm.

Der Wächter lief weiter und marschierte den Weg entlang, den wir gekommen waren.

Langsam, ganz langsam ließ die Panik in meinem Körper nach. Meine Muskeln schmerzten, so sehr hatte ich sie angespannt. Sicherheitshalber warteten wir noch einige Augenblicke, ehe wir unser Versteck verließen.

»Beeilen wir uns«, sagte David mit gedämpfter Stimme. »Laut der Karte ist es nicht mehr weit.«

Ich nickte mechanisch. Am liebsten wäre ich noch eine Weile in der Felsnische in Deckung geblieben. Was hätte der Wächter wohl mit uns gemacht, wenn er uns entdeckt hätte?

Mir blieb jedoch keine Zeit, darüber nachzudenken, denn David spurtete schon weiter und lotste uns mithilfe der Karte durch das Höhlensystem. Das Zalvit befand sich am äußersten Rand von Urians Reich. Je näher wir diesem Bereich kamen, desto weiter entfernten wir uns von den fremdartigen Geräuschen aus den Tunneln und das Pulsieren in den leuchtenden Felswänden verlangsamte sich. Als David jedoch an einer Abzweigung scharf nach links abbog, blieb ich irritiert stehen. Ein Windhauch, der eindeutig wärmere Luft mit sich brachte, strich über mein Gesicht.

»David«, hielt ich ihn auf, »das ist die falsche Richtung. Wir müssen den anderen Weg nehmen.«

Er schüttelte den Kopf. »Der rechte Tunnel ist hier nicht einmal eingezeichnet. Siehst du? Ich bin richtig abgebogen.«

Er wedelte ungeduldig mit dem Papier vor meiner Nase herum.

»Anna Huber hat die Karte nachträglich angefertigt, also könnte sie fehlerhaft sein«, wandte ich ein. »Wir haben uns die ganze Zeit über rechts gehalten, was sinnvoll ist, da die Fundstelle des Zalvits im äußeren Randgebiet sein soll.«

David studierte erneut die Karte. Eine Falte bildete sich zwischen seinen Augenbrauen. »Du hast recht.«

Ich konnte mir ein selbstzufriedenes Grinsen nicht verkneifen und trat demonstrativ beiseite. »Du darfst natürlich gerne weiter blindlings vorausstürmen, falls uns irgendwo eine Stolperfalle oder ein bodenloser Abgrund erwartet.«

Immerhin hatte ich prophezeit, dass ich ihm in Urians Reich eine Hundeleine mit automatischer Rückholfunktion anlegen musste, weil er übereifrig durch die Tunnel rennen würde.

David zog eine Grimasse. »Zieh einfach an der Leine, wenn ich wieder falsch laufe!«

»Mach ich. Und jetzt los, mein Süßer!«, befahl ich mit zuckersüßer Stimme.

»Übertreib es nicht, Anna«, rief er mir über die Schulter zu.

»Sonst passiert was?«, fragte ich übermütig.

Er warf mir im Gehen einen langen Blick zu, der so intensiv war, dass mich eine Hitzewelle durchlief. »Sonst könnte es passieren, dass ich meine Zurückhaltung und fast schon übermenschliche Selbstbeherrschung dir gegenüber verliere.«

An der Art, wie er es sagte, bestand kein Zweifel daran, was er damit meinte. Unwillkürlich musste ich an unseren Kuss denken und mein Herz geriet ins Stolpern. Mein Mund fühlte sich plötzlich trocken an und ich fuhr mir mit der Zunge über die Lippen. David verfolgte die Bewegung aufmerksam mit den Augen. Dann wandte er sich mit zufriedenem Lächeln ab, als wüsste er genau, was seine Worte in mir ausgelöst hatten.

»Idiot!«, murmelte ich.

David lachte leise.

Immerhin hatte ich mich nicht geirrt, was die Richtung anbelangte. Schon bald erreichten wir einen Gang, dessen Ende auf unserer Wegbeschreibung mit einem roten X markiert war. Wir standen kurz vor dem Ziel.

»Da ist es«, sagte David und deutete auf einen Durchgang, der im Dunkeln lag.

Mit klopfendem Herzen traten wir ein. Ich hob die Hand, um meine Stirnlampe einzuschalten, doch ich hielt mitten in der Bewegung inne. Die Wände der kleinen Höhle waren über und über mit Zalvit bedeckt. Das magische Erz leuchtete im Dunkeln in einem silbrigen Blau, sodass es aussah, als stünden wir unter einem wolkenlosen Nachthimmel, an dem Millionen kleiner Sterne funkelten.

»Ist das schön!«, entfuhr es mir bewundernd.

»Wahrscheinlich treffen sich die Monster hier zum Knutschen«, meinte David trocken.

Er holte aus seinem Rucksack eine LED-Lampe und stellte sie auf den Boden, damit wir Licht zum Arbeiten hatten. Kaum hatte er sie angeschaltet, verflog der Zauber der Romantik. Jetzt standen wir nur noch vor massiven Felswänden, in denen wertvolles magisches Erz eingelagert war.

Aus meinem Rucksack holte ich Hammer und Meißel. »Ich fange an, okay?« Ich warf einen besorgten Blick zur Höhlenöffnung. »Und du hältst solange Wache?«

David nickte zustimmend. »Wenn die Hammerschläge

durch das Tunnelsystem hallen, könnten wir ungewollt Besucher anlocken.«

Ich machte mich ans Werk. Jeder von uns musste mindestens ein Stück Zalvit in der Größe eines Hühnereis aus den Wänden lösen. Anfangs hatte ich noch Sorge, mit dem Hammer nicht das Ende des Meißels zu treffen oder abzurutschen, doch schon bald wurde ich mutiger. Nach einem besonders gelungenen Schlag fuhr der Meißel tief ins Gestein und ein faustgroßer Brocken Zalvit fiel zu Boden.

Erstaunt ließ ich das Werkzeug sinken. »Das war ja einfach.«

»Schnell, nimm es in die Hände. Die Magie des Erzes muss sich auf deine Magie einstimmen.«

»Ich mach ja!«, entfuhr es mir leicht genervt. Sein Befehlston ging mir so langsam echt auf den Keks.

Das Zalvit kribbelte und brannte in meinen Handflächen. Die fünf Minuten, die ich es laut Ludmilla halten musste, vergingen quälend langsam und ich war erleichtert, als ich das magische Erz in den Holzkasten legen konnte, den die Hexen uns mitgegeben hatten. Zalvit reagierte empfindlich auf Licht und verlor schnell seine Wirkung.

Während David Hammer und Meißel übernahm, nutzte ich die Pause und aß von Walpurgas Proviant, da ich bei unserer letzten Rast kaum etwas zu mir genommen hatte und so langsam fast am Verhungern war. Ich stand am Höhleneingang, warf einen Kontrollblick in den Tunnel und biss von meiner Schmorwurst ab. »Was war das eigentlich für ein Wesen? Dieser Wächter?«, fragte ich kauend.

»Ein Multimor«, antwortete David zwischen zwei Hieben. »Er nimmt die Gestalt an, vor der du am meisten Furcht empfindest. Für einen Wächter, der ein Reich beschützen muss, eine praktische Gabe.« Er blickte über die Schulter zu mir. »Welche Gestalt würdest du sehen?«

Ich überlegte. Zwar hatte ich vorher instinktiv an einen Troll gedacht, aber ich spürte, dass meine tiefste Angst weiter in der Vergangenheit verwurzelt lag. »Ich denke, es wäre ein Schatten«, murmelte ich.

David hielt kurz inne. »Wie bitte?«

»Der Multimor wäre ein Schatten«, sagte ich etwas lauter. »Als Kind habe ich nachts um mein Bett immer tanzende Schattengestalten gesehen. Als würde sich die Dunkelheit in meinem Zimmer zusammenziehen und Wesen erschaffen, die mich beobachten und ihre tödlichen Krallen nach mir ausstrecken.« Eine Gänsehaut lief meinen Rücken hinab. Ich hatte schon ewig nicht mehr daran gedacht.

»Ich hab gleich das erste Stück«, kündigte David an.

Ein Brocken fiel aus der Wand, doch zu Davids Enttäuschung hatte er nur die Größe einer Traube. Er stöhnte auf. »Okay, das ist eindeutig zu wenig. Da muss ich wohl weiterklopfen.« Trotzdem nahm er das kleine Stück, stimmte es auf seine Magie ein und legte es in den Kasten.

Tapfer hämmerte er weiter und ich hielt nach möglichen Gefahren Ausschau. Da weit und breit nichts zu sehen war, holte ich mir noch ein Graubrot aus meinem Rucksack und füllte mir einen Becher mit Tee aus der Thermoskanne. Walpurga hatte sogar eine Nachricht daran befestigt: *»Dein Lieblingstee extra für dich, Anna. Meine Spezialmischung aus Sommerkräutern.«*

Gerührt strich ich mit dem Daumen über den Zettel. Walpurgas Fürsorge und Herzlichkeit fühlte sich hier unten an wie ein wärmender Sonnenstrahl.

Ich nippte an dem Tee und verzog den Mund. Er schmeckte anders als normalerweise, irgendwie bitter. Trotzdem tat die Wärme gut, sodass ich den Rest ebenfalls hinunterwürgte. Ich drehte mich wieder zum Höhleneingang um und … blieb wie erstarrt stehen.

Ein Wesen, das ungefähr die Größe eines Schimpansen hatte, lugte neugierig zu uns herein. Seine Haut war feuerrot und glänzte feucht, auf seiner Stirn saßen zwei schwarze Hörner und sein langer, zuckender Schwanz endete in einer Art Speerspitze aus dunklem Horn. Das Wesen hing kopfüber von der Decke.

»Oh, oh.« Ich wagte nicht, mich zu bewegen.

Unser Besucher schien jedoch nicht so schüchtern zu sein. Auf allen vieren lief er über die Höhlendecke auf mich zu. Seine schwarzen Krallen gruben sich in das Felsgestein, als wäre es lockerer Erdboden.

»David?«, stieß ich zwischen zusammengebissenen Zähnen hervor. »David!«

Doch meine Stimme ging im lauten Hämmern unter. Das Wesen drehte den Kopf hin und her. Seine dunklen Knopfaugen fixierten mich und es schnupperte mit seiner flachen Nase in meine Richtung. Der Geruch schien ihm offenbar zuzusagen, denn sein Mund verzog sich zu einem Grinsen. Dabei entblößte es seine spitzen Zähne, die schwarz wie die Nacht waren. Ich hoffte inständig, dass dies ein Zeichen von schwerer Zahnkaries war und das Wesen wegen der Schmerzen nur noch Flüssignahrung zu sich nehmen konnte.

Es kam noch näher, bis sein Gesicht direkt über meinem schwebte. Mein Herz raste. Schweiß sammelte sich auf meinem Rücken. Das Wesen leckte sich mit einer gespaltenen Zunge über die Lippen. Es löste seine Krallenpfote von der Decke und zeigte auf das mit Harzer Roller belegte Graubrot, das ich in Händen hielt. »Esssen«, zischte es mit einem starken Lispeln.

»Du … du willst mein Essen?«

Es nickte eifrig. Überraschend vorsichtig nahm das Wesen mir das Brot ab und warf es sich in den Mund. Es schien ihm geschmeckt zu haben, denn sofort richtete es seine Knopfaugen wieder auf mich. »Esssen!«

»Du willst noch mehr?« Ich lachte vor Erleichterung auf und ging zu meinem Rucksack. »Dann komm her!«

Das Wesen ließ sich von der Decke fallen und landete geschmeidig neben mir auf dem Boden. Ich konnte gar nicht so schnell den Proviant auspacken, wie das Essen in seinem Maul verschwand. Bei näherer Betrachtung entdeckte ich wulstige Narben auf seinem Gesicht und seiner Brust. Anscheinend war unser Besucher schon in üble Kämpfe verwickelt gewesen, und wie es aussah, war er nicht als Gewinner daraus hervorgegangen. Eines seiner spitzen Ohren war so zerfleddert, dass es kaum noch zu erkennen war. »Du hast wohl schon ziemlich viel einstecken müssen«, murmelte ich mitfühlend.

Ich bot ihm auch von Walpurgas Tee an. Er schnüffelte daran und schüttelte den Kopf. »Ssschlecht!«

»Stimmt, mir hat er auch nicht geschmeckt.« Ich legte den Kopf schräg. »Weißt du was? Ich nenne dich Diabolo. Das passt irgendwie zu dir. Außerdem mag ich Pizza Diabolo am liebsten.«

Bis auf eine Butterkekspackung war mein Rucksack nun leer. Diabolo legte den Kopf in den Nacken und leerte sich die gesamte Kekspackung auf einmal ins Maul.

»Was tust du denn da, Anna?«, spie David fassungslos aus.

Mir war gar nicht aufgefallen, dass das Hämmern aufgehört hatte. »Ich mache nur meinen Job«, verteidigte ich mich. »Ich lenke die Gefahr von uns ab. Mit Essen.«

Diabolo schaute unschuldig zu David auf und versuchte sich an einem Lächeln, wobei ihm einige Kekskrümel aus dem Maul fielen.

»Der ist doch ganz harmlos. Jetzt reg dich bitte nicht auf!«

David maß mich mit vorwurfsvollem Blick, während er seinen zweiten Brocken Zalvit in Händen hielt und auf seine Magie einstimmte. »Das ist ein Feuerteufel. Allerdings ein recht mickriges Exemplar. Wir haben Glück, dass er alleine aufgetaucht ist. Normalerweise sind sie im Rudel unterwegs.«

Ein ganzes Rudel? Wenn die alle den gleichen Appetit hatten wie Diabolo ... Oh mein Gott! Ich schluckte schwer.

David legte den Zalvitbrocken in den Kasten. In diesem Moment richtete sich der Feuerteufel ruckartig auf. Sein gesundes Ohr wackelte nervös und sein Kopf fuhr zum Höhleneingang herum.

»David!«, rief ich alarmiert. »Ich glaube, er wittert etwas.«

Diabolo rannte los, doch dann zögerte er kurz. Er lief zu mir zurück, packte mit seiner Krallenpfote meine Hand und zog mich mit sich. Überrascht stolperte ich hinter ihm her. Sobald wir die Höhle verlassen hatten, hörte ich es auch. Ein vielstimmiges Knurren, Keuchen und Trampeln, das sich uns rasant näherte.

»Verdammt«, fluchte David. Er eilte zu uns, das Kästchen mit dem Zalvit in der Hand. »Da kommen wohl seine Kollegen.«

Im nächsten Augenblick tauchten auch schon die ersten Feuerteufel in der Tunnelbiegung auf. Eine Flutwelle aus roten Leibern und peitschenden Schwänzen rollte auf uns zu.

David sprach hastig einen Zauber. Magie schoss als blaugrünes Glühen aus seiner Hand und verwandelte sich in eine Feuerwalze. Sie erfüllte den Tunnel und war so heiß, dass die Hitze auf meinem Gesicht brannte. Doch die Feuerteufel zuckten nicht einmal zurück, als die Feuerwalze sie erreichte. Sie bleckten ihre schwarzen Zähne und Geifer lief ihnen aus dem Maul, als sie ungehindert durch die Flammenwand sprangen. Wahrscheinlich hießen sie nicht umsonst Feuerteufel.

»Lauf, Anna!«, brüllte David.

17.

»Ströme rauschen herab dir in das finstre Tal,
Brechen zwischen den Lasten sich
Welche spielende Flut von dem Gebürge riß
Und des eilenden Sturmes Grimm.
Oft umringen dich auch Blitz und des Donners Hall,
Schrecken unten das tiefre Tal
Doch mit heiterer Stirn lachst du des Ungestüms,
Träufst nur fruchtbare Flut herab.«

»Der Harz«, Novalis

Diabolo galoppierte voraus und wir rannten hinter ihm her, auch wenn wir keine Ahnung hatten, wohin er uns führte. Bis auf das Zalvit und unsere Stirnlampen hatten wir alles in der Höhle zurückgelassen – sogar die Karte aus der Hexenfibel, die David neben seinen Rucksack gelegt hatte. Doch im Moment hatten wir ohnehin andere Sorgen, denn unsere Verfolger holten unerbittlich auf.

Blindlings liefen wir durch die Gänge und Tunnel, so schnell uns unsere Beine trugen. Schon nach kurzer Zeit hatte ich die Orientierung verloren. Das Kratzen der Krallen auf dem Felsgestein und das Knurren der Feuerteufel kamen stetig näher. Die Angst trieb mich weiter an, obwohl jeder Atemzug in meiner Lunge brannte.

»David, du musst sie aufhalten!«

»Wie denn?« Er blickte gehetzt hinter sich. »Es sind zu viele und Feuer lieben sie anscheinend.«

Mir kam eine Idee. »Dann versuch es mit einer Wasserwand oder einer Welle!«

»Unmöglich! So viel Wasser kann ich hier unten nicht allein durch meine Magie heraufbeschwören. Dazu bräuchte ich eine Kraftquelle.«

Oder richtiges Wasser, schoss es mir durch den Kopf. Hatte ich nicht das Rauschen eines unterirdischen Flusses gehört?

»Diabolo, kannst du uns zu einer Wasserstelle bringen?«

Ich hatte keine Ahnung, ob der Feuerteufel die menschliche Sprache so gut verstehen konnte, doch einen Versuch war es wert. Tatsächlich warf er mir über die Schulter einen misstrauischen Blick zu. »Wassser?«, zischte er voller Abscheu.

»Bitte hilf uns!«, japste ich. »Wir beschützen dich mit dem Wasser vor dem Rudel. Versprochen!«

Diabolo nickte mir kaum merklich zu und bog in den nächsten Gang ab, der nach links führte. Wir sprinteten hinterher, doch unser Vorsprung schmolz dahin. Das Geifern und Knurren in unserem Rücken klang schon gefährlich nah.

»Vorsicht!« David versetzte mir einen Stoß, der mich nach vorne taumeln ließ. Keinen Augenblick später stieß er einen schmerzerfüllten Schrei aus. Ein Feuerteufel, der schneller als seine Artgenossen gewesen war, hatte sich mit seinen spitzen Krallen auf Davids Schulter fallen lassen. David murmelte sofort einen Zauberspruch, während er sich weiter vorwärtskämpfte. Mit der Hand berührte er den Feuerteufel, der daraufhin die Augen aufriss und gellend kreischte. Sein roter Körper wurde von einer dunklen Schicht überzogen und zerfiel in Sekundenschnelle zu Asche. Völlig perplex starrte ich auf die Stelle an Davids Schulter, auf der er eben noch gesessen hatte. Mein Cáraid hatte den Feuerteufel mit Haut und Haaren ausgelöscht.

»Los, weiter!« Er zog mich mit sich. »Ich hab nur ein paar Kratzer.«

Hatte David gerade schwarze Magie angewandt? Ich wäre jede Wette eingegangen, dass der Zauber nicht zu den üblichen Verteidigungssprüchen der Hexen gehört hatte.

Ein Rauschen drang an mein Ohr, das mit jedem Schritt lauter wurde. Wir näherten uns einer Wasserquelle. Die Feuerteufel hinter uns verlangsamten ihr Tempo, hielten schnüffelnd ihre Nasen in die Luft und stießen nervöse Laute aus.

Vor uns öffnete sich eine Höhle mit einem unterirdischen See, der durch einen Wasserfall gespeist wurde. Im pulsierenden Licht der Felswände leuchtete das Wasser tiefblau und die Stalaktiten, die von der Höhlendecke hingen, spiegelten sich auf der glasklaren Oberfläche des Sees. Das war unsere Rettung! Nun musste David nur noch einen passenden Zauber wirken. Obwohl es bestimmt eiskalt war, watete er bis zu den Hüften ins Wasser.

»Halt sie auf!«, rief er mir zu. »Ich brauch einen Moment für den Zauberspruch.«

Das Rudel aufhalten? War er nicht mehr ganz bei Trost? Ich blickte zu Diabolo, der sich an die Felswand presste und mit weit geöffneten Augen auf den See starrte. »Wassssser!«, wisperte er angsterfüllt.

Die Jäger aus der vordersten Front spähten in die Höhle. Ihre gierigen Augen klebten förmlich auf mir. Ein besonders großes Exemplar tastete sich über die Decke herein und leckte sich mit seiner gespaltenen Zunge fortwährend über das Maul, als würde er mich in Gedanken schon verspeisen.

Vielleicht sollte ich mich einfach in Sicherheit bringen und zu David in den See stellen? Allerdings würde ich dann Diabolo im Stich lassen. Aber ich hatte versprochen, ihn vor dem Rudel zu beschützen, wenn er uns half.

Fieberhaft ging ich meine Möglichkeiten durch. Eigentlich gab es nur eine Sache, die ich ohne Zauberspruch und ohne Machtwort ausprobieren konnte. Ich stellte mich ein paar Schritte vor Diabolo und hob die Hände. »Bitte, lass es funktionieren«, murmelte ich.

Hätte David am magischen Tor nicht mit mir geübt, hätte ich mir das niemals zugetraut. Doch nun sandte ich einen Teil meiner Magie aus und sammelte so viel Luft um mich herum, wie ich konnte. Ich ließ sie um meinen Körper rotieren, immer schneller und schneller, bis ich wie in einem Tornado eingeschlossen war. Meine Haare peitschten mir ins Gesicht und die Energie zerrte an meinen Kleidern.

Diabolo kreischte auf. Der große Feuerteufel hatte zum Sprung angesetzt! Mit meiner Magie packte ich die rotierende Luft und schleuderte sie auf ihn. Die Druckwelle riss den Feuerteufel mit sich, zurück zum Höhleneingang. Dort wurden seine Artgenossen wie Kegel von den Beinen gefegt und purzelten nach hinten. Sie winselten, fauchten sich gegenseitig an und der große Feuerteufel schmiss einen kleineren Artgenossen wütend an die Wand. Das Knacken der brechenden Knochen ließ mir das Blut in den Adern gefrieren.

»Wie lange noch?«, rief ich David panisch zu.

»Ich hab's gleich!«

Im Versuch, das Rudel zurückzudrängen, intensivierte ich den Druck. Ich ließ noch ein wenig mehr meiner Magie frei, hob die Handflächen senkrecht in die Höhe und presste die Luft in Richtung Höhleneingang. Doch das war ein Fehler. Ich wurde von einem gewaltigen Rückstoß erfasst, der mich wie eine Puppe von den Füßen riss und mit voller Wucht auf die Felswand hinter mir schleuderte. Der Aufprall presste die Luft aus meinen Lungen und spitzes Gestein bohrte sich in meinen Rücken.

Benommen fiel ich zu Boden. Mein Körper bestand aus purem Schmerz. Mit aller Macht versuchte ich, die Augen offen zu halten und nicht das Bewusstsein zu verlieren.

In diesem Moment brüllte David: »Haut bloß ab, ihr Mistviecher!«

Das Letzte, was ich sah, war Diabolos Gesicht, der sich über mich beugte und vorsichtig mit einer Kralle über meine Wange strich.

»Nie wieder«, flüsterte ich. »Nie wieder zaubere ich ohne Machtwort.«

Wasser brandete rauschend und klatschend gegen einen Felsen und ein vielstimmiges Kreischen folgte, dann wurde es dunkel um mich herum.

*

Als ich wieder zu mir kam, wurde ich von starken Armen gehalten. Der Schmerz in meinem Rücken ließ mich gequält aufstöhnen.

»Wie geht es dir?«

»David?«, murmelte ich benommen.

Er lachte. »Gibt es in Urians Reich noch andere Typen, die dich in den Arm nehmen und sich um dich sorgen?«

»Die Zahl meiner Verehrer übersteigt deine Vorstellungskraft«, entgegnete ich matt.

»Kein Problem, die mach ich alle fertig!«, knurrte er entschlossen.

Ich lachte auf, was ich sofort bereute. Vorsichtig betastete ich meine schmerzenden Rippen. »Die Feuerteufel …«

»… sind keine Gefahr mehr. Mach dir wegen ihnen keine Gedanken.« Er hob mit den Fingern mein Kinn an, sodass ich ihm in die Augen sehen musste. »Du warst großartig.« In Davids Miene spiegelte sich Anerkennung und Respekt. »Du hast dich einem Rudel Feuerteufel, ohne mit der Wimper zu zucken, entgegengestellt. Das war wirklich mutig. Und dafür, dass du kein Machtwort hattest, konntest du das Luftelement unglaublich gut beeinflussen.«

»Danke für das Lob, aber ich sehe es nicht ganz so positiv. Das Einzige, was mir momentan nicht wehtut, sind meine Haare und meine Zehen.«

Ich berührte eine Beule an meinem Hinterkopf und zuckte zusammen. »Okay, das mit den Haaren nehme ich zurück. Die tun auch weh.«

»Soll ich einen Heilzauber anwenden?«

»Oh ja, bitte! Nimm den besten, den du kannst.«

»Dein Wunsch ist mir Befehl«, erwiderte er schmunzelnd. »Dann entscheide ich mich für den Salutem-Zauber, der alle Verletzungen heilt und dem Körper seine volle Energie zurückgibt. Doch dafür muss ich dich berühren.«

Meines Wissens hätte es ausgereicht, für den Salutem-Zauber meinen Unterarm oder mein Gesicht anzufassen, doch David schob den Bund meines Pullovers nach oben und legte seine Hand auf meinen Bauchnabel. Anstatt mich zu beschweren, hielt ich den Atem an und genoss seine warmen Fingerspitzen auf meiner Haut. Er schloss konzentriert die Augen und beugte sich ein wenig vor, sodass ihm eine goldblonde Haarsträhne in die Stirn fiel. Ob er wohl bemerkte, dass mein Herz wie wild pochte? Im ersten Moment hätte ich nicht sagen können, ob das Kribbeln, das durch meinen Körper lief, von Davids Nähe oder seiner Magie herrührte. Doch dann begann der Schmerz nachzulassen, verblasste zu einer Erinnerung und neue Kraft durchströmte mich, als wäre ich gerade aus einem langen erholsamen Schlaf erwacht.

»Fertig!«, verkündete er und zog seine Hand zurück. Er grinste breit. »Allerdings wäre es nicht nötig gewesen, die ganze Zeit über die Luft anzuhalten.«

Zähneknirschend zog ich den Bund meines Pullovers hinunter, richtete mich auf und sah mich in der Höhle um. Nun wurde mir klar, weshalb er für seinen Zauber so lange gebraucht hatte. David hatte nicht nur eine einfache Welle heraufbeschworen, um die Feuerteufel in die Flucht zu schlagen. Es gab keinen unterirdischen See mehr. David hatte dessen gesamten Inhalt auf die Feuerteufel niedergehen und das Wasser im selben Moment zu Eis erstarren lassen. Ihre einstmals feuerroten Körper hatten unter der Eisdecke eine blassrosa Farbe angenommen und ihre schwarzen Knopfaugen schimmerten milchig. Sie waren alle tot. David hatte auf einen Schlag das komplette Rudel ausradiert.

Meine Knie wurden weich. Natürlich wusste ich, dass sie unsere Feinde gewesen waren und uns, ohne zu zögern, getötet hätten, aber der Anblick so vieler ausgelöschter Leben schockierte mich.

»Genau wie ich gesagt habe: Die machen uns keinen Ärger mehr«, meinte David zufrieden.

Mein Blick wanderte weiter durch die Höhle und blieb auf Diabolo hängen. Er zitterte und wimmerte vor Angst, da David ihn in einen rotierenden Ring aus Wasser eingeschlossen hatte. Bei der kleinsten Bewegung kam er mit dem verhassten Element in Berührung.

»Bist du verrückt geworden?«, herrschte ich David an. »Warum machst du denn so etwas Grausames?«

»Ich dachte, sicher ist sicher. Diesen Viechern kann man nicht trauen.«

Flehentlich sah der kleine Feuerteufel zu mir. »Angsssst«, winselte er.

»Lass ihn sofort frei! Diabolo hat uns geholfen. Ohne ihn hätten wir den Angriff des Rudels nicht überlebt.«

David winkte seufzend mit der Hand und der kreisende Wasserring platschte zu Boden. Ein paar Spritzer landeten auf Diabolos Haut, auf der sie zischend verdampften. Seine Körpertemperatur musste deutlich höher sein als bei einem Menschen. Der Feuerteufel quiekte schmerzerfüllt und ich musste mir auf die Zunge beißen, um David nicht noch einmal anzufahren.

»Komm her, Diabolo!« Ich ging in die Knie und lächelte ihn freundlich an. »Dir wird nichts mehr geschehen, versprochen. Beachte den Idioten hinter mir gar nicht, okay?«

Der kleine Feuerteufel blinzelte und sah misstrauisch über meine Schulter hinweg zu David. Hastig durchsuchte ich meine Taschen und fand zum Glück noch einen Müsliriegel. »Hier hab ich etwas zu essen für dich. Als Entschuldigung.«

Er fuhr sich mit seiner gespaltenen Zunge über die Lippen. Ehe ich den Riegel auspacken konnte, hatte er ihn mir schon abgenommen und mitsamt Verpackung verschlungen.

»Ist alles in Ordnung?« Ich musterte seine Verletzungen. »Tut es noch weh?«

Diabolo schüttelte den Kopf, doch dann blickte er mit großen Augen zu seinen Artgenossen, die im Eis eingeschlossen waren.

»Sssind … sssie …tot?« Obwohl Diabolo sich vor dem Rudel ebenfalls gefürchtet hatte, schien es ihn zu treffen, dass es jetzt nur noch ihn gab.

»Es tut mir leid«, flüsterte ich.

Einen Moment lang herrschte Stille, dann räusperte sich David. »Frag ihn, ob er uns den Weg zum Ausgang zeigen kann!«

Ich schluckte meinen Ärger auf David hinunter und drehte mich zu ihm um. »Willst du unsere Sachen und die Karte in der Zalvithöhle zurücklassen?«

Er nickte mit angespannter Miene. »Wir müssen hier raus, Anna! So eine Begegnung wie die mit den Feuerteufeln kann uns jederzeit wieder passieren. Und der Wächter ist wahrscheinlich ebenfalls noch auf der Suche nach uns.«

Auch ich wollte auf schnellstem Wege Urians Reich verlassen. Ich sah zu Diabolo und kämpfte mit meinem schlechten Gewissen, weil ich seine Gutmütigkeit nicht ausnutzen wollte. Doch ohne unsere Karte blieb mir keine andere Wahl.

»Hilfst du uns bitte noch einmal?«, fragte ich. »Wir wollen zurück nach Hause, Diabolo. Kannst du uns die Richtung zeigen, die nach draußen führt?«

Er legte den Kopf schräg. »Haussse?«

»Wir kommen von der Oberfläche«, erklärte ich. »Deshalb suchen wir jetzt einen Tunnel, der uns zum magischen Tor bringt. Kennst du so einen?«

Diabolo nickte. Dieser kleine Feuerteufel war nun schon zum zweiten Mal unsere Rettung!

David beugte sich zu ihm und hob mahnend den Zeigefinger. »Wir brauchen aber den schnellsten Weg zum magischen Tor, ohne Umwege. Hast du verstanden?«

Diabolo zuckte vor ihm zurück und bleckte die Zähne. Es war wohl besser, wenn David Abstand hielt.

Ich ergriff Diabolos Krallenhand, die im Gegensatz zu seiner Haut kühl war. »Bitte, zeig uns den Tunnel! Wir wollen nach Hause.«

Diabolo nickte mir zu, ließ mich los und rannte flink aus der Höhle.

Er führte uns durch zahlreiche Gänge und ich fühlte mich wie in einem unterirdischen Labyrinth. Das pulsierende Licht in den Tunnelwänden wurde schwächer, was mich vermuten ließ, dass wir uns am äußersten Rand von Urians Reich befanden. Schließlich machte Diabolo vor einem Tunnel halt, der vollständig im Dunkeln lag.

Er deutete auf den Eingang. »Sssschnell«, zischte er.

»Super!« David sah zufrieden auf seine Uhr. »Wenn alles gut läuft, schlafen wir heute Nacht daheim in unseren Betten und das alles ist nur noch eine unerfreuliche Erinnerung.«

Ich ging vor Diabolo in die Knie. »Vielen Dank! Du hast uns sehr geholfen.« Leider hatte ich nichts mehr bei mir, mit dem ich ihm eine Freude machen konnte. Da fiel mir etwas ein: »In Davids Rucksack ist noch etwas zu essen. Du musst nur zu der Höhle zurückgehen, in der wir uns getroffen haben.«

Seine wulstigen Lippen verzogen sich zu einem breiten Grinsen. Schon wollte er davonflitzen, doch er hielt noch einmal inne.

»Bössse!« Der Feuerteufel deutete auf den Tunneleingang. »Dort drin … Bössse!«

»Du meinst, in diesem Tunnel lebt etwas Böses?«, hakte ich nach, woraufhin Diabolo energisch nickte.

Unschlüssig blickte ich zu David. »Sollen wir es trotzdem wagen?«

»Es wäre schön, wenn er uns sagen könnte, was genau er

damit meint.« David rieb sich nachdenklich über das Kinn. »Hier unten lauern schließlich überall Gefahren. Eigentlich bleibt uns ohnehin keine Wahl, denn wir haben keine Ausrüstung mehr und weder etwas zu essen noch zu trinken. Wir müssen hier raus, am besten sofort!«

Der Tunnel wirkte völlig normal und es drangen auch keine Schreie oder unheimlichen Laute daraus hervor.

David wandte sich an Diabolo. »Du bist sicher, dass das der schnellste Weg zum magischen Tor ist?«

»Sssschnell«, bestätigte er.

Der kleine Feuerteufel warf mir einen letzten Blick zu, in dem ich ein besorgtes Funkeln zu sehen glaubte, dann sauste er davon.

»Viel Glück«, rief ich ihm nach, »und vielen Dank!«

Als ich mich wieder David zuwandte, schaltete er schon seine Stirnlampe an. »Gut, dann gehen wir jetzt rein und lassen uns mal überraschen!«

18.

»Es reitet bei Nacht im Mondenschein
Durch Sumpf und Moor über Stock und Stein
Die Hexen zum nächtlichen Reigen;
Auf den Blocksberg führet sie ihre Pflicht,
Der ist umlagert von Wolken dicht,
Es deckt ihn düsteres Schweigen.«

Bürck, 1831

Ohne die schweren Rucksäcke kamen wir deutlich schneller voran, doch ich vermisste schmerzlich unseren Proviant. Ich hatte unglaublichen Durst und meine Kehle war wie ausgedörrt. Walpurgas Tee hatte auf meiner Zunge ein pelziges Gefühl hinterlassen, das ich gerne mit einem Schluck Wasser weggespült hätte.

»Du wolltest mir noch von Nebruel erzählen!«, durchbrach ich irgendwann die Stille. »Haben wir damals etwas über ihn herausgefunden?«

Vor meinem inneren Auge flackerte Nebruels Ebenbild auf. Seine langen schwarzen Haare, sein sanftes Lächeln und das Funkeln in seinen Augen. Verflixt, weshalb bekam ich ihn nur nicht aus meinem Kopf?

»Natürlich habe ich keine Informationen aus erster Hand«, räumte David ein, ohne sich umzudrehen oder langsamer zu werden. »Wir haben uns vieles vom Hörensagen zusammengereimt.«

Ich stutzte. »Vom Hörensagen?«

»Es gibt Wesen, die sowohl in Urians Reich als auch an der Oberfläche leben. Wie zum Beispiel Wassergeister oder

Zwerge. Von ihnen haben wir erfahren, was zwischen Urian und seinem Thronfolger vorgefallen ist.«

Ich zog den Kopf ein, da der Tunnel immer schmaler und enger wurde. Die Ärmel meiner Jacke streiften schon zu beiden Seiten die Felswände.

»Nachdem Urian die Hexen erschaffen hatte«, fuhr David fort, »verließ er kaum noch sein Reich. Ganz im Gegensatz zu Nebruel, der regelmäßig die Oberfläche besuchte. Er musste mit ansehen, wie sich die Menschen in den Wäldern immer mehr ausbreiteten. Ihre Gier nach Bodenschätzen war unersättlich, sie rodeten ganze Landstriche, legten Seen trocken und bohrten sich tief ins Innere der Erde. Der mystische Wald, in dem magische Wesen lebten und seltene Pflanzen gediehen, drohte zu sterben.« David stieß langsam die Luft aus. »Nebruel flehte seinen Vater an, etwas zu unternehmen, doch Urian meinte, die Menschen wären nicht so dumm, ihren eigenen Lebensraum zu zerstören.«

Ich lachte bitter auf. »Da hat er die Menschen wohl überschätzt.«

Mittlerweile, dreihundert Jahre später, machten wir uns sogar daran, unseren ganzen Planeten zu zerstören.

»Nebruel hielt seinen Vater für schwach, weil er die Menschen einfach gewähren ließ. Deshalb sah er keinen anderen Weg, als zu rebellieren.«

»Nebruel hat versucht, seinen Vater vom Thron zu stoßen?«, fragte ich ungläubig. »Das war aber gleich sehr radikal.«

David lachte leise. »Ich schätze, das war keine Entscheidung, die er von heute auf morgen gefällt hat. Aber du hast wahrscheinlich recht. Wenn Nebruel etwas älter und erfahrener gewesen wäre, hätte er sich vielleicht besonnen und nach anderen Möglichkeiten gesucht.«

»Und wie ging es dann weiter?«

»Nebruel ist es zwar gelungen, ein paar Sympathisanten um sich zu scharen, aber mit Urians Macht konnten sie es nicht aufnehmen. Die Rebellion scheiterte und Urian verbannte seinen Sohn für alle Ewigkeit aus seinem Reich.«

Somit hatte Nebruel alles verloren, was ihm wichtig gewesen war. Seine Heimat, seine Familie und seine Freunde.

»Das war bestimmt nicht leicht für ihn«, platzte es aus mir heraus.

David blieb abrupt stehen und drehte sich zu mir um, was in dem beengten Tunnel gar nicht so leicht war. Obwohl das Licht seiner Stirnlampe mich blendete, sah ich die Überraschung auf seinem Gesicht. »Du hast Mitleid mit ihm?«

»Äh …« Beschämt wich ich seinem Blick aus. »Irgendwie kann ich sein Verhalten schon nachvollziehen. Er wollte doch nur die magischen Wälder retten.«

David blinzelte mich fassungslos an. Wahrscheinlich wäre es besser gewesen, wenn ich die Klappe gehalten hätte!

»Was ich jedoch nicht verstehe«, setzte ich hastig hinzu, »ist sein Verhalten auf der Oberfläche, nachdem er verbannt wurde. All die Zerstörung, die Seuchen und die Bösartigkeit, die sich mit seinem Erscheinen ausbreiteten. Wie kam es dazu?«

David zuckte achtlos mit den Schultern, als würde die Lösung auf der Hand liegen. »Das diente alles dazu, die Masse der Menschen zu verringern. Ebenso wie die Krankheiten und Seuchen. Zum Beispiel hatten die Menschen ohne ihre Nutztiere weniger Nahrung.«

Das leuchtete mir auf erschreckende Weise ein, auch wenn ich es selbstverständlich nicht gutheißen konnte. Nebruel, ein unsterbliches Wesen mit unvorstellbaren magischen Fähigkeiten, hatte in uns wahrscheinlich gefährliche Parasiten gesehen, deren ungezügelte Ausbreitung er mit allen Mitteln verhindern musste.

Doch etwas passte nicht ganz ins Bild. »Und der Angriff auf Walpurga mit dem Clepitur-Fluch? Weshalb war Nebruel so gierig nach Magie, dass er sogar den kleinen Venedigern den magischen Lebensfunken geraubt hat?«

»Kannst du dir das nicht denken?«

Ich runzelte die Stirn und versuchte, die Puzzleteile zusammenzusetzen. Schließlich zog ich scharf die Luft ein.

»Nebruel wollte zurück nach Hause! In Urians Reich. Aber dafür musste er genug Macht besitzen, um gegen seinen Vater bestehen zu können. Nebruel brauchte dringend mehr Magie.«

David nickte. »Sehr gut kombiniert, Sherlock.«

Ich blieb stehen, ließ mich mit dem Rücken an die Felswand sinken und ging in die Knie. Wieder hatte ich Nebruels Gesicht mit dem fröhlichen Lachen vor Augen. In seiner eigenen, ganz verqueren Denkweise waren seine Taten sogar nachvollziehbar. Er hatte hehre Ziele gehabt und wollte das beschützen, was ihm am Herzen lag. Und er war einsam gewesen – in eine Welt verbannt, die nicht seine eigene war.

David ging neben mir in die Hocke. »Worüber grübelst du nach?«

»Es wäre mir lieber gewesen, wenn Nebruel so eine richtig fiese Socke wäre«, gestand ich ihm. »Einer, der Leute tötet, nur weil es ihm Spaß macht. Aber jetzt …« Ich stieß einen tiefen Seufzer aus. »Natürlich hat er grauenvolle Dinge getan. Aber ist er wirklich böse? Vermutlich wäre alles anders gekommen, wenn er mit seinen trüben Gedanken nicht so allein gewesen wäre. Wenn er einem Menschen nähergebkommen wäre, der sich mit ihm befasst hätte. Dann hätte er vielleicht gemerkt, dass wir nicht alle schlecht sind.«

War ich in meinem früheren Leben vielleicht ebenfalls zu diesem Schluss gekommen? Hatte ich womöglich hinter Davids Rücken Kontakt zu Nebruel aufgenommen, um ihm zu zeigen, dass es auch gute Menschen gab? Und hatte ich mich dann in ihn ... verliebt? Oh Gott! Das würde auch erklären, weshalb Nebruel mir die Liebeserklärung gemacht hatte.

Schweigend schaute David mir in die Augen und ich musste mir Mühe geben, mich nicht abzuwenden. Sein Blick ruhte unverwandt auf mir, als würde ich ihm Rätsel aufgeben. Was eigentlich absurd war, denn David kannte mich im wahrsten Sinne des Wortes besser als ich mich selbst. Immerhin hatte er schon ein ganzes Leben mit mir verbracht.

»Wegen ihm sind Menschen gestorben«, erinnerte er mich. »Für jemanden mit deinen Moralvorstellungen müsste das unverzeihlich sein.«

»Das ist es natürlich auch!« Seufzend fuhr ich mir übers Gesicht.

Wie hätte ich David meine konfusen und widersprüchlichen Gefühle auch erklären können? Doch genauso wenig wie die Menschen ausnahmslos destruktiv und egoistisch waren, war Nebruel durchweg böse. Er hatte den Fehler gemacht, uns Menschen nicht als Individuen wahrzunehmen. Wenn ich ihn wiederum als gewissenlosen Bösewicht abstempelte, war ich um keinen Deut besser. Aber müsste es dann nicht einen Weg geben, mit ihm Frieden zu schließen? Einen Kompromiss zu finden, der keine Menschenleben forderte?

David runzelte die Stirn. »Du hast tatsächlich Verständnis für ihn. Kann das sein?«

»Ja«, gab ich leise zu. »Jedenfalls was sein Motiv betrifft. Im Großen und Ganzen betrachtet, verhält sich die Menschheit wirklich rücksichtlos, gierig und zerstörerisch. Ich habe mir auch schon oft gewünscht, daran etwas zu ändern. Aber was kann einer allein schon ausrichten?«

Ich musste an Chloe denken. Im Gegensatz zu mir gab sie sich nicht damit zufrieden, die Hände in den Schoß zu legen, und ließ sich selbst von Rückschlägen nicht entmutigen.

Davids Brustkorb hob sich leicht, als hätte er für einen Moment den Atem angehalten. Er wirkte überrascht und verunsichert. Als wäre etwas geschehen, mit dem er nicht gerechnet hatte. Er hob die Hand und strich mir mit den Fingern über die Wange.

»Anna …« Seine Berührung war sanft und liebevoll, als hätte er etwas besonders Kostbares vor sich.

Erstaunt sah ich ihn an, doch ehe ich reagieren konnte, erhob er sich wieder.

»Wir sollten weiter!«

Ich hatte keine Ahnung, was gerade zwischen uns geschehen war. Anstatt einer Geste der Zuneigung hatte ich eigentlich Vorwürfe oder wenigstens Unverständnis von seiner Seite erwartet. Doch irgendwie schien ich Davids Herz berührt zu haben. Gerade als ich in Gedanken noch mal unser Gespräch durchging, blieb er so unvermittelt stehen, dass ich fast in ihn hineinlief.

»Oh.«

»Oh?«, fragte ich alarmiert. Leider versperrte er mir mit seinem breiten Rücken die Sicht. »So etwas sagt man normalerweise nicht, wenn man etwas Schönes sieht.«

»Der Tunnel wird deutlich enger. Wir werden wohl hindurchkriechen müssen.« David ging in die Knie und spähte in die Tunnelröhre. »Dieser schmale Abschnitt scheint ziemlich lang zu sein.« Besorgnis schwang in seinem Tonfall mit.

»Ist was?«

Er räusperte sich. »Ich verabscheue so etwas. Es fühlt sich an, als wäre ich eingesperrt.«

»Hast du Klaustrophobie?« Davon hatte er bisher nichts erwähnt. Allerdings war David auch nicht der Typ, der gerne über seine Ängste sprach.

»Etwas in der Art«, räumte er mit belegter Stimme ein. »Ich habe das Gefühl zu ersticken und bin kurz davor durchzudrehen.«

Ich gab mir Mühe, mir weder meine Überraschung noch mein Mitgefühl anmerken zu lassen. Das wäre David nur unangenehm gewesen. »Dann gehe ich voraus, okay? Wenn es für mich zu schmal wird, brauchst du gar nicht erst nachkommen.«

Er zwang sich zu einem Lächeln. »Danke, Anna.«

»Kein Ding«, winkte ich ab. »Schließlich sind wir ein Team, oder?«

Ich quetschte mich an ihm vorbei, legte mich flach auf den Boden und atmete noch einmal tief durch. Bestimmt war dieser Abschnitt gar nicht so lang, wie David befürchtete. Wenn es gut lief, war ich in zwei, drei Minuten durch und dann waren wir schon so gut wie am magischen Tor.

Ich robbte in die Felsröhre hinein. Schon nach kurzer Zeit sammelte sich Schweiß in meinem Nacken. Ich stützte mich auf die Unterarme und zog mich immer weiter vorwärts. Diese Art der Fortbewegung war mühsam und anstrengend. Schon bald verließ mich die Kraft und ich musste eine Pause einlegen. Ich verharrte reglos in der engen Röhre, die nur vom Lichtkegel meiner Stirnlampe erhellt wurde. Einzig und allein umgeben vom Geräusch meines eigenen Atems. Plötzlich wurde mir bewusst, dass sich direkt über mir der Brocken befand. Der höchste Berg im Harz – und ich kreuchte hier unten in seinen Eingeweiden herum. Die Felswände schienen sich auf mich zuzubewegen, näher und näher, um mich von allen Seiten in Dunkelheit einzuschließen. Panisch rang ich nach Luft, doch meine Kehle fühlte sich an wie zugeschnürt.

»Alles in Ordnung bei dir?«, hallte Davids Stimme zu mir. Sein Ruf erinnerte mich daran, dass ich nicht allein war.

»Ja, alles in Ordnung!« Mühsam kämpfte ich meine Panik nieder und robbte weiter.

»Vorwärts, Anna!«, sprach ich mir leise Mut zu. »Immer weiter. Stück für Stück.«

Kurze Zeit später verbreiterte sich die Felsröhre und schließlich erreichte ich einen Tunnel, in dem man aufrecht stehen konnte. Ich hatte es geschafft!

Schwerfällig rappelte ich mich auf. Mein Körper war vom Kriechen steif und verspannt. Obwohl die Luft genauso stickig und modrig war wie zuvor, amtete ich wieder freier.

Ich bückte mich nach vorne und rief: »Du kannst nachkommen!«

Es dauerte einen quälend langen Moment, bis ich Davids weit entfernte Antwort vernahm: »Okay.«

Während ich auf ihn wartete, sah ich mich neugierig um. Leider stand ich nicht direkt vor dem magischen Tor, wie ich insgeheim gehofft hatte. Soweit ich es im Licht meiner Lampe abschätzen konnte, verlief der Weg einfach schnurgerade weiter ohne irgendwelche Abzweigungen.

Ein Windhauch streifte meinen Nacken und jagte mir einen Schauer über den Rücken. Beklommen schlang ich die Arme um meinen Oberkörper. Dieser Ort unterschied sich von den übrigen Gängen in Urians Reich. In diesem Tunnel war etwas anders. Sollte dieser schwer erreichbare Zugang durch die Röhre womöglich ahnungslose Besucher fernhalten?

Irgendetwas war hier. In meiner Nähe.

Fieberhaft suchte ich meine Umgebung ab, doch ich konnte keine Gefahr ausmachen.

Aber die Magie in mir strafte meine Augen Lügen. Sie flammte blitzartig auf, wollte mich schützen, doch es war zu spät. Schon wurde ich ohne jede Vorwarnung zur Seite geschleudert und ich spürte einen brennenden Schmerz an meiner Wange.

Mit einem Aufschrei prallte ich an die Felswand. Ich wischte mir über das Gesicht. Meine Fingerspitzen waren voller Blut. Irgendetwas hatte mich gekratzt, dabei hatte ich weder etwas gesehen noch gehört. Hektisch blickte ich mich nach allen Seiten um.

Doch da war … nichts.

Ich war völlig allein in diesem Tunnel. Vielleicht war mein Angreifer unsichtbar? Das war die einzig mögliche Erklärung. Auch wenn ich ihn nicht sehen konnte, so musste er dennoch einen Körper besitzen. Suchend streckte ich die Hände aus und tastete um mich.

Plötzlich packte mich jemand so brutal an den Haaren, dass mir die Tränen in die Augen schossen. Ich kreischte auf und schlug panisch um mich. Aber ich griff ins Leere. Da war niemand!

Ich hörte Davids Rufe aus der Röhre. Wahrscheinlich hatte er meine Schreie gehört.

»Komm nicht her!«, brüllte ich. »Um Gottes willen, komm nicht her!«

Erneut wurde mir ein harter Stoß versetzt, dieses Mal auf den Rücken. Mir blieb nicht mal die Zeit, um mein Gleichgewicht zu kämpfen. Wie ein nasser Sack stürzte ich zu Boden, sodass mir die Luft aus den Lungen gepresst wurde. Einen Moment lang blieb ich benommen liegen, obwohl ich wusste, dass das mein Todesurteil bedeuten konnte. Doch offenbar wollte mein Widersacher es noch nicht so schnell zu Ende bringen.

Ich kämpfte mich zurück auf die Beine. In meinem Mund breitete sich der metallische Geschmack von Blut aus.

Ich musste hier weg! Da David in der Röhre steckte, gab es für mich nur die Flucht nach vorne.

»David, komm nicht her!«, rief ich erneut. »Geh zurück. Such dir einen anderen Ausgang. Wir treffen uns am magischen Tor.«

Seine Antwort konnte ich nicht mehr hören, denn ich rannte schon los. So schnell mich meine Beine trugen, folgte ich dem unruhig hüpfenden Lichtstrahl meiner Stirnlampe, immer tiefer in den unbekannten Tunnel hinein. Ich hörte keine Schritte hinter mir und konnte niemanden sehen, aber ich wusste, dass mein Angreifer mich nicht so leicht entkommen lassen würde. Die Todesangst kroch mit klammen Fingern in mir hoch und griff nach meinem Herz. Ich befand mich mitten in einer Jagd und ich war die Beute.

Ausgerechnet jetzt fiel mir mein Erinnerungsfetzen von meiner Flucht durch den Tunnel wieder ein. Ich war hier drin schon einmal um mein Leben gerannt! Aber wie war ich damals nur entkommen und hatte meinen …

»Aaaah!«

Mit einem Schrei taumelte ich nach vorne. Krallenhände gruben sich quer über meinen Rücken in die Haut. Ich ging in die Knie. Noch nie in meinem Leben hatte ich solch einen brennenden, tiefen Schmerz gespürt. Mir entwich ein Schluchzen und nur mit Mühe konnte ich die Tränen zurückhalten. Aber ich durfte jetzt keine Schwäche zeigen!

Obwohl mein Rücken bei jeder Bewegung schmerzte, erhob ich mich schwankend.

»Wo steckst du?«, zischte ich. Bedauerlicherweise klang meine Stimme nicht ganz so selbstbewusst, wie ich es gerne gehabt hätte. »Zeig dich mir wenigstens, du feiger Mistkerl!«

Doch im Schein meiner Lampe war nur ein leerer Tunnel zu sehen. Wurde ich vielleicht wahnsinnig?

Aus den Augenwinkeln nahm ich eine Bewegung wahr. Direkt neben mir im Schatten. War die Dunkelheit dort nicht irgendwie massiver? Als ob sie sich verdichtet hätte. Zu etwas wie … einem Schattenwesen!

Schlagartig fiel mir meine Angst aus der Kindheit wieder ein. All die Nächte, in denen ich im Bett mit weit aufgerissenen Augen in die Dunkelheit gestarrt und geglaubt hatte, Schattengestalten würden sich daraus formen und nach mir greifen. War diese tief verwurzelte Furcht etwa eine Erinnerung aus meinem früheren Leben gewesen?

Von der Seite näherte sich mir ein unnatürlich langer Schattenfinger. Mit der Spitze seiner Kralle strich das Wesen langsam und zart über meine Kehle. Das Gefühl war so grauenerregend, dass ich nicht anders konnte, als für einen Moment die Augen zusammenzupressen. Obwohl ich es zu unterdrücken versuchte, begann ich am ganzen Körper zu zittern. Das Schattenwesen genoss meine Angst.

Doch so leicht würde ich mich nicht geschlagen geben. Ich war kein kleines Mädchen mehr! Mit dem letzten Rest von Wagemut versetzte ich dem Schattenwesen einen Hieb.

Doch wie schon zuvor traf ich auf keinen Widerstand und mein Schlag ging ins Leere. Allein das Schattenwesen schien die Grenze zwischen Schattenreich und Realität überschreiten zu können, das war wohl Teil seiner Magie. Somit war es unverwundbar und unbesiegbar.

Ehe ich meine Fassungslosigkeit überwinden konnte, packte es mich und hob mich in die Höhe, bis meine Beine in der Luft baumelten. Eine kräftige Hand legte sich um meinen Hals und drückte unerbittlich zu.

»Bitte nicht!«, krächzte ich, obwohl ich wusste, dass ich damit nur kostbare Atemluft verschwendete. »Bitte töte mich nicht!«

Ich strampelte und wehrte mich mit allen Kräften, doch immer weniger Luft drang durch meine Kehle. Meine Lungen brannten und schmerzten noch mehr als mein Rücken. Das letzte Geräusch, das ich von mir gab, war ein heiseres Röcheln, dann breitete sich eine bleierne Schwere in meinen Gliedern aus. Meine Augenlider flatterten und meine Gegenwehr erstarb.

19.

»Im fürchterlich verworrenen Falle
Übereinander krachen sie alle
Und durch die übertrümmerten Klüfte
Zischen und heulen die Lüfte.
Hörst du Stimmen in der Höhe?
In der Ferne, in der Nähe?
Ja, den ganzen Berg entlang
Strömt ein wütender Zaubergesang!«
»Faust«, Johann Wolfang von Goethe

Vor meinen Augen wurde es schwarz und ich tauchte ein in eine Erinnerung aus längst vergangener Zeit … *Ich saß auf einer Blumenwiese und drehte den Stil einer Butterblume zwischen Daumen und Zeigefinger. David lag dösend neben mir, die Hände hinter dem Kopf verschränkt. Sein blondes Haar war kurz und über der dunklen Leinenhose trug er ein einfaches weißes Hemd. Ich beugte mich über ihn und kitzelte ihn mit der Blume an der Nase. »Wach auf, du Schlafmütze!«*

Die Antwort war ein unwilliges Brummen.

»Du hast mir heute noch gar nicht gesagt, dass du mich liebst. Muss ich mir jetzt Sorgen machen?«

»Du weißt genau, dass ich dich liebe«, murmelte er schlaftrunken. »Ich bin dir mit Haut und Haaren verfallen, Anna Huber, und würde mein Leben für dich geben.«

Ich rümpfte die Nase. »Eine Liebeserklärung nach einer Aufforderung zählt nicht.« Ich strich über eine Falte meines langen Rocks, der schon an mehreren Stellen geflickt war. »So etwas muss von Herzen kommen. Ich finde, das ist der eindeutige Beweis, dass ich dich mehr liebe als du mich.«

Nun endlich öffnete David ein Auge. »Findest du?«

Ich nickte mit ernster Miene. »Ich liebe dich mindestens von hier bis …«, ich legte eine nachdenkliche Pause ein und biss mir auf die Unterlippe, weil ich mir ein Lächeln verkneifen musste. Dies war ein altes Spiel zwischen David und mir. »Bis zu dieser Mohnblume da vorne.«

Er stützte sich im Liegen auf die Ellbogen und folgte meinem Blick. Seine Augenbrauen wanderten in die Höhe. »Das ist gerade mal ein Schritt.«

»Schon, aber ein großer *Schritt«, räumte ich breit grinsend ein.*

»Na warte!«

In einer geschmeidigen Bewegung packte David meine Hüfte, drückte mich ins Gras und rollte sich über mich. Sein Gesicht schwebte direkt über meinem und ich spürte die angenehme Schwere seines Gewichts auf mir. Eine vertraute Hitze schoss durch meinen Körper. Nach all der Zeit raubte es mir immer noch den Atem, David so nahe zu sein.

»Meine Gefühle für dich gehen erheblich weiter«, murmelte er, während sein Blick zu meinen Lippen wanderte.

»Ah ja?« Ich sehnte mich so sehr nach seinem Kuss, dass ich mir mit der Zungenspitze über die Lippen fuhr.

»Du bist meine beste Freundin. Meine Geliebte. Meine Seelengefährtin. Mein Licht und mein Schatten. Mein ganzes Ich, mein Denken und mein Fühlen beginnen und enden mit dir.« Endlich sagte er den Satz, auf den ich gewartet hatte: »Ich liebe dich bis zu den Sternen, Anna.«

Zum ersten Mal hatte David mir diese Worte in jener Nacht gesagt, in der meine Eltern gestorben waren. Ich war damals so verzweifelt gewesen, so voller Trauer und Schmerz. Gleichzeitig lastete die Verantwortung für meine jüngeren Geschwister auf mir. Unter Tränen hatte ich meinem besten Freund gestanden, dass mich diese Last fast zu erdrücken drohte und ich mich wie der einsamste Mensch auf Erden fühlte. David hatte meine Hand genommen, mir ernst in die Augen geblickt und gesagt, dass ich niemals allein wäre. Bis zu seinem letzten Atemzug würde er für mich kämpfen, mir helfen und beistehen. Weil er mich mehr liebte als alles andere auf dieser Welt und sogar weit darüber hinaus – er liebte mich bis zu den Sternen. Dieser Moment hatte alles zwischen uns verändert.

Die Vögel zwitscherten fröhlich an diesem strahlenden Sommertag und ein Grashalm kitzelte mich an der Wange. Doch ich hatte nur Augen für David. »Ich liebe dich auch«, hauchte ich. »Jetzt und für immer.«

Endlich beugte er sich zu mir herunter und gab mir einen langen, leidenschaftlichen Kuss, der mich zum Erbeben brachte. Ein warmes Gefühl der Dankbarkeit breitete sich in mir aus und ich beschloss, diesen perfekten Moment der Liebe und des Glücks für immer in meinem Herzen zu bewahren …

Es war Davids Schrei, der durch die aufsteigende Dunkelheit drang und mich dazu brachte, gegen die Ohnmacht aufzubegehren. Ich ließ die Erinnerung, die Wiese und den Sonnenschein hinter mir und kämpfte mich zurück in die schreckliche Wirklichkeit.

Mühsam hoben sich meine Lider. Lichtpunkte tanzten vor meinen Augen, während mein Angreifer meinen Todeskampf genüsslich in die Länge zog. Erneut hörte ich Davids Schreien und Fluchen aus der Ferne. Oh mein Gott, anscheinend gab es mehrere Schattenwesen! David hatte meine Anweisungen offenbar ignoriert und war nun ebenfalls in die Falle getappt. Ich … ich musste zu ihm!

Mir kam eine völlig absurde Idee, die gleichzeitig jedoch meine letzte Hoffnung war. Mit zitternden Fingern tastete ich nach der Stirnlampe auf meinem Kopf. Das Band hatte sich in meinen Haaren verheddert, doch schließlich bekam ich es ab und warf die Lampe zu Boden. Sie traf auf harten Fels, Plastik knirschte und das Licht begann zu flackern. Dann wurde es mit einem Schlag stockdunkel um mich herum. Es war eine allumfassende Finsternis, wie sie nur tief unter der Erde möglich war.

Im selben Augenblick ließ der Druck auf meiner Kehle nach und ich fiel zu Boden. An meinem Körper gab es kaum noch eine Stelle, die nicht wehtat. Rasselnd und keuchend sog ich die Luft ein, obwohl jeder Atemzug schmerzte. Ich hatte das Schattenwesen besiegt! Dabei war die Lösung so simpel gewesen: Schatten gab es nur dort, wo auch Licht war. Die Urangst der Menschen vor dem Dunkel hatte mich so blockiert, dass ich den Gedanken erst im letzten Augenblick zugelassen hatte.

Tatsächlich stand ich nun vor einem gewaltigen Problem. Die einzige Orientierung, die mir in der Dunkelheit geblieben war, waren Davids Schreie.

Ich biss die Zähne zusammen und befahl mir, mich in Bewegung zu setzen. Die ersten Meter legte ich auf allen vieren zurück, erst dann traute ich mir zu, aufrecht zu laufen. Mit ausgestreckten Armen tastete ich mich blind durch die Finsternis. Wie weit hatte ich mich bei meiner Flucht wohl von der Tunnelröhre entfernt? Die Schwärze vor meinen Augen war so intensiv, dass ich permanent das Gefühl hatte, direkt vor einer Felswand zu stehen. Immer wieder strauchelte ich und innerhalb kürzester Zeit waren meine Handflächen vom rauen Gestein aufgeschürft. Doch Davids Kampfgeräusche trieben mich weiter an.

»Mach dein Licht aus!«, schrie ich ihm verzweifelt zu.

Ich erreichte eine Tunnelbiegung, und nachdem ich sie hinter mir gelassen hatte, klang Davids Stimme schon weitaus näher. Aber ich hörte lediglich Laute des Schmerzes und der Qual. Kam ich etwa zu spät?

»Licht aus!«, brüllte ich aus voller Kehle. »Mach die Lampe kaputt, David!«

Die Antwort war ein ersticktes Röcheln. Ich vergaß jede Vorsicht und beschleunigte meine Schritte. Endlich nahm ich einen schwachen Lichtschein wahr. Unnötigerweise schoss mir ein Hexenspruch namens Glóire durch den Kopf, der die ganze Umgebung in gleißende Helligkeit tauchte, doch ohne Machtwort konnte ich damit rein gar nichts anfangen.

»David? Hörst du mich?« Eiskalte Panik erfasste mich und ich rannte auf das Licht zu, ohne an meine eigene Sicherheit zu denken.

David wurde von einer unsichtbaren Kraft in die Höhe gehoben, sein Körper war erschlafft und Blut lief ihm aus einer aufgeplatzten Augenbraue über die Wange. Auch der Rest seines Gesichts war brutal zugerichtet. Ein Zucken seines Oberkörpers verriet mir, dass ein Schattenwesen ihm soeben einen Schlag versetzt hatte, doch kein Stöhnen kam David über die Lippen. Hoffentlich hatte er lediglich das Bewusstsein verloren!

Das Einzige, was mich vor den Schattenwesen schützen konnte, waren Schnelligkeit und entschlossenes Handeln. Sie verpassten David einen erneuten Schlag, der seinen Kopf zur Seite schnellen ließ. Ich rannte in den Lichtkegel hinein, stürzte zu David und hob die Hand, um nach seiner Stirnlampe zu greifen. Doch kurz bevor ich sie zu fassen bekam, packten mich die Schattenhände und hielten mich fest.

»Lass mich los!«

Ich biss die Zähne zusammen, stemmte mich dagegen, zog und zerrte, doch mein geschundener Körper konnte gegen die unbändige Kraft meines Angreifers nichts ausrichten. Alles, an was ich denken konnte, war die verflixte Stirnlampe. Ich musste sie in die Finger bekommen, ansonsten waren wir verloren!

In diesem Moment zuckte ein unkontrolliertes magisches Flackern durch meine Adern und verließ meine ausgestreckte Hand. Nur eine Sekunde später flog Davids Stirnlampe wie ein Geschoss auf mich zu, so schnell, dass ich sie nicht auffangen konnte. Sie sauste an mir vorbei, zerschellte an der Felswand und die Lichtquelle verlosch.

Dunkelheit umgab uns. Der Druck der Schattenhände verschwand und ich hörte, wie Davids Körper unsanft zu Boden fiel. Die Stille im Tunnel wurde nur unterbrochen von meinen eigenen hastigen Atemzügen.

»David? David?«

Ich durfte ihn nicht verlieren! Er war mein Cáraid, mein Seelengefährte. Ich wandte mich in die ungefähre Richtung, in der ich David zuletzt gesehen hatte, und tastete den Boden nach ihm ab. Es dauerte quälend lange, bis meine Hände endlich ein Stück Stoff ertasteten und noch ein wenig länger, bis ich feststellte, dass es sein Hosenbein war. Vorsichtig fuhr ich an seinem Körper entlang bis nach oben zu seinem Gesicht. Ich zuckte zurück, als ich mit den Fingerspitzen seine Schwellungen und Verletzungen erfühlte. Dann strich warmer Atem über meine Handfläche. Er lebte!

Vor Erleichterung schluchzte ich laut auf. Versehentlich

streifte ich den Schnitt an seiner Augenbraue und David stöhnte leise auf. Er kam wieder zu sich.

»David, wie geht es dir?«

In seinen Körper kam Bewegung. »Was … was ist los? Warum ist es so dunkel?«

»Es war der einzige Weg, uns zu retten.« Ich wischte mir die Freudentränen aus dem Gesicht. »Du glaubst gar nicht, wie froh ich bin, dass du den Angriff überlebt hast.

»Scheiße, ich fühle mich, als ob mich ein Lastwagen überfahren hätte!«

Auch meine Verletzungen machten mir zu schaffen. Besonders die Kratzwunden an meinem Rücken. »Die Schattenwesen haben uns ganz schön zugesetzt.«

»Ich konnte nicht verstehen, was du mir zugerufen hast«, sagte David gepresst. Offenbar atmete er so flach wie möglich, damit die Schmerzen erträglicher waren. »Deshalb bin ich einfach weiter durch die Röhre gekrochen. Doch kaum war ich hier, wurde ich auch schon angegriffen von diesen … wie hast du sie genannt? Schattenwesen? Ich dachte, sie wären unsichtbar.«

»Der Name schien mir passend, weil sie sich aus der Dunkelheit formen.« Ich stutzte und runzelte die Stirn. »Du kannst dich nicht an sie erinnern? Ich bin mir sicher, dass ich schon bei unserem ersten Ausflug vor drei Jahrhunderten hier drin gelandet bin. Ich hatte ein kurzes Bild meiner damaligen Flucht vor Augen.«

David schwieg einen Moment lang nachdenklich. »Natürlich!«, stieß er schließlich aus. »Wir sind getrennt worden, weil uns ein riesiges Spinnentier gejagt hat. Ich habe es abgelenkt und du musstest einen Teil des Weges alleine zurücklegen. Tut mir leid, das habe ich total vergessen.«

»Ich kann dir keinen Vorwurf machen. Wahrscheinlich habe ich dir damals nur von meinem Erlebnis erzählt, doch ich habe die Schattenwesen am eigenen Leib erfahren. Ich bin diejenige, die sich hätte erinnern müssen!« Verärgert ballte ich die Fäuste. »Dann wären wir überhaupt nicht erst in diese Situation gekommen. Gerade habe ich dich einen schrecklichen Moment lang für tot gehalten.«

Ich spürte, wie er neben mir erstarrte. »Du … du bist zu mir zurückgekommen«, stellte er mit bewegter Stimme fest. »Du hast mir das Leben gerettet, Anna. Obwohl dich das in Gefahr gebracht hat. Warum hast du das getan?«

Ich überlegte, ihm von meinem jüngsten Erinnerungsfetzen zu erzählen, doch einem Impuls folgend tastete ich nach seinem Gesicht. Mit klopfendem Herzen beugte ich mich über ihn und orientierte mich an dem warmen Luftstrom über seinen Lippen.

»Darum, du Doofkopf!«, wisperte ich.

Plötzlich war ich dankbar für die Finsternis. So konnte David wenigstens nicht sehen, wie mir vor Aufregung die Hitze in die Wangen schoss. Unser Atem vermischte sich miteinander und meine Lippen legten sich zärtlich auf seine. David zögerte einen Moment, als wolle er mir Zeit geben, meine Entscheidung zu überdenken, doch schließlich erwiderte er meinen Kuss. Er vertiefte ihn, zog mich näher an sich heran und … berührte mit der Hand eine der Kratzwunden auf meinem Rücken. Ich quiekte auf vor Schmerz, löste mich hastig von ihm und wich zur Seite aus. Dabei bohrte sich meine Hüfte in seine Rippengegend und nun stieß auch David ein gequältes Stöhnen aus. Wir machten uns voneinander los und waren beide dankbar, als unsere Schmerzen nachließen.

David lachte auf. »Wir geben ja ein tolles Paar ab!«

Wie immer nahm er es mit Humor. Trotzdem war es mir peinlich, dass mein Kuss einen derart unromantischen Ausgang genommen hatte. »Vielleicht sollten wir es noch einmal probieren, wenn wir keine Halbinvaliden mehr sind?«, schlug ich vor.

Am Rascheln seiner Kleidung hörte ich, dass David sich aufsetzte. »Einverstanden! Noch ein Grund mehr, so schnell wie möglich hier rauszukommen. Ich würde uns natürlich gerne sofort heilen, aber ...«

»... aber der magische Schimmer beim Zaubern wäre eine willkommene Lichtquelle für die Schattenwesen«, beendete ich seufzend seinen Satz. »Gehen wir lieber kein Risiko ein.«

Schwerfällig und ächzend wie zwei Achtzigjährige standen wir auf.

Ich räusperte mich. »Ähm ... Irgendwie ist deine Hand gerade auf meinem Hintern gelandet.«

»Ja, ich habe eine Stelle gefunden, an der ich dich ohne Schmerzen berühren kann. Ist das nicht toll?«

»David!«, ermahnte ich ihn.

»Schon gut, schon gut.« Er zog gehorsam seine Hand weg. »Dann tasten wir uns mal durch die Finsternis in Richtung Ausgang. Wir stehen das zusammen durch!«

Reflexartig nickte ich ihm trotz der Dunkelheit zu. »Ich bin froh, dass du bei mir bist.«

*

Jeder von uns hatte eine Hand an der Felswand und mit der anderen hielten wir einander fest, um uns nicht zu verlieren. Auf diese Weise erreichten wir die nächste Tunnelröhre schneller, als ich erwartet hatte. Offenbar sollten sie den Zugang zu den Schattenwesen tatsächlich erschweren. Dieses Mal kroch David als Erster hinein, doch ich kam gleich hinterher. Nach einem weiteren kurzen Fußmarsch zeigte uns das pulsierende Licht in den Felswänden an, dass wir wieder in den normalen Bereich gelangt waren.

»Das war tatsächlich eine Abkürzung!« David deutete nach vorne. »Da ist das magische Tor.«

Trotz unserer Verletzungen beschleunigten wir unsere Schritte, aus Sorge, dass sich uns noch auf den letzten Metern der Wächter oder eine andere Gefahr in den Weg stellte. Doch ausnahmsweise schienen wir Glück zu haben. Problemlos erreichten wir das Tor, das sich zu meiner Überraschung von selbst öffnete, als wir herantraten. Offenbar stand es Urians Untertanen frei, das Höhlensystem nach Gutdünken zu verlassen. Nach einem letzten Blick zurück verließ ich das Reich unter dem Blocksberg. Das Einzige, was ich hier unten vermissen würde, war ein kleiner Feuerteufel mit zerfleddertem Ohr und starkem S-Fehler.

Auf der anderen Seite erschuf David eine Lichtkugel und heilte mit seiner Magie unsere schlimmsten Verletzungen, sodass wir den Rest des Weges schmerzfrei zurücklegen konnten. Es war schon dunkel, als wir endlich aus der Felsspalte ins Freie traten.

Dankbar sog ich die frische Luft ein und genoss die Freiheit des Nachthimmels. Nach all dem Grauen, das wir erlebt hatten, fühlte ich mich gesegnet und glücklich zugleich, diesen Anblick genießen zu dürfen.

»Wir haben es geschafft«, murmelte ich.

David drehte mich zu sich herum. Im Schein der Lichtkugel, die über unseren Köpfen schwebte, sah sein Gesicht immer noch übel zugerichtet aus. »Vielleicht können wir jetzt dort weitermachen, wo wir vorhin aufgehört haben?«

Sein Blick wanderte über mein Gesicht und blieb an meinen Lippen haften. Sofort beschleunigte sich mein Herzschlag.

»Jetzt wäre vielleicht der richtige Moment dafür«, stimmte ich ihm mit heiserer Stimme zu.

Eigentlich war es sogar ein perfekter Augenblick. David und ich hatten uns durch Urians Reich gekämpft, das Zalvit besorgt, uns gegenseitig das Leben gerettet und standen nun hier gemeinsam am Fuß des Brocken, in einem mystischen Wald unter einem märchenhaft funkelnden Sternenzelt.

David legte seine Finger unter mein Kinn, beugte sich zu mir und küsste mich. Zuerst zärtlich und sanft, dann leidenschaftlicher und mit einer Intensität, die mir den Atem raubte. Verlangend zog er mich an sich, sorgfältig darauf bedacht, die frisch verheilten Wunden an meinem Rücken nicht zu berühren.

Doch irgendetwas stimmte nicht. Auch wenn mich unser Kuss nicht kalt ließ, wartete ich trotzdem vergebens auf das Flattern in meiner Brust und das unbändige Glücksgefühl, das ich in meiner Erinnerung bei Davids Kuss auf der Wiese gespürt hatte. Das warme Gefühl der Liebe wollte sich partout nicht einstellen. Oder wartete ich einfach zu verzweifelt darauf?

Eine Krähe in unserer Nähe stieß ein lautes Krächzen aus und ich zuckte zusammen. Wie ein Warnruf hallte der Schrei des Vogels durch die Nacht. Nebruel! Ich hatte völlig vergessen, dass er uns durch die Augen der Krähen beobachten konnte. David schien es nicht gehört zu haben, denn er bedeckte nun mein Gesicht mit leichten Küssen. Erneut krächzte die Krähe und brennende Scham stieg in meinem Körper auf. Am liebsten hätte ich mich von David losgemacht.

Ach, das war doch idiotisch! Es gab überhaupt keinen Grund, mich schuldig zu fühlen. Nebruel hatte mir seine Liebe gestanden, na und? Das änderte nichts daran, dass David mein Seelengefährte war und wir zusammengehörten. Ich konnte küssen, wen ich wollte!

»David, Anna – ihr seid wieder da!«

Walpurga eilte auf uns zu und hielt ihre Freude nicht zurück. Sie umarmte uns gleichzeitig und zwischen ihren überraschend starken Armen wurden wir zusammengequetscht wie die zwei Hälften eines Burger-Brötchens. David und ich stöhnten gleichzeitig auf, woraufhin Walpurga uns wieder losließ.

»Seid ihr verletzt?« Sie musterte uns besorgt. Ich war mir sicher, dass ihrem geschulten Hexenauge keine noch so kleine Verletzung verborgen blieb. »Wir gehen sofort zurück zum Hexenwald, dann kann ich euch versorgen! Sobald ihr wieder fit seid, könnt ihr euch auch wieder küssen.«

David verschluckte sich und flüchtete sich in einen Hustenanfall, während ich am liebsten im Erdboden versunken wäre.

Doch Walpurga schien das nicht im Geringsten peinlich zu finden. »Es wäre ja nicht das erste Mal, dass wir ein schwer verliebtes Cáraid in unserem Haus beherbergen«, fuhr sie vergnügt fort. »Alles kommt wieder ins Lot und das Schicksal nimmt seinen geplanten Lauf. Ist das nicht wunderbar?«

Es schien sie unglaublich glücklich zu machen, dass David und ich zusammengefunden hatten.

Ludmilla und Edith traten ebenfalls zu uns. Hatten die drei

Hexen etwa die ganze Zeit über hier auf unsere Rückkehr gewartet?

»Ihr seid zurück«, stellte Ludmilla in ihrer üblichen gefühlsarmen Art fest. »Habt ihr das Zalvit?«

David übergab ihr den Holzkasten, den er sich in den Hosenbund gesteckt hatte. »Es ist nicht viel, aber es sollte genügen.«

Ludmilla warf einen Blick hinein und brummte etwas Unverständliches.

»Gern geschehen«, sagte ich säuerlich. »Wir haben mit Freuden unser Leben riskiert. Aber das war es wert, denn immerhin dürfen wir jetzt in das erfreute und glückliche Gesicht der Zirkelanführerin sehen.«

Daraufhin schenkte Ludmilla uns ihr bestes Lächeln. Es war furchterregend. Aber immerhin gab sie sich Mühe. »Danke! Gut gemacht, ihr beiden.«

Edith grinste mich an. *»Ich bin froh, dass ihr heil und lebendig zurückgekehrt seid. Ihr müsst uns unbedingt erzählen, was ihr erlebt habt!«*

Die drei Hexen gingen durch den Wald voran und David hielt mir seine Hand hin. »Bereit?«

Ich nickte müde. »Bereit, wenn Sie es sind!«

Er schmunzelte und zwinkerte mir zu. »Ein Mädchen, das den Bösewicht aus ›Das Schweigen der Lämmer‹ zitiert. Das find ich sexy!«

Mir war gar nicht bewusst gewesen, dass ich den Serienkiller Hannibal Lecter zitiert hatte. Aber vielleicht war das bezeichnend für meine derzeitige Lage. Denn Davids Erzählung über Nebruel und dessen Motive schwirrte mir noch genauso im Kopf herum wie die Auslöschung der Feuerteufel oder die schwarze Magie, die David bei der Verfolgungsjagd angewandt hatte. Ganz zu schweigen von den Brockenhexen, die ein schwarzmagisches Spiegelgefängnis herstellten. Die Grenzen zwischen Gut und Böse schienen immer mehr zu verschwimmen.

20.

»Da sitzt schon auf hohem Felsenaltar
Herr Urian wartend der lieblichen Schaar,
Umhüllt vom Donner und Blitze.
Und laut erhebt sich ein Freudengeschrei,
Es eilen die Hexen zum Tanze herbei;
Vor ihrem Herrn sich verbeugend,
Erheben sie ihren nächtlichen Reih´n,
Bei Uriens düsterem Feuerschein,
Die Hände sich ringsum reichend.«

Bürck, 1831

Nachdem die Hexen uns geheilt und mit Essen versorgt hatten, verbrachten David und ich die Nacht im Hexenwald. Natürlich in getrennten Zimmern. Kurz bevor wir uns schlafen legten, gab David mir noch einen atemberaubenden Gute-Nacht-Kuss, von dem mir schwindlig wurde. Als er mich im Flur stehen ließ, raunte er mir noch mit tiefer Stimme zu: »Ich wollte nur sichergehen, dass du von mir träumst, Anna!«

Obwohl ich nicht von David, sondern von einer grusligen Schattenwesen-Armee und vereisten Feuerteufeln träumte, wachte ich am nächsten Morgen überraschend ausgeruht und gestärkt auf. Beim Frühstück erzählten uns die Hexen, dass sie das Zalvit schon dem Spiegelgefängnis hinzugefügt hatten und sie zuversichtlich seien, dass die Menge ausgereicht hatte. Nun musste ich nur noch mein Machtwort finden, dann waren wir für die Walpurgisnacht nächste Woche gewappnet!

Als ich einige Stunden später nach Hause kam, gab mir mein Vater zur Begrüßung einen Kuss auf die Stirn und fragte mich, ob mir die Übernachtung bei meiner Freundin gefallen hatte. Ich starrte ihn im ersten Moment irritiert an, bis mir meine Notlüge wieder einfiel. Mit einer ordentlichen Spur schlechten Gewissens bejahte ich seine Frage.

Sofie traf ich in der Küche bei meiner Mutter, die gerade einen Schokoladenkuchen backte. Allerdings stand in dem Rezeptbuchhalter vor ihr anstatt des Backbuches ein Roman von Haruki Murakami, und während sie die Zutaten in die Schüssel rührte, las sie nebenher immer wieder darin.

Sofie und ich verzogen uns auf ihr Zimmer und ich musste ihr jede Einzelheit der letzten vierundzwanzig Stunden berichten. Als ich geendet hatte, sah sie mich mit großen Augen an.

»Dann seid ihr jetzt zusammen, David und du?«, fragte sie aufgeregt. »Ich meine, so richtig? Offiziell?«

Darüber hatte ich mit David noch nicht gesprochen. Verunsichert nagte ich an meiner Unterlippe. »Ich schätze schon. Allerdings weiß ich nicht, ob David …«

Ich kam nicht weiter, denn Sofies Handy klingelte.

»Oh, das ist Jennifer!«, rief sie strahlend. »Wir verstehen uns immer besser. Gestern Mittag waren wir im Kino und danach bei ihr daheim. Es war total lustig.«

Ich freute mich, dass Sofie nach dem schwierigen Start im Harz nun endlich Anschluss gefunden hatte. »Na, dann will ich mal nicht stören!«

Sie nahm den Anruf schon an, ehe ich das Zimmer verlassen hatte. »Hi, Jenny! Wie geht's? … Ne, bei mir gibt es nicht viel Neues. Und bei dir? … Hm, hm … Ist nicht wahr? …«

Diskret schloss ich die Tür hinter mir.

Den Rest des Sonntags verbrachte ich in familiärer Eintracht, was nach all dem Horror und der Lebensgefahr in Urians Reich eine echte Wohltat war. Mit meinem Vater und Jonas zusammen sah ich mir zwei Folgen *Spongebob Schwammkopf* an und danach überredete Jonas mich dazu, mit dem Hund Fluffi unserer alten Nachbarin Frau Wenzel spazieren zu gehen. Der freundliche und gutmütige Cockerspaniel hatte es meinem Bruder angetan und mit der Feinfühligkeit eines Fünfjährigen fragte er mich, ob wir Fluffi adoptieren könnten, wenn Frau Wenzel starb. Da mein Vater allerdings eine Hundeallergie hatte, musste ich seine Hoffnungen enttäuschen. Als wir zurückkamen, hing immer noch der Geruch von angebranntem Schokoladenkuchen in der Luft.

»Ihr kommt gerade rechtzeitig zu Kaffee, Kaba und Kuchen«, rief meine Mutter aus der Küche. »Ich muss nur noch die verbrannte Kruste abschneiden.«

Ich grinste. Manche Dinge würden sich wohl nie ändern!

Gerade als ich meine Jacke aufhängte, begann sich der Spiegel neben der Garderobe zu verändern und die Oberfläche wurde von leichten Wellen durchzogen. Hastig sah ich mich um, doch zum Glück war Jonas schon in die Küche gestürmt und ich war allein im Flur.

Nebruels Antlitz blickte mir aus dem Spiegel entgegen. Mein Herzklopfen und die überraschend intensiven Gefühle, die sein Anblick in mir auslöste, brachten mich völlig aus der Fassung. Was stimmte nur nicht mit mir? Wie konnte ich mit einem Flattern in der Magengrube vor Nebruel stehen, während ich noch vor wenigen Stunden David geküsst hatte?

Der Sohn des Teufels schien etwas blasser zu sein als üblich und sein Lächeln wirkte bemühter. Hatte er den Kuss zwischen David und mir tatsächlich mit angesehen?

Nebruel hob die Hand und lief mit dem Zeige- und Mittelfinger einen imaginären Weg entlang. Er schaute mich fragend an.

»Unsere Reise in Urians Reich? Wie es war?« Ich stieß die Luft aus. »Nicht schön. Gefährlich.« Ich fasste mir an den Hals, als würde ich mich selbst würgen.

In seinem Blick lag Mitgefühl und Bedauern. Er imitierte meine Geste, dann spreizte er die Finger zu Krallenhänden, hielt sie wie zum Angriff über den Kopf und wandte sich schlangenartig hin und her, als wäre er ein monströses körperloses Wesen.

»Die Schattenwesen?«, entfuhr es mir erstaunt. »Du kennst sie?«

Er nickte eifrig und ich glaubte an seinen Lippenbewegungen zu erkennen, dass er das Wort »Schattenwesen« wiederholte.

»Du weißt, welche Wesen ich meine?«, platzte es aus mir heraus. »Aber woher? Und wieso bist du gleich auf sie gekommen? Dort unten gibt es doch unzählige Monster.«

Nebruel folgte meinem Wortschwall mit wachsender Verzweiflung. Er sah mich verständnislos an und hob die Schultern in die Höhe.

Diese wortlose Kommunikation über den Spiegel trieb mich noch in den Wahnsinn! Dabei hatte ich Tausende Fragen an Nebruel. Was war damals vor 333 Jahren geschehen? Weshalb wusste er so viel über mich? Was verband uns miteinander? Ich schnappte mir Block und Stift, die auf dem Telefontisch neben der Garderobe lagen. Hastig schrieb ich die erste Frage auf, die mir in den Sinn kam: »Wieso liebst du mich?«

Ich hielt den Block in Richtung Spiegel. Nebruel kniff die Augen zusammen und versuchte, meine Nachricht zu entziffern, doch schließlich schüttelte er entschuldigend den Kopf.

Lag es am Spiegel? Konnte man vielleicht keine schriftlichen Botschaften übermitteln? Oder musste ich spiegelverkehrt schreiben? Oder … vielleicht konnte Nebruel überhaupt nicht lesen? Tatsächlich war es eher unwahrscheinlich, dass er in Urians Reich Lesen und Schreiben gelernt hatte. Doch ehe ich dem Rätsel auf den Grund gehen konnte, bewegte sich die Oberfläche des Spiegels und Nebruels Gesicht begann zu verblassen. Offenbar war es ihm nicht möglich, den Kontakt länger als ein paar Minuten aufrechtzuhalten. Seinem Gesicht nach zu urteilen, stieß er gerade einen ärgerlichen Fluch aus. Im letzten Moment tippte er sich noch mit der Hand auf sein Herz und deutete auf mich, dann war er verschwunden.

*

Als ich an diesem Abend zu Bett ging, beschäftigte mich immer noch die Begegnung mit Nebruel. Mein innerer Zwiespalt wurde mit jedem Treffen größer. Auf der einen Seite besorgte ich das Zalvit für sein nächstes Spiegelgefängnis und bereitete mit den Hexen alles vor, um ihn in der Walpurgisnacht gemeinsam mit David zu vernichten. Auf der anderen Seite konnte ich Nebruels Beweggründe im Ansatz nachvollziehen und ich fühlte eine merkwürdige Verbundenheit zu ihm. Wie konnte ich ihm unter diesen Umständen gegenübertreten, mit dem Ziel, ihn zu töten? Diese Sache wuchs mir eindeutig über den Kopf. Ob ich mit Walpurga darüber sprechen sollte? Ganz im Vertrauen? Nein, das war keine gute

Idee. Sie hatte sich so über den Kuss zwischen David und mir gefreut, dass sie es mir wahrscheinlich persönlich übel nehmen würde, wenn ich ihr von meinen Gefühlen für einen anderen Jungen erzählte. Vor allem, wenn derjenige ihr erklärter Todfeind war. Vielleicht weihte ich besser Edith ein? Die jüngste Brockenhexe könnte womöglich mehr Verständnis für mich aufbringen. Auf alle Fälle war es einen Versuch wert!

Gerade als ich an diesem Punkt angelangt war und das Licht meiner Nachttischlampe ausschalten wollte, klingelte mein Handy. Auf dem Display sah ich, dass es Chloe war. Eigentlich war es nicht ihre Art, so spät anzurufen. Ob etwas passiert war? Ich ging ran und Chloe hielt sich gar nicht erst mit einer Begrüßung auf.

»So viel bedeutet dir also ein Versprechen, Anna?«, fuhr sie mich an. »Ich bin so unglaublich enttäuscht von dir. Dabei hatte ich nur eine einzige Bitte an dich: Halte dich von David fern! Aber offenbar war das zu viel verlangt.«

Vor Schreck rutschte mir das Herz in die Hose. Nach Davids Kuss gestern Abend war es mir nicht einmal in den Sinn gekommen, dass es zwischen Chloe und mir nun Probleme geben könnte.

»Woher weißt du … Hat David dir etwa …«, stammelte ich überrumpelt.

»Nein, natürlich nicht«, spie sie säuerlich aus. »Ich habe es vor fünf Minuten über eine WhatsApp-Gruppe aus der Schule erfahren. Die Neuigkeit, dass David und du zusammen seid, hat sich wie ein Lauffeuer verbreitet. Dabei wäre es echt nett gewesen, wenn wenigstens einer von euch es mir persönlich gesagt hätte.«

Ich öffnete den Mund, doch vor Scham brachte ich kein Wort heraus. Natürlich hätte ich vor mir selbst rechtfertigen können, dass ich im Moment gewaltige Probleme am Hals hatte, von denen Chloe nicht einmal im Ansatz etwas ahnte. Normale Sechzehnjährige wurden schließlich nicht von Feuerteufeln gejagt oder fast von Schattenwesen getötet. War es unter diesen Umständen nicht verzeihlich, dass ich sie vergessen hatte? Doch dieser Gedanke beruhigte mich keineswegs, denn im Grunde hatte Chloe recht: Ich war eine lausige Freundin.

»Wie lange läuft das schon zwischen euch?«, wollte sie wissen. »Ihr werdet euch ja wohl kaum dieses Wochenende zufällig getroffen und spontan beschlossen haben, dass ihr gut zusammenpassen würdet.«

Ich war es Chloe schuldig, wenigstens in diesem einen Punkt so nah wie möglich an der Wahrheit zu bleiben. »Vor ein paar Wochen haben wir uns zufällig am Hexenbrunnen getroffen und sind ins Gespräch gekommen. Danach haben wir öfter mal einen Spaziergang zusammen gemacht.«

Das war nicht gelogen. David und ich waren inzwischen wirklich oft gemeinsam durch die Wälder gelaufen, auch wenn wir dabei immer das Portal bei den Schnarcherklippen zum Ziel hatten.

»Ach, deswegen …«

»Was meinst du damit?«

»Auch wenn es mir eigentlich egal ist, was mein blöder Bruder so treibt«, erklärte sie mürrisch, »ist mir durchaus aufgefallen, dass er fast jeden Nachmittag im Wald verschwindet. Das hat mich stutzig gemacht, und wie sich nun herausstellt, völlig zu recht. Aber nie im Leben hätte ich erwartet, dass ausgerechnet du dahintersteckst, Anna.«

»Es tut mir leid!«, beteuerte ich. »Ich wollte dich echt nicht verletzen oder dich hintergehen. Aber ich wusste einfach nicht, wie ich es dir beibringen soll, ohne dass du sauer wirst. Du bist meine Freundin, Chloe, und ich will dich nicht verlieren. Wenn es irgendetwas gibt, wie ich es wiedergutmachen kann, dann sag es bitte!«

Meiner Entschuldigung folgte eisernes Schweigen. Sie musste wirklich enttäuscht von mir sein.

Ich schluckte schwer. »Bitte! Unsere Freundschaft liegt mir am Herzen, Chloe.« Vorsichtig fügte ich hinzu: »Es wäre mir wohl leichter gefallen, mein Versprechen einzuhalten, wenn du mir einen Grund für deine Bitte genannt hättest. Kannst du mir nicht erzählen, was zwischen euch vorgefallen ist? Weshalb hast du Angst vor David?«

Vielleicht rückte Chloe jetzt endlich mit der Wahrheit heraus. Atemlos wartete ich auf ihre Antwort.

»Das ist nicht so einfach«, entgegnete sie schließlich. »Als kleine Schwester bin ich David sicherlich oft auf die Nerven gegangen und wahrscheinlich kämpfen Geschwister immer um die Aufmerksamkeit der Eltern, aber das zwischen David und mir ist schlimmer.« Sie stieß einen tiefen Seufzer aus. »Manchmal hat er richtig gemeine Dinge getan, wie meine Sachen zu … zu … Er hat immer wieder …« Chloe keuchte auf, als müsste sie gegen einen Widerstand ankämpfen. »Schon früher war David … Aber in den letzten zwei Jahren … Er hat …«

Ich runzelte die Stirn. Dieses diffuse Gestammel sah Chloe überhaupt nicht ähnlich. Bei jedem Satz, den sie anfing, schien sie gleich darauf wieder zu vergessen, was sie eigentlich hatte sagen wollen.

»Vor ein paar Monaten … Nur weil meine kleine Katze mal in sein Bett gemacht, hat er sie …«, presste sie mühsam hervor und schluchzte auf. »Und als ich bei einem Reittur-

nier einmal besser abgeschnitten habe als er, war er so …«
Ihre Stimme brach.

Ich hörte, wie sie zitternd um Atem rang.

Hastig strampelte ich meine Decke weg und sprang aus dem Bett. »Chloe? Chloe, was ist mit dir?«

Aber sie hatte aufgelegt.

In den nächsten Minuten versuchte ich unablässig, sie zurückzurufen, doch sie nahm nicht mehr ab. Auch auf die Nachrichten, die ich ihr schrieb, kam keine Reaktion.

Ich lief zu meinem Fenster und blickte in die Nacht hinaus. Unter mir im Tal lag das Dorf und dahinter erhob sich der Wald. Die Spitzen der Tannen ragten in den Nachthimmel, als wollten sie sich nach den Sternen strecken. Obwohl es sinnlos war, suchte ich mit den Augen die Dächer und Giebel der Häuser ab, im Versuch, Chloes und Davids Zuhause auszumachen. Ignorierte mich meine Freundin, weil sie wegen meines gebrochenen Versprechens sauer auf mich war? Oder hatte ihr seltsames Gestammel etwas damit zu tun? Ich war hin- und hergerissen zwischen meiner Sorge um Chloe und dem Verständnis, dass sie erst einmal Abstand von mir brauchte. Ich hatte einen Riesenfehler gemacht, so viel war klar!

Ratlos ließ ich mich auf mein Bett sinken. Es wollte mir einfach nicht in den Kopf, weshalb es Chloe – meiner eloquenten, selbstbewussten Freundin – nicht möglich gewesen war, auch nur einen vernünftigen Satz herauszubringen. Wieso hatte sie mir keine Details über Davids angebliches Fehlverhalten berichten können?

Nachdenklich kaute ich auf meiner Unterlippe. Etwas, das Chloe gesagt hatte, kam mir in den Sinn: »*Schon früher war er … Aber in den letzten zwei Jahren …*« Hatte David nicht erzählt, dass sich vor zwei Jahren seine magischen Kräfte gezeigt hatten? Ungefähr zur selben Zeit war offenbar auch das Verhältnis zwischen David und Chloe schlechter geworden. Das konnte kein Zufall sein! Ich hatte vermutet, dass Chloe womöglich etwas von den übernatürlichen Fähigkeiten ihres Bruders mitbekommen hatte und sich deshalb vor ihm fürchtete. Doch nun kam mir ein anderer Verdacht. Hatte David seine Magie etwa gegen Chloe einge… Nein! Ich verbot mir diesen ungeheuerlichen Gedanken.

Trotzdem fragte ich mich, wie gut ich David eigentlich kannte. Ich hatte das Wort der Brockenhexen, dass er mein Cáraid war, und ich hatte einen Erinnerungsfetzen an ihn aus meinem früheren Leben. Genügte mir das, um ihm mein ganzes Vertrauen zu schenken? Schon einige Male hatte mich Davids Verhalten stutzig gemacht, oder nicht? Er wollte mit den Brockenhexen tödliche Zauber üben, wandte schwarze Magie an, hatte Diabolo gequält und zeigte keine Skrupel beim Töten. Zwar hatte David jedes Mal eine plausible Erklärung dafür gefunden, aber wenn man all diese Vorfälle zusammen betrachtete … Und hatte ich bei dem Kuss gestern Abend nicht intuitiv gespürt, dass etwas nicht stimmte? Auch wusste ich immer noch nicht mit Sicherheit, weshalb ich ihm in unserem früheren Leben das Messer in die Brust gerammt hatte. Was wäre, wenn David gar nicht so gut war, wie ich angenommen hatte? Wenn er Chloe mit seiner Magie beeinflusst hatte und sie deswegen kein schlechtes Wort über seine Taten verlieren konnte? In meinem Inneren breitete sich ein ekliges Gefühl des Misstrauens aus.

*

Da meine Mutter genau wie Sofie und ich zur ersten Stunde Unterricht hatte, fuhr sie uns im Auto zur Schule. Zwischen Sofie und mir herrschte eisiges Schweigen. Ich hatte sie beim Frühstück zur Rede gestellt, da ich niemandem außer ihr von David und mir erzählt hatte. Tatsächlich hatte meine Schwester ihrer Freundin Jennifer die Neuigkeit bei ihrem Telefonat umgehend anvertraut, doch diese hatte ihr geschworen, es für sich zu behalten. Na toll! Dass nun die ganze Schule davon wusste, fand Sofie nicht einmal schlimm – schließlich hätten es über kurz oder lang ohnehin alle erfahren. Ich war viel zu genervt, um ihr von meinem Streit mit Chloe, den sie durch ihre Tratscherei verursacht hatte, zu erzählen.

Kaum dass meine Mutter auf dem Lehrerparkplatz haltgemacht hatte, riss ich die Beifahrertür auf und hechtete ins Gebäude. Ich musste unbedingt mit Chloe sprechen! Doch als ich schwer atmend das Klassenzimmer erreichte, entdeckte ich sie nirgends. Stattdessen saß David auf meinem Platz und unterhielt sich mit Julia und Steffi. Als hätte er meine Nähe gespürt, schaute David auf. Unsere Blicke trafen sich, er lächelte und ein Strahlen trat in seine Augen. Sofort packten mich Zweifel, doch dieses Mal nicht an David, sondern an meinem Verdacht. Nun, da ich ihn leibhaftig vor mir sah, konnte ich mir einfach nicht mehr vorstellen, dass er zu solch scheußlichen Taten fähig war. Wahrscheinlich war ich gestern Abend wegen Chloes Reaktion nur verunsichert gewesen und hatte mich in etwas hineingesteigert!

David stand auf und schlenderte auf mich zu. »Guten Morgen, Schönheit! Ich habe dich vermisst und konnte es kaum erwarten, dich zu sehen.«

Er zog mich an sich und gab mir einen Kuss. Vor allen anderen. Mein Herz schlug mir bis zum Hals und mein Gesicht wurde bestimmt so rot wie eine Tomate.

»Kein Grund, sich zu schämen«, raunte er mir ins Ohr. »Ein öffentlicher Kuss ist durchaus angebracht. Wie ich heute durch den Schulklatsch erfahren habe, sind wir nämlich fest zusammen.«

Ich lächelte zaghaft. »Ja, das ist mir auch schon zu Ohren gekommen.«

Es schien David jedoch nichts auszumachen, dass sein Ruf als Herzensbrecher durch eine feste Freundin Schaden nehmen könnte. »Hast du gut geschlafen?«

»Nicht so toll«, gestand ich ihm. »Ich hatte gestern Abend einen Streit mit Chloe. Weißt du, wo sie ist?«

»Sie hat sich heute Morgen nicht gut gefühlt und wollte daheimbleiben. Es scheint aber nichts Ernstes zu sein.« Er runzelte die Stirn. »Über was habt ihr denn gestritten?«

Mein Blick fiel auf Julia und Steffi, die David und mich mit unverhohlenem Interesse beobachteten.

Ich zog David ein wenig zur Seite und senkte die Stimme. »Auch Chloe hat von dem Gerücht gehört und sie ist nicht gerade glücklich darüber, dass wir zusammen sind. Ich musste ihr vor ein paar Wochen versprechen, dass ich mich von dir fernhalte.«

»Wie bitte?«, entfuhr es ihm ungläubig. »Meine Schwester hat *was* von dir verlangt?«

»Sie hat es nur gut gemeint, David«, beeilte ich mich ihm zu versichern. »Wahrscheinlich war sie der Meinung, dass wir nicht zusammenpassen und es Probleme geben könnte. Da ich nun jedoch mein Versprechen gebrochen habe, ist Chloe natürlich enttäuscht von mir.«

Diese Erklärung schien ihn nicht im Mindesten zu beruhigen. David presste wütend die Lippen zusammen und ein Muskel in seinem Kiefer zuckte. Himmel, wieso hatte ich nur nicht meine Klappe gehalten? Selbst wenn mein Verdacht von gestern Abend aus der Luft gegriffen war – auf diese Weise würde sich das schlechte Verhältnis zwischen den beiden garantiert nicht verbessern!

»Bitte sei nicht sauer auf sie!«, flehte ich und legte ihm beschwichtigend eine Hand auf den Arm. »Ich hatte fast den Eindruck, sie fürchtet sich vor dir. Aber wieso, David? Ich versteh das einfach nicht.«

»Das ist nicht so leicht zu erklären.« Er stieß die Luft aus und starrte über meinen Kopf hinweg zur Wand. »Womöglich hat Chloe sich da in etwas hineingesteigert, weil ...« Er stockte und ich hielt die Luft an.

Ausgerechnet in diesem Augenblick kam unser Mathelehrer, Herr Schumann, herein. »Guten Morgen, die Herrschaften!«, rief er gut gelaunt.

»Wir reden später weiter, okay?« David schien nicht gerade unglücklich darüber zu sein, dass wir unterbrochen worden waren. Er drückte mir einen Kuss auf die Lippen und verließ fluchtartig das Klassenzimmer.

Als ich an Julia und Steffi vorbeilief und mich setzte, konnten sich die beiden ein vergnügtes Kichern nicht verkneifen.

»So, so«, bemerkte Julia mit einem breiten Grinsen. »Du und David also ...«

»Ja, David und ich also«, entgegnete ich. Trotz Chloe und meiner Sorge um sie konnte ich mir ein Schmunzeln nicht verkneifen. Wie es aussah, hatte ich nun tatsächlich einen Freund – und sogar einen, der mir vom Schicksal vorherbestimmt war. Vielleicht sollte ich diese Tatsache einfach etwas mehr genießen und nicht überall Gespenster sehen?

Im Laufe des Schultages fand ich heraus, dass Chloe auch Julia und Steffi das Versprechen abgenommen hatte, die Finger von David zu lassen. Was ihnen nicht schwergefallen war, da er sie kaum beachtet hatte und selbst jetzt noch regelmäßig ihre Namen verwechselte. Diskret versuchte ich, die beiden über Davids und Chloes schlechtes Verhältnis auszufragen. Allerdings hatten sie sich darüber offenbar nie Gedanken gemacht, da Streit unter Geschwistern schließlich etwas Normales war. Steffi meinte, es gäbe in der Schule zwei Schwestern, die eine noch viel schlechtere Beziehung zueinander hatten. Erst kürzlich hätte sich die eine nachts in das Zimmer der anderen geschlichen und ihr aus purer Gehässigkeit im Schlaf die langen Haare abgeschnitten. Meine Güte! Wenn ich so etwas hörte, war ich dankbar, dass meine Schwester lediglich zum Tratschen neigte.

Der Schultag zog sich ewig dahin, und bis ich daheim meine Hausaufgaben erledigt hatte, war es schon wieder an der Zeit, zu Ludmillas Unterricht aufzubrechen. Ich saß in meinem Zimmer am Schreibtisch und trommelte mit den Fingern auf meinem Geschichtsbuch herum. Natürlich war die Suche nach meinem Machtwort wichtig, allerdings hatte ich wenig Hoffnung, dass Ludmilla und ich ausgerechnet heute einen Durchbruch erzielen würden. Auf der anderen Seite hatte ich jedoch eine Freundin, die nicht in der Schule aufgetaucht war und bei der ich mich unbedingt persönlich entschuldigen wollte. Entschlossen packte ich das Buch weg und griff nach meinem Handy. Ich schrieb David eine Nachricht, dass er ohne mich zu den Hexen gehen sollte und ich nachkommen würde. Er antwortete mir, dass er schon auf dem Weg sei und es unter Einsatz seines Lebens auf sich nehmen würde, der bösen Oberhexe von meiner Verspätung zu berichten. Perfekt!

Bald darauf stand ich vor Chloes Haus und wartete ungeduldig darauf, dass sie mir öffnete. Da ihre Eltern um diese Uhrzeit noch arbeiteten, war Chloe wahrscheinlich alleine daheim. Nachdem ich erneut geklingelt hatte, ging endlich die Haustür auf. Chloe stand im Pyjama vor mir, leichenblass und mit zerzausten Haaren. Ihr Blick wirkte fahrig und wirr, als hätte sie Schwierigkeiten, mich zu erkennen. Hatte David heute Morgen nicht behauptet, Chloe hätte nichts Ernstes? Meine Freundin sah jedoch aus, als wäre sie dem Tod gerade von der Schippe gesprungen. Einige Augenblicke verstrichen, in denen ich sie lediglich schockiert anstarrte, bis ich mich endlich wieder unter Kontrolle hatte. »Hey, Chloe, wie geht es dir?«

»Wie es mir geht?«, wiederholte sie nachdenklich, als wäre dies eine besonders außergewöhnliche Frage. Dann strahlte sie plötzlich. »Gut. Mir geht es sehr gut.«

»Du siehst aber nicht so aus. Bist du krank?«

»Neeein.« Immer noch strahlend schüttelte sie den Kopf und wiederholte: »Mir geht es sehr gut.«

Es fiel mir schwer, das zu glauben. Trotzdem kam ich auf den eigentlichen Grund meines Besuches zu sprechen. »Ich möchte mich bei dir entschuldigen. Unser Streit macht mir wirklich zu schaffen. Dass David und ich jetzt zusammen sind, ist …«

»Das ist so eine schöne Nachricht«, fiel sie mir eifrig ins Wort. »Ich freue mich *sooo* für euch.«

»Du freust dich für uns?« Verdutzt blinzelte ich sie an. Damit hatte Chloe mir den Wind aus den Segeln genommen. »Aber du warst doch gestern Abend noch stinksauer. Chloe, was ist los mit dir?«

»Nichts. Nichts ist los mit mir.«

Ihr übertriebenes Strahlen erlosch und ihr Blick glitt wieder fahrig umher. Sie erinnerte mich an eine kleine Maus, die ständig nach Gefahren Ausschau hielt. Mein Instinkt schlug Alarm.

Obwohl sie mich nicht ins Haus gebeten hatte, lief ich die restlichen Stufen der Eingangstreppe hoch und blieb vor ihr stehen. Ich griff nach ihren Händen. Sie waren eiskalt. »Chloe, du kannst mir alles anvertrauen, ganz egal, was es ist. Selbst wenn es sich um etwas völlig Verrücktes handelt. Falls du glaubst, es gäbe Magie oder jemand in deiner Nähe besäße übernatürliche Kräfte, dann kannst du mir das sagen.«

Chloe runzelte die Stirn. »Wieso sollte ich denn so etwas Absurdes denken?«

Sie wirkte ehrlich überrascht, was ich als gutes Zeichen wertete.

»Das ist mir einfach gerade in den Sinn gekommen«, wich ich halbherzig aus. »Du musst nur wissen, dass ich für dich da bin. Wenn du vor jemandem Angst hat, kann ich dir beistehen. Du bist meine Freundin.« Ich hielt ihren Blick fest.

Chloe öffnete den Mund, doch kein Laut drang aus ihrer Kehle. Mir fiel auf, dass ihre Pupillen unnatürlich groß waren.

»Ich brauche keine Hilfe«, antwortete sie in einem hölzernen, leblosen Tonfall. Dann setzte sie ein übermäßig breites Lächeln auf. »Alles ist gut, Anna.«

Sie entzog mir ihre Hände und griff hinter sich nach der Türklinke. Offensichtlich wollte sie mich loswerden.

»Wirklich?« Ich stellte meinen Fuß zwischen die Tür. »Und was ist mit den Pferden im Gestüt? Leiden sie immer noch unter einer mysteriösen Krankheit?«

Zwar hatte ich mit den Hexen darüber gesprochen, doch sie hatten leider keinen Rat gewusst. Chloes Miene verdüsterte sich. Damit hatte ich einen wunden Punkt getroffen. Zum ersten Mal zeigte sie eine echte Gefühlsregung. »Die meisten haben sich erholt, nur drei ältere Pferde sind gestorben. Da der Tierarzt keine Diagnose stellen konnte, behauptet Frau Götz, jemand hätte ihren Tieren die Lebenskraft gestohlen.« Chloe lachte schrill. »Aber das ist natürlich idiotisch. Das abergläubische Geschwätz der Dorfbewohner. Wie sollte man denn so etwas machen?«

Augenblicklich legte sich mir ein schweres Gewicht auf die Schultern. Ich wusste genau, wie man so etwas machen konnte. Jemand hatte in der Nähe des Gestüts mit seinen magischen Fähigkeiten herumgespielt und seine Macht ausgetestet. Ich hasste mich selbst dafür, doch es war nicht Nebruel, auf den sich mein Verdacht richtete.

Ich gab mir einen Ruck und fragte Chloe direkt: »Hat dir David etwas angetan? Bitte sag mir die Wahrheit! Ich muss es wissen.«

Auf ihrem Gesicht zeichnete sich so abrupt lodernder Zorn ab, dass ich einen Schritt zurückwich. »Spinnst du?«, fuhr sie mich an. Ihre zarten Schultern bebten vor Empörung. »Natürlich nicht. Ich könnte mir keinen besseren Bruder als David wünschen. Er ist großartig! Und wenn du etwas anderes denkst, hast du ihn überhaupt nicht verdient.« Den letzten Satz schrie Chloe mir regelrecht entgegen.

Sie knallte die Tür zu und der Luftzug wehte meine Haare nach hinten.

»Verdammt!«, fluchte ich.

Eine Krähe krächzte lautstark. Ich entdeckte sie über mir auf dem Dach. Der Vogel legte den Kopf schräg und hüpfte aufgeregt hin und her.

»Ich weiß, Nebruel«, sagte ich leise. »Hier stimmt etwas ganz und gar nicht.«

21.

»Was seh´ ich? Welch ein himmlisch Bild
Zeigt sich in diesem Zauberspiegel!
O Liebe, leihe mir den schnellsten deiner Flügel,
Und führe mich in ihr Gefild!«

»Faust«, Johann Wolfang von Goethe

Am nächsten Nachmittag saß ich in der Küche der Hexen und wartete auf Ludmilla. Wahrscheinlich würde sie mir erst einmal eine Standpauke halten, weil ich gestern nicht mehr zum Unterricht erschienen war.

Nachdem Chloe mir die Tür vor der Nase zugeschlagen hatte, war ich nach Hause gegangen und hatte mich für den Rest des Tages in meinem Zimmer verbarrikadiert. In Gedanken war ich mein gesamtes abgespeichertes Hexenwissen durchgegangen. Doch all die Zaubersprüche, die Anna Huber jemals gelernt hatte, waren nicht dazu imstande, das Gehirn eines anderen Menschen auf eine solch extreme Weise zu manipulieren. Sosehr ich mir auch den Kopf zerbrach, ich fand keine Erklärung, weshalb Chloe sich so seltsam verhielt. Dass sie heute Morgen in der Schule wieder gesund und relativ normal gewirkt hatte, machte die Sache nicht weniger mysteriös. Nach wie vor behauptete sie, es würde sie freuen, dass David und ich ein Paar waren. Wenigstens hatte sie dabei nicht mehr dieses irre Strahlen im Gesicht. Aber ich spürte deutlich, dass sich zwischen uns etwas verändert hatte – und zwar nicht zum Positiven. Chloe war in meiner Nähe plötzlich reserviert und äußerst wortkarg. Was bei ihrer sonstigen Gesprächigkeit kein gutes Zeichen war.

David gegenüber gab ich mir Mühe, verliebt und unbeschwert zu wirken, auch wenn es mir schwerfiel. Zum einen hatte ich nicht den geringsten Beweis für meinen Verdacht und zum anderen wollte ich Chloe nicht in Gefahr bringen. Bei unserem abendlichen Telefonat vor zwei Tagen war Chloe zwar verwirrt und konfus gewesen, doch erst nachdem ich mit David in der Schule über ihre Vorbehalte ihm gegenüber gesprochen hatte, war sie eine völlig andere geworden. Als hätte sie jemand einer Gehirnwäsche unterzogen. Falls tatsächlich David dahintersteckte, fragte ich mich, ob er mich eigentlich für dämlich hielt. Glaubte er vielleicht, ich war so blind vor Liebe, dass ich nicht eins und eins zusammenzählen konnte?

Ich trommelte mit den Fingern auf den blank polierten Küchentisch und sah nach draußen. David war gleich nach unserer Ankunft in den Garten gegangen, um mit Walpurga Angriffszauber zu üben. Die beiden standen gerade neben einem lichterloh brennenden Zielobjekt und stritten wieder miteinander.

Ludmilla allerdings ließ auf sich warten. Mein Blick fiel auf einen Korb mit Zaubertränken, die mit dem heutigen Datum versehen waren. Die Brockenhexen hatten im Keller einen riesigen Vorrat angelegt, doch die Zaubertränke mussten regelmäßig erneuert werden. Als ich mit den Fingern über die fein säuberlich beschrifteten Behältnisse strich, meldete sich erneut das Wissen meines früheren Ichs: *Saoghal.* Das Wasser des Lebens, die Grundlage für jeden Zaubertrank der zweiten Stufe. *Fianais.* Ein Gift, das Visionen bei einer Hexe förderte und ihr Zugang zu verborgenem Wissen eröffnete. Allerdings setzte man es nur im Notfall ein, da es zum Tod führen konnte. Meine Hand verharrte auf dieser Flasche.

Ohne weiter darüber nachzudenken, nahm ich das Fianais an mich und ließ es in meiner Tasche verschwinden.

In diesem Moment kam Edith herein. »*Ah, du bist schon da, Anna!*«

Hastig drehte ich mich zu ihr um. In einem Arm trug sie einen dicken Stapel Papiere und im anderen … einen Laptop. Hier? Im Hexenwald? Mir fiel die Kinnlade herab.

Edith packte alles auf den Küchentisch und ließ sich mir gegenüber nieder. »*Ich darf heute deinen Unterricht übernehmen, da Ludmilla beim Spiegelgefängnis bleiben muss. Es wird voraussichtlich in den nächsten Stunden fertig sein.*«

Die strenge Zirkelanführerin hatte keine Zeit für meinen Unterricht? Das war die erste gute Nachricht des Tages. Ich gab mir nicht mal Mühe, meine Freude darüber zu verbergen. »*Sie war übrigens ziemlich sauer, weil du gestern nicht zum Unterricht erschienen bist.*« Bevor ich etwas zu meiner Verteidigung sagen konnte, winkte Edith schon ab. »*Vermutlich hättet ihr ohnehin keine Fortschritte gemacht. Meiner Theorie nach leidest du unter einer inneren Blockade, die verhindert, dass noch weitere Erinnerungen hochkommen. Du hast wohl Angst herauszufinden, dass es keinen plausiblen Grund dafür gibt, weshalb du David in jener Nacht vor fast 333 Jahren umgebracht hast. Du willst keine skrupellose Mörderin sein.*«

Ich stieß einen langen, tiefen Seufzer aus. »Das wäre möglich.«

»*David hat einen unverzeihlichen Fehler begangen, als er dir diese Bilder im Wunschsee gezeigt hat*«, fügte Edith mit bitterer Miene hinzu. »*Und das ausgerechnet in einem Moment, in dem deine ersten Erinnerungen zurückgekommen sind. Wenn du von diesem Vorfall nichts erfahren hättest, wüsstest du wahrscheinlich schon längst wieder alles.*«

Der Zusammenhang war mir bisher überhaupt nicht aufgefallen. David hatte damals gesagt, er würde es nur gut meinen und mich nicht länger belügen wollen. Tatsächlich war das Timing jedoch perfekt gewesen. Jedenfalls wenn man verhindern wollte, dass ich meine restlichen Erinnerungen zurückbekam. Aber wieso hätte er das tun sollen? Da er mir selbst gezeigt hatte, ohne Machtwort meine Magie einzusetzen, konnte es nicht daran liegen, dass er mich am Zaubern hindern wollte.

»Kann ich diese innere Blockade irgendwie überwinden? Seither habe ich mich nur an eine einzige kurze Sequenz erinnert – als ich in Urians Reich fast gestorben wäre.«

»Daran kannst nur du arbeiten.« Edith verzog bedauernd die Mundwinkel. *»Dabei hilft leider keine Magie. Aber wir können heute deinem Machtwort auf die Spur kommen. Vielleicht bringt dich das auch weiter?«* Sie tippte mit den Fingern auf den Laptop. *»Ich bin moderner Technik gegenüber aufgeschlossener als meine Schwestern und ich stehe mit einer Hexe in New York in Verbindung, die Psychologie studiert hat. Sie hat eine Art Test entwickelt, mit dem junge Hexen eingrenzen können, aus welchem Themengebiet ihr Machtwort stammt. Schließlich bist nicht nur du verzweifelt auf der Suche danach. Ich habe den Test ausgedruckt, und wenn du möchtest, machen wir ihn heute.«*

Es lebten auch Hexen in Großstädten? Hexen, die einem ganz normalen Job nachgingen und sich gegenseitig E-Mails schrieben? Zum ersten Mal, seit ich von meinen magischen Kräften erfahren hatte, tat sich eine Zukunft vor mir auf, die gar nicht so ungewöhnlich und absonderlich war.

»Machst du mit?«

Ich nickte eifrig. »Natürlich. Lass uns loslegen!«

*

Ich klopfte an die Tür des Arbeitszimmers und streckte meinen Kopf durch den Spalt. »Mama, kann ich mir deinen großen Spiegel vom Schlafzimmer ausleihen?«

Meine Mutter blickte von dem Stapel Klassenarbeiten auf, den sie gerade korrigierte, und schenkte mir ein warmes Lächeln. »Natürlich, mein Schatz! Bring ihn aber bitte zurück, wenn du ihn nicht mehr brauchst.«

»Klar, mach ich!«, versprach ich.

»Übrigens«, hielt sie mich noch einmal zurück. »Ich habe gerade deine Interpretation durchgelesen. Ein sehr schöner Text, Anna. Ich bin stolz auf dich.«

Eigentlich hatte ich im Augenblick ganz andere Sorgen, deshalb wunderte es mich, wie sehr mich ihr Lob trotz allem freute. Ich erwiderte ihr Lächeln. »Danke!«

Plötzlich hatte ich einen Kloß im Hals. Die kommenden Tage meines Lebens würden unglaublich gefährlich werden und vielleicht würde so ein Moment nie wieder kommen.

»Ich hab dich lieb, Mama«, sagte ich mit belegter Stimme.

»Ich dich auch, meine Große!«

Nachdem ich die Tür hinter mir geschlossen hatte, atmete ich tief durch und lief zum Schlafzimmer. Gerade als ich Mamas Ankleidespiegel über den Flur in mein Zimmer schob, stellte sich mir Sofie in den Weg. Seit sie mein Geheimnis ausgeplaudert hatte, herrschte Funkstille zwischen uns. Ihrer schuldbewussten Miene nach zu urteilen, schien sie ihre Tratscherei jedoch zu bereuen.

»Gibt es etwas Neues?«, fragte sie zaghaft. »Du weiß schon, wegen dir und der«, sie sah sich kurz um und senkte verschwörerisch die Stimme, »*Bibi-Blocksberg-Sache*.«

Was für ein bescheuertes Codewort! Ich konnte mir ein Schmunzeln nicht verkneifen. »Nicht viel«, antwortete ich wahrheitsgemäß.

Ediths Befragung, die einem psychologischen Test ähnlich gewesen war, hatte mich nur wenig weitergebracht. Nachdem ich unzählige abstrakte Bilder interpretiert oder mich zwischen verschiedenen Gegenständen entschieden hatte, war Edith zu einem ernüchternden Schluss gekommen. Mein Machtwort war eine Erinnerung. Ich gehörte zu den Sona-Hexen, die durch ihr Machtwort die Gefühle eines glücklichen Erlebnisses wachriefen. Nun gab es zwei Möglichkeiten: Entweder mir fiel wieder Anna Hubers Machtwort mitsamt der dazugehörigen Erinnerung ein. Oder ich fand das Machtwort von Anna Winkler. In meinem jetzigen Leben schien ich so ein beglückendes Erlebnis allerdings noch nicht erfahren zu haben. Vielleicht hätten meine Eltern mir, als ich sechs Jahre alt war, doch ein Pony zu Weihnachten schenken sollen?

»Du musst mir keine Einzelheiten erzählen, wenn du nicht möchtest«, versicherte Sofie mir eilfertig. »Du sollst nur wissen, dass du auf mich zählen kannst.«

Es war schön, meine Schwester hinter mir zu wissen. Deshalb wollte ich auch nicht den Eindruck erwecken, übertrieben nachtragend zu sein.

»Könntest du vielleicht aufpassen, dass in der nächsten halben Stunde niemand in mein Zimmer kommt? Es wäre nicht so toll, wenn Jonas hereinplatzen würde. Und falls David unangemeldet vorbeischauen sollte, dann … sag ihm einfach, ich wäre nicht da, okay?«

Ich sah die Überraschung in ihren Augen aufblitzen, doch sie verkniff sich eine neugierige Frage. Stattdessen tippte sie sich mit zwei Fingern an die Stirn. »Wird erledigt, Chef! Wer in dein Zimmer will, muss mich zuerst mit seinem Zauberstab niederstrecken.«

Ich schloss grinsend die Tür hinter mir und positionierte den Spiegel so, dass die Rückwand zur Tür zeigte. Für den unwahrscheinlichen Fall, dass Sofie tatsächlich mit einem Zauber niedergestreckt wurde, konnte beim Hereinkommen niemand die spiegelnde Oberfläche sehen.

Ich atmete tief durch, lockerte meine Schultern und konzentrierte mich auf mein Ebenbild.

»Nebruel? Kannst du mich hören?«, fragte ich. »Ich möchte mich mit dir treffen. Nebruel?«

Ich tippte mit dem Finger vorsichtig gegen den Spiegel, doch er war unverändert hart. Kein Kräuseln der Oberfläche, keine Wellenbewegung. Aber was hatte ich auch anderes erwartet? Bisher war es immer Nebruel gewesen, der mich aufgesucht hatte, nicht andersherum. Aber ich musste mit ihm sprechen. Dringend!

Ich trat so nah an den Spiegel heran, dass er beschlug. »Nebruel«, flüsterte ich. »Ich habe so viele Fragen und niemand außer dir kann sie mir beantworten. Alles ist so unglaublich verwirrend und ich weiß einfach nicht mehr, wer gut und wer böse ist.«

Nichts geschah. Verzweifelt lehnte ich meine Stirn gegen den Spiegel. »Bitte, komm!«

Ein Funken Magie schoss unkontrolliert aus mir heraus und tauchte wie ein Regentropfen in den Spiegel ein. Entsetzt trat ich zurück. Was hatte ich jetzt wieder angestellt?

Schon glaubte ich, mein magischer Funke wäre folgenlos geblieben, als ich unter meinen Füßen eine Vibration spürte. Einen Moment später bebte der Untergrund. Es war wie ein

Grollen, das aus den Tiefen der Erde kam. Vor der Tür stieß Sofie einen Schrei aus.

Ich versuchte, das Gleichgewicht zu halten, doch gleichzeitig trübte sich mein Blick und vor meinen Augen erschien das Bild eines anderen Spiegels, der an mehreren Stellen haarfeine Risse aufwies. Es war eine Vision von Nebruels derzeitigem Spiegelgefängnis, das sich auf dem Brocken unter dem Hexenmoor befand! Von dem Spiegel ging ein magisches Glimmen aus und eine starke magische Aura umgab ihn. Doch da war noch eine andere magische Präsenz, die ich nicht sehen, aber dennoch fühlen konnte. Sie bekämpfte die dunkle Macht des Spiegelgefängnisses und stemmte sich dagegen. Zugleich intensivierte sich das Beben und Grollen. Es gab einen ohrenbetäubenden Knall und ein Sprung zog sich quer über das Spiegelgefängnis.

Die Vision brach ab und ich schnappte schockiert nach Luft. Alles war wieder ruhig. Das Beben konnte nicht länger als drei oder vier Sekunden gedauert haben.

Ehe ich meinen Schock überwinden konnte, tauchte Nebruel mir gegenüber in Mamas Ankleidespiegel auf. Ohne langwieriges Kräuseln der Oberfläche und verschwommenes Bild. Es überraschte mich nicht, dass es ihn dieses Mal keine Mühe kostete, den Kontakt herzustellen. Schließlich konnte durch den großen Riss seine Magie leichter in unsere Welt dringen. Nebruels Haare klebten an seiner schweißnassen Stirn und er wirkte erschöpft. Trotzdem musterte er mich besorgt. Hatte ich ihn etwa in Panik versetzt, als ich ihn gerufen hatte?

Ich zeigte auf mich und zeichnete danach mit dem Finger einen imaginären Riss auf den Spiegel. »Habe ich den Sprung verursacht?«, fragte ich.

Nebruel schüttelte mit einem müden Lächeln den Kopf. Er hob seine blutige Faust in die Höhe, wobei er schmerzhaft das Gesicht verzog. Die Haut an seiner Hand war aufgeplatzt und die Knöchel waren angeschwollen.

Nebruel hatte wohl meinen magischen Funken empfangen und aus Sorge um mich so heftig gegen die Macht des Spiegelgefängnisses angekämpft. Allerdings, so beruhigte ich mich selbst, hatten die Brockenhexen ohnehin damit gerechnet, dass Nebruels magisches Verlies kurz vor der Walpurgisnacht schwächer wurde.

Durch den Ankleidespiegel sah ich zum ersten Mal mehr von ihm als nur den Kopf und die Schultern. Sein schlanker Körper wirkte athletisch, ohne jedoch zu muskulös zu sein. Er hatte offenbar eine Vorliebe für Schwarz, denn über seinem schwarzen Hemd trug er einen dunklen Wams aus Leder und schwarze Hosen. Wäre sein fröhliches Lächeln und das warme Funkeln seiner Augen nicht gewesen, hätte er mir wahrscheinlich Angst eingeflößt.

Nebruel deutete auf mich und hob fragend die Augenbrauen.

»Warum ich dich gerufen habe?«, interpretierte ich seine Geste.

Okay, nun kam der schwierige Teil. Ich bückte mich und griff nach zwei Handpuppen, die ich mir von Jonas ausgeliehen hatte. Eine Prinzessin, der mittlerweile ein Arm fehlte, und ein böser Zauberer, der einen funkelnden Zauberstab in der Hand hielt. Ich ignorierte Nebruels irritierten Blick und gab ihm zu verstehen, dass ich die Prinzessin und er den bösen Zauberer darstellte. Nun ließ ich den Zauberer angreifen. Er richtete den Zauberstab auf die Prinzessin, die daraufhin erzitterte und in meiner Hand leblos zusammensackte.

»Bist du böse? Bist du mein Feind?«

Der Sohn des Teufels reagierte anders, als ich erwartet hatte. Er starrte fassungslos auf die Puppen in meiner Hand, dann legte er den Kopf in den Nacken und lachte aus vollem Herzen.

Ungeachtet der Handpuppen stemmte ich die Hände in die Taille. »Ja, ja, lach du nur!«, knurrte ich, konnte mir ein Grinsen jedoch nicht verkneifen. »Das Puppentheater war eine wirklich innovative Idee. In Anbetracht unserer komplizierten Situation war es fast schon genial.«

Er wischte sich die Tränen aus den Augenwinkeln und sammelte sich wieder. Mit ernster Miene deutete er auf meine linke Hand mit dem bösen Zauberer und schüttelte den Kopf. Wenn ich mich nicht täuschte, sagte er dabei die Worte »nicht böse«. Nebruel war also nicht mein Feind?

Er sprach aufgeregt weiter, doch ich konnte ihm nicht folgen und zuckte hilflos mit den Schultern. Schließlich hielt er inne und ballte frustriert die Fäuste, was ihn vor Schmerzen zusammenzucken ließ. Schließlich atmete er tief durch und zeichnete mit dem Finger etwas in die Luft. Ich brauchte mehrere Versuche, bis ich begriff, dass es sich um einen Buchstaben handelte. Es war ein »D«.

Nun artikulierte Nebruel überdeutlich: »David.«

Mir wurde abwechselnd heiß und kalt. David war böse? Mein eigener Cáraid? Ich streifte die einarmige Prinzessin von meiner Hand und fuhr mir kraftlos über das Gesicht. Damit hatte Nebruel meine Befürchtungen bestätigt.

Deswegen hatte ich David also in der Walpurgisnacht vor 333 Jahren umgebracht. War am Ende gar nicht Nebruel für all die Seuchen und Toten damals verantwortlich? Steckte in Wahrheit David dahinter, weil er mehr Magie besitzen wollte? Ludmilla hatte erzählt, dass Anna Huber weitaus mächtiger als er gewesen war. Vielleicht hatte David es sattgehabt, in ihrem Schatten zu stehen?

»Was soll ich jetzt nur machen?«, fragte ich mehr mich selbst als Nebruel. »Ich habe keinen einzigen Beweis für meinen Verdacht und die Brockenhexen sind überzeugt, dass wir das Cáraid sind. Aber wenn ich David direkt damit konfrontiere, macht er am Ende mit mir vielleicht noch das Gleiche wie mit Chloe. Ich könnte mich nicht einmal gegen ihn wehren, weil ich ohne Machtwort nicht zaubern kann.«

Ich knirschte mit den Zähnen. Ich wollte endlich mein Machtwort wissen, Himmel noch mal!

Nebruel blickte mich fragend an. Natürlich hatte er kein Wort meines Monologs verstanden.

Ich hob die Handpuppe des bösen Zauberers, deutete auf mich und tat so, als würde ich den Zauberstab abbrechen. »Machtwort«, formte ich mit den Lippen. »Kein Machtwort.«

Zu meiner Überraschung schien Nebruel mein Problem sofort zu begreifen. Er klatschte sich mit der flachen Hand an die Stirn, als hätte er etwas Wichtiges übersehen. Aufgekratzt tippte er sich an den Mund und sagte dabei immer wieder ein Wort, bei dem sich seine Lippen spitzten.

»Keine Ahnung, was das bedeuten soll«, entgegnete ich schließlich. »Kennst *du* etwa *mein* Machtwort?«

Ludmilla hatte gesagt, dass keine Hexe ihr Machtwort verriet. Weshalb hätte Anna Huber ausgerechnet Nebruel ihr Geheimnis anvertrauen sollen?

Nebruel seufzte auf und fuhr sich mit seiner unverletzten Hand durch die Haare. Dann hob er den Zeigefinger, um mir zu signalisieren, einen Moment zu warten. Konzentriert schloss er die Augen und murmelte etwas. Offenbar wirkte Nebruel einen Zauber, doch ich hatte keinen Schimmer, was er damit bezwecken wollte. Seine Stirn legte sich in Falten und ein Muskel in seinem Kiefer spannte sich an. Von der Oberfläche meines Spiegels ging plötzlich ein magisches Glimmen aus. Das Leuchten wurde immer stärker, sodass ich die Hände hob und geblendet die Augen schloss. Als ich sie nach ein paar Sekunden vorsichtig wieder öffnete, war das Leuchten verschwunden und alles schien wie vorher zu sein.

»Was war das denn?«, fragte ich irritiert.

Nebruel lächelte mir aufmunternd zu und winkte mich zu sich. Zaghaft trat ich einen Schritt näher. Ich hätte mir wirklich gewünscht, dass er mir hätte sagen können, was er vorhatte!

Nebruel legte seine Hand ausgestreckt auf seine Seite des Spiegels und forderte mich auf, es ihm nachzutun. Unsicher nagte ich an meiner Unterlippe. Ob das wirklich eine gute Idee war?

Ein nachsichtiges Schmunzeln zuckte um Nebruels Mundwinkel, als er mein Zögern bemerkte. Er murmelte etwas, das ich als »Hab keine Angst!« oder »Ich tue dir nichts!« interpretierte. Sein offenes Lächeln erstickte meine Zweifel im Keim. Nebruel heftete seinen Blick auf mich und ich sah in seinen grünen Augen Sicherheit, Loyalität und Vertrauen. Und Liebe. Vor allem anderen war es tiefe, grenzenlose Liebe.

Meine Hand zitterte ein wenig, als ich sie an derselben Stelle wie er auf den Spiegel legte. Eine Wellenbewegung zog sich über die silberne Oberfläche und ich riss erstaunt die Augen auf. Ich spürte Nebruel! Seine Hand drückte sich warm und kräftig gegen meine. Die Berührung ließ mein

Herz schneller schlagen und sandte kribbelnde Stromstöße durch meinen Körper.

»Anna«, formte er mit den Lippen und ich bildete mir ein, das Echo meines Namens in meinem Kopf zu hören. Ausgesprochen von einer weichen und tiefen Stimme.

Ich konnte dem Drang, noch mehr von Nebruel zu berühren, nicht widerstehen. Doch als ich unsere Finger miteinander verschränken wollte, stieß ich sofort auf einen harten Widerstand. Mühsam kämpfte ich meine Enttäuschung nieder. Unsere Welten waren also nach wie vor voneinander getrennt. Nebruels Zauber hatte lediglich bewirkt, dass die Grenze für einen Moment so hauchdünn wie ein seidener Schleier geworden war und wir einander spüren konnten. Doch es war mehr, als uns bisher möglich gewesen war.

Unsere Blicke hielten einander fest. Mein Zimmer und die ganze Welt um mich herum schienen zu verschwimmen. Mein ganzes Denken und Fühlen konzentrierte sich allein auf Nebruels Hand an meiner. Ich konnte nicht fassen, welche tiefen Gefühle seine Berührung in mir auslöste, und an Nebruels bewegter Miene erkannte ich, dass er dasselbe empfand wie ich.

Er lehnte sich nach vorne und presste seine Stirn gegen den Spiegel. Dieses Mal zögerte ich nicht. Ich trat dicht an den Spiegel und legte meine Stirn an seine. Unsere Gesichter waren nur noch Millimeter voneinander entfernt, getrennt durch eine Spiegeldimension und doch so nah. Ich bildete mir ein, Nebruels Atem zu spüren, der über meinen Mund und meine Wangen strich. Mein Körper war wie elektrisiert und in meiner Magengrube flatterte ein ganzer Schwarm Schmetterlinge.

Ich vergaß all unsere Probleme, schloss die Augen und ließ

mich einfach fallen. Wie von selbst fanden sich unsere Lippen zu einem Kuss. In dem Augenblick, als sich Nebruels Mund sanft auf meinen legte, explodierte in meinem Herzen ein Feuerwerk des Glücks. Seine Lippen strichen über meine – fragend und zärtlich. Und meine Lippen antworteten ihm mit einem Verlangen, von dessen Existenz ich bisher nicht einmal eine Ahnung hatte. Hitze breitete sich in mir aus vom Kopf bis zu den Zehenspitzen. Doch dieser Kuss schmeckte nicht nur nach Leidenschaft, sondern auch nach Hoffnung. Als würde ich durch Zeit und Raum reisen, um etwas, das mir lieb und teuer gewesen war, wiederzufinden. Meinen Anker in der Welt, meinen Grund zu atmen und zu kämpfen, meine Hoffnung, mein Herz und meine Liebe. Eine unglaubliche Leichtigkeit erfasste mich. So musste es sich anfühlen zu fliegen!

Als ich die Augen wieder öffnete, hatte ich das Gefühl, von innen heraus zu strahlen. Wir lächelten uns an, atemlos und glücklich. Nebruel legte sich in einer schlichten Geste die Hand aufs Herz und formte mit dem Mund ein »Danke«, als hätte ich ihm soeben ein wertvolles Geschenk gemacht.

Ich dagegen war immer noch nicht imstande, einen klaren Gedanken zu fassen. Anna Hubers Erinnerung an Davids Kuss auf der Sommerwiese war wunderschön gewesen, doch es war nichts im Vergleich zu dem, was ich gerade erlebt hatte. Denn dies hier war real und keine weit entfernte Erinnerung aus einem früheren Leben gewesen. Ich, Anna Winkler, hatte Nebruel, den Sohn des Teufels, geküsst. Und am liebsten hätte ich es gleich noch einmal getan! Zugleich wusste ich, dass dieser Kuss noch mehr zu bedeuten hatte. Etwas zupfte am Rande meines Bewusstseins und verlangte nach meiner Aufmerksamkeit.

Nebruels Blick fiel auf etwas hinter meinem Rücken. Er zog amüsiert eine Augenbraue in die Höhe und sein Lächeln wurde breiter.

Irritiert drehte ich mich um und erstarrte. Meine Kleider, meine Schulbücher und sogar meine rosafarbenen Plüschsocken flogen wie kleine Planeten um mich herum. Oh Gott, meine Magie hatte sich mal wieder verselbstständigt! Sie musste intuitiv auf Nebruels Kuss reagiert haben.

»'tschuldigung«, murmelte ich. Mit glühenden Wangen pflückte ich einen BH, der direkt neben meinem Kopf schwebte, aus der Luft und stopfte ihn mir in die Hose. Das hatte ich nun von dem Chaos in meinem Zimmer.

Nebruel deutete auf mich und hob fragend die Augenbrauen.

»Wie ich mich fühle?« Ich konnte nicht anders, als ihn anzugrinsen. »Gut.«

Nebruel grinste ebenfalls. Doch dann wurde er wieder ernst und tippte sich an die Lippen. Er sagte ein einzelnes Wort, aber ich konnte es beim besten Willen nicht entziffern. Doch das Gefühl, dass ich etwas übersah, verstärkte sich. Irgendetwas hatte sich verändert, das spürte ich tief in meinem Innern. Aber was? Nun formte Nebruel einen Kussmund und zeigte abwechselnd auf sich und mich.

Plötzlich durchzuckte mich die Erkenntnis. Ich war wie vom Donner gerührt und starrte ihn mit geöffnetem Mund an. Mein Machtwort …

Mein Machtwort war *Ayssan.*

Es war ein sehr altes Wort und stammte aus einer Zeit, in der Magie noch zum alltäglichen Leben der Menschen gehörte. Ayssan bedeutete sowohl »Kuss« als auch »Seele«. Dieses Wort versinnbildlichte perfekt den Moment, den ich soeben mit Nebruel erlebt hatte. Ein Moment des Glücks, der meine Seele berührt hatte.

Ich sprach einen Zauberspruch, die Macht bündelte sich in mir und ich flüsterte mein Machtwort: »… Ayssan!«

Zum ersten Mal unterwarf sich die Magie tatsächlich meinem Willen und formte sich nach den Worten meines Zauberspruchs: Unter der Zimmerdecke explodierten kurz nacheinander ein roter, blauer und silberner Funkenregen, die wie ein kleines Feuerwerk mein Zimmer erhellten. Es war zwar nicht Silvester, aber mir war gerade nach Feiern zumute. Endlich, endlich hatte ich mein Machtwort gefunden!

22.

»Es schweigt der Wind, es flieht der Stern,
Der trübe Mond verbirgt sich gern.
Im Sausen sprüht das Zauberchor
Viel tausend Feuerfunken hervor.«

»Faust«, Johann Wolfgang von Goethe

»Wenn ich es euch doch sage, Nebruel ist nicht böse!«, wiederholte ich eindringlich. »Wir bekämpfen den Falschen.«

Ludmilla, Walpurga und Edith standen in Pyjama und Morgenmantel in der Küche und starrten mich fassungslos an. Nach meinem Treffen mit Nebruel war mir klar geworden, dass ich, so schnell wie möglich, mit den Brockenhexen sprechen musste – und zwar ohne David. Deshalb hatte ich abgewartet, bis meine Familie sich schlafen gelegt hatte, damit ich mich davonschleichen konnte. Zum Glück hatte ich nun vollen Zugriff auf meine Hexenkräfte, sodass ich mir eine schwebende Lichtkugel hatte erschaffen können. Aber selbst damit war es nicht sonderlich angenehm gewesen, mitten in der Nacht durch den Wald zu laufen.

So wie es aussah, hätte ich mir die Mühe auch sparen können, denn nachdem ich den Brockenhexen von meinen Treffen mit Nebruel und unserer nonverbalen Kommunikation erzählt hatte, war die Stimmung umgeschlagen. Zuerst waren die Hexen über mein unerwartetes Auftauchen noch besorgt gewesen, doch nun funkelten sie mich wütend an. Besonders Ludmilla. Ihr Blick war so stechend, dass mir fast der Schweiß ausbrach und ich angestrengt die Küchenschränke hinter ihr fixierte.

Ich musste wohl noch einmal klipp und klar die Fakten hervorheben!

»Nebruel hat mir geholfen, mein Machtwort zu finden. Warum hätte er das tun sollen, wenn er mein Feind wäre? Schließlich bin ich erst dadurch für ihn zu einer Gefahr geworden. Niemand, der Böses im Sinn hat, wäre so dämlich. Im Krieg schickt man seinen unbewaffneten Gegnern schließlich auch nicht erst Gewehre und Handgranaten zu, bevor man sie angreift.«

Ludmillas Augen verengten sich. »Seine Hilfe mag auf den ersten Blick ehrenhaft und selbstlos erscheinen. Aber du bist nicht sein einziger Feind, Anna.«

Ich stutzte. »Du meinst David?«

»Vielleicht hat Nebruel dir geholfen, dein Machtwort zu finden, damit du deine Kräfte gegen David richtest«, sagte die Zirkelanführerin mit gefährlich leiser Stimme. »Vielleicht möchte er, dass du in der Walpurgisnacht *für* ihn kämpfst und deinen Cáraid ausschaltest?«

Ich schluckte schwer. Der Gedanke war mir bisher nicht gekommen. Doch mein Gefühl sagte mir, dass Ludmilla sich täuschte. Nebruel hatte mir nicht aus reiner Berechnung geholfen. Unser Kuss hatte ihm etwas bedeutet.

»Aber David hat seine eigene Schwester manipuliert und ihr mit Magie eine Gehirnwä…«

»Davon will ich nichts mehr hören!« Ludmilla hieb mit der flachen Hand auf den Tisch und alle im Raum zuckten zusammen. »Oder hast du auch nur einen Beweis für diesen ungeheuerlichen Vorwurf?«

Ich sah zu Boden und schüttelte schweigend den Kopf.

»Auch wir sind nicht mit allem einverstanden, was David tut«, lenkte Walpurga schlichtend ein. »Du hast ja mitbekommen, dass wir im Unterricht oft streiten, weil er gefährliche Magie einsetzen möchte. Aber damit will er euch nur verteidigen. David hat sich kein einziges Mal wirklich falsch verhalten. Selbst als er schwarze Magie angewandt hat, um den Feuerteufel zu Asche zerfallen zu lassen, hat er damit sein und auch dein Leben gerettet.«

Ich knirschte mit den Zähnen. Das war ja gerade das Geniale an Davids doppeltem Spiel. So etwas nannte ich wahrhaft böse! Erst wenn man das Gesamtbild betrachtete, wurde man stutzig. Oder wenn man Chloes konfuses Gestammel und ihren erschreckend leeren Blick erlebt hatte, so wie ich.

»Außerdem«, fügte Walpurga mit nachsichtigem Lächeln hinzu, »kann David gar nicht so gemeingefährlich sein. Schließlich hast du ihn mehrfach geküsst, auch nachdem die Wirkung der Amorelia-Tropfen nachgela…« Sie stockte abrupt und wich hastig meinem Blick aus.

Ich runzelte die Stirn. Amorelia-Tropfen? Das war eigentlich ein Liebestrank. Es fiel mir wie Schuppen von den Augen: Walpurgas bitterer Tee, den ich in Urians Reich getrunken hatte! Deswegen hatte er so seltsam geschmeckt.

»Du hast mir einen Liebestrank verabreicht?« Wut wallte in mir auf und ich ballte die Fäuste. »Wie konntest du nur? Ich habe dir vertraut, Walpurga.«

Ihre Wangen färbten sich rosa. »Diese Tropfen sind doch ganz harmlos«, versicherte sie mir. »Sie verstärken lediglich positive Gefühle. Da die Walpurgisnacht schon so nah ist, wollte ich die Sache nur etwas beschleunigen. David und du – ihr seid das Càraid! Unsere Zukunft hängt davon ab, dass ihr eure Gefühle zueinander wiederfindet.«

Ich fuhr zu Ludmilla und Edith herum. »Habt ihr davon gewusst?«

Edith stieß einen tiefen Seufzer aus. »*Ich habe erst davon erfahren, als ihr schon unterwegs gewesen seid. Aber um ehrlich zu sein, kann ich es Walpurga nicht übel nehmen. Sie hat es wirklich nur gut gemeint, Anna. Bitte sei ihr nicht böse!*«

Das war leider nicht so einfach. Selbst wenn Walpurga gute Absichten gehabt hatte, fühlte ich mich von ihr hintergangen und manipuliert. Natürlich empfand ich etwas für David, das wollte ich gar nicht abstreiten. Aber hätte ich ihn in der Höhle bei den Schattenwesen deswegen gleich geküsst? Das würde ich nun niemals erfahren – und schuld daran war dieser Liebestrank.

»An Walpurgas Tat ist nichts Verwerfliches«, behauptete Ludmilla. »Schließlich seid ihr beide füreinander bestimmt. David und du seid dazu auserkoren, den Sohn des Teufels zu besiegen.«

Ich verschränkte störrisch die Arme vor der Brust. »Auf mich hat Nebruel keinen so bösartigen Eindruck gemacht, wie ihr mich andauernd glauben lassen wollt.«

»Ah ja?«, entgegnete Walpurga schneidend. Das freundliche Lächeln in ihrem Gesicht war wie weggewischt. Sie zog den Ärmel ihres Nachthemds hoch und entblößte ihre schrecklichen Narben. »Das hat Nebruel mir angetan, als wir uns damals im Wald begegnet sind. Ein gut aussehender junger Mann mit blasser Haut, schwarzen Haaren und schwarzer Kleidung. Er wollte mir ohne Mitgefühl oder Skrupel meine Magie rauben und mich töten. Wie ein Tier hat er mich zum Sterben im Dreck zurückgelassen.«

Hastig wandte ich den Blick von ihrem entstellten Arm ab. Walpurgas Beschreibung traf exakt auf Nebruel zu. Zweifel machten sich in mir breit. Wie hatte er nur so brutal und erbarmungslos sein können? Sicher, er wollte zurück in das

Reich seines Vaters und die Menschen aus den mystischen Wäldern vertreiben. Aber das rechtfertigte noch lange nicht diese Grausamkeit. Wie sicher war ich mir, dass Nebruel mir nicht nur den freundlichen und harmlosen Typen vorgespielt hatte? Bisher hatten wir noch nicht einmal einen Satz miteinander gewechselt. Und wenn Ludmilla richtiglag? Vielleicht hatte Nebruel mir tatsächlich nur deshalb mit meinem Machtwort geholfen, damit ich mich in der Walpurgisnacht gegen meinen Cáraid stellte?

»David liebt dich und will für dich kämpfen«, erinnerte Edith mich mit sanfter Stimme. *»Für unsere Zukunft. Für die Sicherheit eurer Familien und Freunde.«*

»Ich weiß«, murmelte ich. Plötzlich fühlte ich mich unglaublich erschöpft und kraftlos.

»Doch wie dankst du David seine Liebe?«, fragte Ludmilla und spuckte mir dabei fast vor die Füße. »Du triffst dich hinter seinem Rücken mit eurem Feind und küsst ihn sogar noch.«

Eine Welle der Scham durchflutete mich. Was für eine Art Mensch war ich eigentlich? Was ich getan hatte, war viel schlimmer, als jemand heimlich einen Liebestrank zu verabreichen. Ich hatte David betrogen und noch nicht einmal ein schlechtes Gewissen deswegen bekommen.

»Entschuldigung«, sagte ich mit belegter Stimme. »Es tut mir leid.«

Ludmilla trat so nah an mich heran, dass ich jede einzelne Falte in ihrem Gesicht ausmachen konnte. Ein silbriges Funkeln lag in den Augen der Zirkelanführerin und ihre magische Aura war so mächtig, dass es mir den Atem raubte. Sie waberte um mich herum, schloss mich wie in einen Kokon ein und hielt mich fest.

»Du wirst jetzt genau machen, was ich sage! Wir werden

David erzählen, dass dir dein Machtwort durch einen kurzen Erinnerungsfetzen eingefallen ist. Kein Wort über Nebruel und eure Treffen. Ist das klar?«

Ich nickte schweigend.

»Morgen wirst du mit David die Cáraid-Zauber üben«, fuhr sie fort. »Bis dahin rate ich dir, dich auf die Gefühle zu konzentrieren, die du bei eurem Abenteuer in Urians Reich für ihn empfunden hast. Schlag dir deine kindische Schwärmerei für den Sohn des Teufels ein für alle Mal aus dem Kopf!«

Ich zögerte. Wie sollte ich das denn bitte schön anstellen? Selbst wenn ich mir bezüglich Nebruels Absichten nicht mehr so sicher war wie noch vor einer halben Stunde, konnte ich meine Gefühle für ihn doch nicht einfach abschalten.

»Habe ich mich deutlich genug ausgedrückt?«, fragte Ludmilla eisig, da ich nicht reagierte.

»Ich versuche es«, versprach ich.

Immerhin schien sie sich damit zufriedenzugeben.

»Und nun das Wichtigste.« Ludmillas magischer Klammergriff verstärkte sich. »Du wirst Nebruel nicht wiedersehen! Du meidest jeden Spiegel bis zur Nacht eures Kampfes. Der Sohn des Teufels hat dir schon genug das Gehirn vernebelt und ich habe keine Lust, so eine Diskussion wie heute Nacht noch einmal zu führen. Nebruel ist böse und ihr müsst ihn ausschalten!«

Ludmillas Magie presste sich schmerzhaft gegen meine Schläfen und drückte mir die Luft aus den Lungen. Mir entwich ein Schmerzenslaut und ich ging in die Knie.

Durch das pulsierende Hämmern in meinem Kopf hörte ich wie aus weiter Ferne Ediths Stimme: *»Ludmilla, bitte hör auf! Du tust ihr weh.«*

Die alte Hexe brachte ihr Gesicht so dicht vor meines, dass

ihr Atem über meine Wange strich. »Hast du das verstanden, Anna?«, zischte sie. »Du wirst Nebruel übermorgen töten!«

Ich biss die Zähne zusammen. Mit schier übermenschlicher Anstrengung hob ich meinen Kopf und blickte der Zirkelanführerin in die Augen. Ludmilla war endgültig zu weit gegangen.

»Du kannst mir gar nichts befehlen«, erwiderte ich trotzig.

*

Am nächsten Mittag stand ich mit David im Garten der Hexen und wartete auf den Beginn des Unterrichts. Es war ein Wunder, dass David bisher nicht misstrauisch geworden war. Schon bei der Begrüßung war die Spannung, die zwischen den Brockenhexen und mir in der Luft lag, fast greifbar gewesen. Allein Edith hatte versucht, gute Laune zu verbreiten.

»Ich bin froh, dass morgen Walpurgisnacht ist«, meinte David gerade und griff nach einer meiner Haarsträhnen, um sie sich um den Finger zu wickeln. »Dann müssen wir nicht mehr andauernd hier herumhängen und haben endlich mehr Zeit für uns.«

»Mhm«, brummte ich abwesend.

Trotz meiner Wut auf Ludmilla hatte ich mich bisher an ihre Anweisungen gehalten. David hatte meine Notlüge, dass ich mein Machtwort durch einen Erinnerungsfetzen erfahren hatte, ohne Zögern geglaubt. Auch hatte ich mich von jedem Spiegel ferngehalten, sodass Nebruel keinen Kontakt zu mir aufnehmen konnte. Meine Gefühle konnte ich jedoch nicht so einfach beeinflussen.

Sanft entzog ich David mein Haar und warf es mir zurück

über die Schulter. »Und was genau willst du tun, wenn unsere Mission erfüllt ist?«

»Keine Ahnung!« Er zuckte mit den Schultern. »Es gibt so viele Möglichkeiten. Wir sind nicht nur irgendeine Hexe und irgendein Hexer, Anna. Zusammen besitzen wir ungeheuer viel Macht. Du und ich – wir sind unschlagbar. Mit unserer Magie könnten wir die ganze Welt erobern.«

Das begierige Funkeln, das in seinen dunklen Augen aufleuchtete, gefiel mir ganz und gar nicht.

»Und warum sollten wir das tun? Ich habe kein Interesse an der ganzen Welt. Ich bin froh, wenn ich mein eigenes Leben auf die Reihe kriege.«

David schnappte sich erneut eine Haarsträhne und wickelte sie sich um den Finger. Deutlich aggressiver als beim ersten Mal entzog ich sie ihm. »Wie geht es eigentlich deiner Schwester?«

»Chloe ist immer noch total aufgeregt, weil sich diese Journalistin bei ihr gemeldet hat. Sie hat von der Demo gegen Kinderarbeit in Textilfabriken gehört und will nun einen Artikel darüber schreiben. Aber das weißt du ja wahrscheinlich schon.«

Nein, das wusste ich nicht. Chloe ging mir nämlich aus dem Weg. Sobald ich mich ihr näherte, erlosch ihr Lächeln und ihr ganzer Körper verkrampfte sich. Als würde ihr mein Anblick körperliche Schmerzen bereiten. Ich hatte den Mut aufgebracht und Chloe noch einmal gefragt, ob David in irgendeiner Weise für ihr verändertes Verhalten verantwortlich war. Aber ihre Reaktion war die gleiche wie beim ersten Mal: Sie wies meine Unterstellungen empört zurück und hielt eine flammende Lobrede auf ihren großartigen tollen Bruder, den sie von ganzem Herzen liebte. Für die Brockenhexen mochte das kein Beweis sein, doch mich machte dieser radikale Sinneswandel misstrauisch. Aber vor allen Dingen fehlte mir Chloe und es tat mir weh, dass ich nun von David diese tolle Neuigkeit erfahren musste.

»Das freut mich für sie«, sagte ich mit traurigem Lächeln. »Dann war ihre Demo am Ende doch noch ein Erfolg.«

David schien das Leben seiner Schwester allerdings wenig interessant zu finden. »Natürlich gibt es auch noch viele andere Dinge, die wir nach morgen Abend tun können«, knüpfte er wieder an unser ursprüngliches Gesprächsthema an. Mit einem zweideutigen Grinsen legte er mir die Hände an die Taille und zog mich zu sich heran.

Unweigerlich versteifte ich mich. Seine Nähe fühlte sich falsch an. Schon bei seinem Begrüßungskuss hatte ich meinen Kopf schnell zur Seite gedreht und so getan, als müsste ich niesen. Als ich mich nun jedoch von David losmachte, hatte dies nichts mit meinen zwiespältigen Gefühlen ihm gegenüber zu tun. »Wie kannst du ausgerechnet jetzt an so etwas denken?«, fragte ich ihn fassungslos. »Wir sollen morgen ein Leben beenden, David. Hast du das vergessen? Mich beschäftigt das jedenfalls jede verdammte Minute, und an alles, was danach kommt, verschwende ich keinen Gedanken.«

David zog seine Augenbrauen in die Höhe. »Hast du etwa Zweifel an unserer Mission?«

Natürlich hatte ich Zweifel. Viel mehr, als er sich vorstellen konnte. Selbst wenn Ludmilla richtiglag und ich Nebruels wahre Absichten falsch eingeschätzt hatte.

Um mich einer Antwort zu entziehen, lief ich zum Kräutergarten der Hexen und lehnte mich an den Holzzaun. Der Geruch von Salbei, Minze, Lavendel und zahlreichen anderen Kräutern hing schwer in der Luft.

Doch David folgte mir. »Denk daran, dass wir etwas Gutes tun!«, erinnerte er mich. »Du spürst doch auch, dass sich die Gefahr schon jetzt in den Wäldern und im Dorf ausbreitet. Das wird alles noch viel schlimmer, sobald Nebruel sich aus seinem Gefängnis befreit hat. Willst du nicht wenigstens deiner Familie zuliebe dein Schicksal erfüllen? Du hast es in der Hand, für ihre Sicherheit zu sorgen.«

Darum hatte ich nicht gebeten! Die Verantwortung, die momentan auf meinen Schultern lastete, drückte mich fast zu Boden.

»Außerdem«, fügte David hinzu, während er gedankenverloren ein Liebstöckelblatt abriss und es zwischen seinen Fingern zerrieb, »finde ich es humaner, Nebruel zu töten, anstatt ihn für weitere 333 Jahre in dieses grässliche Spiegelgefängnis zu sperren.«

»Wirklich?«

David nickte mit ernster Miene. »Eine so lange Gefangenschaft in vollständiger Isolation ist grausam. Ich kann mir nichts Schlimmeres vorstellen, als eingesperrt zu sein. Lieber wäre ich tot!«

Ich war über die Aufrichtigkeit, die in seinen Worten mitschwang, erstaunt. Für David schien es tatsächlich eine Tat der Barmherzigkeit zu sein, das Spiegelgefängnis mitsamt Nebruel zu zerstören. Ich erinnerte mich daran, dass er in Urians Reich schon von seiner Klaustrophobie gesprochen hatte. Allerdings konnte er nicht wissen, ob Nebruel unter der gleichen Angst litt.

Ich betrachtete David aus den Augenwinkeln. Warum fühlte ich mich meinem Cáraid nur nicht so verbunden wie dem Sohn des Teufels? Trug ich vielleicht selbst etwas Böses in mir? Ich stieß langsam die Luft aus. Wem wollte ich eigentlich etwas vormachen? Ich konnte Nebruel nicht vergessen, weil ich mich in ihn verliebt hatte. Ohne dass ich es wollte oder logisch auch nur annähernd begründen konnte, hatte ich ihm mein Herz geschenkt.

David legte einen Finger unter mein Kinn und hob es an, um mich an seine Gegenwart zu erinnern. »Wir beide gehören zusammen, Anna«, sagte er mir rauer Stimme. »Auch ohne das Aonaich-Ritual hätte ich mich mit Haut und Haaren in dich verliebt. Du bist anders als die anderen Mädchen.« Er fuhr mit seinem Daumen zärtlich über meine Wange. »Im Gegensatz zu den Mädchen in der Schule gibst du mir Kontra. Du bist eine leidenschaftliche Kämpferin – egal, ob es um dein Machtwort geht oder um Schattenwesen, die uns töten wollen. Du hast mir das Leben gerettet und dein eigenes dabei in Gefahr gebracht. So etwas hat noch nie jemand für mich getan.«

Gott, ich fühlte mich so elend! Ich konnte David keine Sekunde länger in die Augen sehen.

Doch nun nahm er auch noch mein Gesicht in beide Hände und hielt meinen Blick fest. »Aber vor allen Dingen liebe ich dein Mitgefühl und dein großes Herz, in dem sogar Platz für Nebruel ist.«

Ich riss die Augen auf und meine Knie wurden weich. Ach du meine Güte, wusste er etwa Bescheid?

»Wie … wie meinst du das?«

Schon wieder wickelte er eine meiner Haarsträhnen auf seinen Finger, doch dieses Mal ließ ich ihn gewähren.

»Du bist die Einzige, die mehr in Nebruel sieht als nur den Bösewicht. Du hast Verständnis für sein Verhalten gezeigt und erkannt, dass er einfach nur einsam war.«

Irritiert sah ich ihn an. Was redete er denn da? Noch vor

fünf Minuten hatte er es kaum abwarten können, Nebruel mit einer magischen Energiekugel zu grillen.

Für einen winzigen Moment keimte Hoffnung in mir auf. »Bekommst du jetzt auch Skrupel? Hast du es dir anders überlegt?«

David schreckte wie aus einer tiefen Trance auf. Er räusperte sich. »Nein, natürlich nicht«, versicherte er mir. »Ich wollte damit nur sagen, dass du mir hilfst, manche Dinge aus einem anderen Blickwinkel zu betrachten. Mehr Menschlichkeit zu zeigen.«

Mit einem gewinnenden Lächeln zog er mich an sich und beugte den Kopf, um mich zu küssen.

In diesem Augenblick flog die Haustür der Hexen auf und die drei Brockenhexen kamen beladen mit Zauberbüchern, runden Zielscheiben und einem Dummy aus ausgestopften Mehlsäcken heraus.

»Es kann losgehen«, verkündete Walpurga schwer atmend. »Jetzt üben wir die Cáraid-Zauber!«

*

Die Cáraid-Zauber liefen nicht besonders gut. Dabei hatte sich die Theorie so einfach angehört: David und ich sollten den gleichen Zauberspruch aufsagen, unsere Magie miteinander verflechten und im selben Moment unser Machtwort aussprechen. In der Praxis war es jedoch weitaus komplizierter. Sobald unsere magischen Kräfte aufeinandertrafen, wirbelten sie um uns herum und wurden zu einem machtvollen Strudel. Die Magie zerrte an meinen Haaren, strich über mein Gesicht und ihre Energie schien mich emporzuheben. David war von diesem Moment jedes Mal wie berauscht.

Doch dann zog die Magie immer fester an uns, als wäre sie wütend. Sie richtete sich gegen uns, übte von allen Seiten Druck aus und erschwerte das Atmen. Ein Knistern lag in der Luft wie von Elektrizität, dann fuhr ein Blitz zwischen uns und wir wurden mit brachialer Gewalt auseinandergerissen. Zum Glück blieben wir jedes Mal unverletzt.

Die kalten Blicke, die die Brockenhexen mir zuwarfen, hätten mich eigentlich zu Eis erstarren lassen müssen. Selbst Edith hatte eine vorwurfsvolle Miene aufgesetzt. Sie sprachen es zwar nicht laut aus, aber natürlich gaben sie mir die Schuld daran, dass unsere Magie nicht miteinander harmonierte. Ein Cáraid war in der Geschichte der Hexen äußerst selten und eine Grundvoraussetzung dafür war eine starke bedingungslose Liebe. Aber wie, um Himmels willen, sollte ich solche Gefühle erzwingen?

Nach unzähligen gescheiterten Versuchen beschlossen die Brockenhexen, dass wir uns ab sofort auf den Dion-Zauber konzentrieren sollten, der uns vor Nebruels Magie schützte. Bis morgen Abend mussten wir wenigstens diesen Teil perfektioniert haben. Als Vorbereitung auf den Kampf griffen die Hexen uns zu dritt an, während David und ich uns gegenseitig mit einem magischen Schutzschild umgeben sollten. Der Dion-Zauber war die größte Stärke eines Cáraid und setzte absolute Selbstlosigkeit voraus. In diesem Übungsteil waren es überraschenderweise Davids Schutzzauber, die regelmäßig versagten. Das hatte zur Folge, dass ich permanent von magischen Blitzen und Feuerpfeilen getroffen wurde.

Als sich einige Stunden später die Dunkelheit über den Hexenwald senkte, sah ich ziemlich mitgenommen aus und meine Haare stanken angesengt.

Bei allen war die Stimmung im Keller. Ludmilla verschwand ohne ein weiteres Wort im Haus und Walpurga bedachte mich mit einem strafenden Blick, während sie David so mitfühlend in den Arm nahm, als hätte er eine schwere Krankheit. Offenbar war ich in ihren Augen eine Verräterin und stand kurz davor, Davids Herz zu brechen.

»Das wird schon noch«, meinte sie ohne viel Überzeugung. »Morgen klappt es bestimmt.«

Edith öffnete für uns ein Portal zu den Schnarcherklippen. Während im Hexenwald schon die Nacht angebrochen war, schien hier noch die Sonne und es war erst später Nachmittag. Es roch nach Erde und Moos, der Waldboden war weich von einem Teppich aus Tannennadeln und über uns erhob sich ein Baldachin aus Ästen und Blättern, dessen Lücken von goldenen Sonnenstrahlen gefüllt wurden. Ein früher Gruß des Sommers lag in der Luft, doch David und ich liefen in bedrücktem Schweigen nach Hause. Durch das kräftezehrende Training fühlte ich mich ausgelaugt und hundemüde.

David blieb unvermittelt stehen. »Anna, mach dir keine Vorwürfe, weil es mit dem Cáraid-Zauber nicht geklappt hat! Wahrscheinlich lag es an mir. Aber wir schaffen das schon!«

Vor schlechtem Gewissen zog sich mein Magen krampfhaft zusammen. Erneut dachte ich an Ludmillas Anweisungen, doch es erschien mir einfach nicht richtig, David anzulügen. Vor allem, wenn er glaubte, dass er für unsere gescheiterten Cáraid-Zauber verantwortlich war.

Ich gab mir einen Ruck. »Nein, ich bin diejenige, die schuld daran ist, David. Ich habe mich …«

Das Flattern von Flügeln unterbrach mich. Ein halbes Dutzend Krähen hatte sich aus den umliegenden Bäumen erhoben. Sie waren in den dichten Baumkronen so gut geschützt gewesen, dass ich sie überhaupt nicht bemerkt hatte.

Nun flogen sie aufgeregt über unsere Köpfe und stießen krächzende Laute aus. Wollte Nebruel mich damit warnen? Aber weshalb sollte ich David nicht die Wahrheit erzählen? Es war schließlich nicht so, dass ich mich damit in Gefahr brachte. Oder etwa doch?

Davids Stirn legte sich in Falten und sein Gesicht verzerrte sich zu einer wütenden Maske. »Haut ab, ihr Mistviecher!«

Er hob die Hand und schickte eine magische Feuerwand in Richtung der Vögel. Sie hatten keine Möglichkeit auszuweichen, denn sie waren uns viel zu nah. Mitten im Flug gingen ihre Körper zischend in Flammen auf.

Ich stieß einen Schrei aus und hob ebenfalls die Hand, um hastig einen Wasserzauber zu beschwören, doch die Krähen fielen schon leblos zu Boden. Eine von ihnen landete direkt vor meinen Füßen. Ich kniete mich neben sie und mit letzter Kraft hob sie den Kopf, um mich mit ihren intelligenten Augen fragend anzusehen, dann starb auch sie.

»Oh Gott, David …« Mein Blick verschleierte sich. Solch ein sinnloses Morden widersprach allem, wofür die Hexen einstanden. Wir sollten das Leben schützen und bewahren, egal, ob es sich um Menschen oder Tiere handelte. »Warum hast du das gemacht? Die Krähen haben dir überhaupt nichts getan.«

»Sie waren Nebruels Spione«, gab er kalt zurück. »Sie hatten den Tod verdient.« Er wandte sich ruckartig ab und lief davon.

23.

»Meine Ruh´ ist hin,
Mein Herz ist schwer;
Ich finde sie nimmer
Und nimmermehr.
Mein Busen drängt
Sich nach ihm hin.
Ach dürft´ ich fassen
Und halten ihn,
Und küssen ihn,
So wie ich wollt´,
An seinen Küssen
Vergehen sollt´!«

»Faust«, Johann Wolfgang von Goethe

Am nächsten Morgen schlurfte ich in die Küche und ließ mich mit einem mürrischen »Morgen!« auf meinen Platz sinken. Sofie brachte mir wortlos eine Tasse heißen Kaffee.

»Schlecht geschlafen?«, fragte mein Vater.

Ich nickte und trank vorsichtig einen Schluck. »Kann man wohl sagen.«

Ich hatte kaum ein Auge zugemacht. Auf der Suche nach irgendwelchen Anhaltspunkten hatte ich Anna Hubers Hexenfibel zwei Mal durchgelesen, doch ich war keinen Schritt weitergekommen. Dafür hatte mich im Morgengrauen ein kaltes Gefühl der Einsamkeit gepackt. Das Verlangen, einen Blick in den Spiegel zu werfen und Nebruel zu treffen, war schier unerträglich geworden.

Meine Mutter kam in die Küche. »Guten Morgen, ihr Lieben«, verkündete sie gut gelaunt. »Habt ihr schon gesehen, was draußen los ist? Die Straßen sind voll mit Touristen, die heute auf den Brocken wollen, um die Walpurgisnacht zu feiern. Euer Vater und ich fahren später mit Jonas nach Thale zum Hexentanzplatz. Ihr könnt gerne mitkommen. Oder habt ihr schon etwas vor?«

Ja, hatte ich. Die Welt vor dem Bösen retten. Die übliche Freizeitbeschäftigung für Sechzehnjährige. Frustriert pustete ich auf meinen Kaffee.

Sofie warf mir einen verschwörerischen Seitenblick zu. »Ich denke, ich bleibe lieber hier. Momentan lese ich so ein gutes Buch.«

Dieses Argument zog bei unserer Mutter immer. Ich ahnte jedoch, dass Sofie wegen mir zu Hause blieb. Ein warmes Gefühl breitete sich in meiner Brust aus. Ich war vielleicht nicht ganz so allein, wie ich geglaubt hatte.

Erst jetzt bemerkte ich den fragenden Blick meiner Mutter. »Fahrt ihr nur und habt euren Spaß!« Ich zwang mich zu einem Lächeln. »Ich gehe heute Abend wahrscheinlich noch auf den Blocksberg.«

Allerdings nicht, um mich den Feiernden anzuschließen. Wenn ich daran dachte, was heute Nacht alles passieren konnte, bildete sich ein Kloß in meinem Hals.

Nach dem Frühstück schrieb ich David eine Nachricht und fragte ihn pflichtbewusst, ob er noch einmal bei den Brockenhexen den Cáraid-Schutzzauber üben wollte. Aber er antwortete nicht.

So verbrachte ich den Rest des Morgens damit, mir über den heutigen Kampf und meine möglichen Strategien den Kopf zu zerbrechen. Allerdings fielen mir nur drei Optionen ein und alle drei waren schlecht. Zum einen konnte ich den Plan der Brockenhexen befolgen, mit David zusammen Nebruel zu bekämpfen und ihn in das neue Spiegelgefängnis zu sperren. David würde den Spiegel zerstören und Nebruel dadurch töten. Jede Faser meines Körpers sträubte sich gegen diesen Gedanken.

Meine zweite Option bestand darin, überhaupt nichts zu tun und den Abend daheim zu verbringen. David und Nebruel könnten die Sache unter sich regeln und ich würde einfach abwarten, wer von beiden den Sieg davontrug. Diese Variante war zwar verlockend, aber zugleich auch feige und erbärmlich.

Als Alternative blieb, mich gegen meinen Cáraid zu stellen. Ich könnte David mit einem Schlafzauber belegen, Nebruel zur Flucht verhelfen und ihm das Versprechen abnehmen, dass er niemandem mehr Schaden zufügte. Wenn er immer noch die Welt vor der Zerstörungswut der Menschen retten wollte, konnte ich ihm notfalls die Adresse von Greenpeace geben. Allerdings barg dieser Plan ein hohes Risiko. Könnte ich damit leben, wenn ich mich in ihm täuschte und dadurch das Wohl meiner Familie in Gefahr brachte?

Am späten Nachmittag brachen meine Eltern wie angekündigt nach Thale zum Hexentanzplatz auf. Mein kleiner Bruder weigerte sich jedoch standhaft, sie zu begleiten. Als er nämlich gehört hatte, dass es dort von Hexen wimmelte, die um ein großes Feuer tanzten, hatte er ängstlich die Augen aufgerissen und verkündet, dass er lieber daheim bei seinen Schwestern bleiben wolle. Auch die Beteuerungen meiner Eltern, dass es sich nur um Menschen in grusligen Kostümen handelte und echte Hexen überhaupt nicht existierten, hatten ihn nicht mehr umstimmen können.

Kurz bevor meine Eltern das Haus verließen, hielt ich meine Mutter noch mal zurück. »In Büchern werden die Antagonisten oft als durch und durch böse beschrieben. Hältst du das für realistisch, Mama?«

Sie schüttelte resolut den Kopf. »Nein, auf keinen Fall. Ich glaube nicht, dass ein Mensch in der Realität ausschließlich böse ist. Aber seine Taten können es sein.«

»Das heißt, er könnte trotzdem Liebe empfinden?«

Sie dachte einen kurzen Moment darüber nach. »Ich denke schon«, meinte sie schließlich. »Solange es eine ehrliche, aufrichtige Liebe ist.«

»Gibt es denn auch eine andere?«

Sie zog sich ihre Jacke über. »Wenn jemand nur dein Äußeres liebt. Oder nur deine guten Seiten. Oder wenn es ihm eigentlich darum geht, dich zu besitzen wie eine Trophäe. Aber ich schätze, das ist auch keine echte Liebe.«

Ich nickte nachdenklich. Sowohl David als auch Nebruel schienen mich zu lieben. Aber taten sie es aus den richtigen Gründen?

Meine Mutter gab mir einen Kuss auf die Wange und ging zur Haustür, die mein Vater offen gelassen hatte.

»Und woher weiß man, ob die Liebe echt ist?«, fragte ich hastig.

»Das spürst du in deinem Herzen.« Sie schaute lächelnd über ihre Schulter zu meinem Vater, der schon am Auto auf sie wartete. »Der Autor Khalil Gibran hat mal gesagt: *Wenn die Liebe euch ruft, folgt ihr, auch wenn ihre Pfade beschwerlich und steil sind. Und spricht sie zu euch, schenkt ihr Glauben.*«

*

Auf Jonas' Flehen hin hatte sich Sofie erbarmt und war mit ihm und dem Hund unserer Nachbarin spazieren gegangen. Ich stand in Gedanken versunken an meinem Fenster und hielt ein kleines Fläschchen in Händen. Es war das Gift Fianais, das ich kurz vor Ediths Unterricht heimlich aus dem Korb mit Zaubertränken stibitzt hatte. Fianais ermöglichte es, willentlich eine Vision der Vergangenheit oder Zukunft heraufzubeschwören. Es gab nur einen Haken: Leider war Fianais sehr gefährlich. Wenn ich Pech hatte, starb ich an dem Gift.

Durch das Tal hallte der Ruf der Brockenbahn wie das Heulen eines einsamen Wolfes. Die Dampflok fuhr mehrmals täglich auf die Spitze des Blocksbergs, doch heute in der Walpurgisnacht war die Brockenbahn feierlich geschmückt und trug den Namen »Hexenexpress«. Sie brachte kostümierte Hexen und Feiernde nach Schierke, um dort den großen Hexenumzug durchs Dorf zu starten. Wenn Jonas Pech hatte, würde er bei seinem Spaziergang wohl doch noch der ein oder anderen – falschen – Hexe über den Weg laufen. Er konnte ja nicht wissen, dass er heute Morgen schon mit einer echten Hexe zusammen gefrühstückt hatte.

Ich steckte das Zaubertrankfläschchen zurück in meine Hosentasche. Es musste noch eine andere Möglichkeit geben! Entschlossen marschierte ich in Richtung Badezimmer. Na schön, die Brockenhexen hatten mir verboten, Nebruel wiederzusehen. Aber was sollte schon passieren? Ich musste ihn einfach treffen und etwas Licht ins Dunkel bringen.

Als ich in den Spiegel blickte, erschrak ich über die dunklen Ringe unter meinen Augen und meine angespannten Gesichtszüge. Ich erkannte mich selbst kaum wieder. Meine Aufmerksamkeit wurde jedoch sofort auf wichtigere Dinge gelenkt, als mein Antlitz verschwamm und durch Nebruels Gesicht ersetzt wurde. Für einen langen Augenblick sahen wir uns in die Augen und mir wurde warm ums Herz. Ich hatte ihn schrecklich vermisst!

Nebruel zeichnete mit einem Finger den Umriss des Spiegels nach, legte seine Hand flach auf die Augen und deutete dann auf mich.

»Warum ich dich nicht mehr sehen wollte?«, fragte ich mit belegter Stimme. Ich zuckte mit den Schultern. Ludmillas Verbot konnte ich ihm auf diese Art und Weise schlecht begreiflich machen.

Nun wirkte Nebruel besorgt. Er zeigte auf sich, machte einen Kussmund und imitierte danach einen Würgereiz.

Ich musste lachen. »Nein, so schlecht war dein Kuss nicht«, sagte ich kopfschüttelnd.

Er lächelte erleichtert und das übliche Funkeln trat in seine Augen. Ich konnte beim besten Willen nichts Böses in ihnen entdecken. Ganz im Gegensatz zu Davids Augen, als er gestern die Krähen getötet hatte. Die Stimme meiner Mutter hallte durch meinen Kopf: »*Wenn die Liebe euch ruft, folgt ihr, auch wenn ihre Pfade beschwerlich und steil sind. Und spricht sie zu euch, schenkt ihr Glauben.*«

Nebruel klopfte mit der flachen Hand auf seine Brust, um sein Herzklopfen zu verdeutlichen und zeigte dann auf sein Handgelenk, als würde er dort eine Armbanduhr tragen. Im ersten Moment irritierte mich diese Geste, denn im 17. Jahrhundert hatte es garantiert noch keine Armbanduhren gegeben. Doch dann fiel mir ein, dass Nebruel durch die Krähen eine Möglichkeit gehabt hatte, die Entwicklung unserer Welt in den vergangenen Jahrhunderten zu beobachten. Jedenfalls zum Teil. Da sich Krähen selten in einem Kino oder im

Computershop aufhielten, war ihm trotzdem einiges entgangen.

Ich nickte ihm zu und wiederholte seine Gesten. »Ich bin auch nervös. Bald ist es so weit.«

Mit dem, was er nun tat, hatte ich nicht gerechnet. Nebruel murmelte etwas und machte eine Handbewegung, als würde er einen Schleier herunterreißen. Im selben Augenblick veränderte sich der Hintergrund im Badezimmerspiegel. Trotz Nebruels Antlitz hatte ich hinter mir bisher immer unsere grau marmorierten Badezimmerfließen und das silberne Regal mit den Handtüchern gesehen. Doch nun zeigte mir Nebruel seinen wahren Aufenthaltsort. Er war einzig und allein von Spiegeln umgeben, die von unterschiedlich großen Rissen durchzogen waren. Wie in einem riesigen Puzzle entdeckte ich darin Nebruels Rücken und mein eigenes Gesicht, das mir mit weit aufgerissenen Augen entgegenblickte. Seit über drei Jahrhunderten bestand seine Welt nur aus Spiegeln. Ein kalter Schauer durchlief mich. Niemand hatte solch eine harte Strafe verdient! Schlagartig fiel mir der Albtraum ein, der mich nach unserem Umzug in den Harz immer wieder verfolgt hatte. Am Ende war ich jedes Mal von Spiegeln umgeben gewesen. Ich hatte von Nebruels Spiegeldimension geträumt!

In seinem Gesicht zeichnete sich Verzweiflung ab. Er presste die Handgelenke zusammen, als wäre er gefesselt. Dann deutete Nebruel auf mich. Die Botschaft war unmissverständlich: Er wollte, dass ich ihm half und ihn befreite.

Ich taumelte einige Schritte zurück. Mit jeder Faser meines Herzens wünschte ich mir, Nebruel hätte das nicht getan. Ohne es zu wissen, hatte er damit Ludmillas Prophezeiung bestätigt. Nebruel wollte, dass ich für ihn kämpfte …

Er bemerkte meine schockierte Reaktion und schaute mich fragend an. Doch in diesem Moment hörte ich, wie sich im Erdgeschoss die Haustür öffnete, und keine Sekunde später Jonas' herzerweichendes Weinen. Ich fuhr herum.

»Anna, komm schnell!«, rief Sofie von unten.

Ohne Nebruel eines weiteren Blickes zu würdigen, stürmte ich die Treppe hinunter.

*

»Fluffi hat ihn aus heiterem Himmel angefallen«, berichtete Sofie atemlos. »Gerade noch war er ein liebenswürdiger alter Cockerspaniel und eine Sekunde später hat er sich in eine Bestie verwandelt, die Jonas zerfleischen wollte.« Schaudernd schlang sie die Arme um ihren Oberkörper.

Jonas stand wie angewurzelt im Flur. Seine Augen waren rot gerändert und die Tränen flossen in einem stetigen Strom über seine Wangen. Ich ging in die Knie und suchte ihn hastig nach Wunden ab.

»Jonas geht es gut«, beruhigte mich Sofie sofort. »Er ist unverletzt. Ich konnte rechtzeitig dazwischengehen.«

Nun musterte ich besorgt meine Schwester. Erst jetzt fiel mir der Riss in ihrem rechten Ärmel auf, doch Sofie winkte ab. »Meine Kleidung hat das schlimmste verhindert. Man sieht nur den Zahnabdruck und mein Arm ist etwas angeschwollen, aber es blutet nicht einmal. Noch ehe er richtig zubeißen konnte, habe ich Fluffi einen so kräftigen Fußtritt verpasst, dass er losgelassen hat.«

Ich atmete erleichtert auf. Mittlerweile hatte Jonas sich jedoch so in seinen Weinkrampf hineingesteigert, dass er kaum noch Luft bekam.

»Steht er unter Schock?«, fragte ich irritiert.

Sofie zog ihre Jacke aus und hängte sie an die Garderobe, obwohl sie nun eher ein Fall für die Mülltonne war. Sie stieß einen tiefen Seufzer aus. »Natürlich haben wir Monster-Fluffi umgehend zu Frau Wenzel zurückgebracht. Sie hat sich hundertmal entschuldigt und war völlig schockiert von Fluffis Verhalten. Sie will gleich zum Tierarzt fahren, um den Hund notfalls einschläfern zu lassen.«

»Du … du musst etwas tun, Anna!«, schluchzte Jonas. »Bitte! Fluffi darf nicht sterben. Er hat das nicht so gemeint. Du hilfst ihm, ja?«

In seinen Augen lag so viel Vertrauen in seine große Schwester, dass es mir im Herzen wehtat. Ich strich ihm sanft die Tränen aus dem Gesicht. »Ich weiß nicht, ob ich etwas tun kann, Jonas. Es ist Frau Wenzels Entscheidung.«

»Ich … ich mache auch oft Fehler«, schniefte er. »Aber Papa lässt mich deswegen auch nicht für immer schlafen. Darf Fluffi denn keinen Fehler machen?«

»Ich hab dir doch gesagt, dass das bei Hunden eine völlig andere Sache ist«, meinte Sofie. »Fluffi wollte einen Menschen verletzen. Damit hat er eine Grenze überschritten.«

»Normalerweise schon«, wandte ich nachdenklich ein. »Aber ich glaube, Fluffi kann tatsächlich nichts dafür.«

Die Brockenhexen hatten erzählt, dass Nebruels Anwesenheit sich damals auf das Verhalten der Tiere ausgewirkt hatte. Sie hatten die Gegenwart des Bösen gespürt, waren gereizt und unberechenbar geworden, bis sie sogar ihre Besitzer angefallen hatten. Ich hätte meine Hand dafür ins Feuer gelegt, dass Fluffis Angriff etwas mit Nebruel zu tun hatte. Ohne Sofies mutiges Eingreifen wäre mein kleiner Bruder jetzt womöglich schwer verletzt oder sogar tot. Bei dem Gedanken daran wurde mir übel und eine eisige Kälte breitete sich in mir aus. Innerhalb weniger Minuten hatte sich alles verändert. Die Gefahr, die vom Sohn des Teufels ausging, war plötzlich äußerst real geworden. Ich musste meine Familie beschützen!

Ich wuschelte Jonas durch die Haare und zwang mich zu einem Lächeln. »Ich rufe Frau Wenzel an und bitte sie, wenigstens bis morgen zu warten, okay?« Ich richtete mich auf und drehte mich zu Sofie um. »Und dann brauche ich deine Hilfe. Ich habe etwas sehr Dummes und Gefährliches vor.«

*

Eine halbe Stunde später hatten wir alles im Garten vorbereitet.

An Sofies Miene konnte ich ablesen, wie sehr ihr mein Plan missfiel. »Bist du dir sicher, dass es keine andere Möglichkeit gibt?«

Ich nickte nachdrücklich. »Falls ich mich für die falsche Seite entscheide, könnte das fatale Folgen für uns alle haben. Wenn ich heute Nacht auf den Blocksberg gehe, muss ich wissen, wer mein Feind ist und gegen wen ich kämpfen muss.«

»Und wenn du an dem Gift stirbst?« Sofies Sorge ließ ihre Stimme heller klingen.

»Ich werde nicht sterben. Hey, du solltest wirklich mehr Vertrauen in meine Hexenkräfte haben!«, rügte ich sie. »Gehen wir noch mal den Plan durch?«

Die Zeit drängte und es würde nicht mehr lange hell sein. Damit ich das Haus nicht abfackelte, musste ich den Fianais-Zaubertrank im Freien einnehmen. Wenn man das

Gift schluckte, hatte man nicht nur das Gefühl, innerlich zu verbrennen – es konnte durchaus vorkommen, dass man tatsächlich wie eine lebende Fackel in Flammen stand. Mit einem guten Schutzzauber überstand man diese Phase jedoch ohne bleibende Schäden. Die magischen Fähigkeiten einer Hexe waren deshalb ein ausschlaggebender Faktor bei Fianais. Zur Sicherheit hatten Sofie und ich im Garten noch eine mit Wasser gefüllte Waschwanne aufgestellt, in die ich mich gleich hineinsetzen würde. Da ich meine Geschwister nicht in Angst und Schrecken versetzen wollte, hatte ich ihnen das Versprechen abgenommen, im Haus zu warten. Erst nach zwanzig Minuten würde Sofie wieder nach draußen kommen, um nach mir zu sehen.

»Und wenn du bewusstlos bist? Oder Schlimmeres?«, fragte sie nun. »Soll ich dann den Krankenwagen rufen?«

»Die könnten mir nicht helfen.« Ich schüttelte den Kopf. »Dann musst du in den Wald zu den Schnarcherklippen laufen und an den Felsen klopfen, der wie eine Haustür aussieht. Rufe nach Ludmilla und bitte sie um Hilfe! Die Zirkelanführerin kann dich durch das magische Portal hindurch hören.«

»Okay«, sagte Sofie mit heiserer Stimme und fiel mir um den Hals. »Bitte pass auf dich auf!«

»Mach ich!«

Als ich alleine war, zog ich meine Schuhe aus und quetschte mich in die Wanne. Himmel, war das Wasser kalt! Ich hangelte nach der Zaubertrankflasche neben mir im Gras, öffnete sie und schnüffelte daran. Das Gift roch gar nicht so schlecht – nach Himbeeren und Minze. Ich sprach einen schwierigen Schutzzauber gegen das Feuer, atmete tief durch und drängte meine Ängste beiseite. Die wirklich gefährliche Phase kam erst am Ende der Vision. Fianais wirkte in Sekundenschnelle, aber fast ebenso rasch baute sich das Gift wieder ab. Jedenfalls normalerweise. Immer wieder kam es vor, dass Hexen innerlich verbrannten, doch den Grund dafür hatte man noch nicht herausgefunden. Ich konnte lediglich hoffen und beten, das letzte Stadium lebend zu überstehen.

Ich fand meine innere Mitte und fokussierte mich auf die tröstende Kraft meiner Magie. Dann trank ich das Fläschchen in einem Zug leer. Schon beim Absetzen spürte ich, wie eine Hitzewelle meinen Körper überschwemmte. Sie intensivierte sich, bis in meinem Inneren eine Feuersbrunst wütete. Obwohl ich mich mental auf die Schmerzen eingestellt hatte, wurde ich von ihrer Intensität überrascht. Mir entwich ein erstickter Laut und allein der Gedanke an meine Geschwister hielt mich davon ab, laut zu schreien. Das Wasser in der Wanne begann zu brodeln und dichter Dampf hüllte mich ein. Zitternd hielt ich mir die Hände vors Gesicht. Sie standen lichterloh in Flammen. Das Feuer breitete sich aus, züngelte meine Arme hinauf und erreichte meinen Oberkörper. Ohne meinen Schutzzauber wäre ich bei lebendigem Leib verbrannt. Die Welt um mich herum wurde unscharf und Dunkelheit umfing mich. Jetzt musste ich mich konzentrieren! Da die Wirkung von Fianais kurz war, durfte ich nicht zu früh in die Vision einsteigen. Nun war es ein Glücksfall, dass David mir im Wunschsee den Kampf vor 333 Jahren gezeigt hatte, sodass ich genau wusste, zu welchem Zeitpunkt ich das Geschehen verfolgen wollte. Ich rief mir das Bild in Erinnerung, in dem das Spiegelgefängnis das Hexenmoor in silbriges Licht getaucht hatte, ich schwerverletzt auf dem Boden kniete und …

… wir gewonnen hatten! Es war unglaublich. Trotz meiner tiefen Wunde und der Schmerzen lachte ich auf vor Freude.

Es war David tatsächlich gelungen, Nebruel in eine Falle zu locken und ihn in das Spiegelgefängnis zu stoßen. Da die Gefahr nun vorüber war, erlaubte ich mir, den Schutzzauber für meinen Cáraid aufzuheben und meinen starken Blutverlust mit Magie einzudämmen.

Die Brockenhexen hatten gesagt, dass es einige Sekunden dauern würde, bis sich die flüssige Oberfläche des Spiegels verfestigt hatte und das Portal sich für die nächsten 333 Jahre schloss. Anstatt wachsam zu bleiben, drehte sich David jedoch sofort mit sorgenvoller Miene zu mir um. »Bist du schwer verletzt, Anna? Wie schlimm ist es?«

Ich erstarrte, denn hinter Davids Rücken streckte sich noch einmal Nebruels Hand durch das Portal. »David, pass auf!«

Aber schon berührten Nebruels Finger Davids Schulter. Genau in dem Moment passierte es.

Die Verbindung zu meinem Cáraid brach ab. Wo vor einem Atemzug noch Davids Seele der meinen Trost, Wärme und Hoffnung gespendet hatte, herrschte plötzlich eisige Leere. Seit Jahren hatte ich diese Art der Einsamkeit nicht mehr gefühlt. Das Blut, das in einem stetigen Strom zwischen meinen Fingern aus meiner Bauchwunde hervorquoll, war mir mit einem Mal völlig gleichgültig. Fassungslos blickte ich auf das Spiegelgefängnis. Davids grüne Augen mit dem warmherzigen Funkeln … Sie sahen mich nun aus Nebruels Körper heraus an. Das war falsch! Völlig falsch. Das hätte niemals geschehen dürfen. Ich schluchzte auf. Das war allein meine Schuld. Hätte ich mich durch meine Verwundung nicht ablenken lassen, wäre es Nebruel niemals gelungen, meinem Cáraid auch nur ein Haar zu krümmen.

Als mein Blick langsam zu Davids Gestalt vor dem Spiegelgefängnis wanderte, wurde mir klar, was soeben geschehen war.

Der Sohn des Teufels hatte einen Anam-Corp-Malairt-Zauber ausgesprochen. Noch keine Hexe und kein Hexer dieser Welt hatten ihn je angewandt. Nicht nur, weil es sich um schwarze Magie der höchsten Schwierigkeitsstufe handelte – wir kannten noch nicht einmal seinen exakten Wortlaut, weshalb er auch in keinem der offiziellen Hexenbücher verzeichnet war. Bis jetzt hatte ich den Anam-Corp-Malairt-Zauber für ein Ammenmärchen gehalten, doch Nebruel hatte mir soeben bewiesen, dass er existierte. Um zu verhindern, dass er im Spiegelgefängnis eingeschlossen wurde, hatte Nebruel mit seinem Feind den Körper getauscht. Seine Seele lebte nun in Davids Körper weiter.

»Du elender Teufel!«, schrie ich wie von Sinnen.

Nebruel lachte triumphierend. Offenbar war er stolz darauf, solch einen schwierigen Zauber bewirkt zu haben.

Das Spiegelportal schloss sich. Tränen liefen heiß und brennend über meine Wangen, während mir die Verzweiflung in Davids Augen fast das Herz zerriss. Es gab nichts, was ich tun konnte, um ihn wieder herauszuholen. Er war für die nächsten 333 Jahre dort drin in einem unsterblichen Körper gefangen. Dieser schreckliche Gedanke machte mich so benommen, dass ich fast zu spät bemerkte, wie Nebruel eine Energiekugel entstehen ließ und sich in Richtung Spiegelgefängnis wandte. Mir gefror das Blut in den Adern. Er wollte den Spiegel zerstören und damit Davids Seele auslöschen. Doch das würde ich nicht zulassen!

Ich biss die Zähne zusammen und kämpfte mich auf die Beine. Mein Zorn und meine Liebe zu David verliehen mir übermenschliche Kräfte. Ich stürzte mich auf Nebruel, der von meinem Angriff so überrascht war, dass er zu Boden ging. Er hatte sich mit seinem neuen menschlichen Körper, der deutlich schwächer und anfälliger war, offenbar noch nicht vertraut gemacht. Noch im selben Moment sprach ich einen Fesselzauber, der ihn unbeweglich machte. Seine dunklen, fast schwarzen Augen sahen mir aus Davids Gesicht voller Abscheu entgegen. Wie ein Parasit hatte er sich in Davids Körper eingenistet.

»Du hast keine Ahnung, was du mir damit angetan hast«, zischte ich. Ein magischer Sturm zerrte an mir und wirbelte meine Haare umher. »Du hast mir gerade meinen Seelengefährten genommen, meinen Freund und Geliebten. Doch in seinem Namen werde ich nun unsere Aufgabe beenden!«

Meine letzten Worte waren nur noch ein heiseres Flüstern. Mein Heilzauber hatte kaum Wirkung gezeigt und der Kampf hatte meinen Blutverlust zusätzlich verstärkt. Ich spürte, dass mein Ende nah war.

Urians Sohn zeigte sich von meiner Drohung nicht im Mindesten beeindruckt. Er lächelte kalt. »Gegen ein Wesen wie mich kannst du überhaupt nichts ausrichten, jämmerliches Hexenweib.«

»Du täuschst dich! Denn nun steckst du in einem menschlichen Körper – und damit bist du sterblich, Nebruel.«

Für den Bruchteil einer Sekunde zeichnete sich die Erkenntnis in seinem Gesicht ab, dass ich tatsächlich recht hatte. Doch dann verwandelte sich seine Miene wieder in eine hämische Maske. »Somit wird dein Cáraid in meinem Körper über Jahrhunderte hinweg mutterseelenallein in der Spiegeldimension eingesperrt sein, oder nicht?« Er lachte. »Ich war nur für wenige Augenblicke dort, aber du kannst mir glauben, dass das schrecklich genug war. Ich frage mich, wie lange dein Liebster das wohl aushält. Was denkst du, wann ihn der Wahnsinn übermannen wird? Nach zehn Jahren, fünfzig oder hundert? Wahrscheinlich zerkratzt er sich schon nach einer Stunde vor

Verzweiflung das Gesicht. Du hättest mich ihn umbringen lassen sollen!«

Plötzlich lag in meiner Hand mein Hexenmesser, das ich immer an einem Gürtel bei mir trug. Wut und Hass vernebelten mein Denken und mein Herzschlag dröhnte in meinen Ohren. Das Einzige, was ich noch klar und deutlich sehen konnte, waren Nebruels schwarze Augen in Davids Gesicht. Doch mit einem Mal begannen seine Augenlider zu flattern, das hämische Grinsen erstarrte und sein Körper erschlaffte.

Als meine Sicht wieder klarer wurde, wich ich erschrocken zurück. Das Hexenmesser, dessen Schaft von meinen Händen mit meinem eigenen Blut besudelt war, steckte in seiner Brust. Um Himmels willen, was hatte ich getan?

Mein Blick fiel auf das Amulett, das sowohl David als auch ich seit geraumer Zeit um den Hals trugen. Es sah unscheinbar aus, dabei enthielt es so viel Magie, dass es einen Zauber über unseren Tod hinaus bewirkte und im Falle unseres Scheiterns die Wiedergeburt unserer Seelen gewährleistete. Ein goldenes Strahlen umgab nun Davids Schmuckstück, es flammte auf und zerfiel zu Asche. Der magische Schwur erfüllte sich.

Ich stieß einen erstickten Schrei aus. Es war nie geplant gewesen, dass im Augenblick des Todes Nebruels Seele in Davids Körper steckte. Wie hätten wir auch mit so etwas Ungeheuerlichem rechnen sollen? Doch was würde das für unseren Zauber bedeuten? Schließlich war das Spiegelgefängnis nicht zerstört und Nebruels Körper existierte noch. Hatten wir der Seele eines skrupellosen Mörders damit die Möglichkeit gegeben, sein Werk zu einer anderen Zeit fortzuführen? Unsere Mission war auf die wohl katastrophalste Art und Weise gescheitert.

Mit rasselndem Atem wandte ich mich dem Spiegelgefängnis zu. Es war schon zur Hälfte im Hexenmoor versunken, doch ich konnte noch Davids grüne Augen erkennen, die unverwandt auf mich gerichtet waren. In ihnen schimmerten Tränen. Am Ende hatte Nebruel uns beide besiegt.

»Ich komme zurück, David«, wisperte ich, »und dann werde ich dich befreien. Du musst auf unsere Liebe vertrauen!«

Mein Kopf sank zu Boden und Dunkelheit umfing mich …

… ich schlug keuchend die Augen auf. Nur verschwommen nahm ich die Welt um mich herum wahr, doch ich erkannte, dass ich mich in unserem Garten befand. Es war noch immer hell, also konnte nicht viel Zeit vergangen sein.

Ich lebte! Mein Körper schien sich tatsächlich aus den Klauen des Fianais-Giftes zu befreien. Doch meine Glieder waren schwer wie Blei und ich hatte nicht einmal die Kraft, meinen Kopf anzuheben. Aber ich bereute nichts, denn endlich kannte ich die Wahrheit. Nun zweifelte ich keine Sekunde mehr daran, auf wessen Seite ich mich stellen musste und wen es zu bekämpfen galt. Ich hätte der Liebe von Anfang an Glauben schenken müssen!

In diesem Augenblick trat David mit seinen blonden Haaren und den perfekt geschnittenen Gesichtszügen in mein Blickfeld.

Ich wollte schreien und mich aufrichten, doch mein Körper gehorchte mir nicht. Regungslos musste ich mit ansehen, wie er neben mir in die Knie ging und mir das leere Fläschchen mit dem Fianais-Gift vors Gesicht hielt.

Er stieß einen bedauernden Seufzer aus. »Es wäre wirklich besser gewesen, wenn du das nicht getan hättest, Anna.«

24.

»Auch aus Drohungen hat man Verdacht auf einen Schadenszauber, wie wenn jemand sagen würde: ›Ich will dir die Scheune abbrennen‹ und der Erfolg auf dem Fuße folgt, (was) den schweren Verdacht erregt, dass der, welcher die Drohungen ausgestoßen hat, die Scheune angezündet hat, mag vielleicht auch ein anderer und nicht er selbst den Brand gelegt haben.«

Hexenhammer, Teil 2

»Ich habe nicht in allen Dingen gelogen, Anna. Das solltest du wissen. Zwar bin ich der Sohn des Teufels, aber ich bin ein anderer als vor dreihundert Jahren.« Nebruel beugte sich in Davids Gestalt über mich und strich mir eine feuchte Haarsträhne aus dem Gesicht. Zu gerne hätte ich den Kopf beiseitegedreht, um mich seiner Berührung zu entziehen, doch ich konnte mich nicht regen.

»Als ich dich zum ersten Mal in der Schule gesehen habe, wusste ich gleich, dass du etwas Besonderes bist. Du bist mir nicht mehr aus dem Kopf gegangen. So sehr, dass ich mir ein paar Tage später beim Ausreiten gewünscht habe, dir zu begegnen und dein persönlicher Held zu sein.« Er seufzte auf. »Leider war in dem Moment meine Magie schon so stark und unkontrollierbar, dass aus meinem Wunsch Realität wurde.«

Deshalb waren Chloe und ich bei unserem Ausritt also urplötzlich von dem Hexennebel eingeschlossen worden und Hades war mit mir durchgegangen!

»Das hat mir wirklich leidgetan«, fuhr er fort. »Vorher hatte ich auch schon unbewusst gezaubert, zum Beispiel wenn ich wütend auf meine Schwester war. Aber dich habe ich in Lebensgefahr gebracht, Anna! Deswegen bin ich so bereitwillig auf den Deal mit den Brockenhexen eingegangen.«

Er schüttelte den Kopf und lachte leise. »Ich konnte ja nicht ahnen, dass sich mein ganzes Selbst dadurch verändert. Auf einen Schlag bin ich all die rührseligen Moralvorstellungen losgeworden, die mir mein ganzes Menschenleben über eingetrichtert worden waren. Erst durch das Aonaich-Ritual habe ich mich erinnert, weshalb du so besonders für mich bist. Du bist meine Feindin, Anna.«

»Aber … Kuss?«, brachte ich unter allergrößter Anstrengung hervor.

»Ach ja, unser Kuss nach dem Ritual … Der war heiß, oder?« Nebruel grinste anstößig und strich mit dem Daumen über meine Lippen. Am liebsten hätte ich ihm den Finger abgebissen.

»Als ich in diesem Zimmer aufgewacht bin, war ich echt geplättet. Ich war kein kümmerlicher Mensch, sondern der Sohn des Teufels! Da uns die Brockenhexen von eurem dämlichen Schwur erzählt hatten und ich wusste, dass ich in Davids Körper gestorben war, konnte ich eins und eins zusammenzählen. Den magischen Schock habe ich bekommen, weil Mutter Magie wohl der Meinung war, dass meine Seele nicht ganz die Anforderungen eures Zauberspruchs erfüllt hat. Aber zum Glück habt ihr alles getan, um mich zu retten – euren größten Feind. Ist das nicht witzig?«

Seine Finger glitten meinen Hals hinab und zogen sanfte Kreise über mein Schlüsselbein. Obwohl mein Körper durch das Fianais-Gift wie erstarrt war, verkrampften sich meine Muskeln noch stärker.

»Natürlich bin ich davon ausgegangen, dass du deine Erinnerung ebenfalls wiedergefunden hast. Ich wollte dich glauben lassen, dass euer Cáraid-Schwur funktioniert hat und er sogar die Wirkung des Anam-Corp-Malairt-Zaubers aufgehoben hat. Du solltest denken, Davids Seele sei durch das Ritual der Hexen wie geplant in Davids Körper zurückgekehrt. Meinen magischen Schock hätte ich dann einfach auf die Komplikationen beim Seelentausch zurückgeführt.«

Gott, er hatte tatsächlich alles bis ins kleinste Detail durchdacht! Wahrscheinlich wäre sein Plan sogar aufgegangen. Die Hexen und ich hätten zu gerne geglaubt, dass die Magie der Liebe alle anderen Zauber außer Kraft gesetzt hatte.

»Deswegen habe ich dich an jenem Abend geküsst und mich für deinen trotteligen Geliebten ausgegeben.«

Und ich hatte ihm jedes Wort geglaubt. Sogar Mitleid hatte ich für ihn empfunden, weil ich als seine frühere Seelengefährtin seine Gefühle nicht hatte teilen können. Ich war so dumm gewesen.

»Aber ich hatte ungeahntes Glück!« Er breitete mit einem triumphierenden Grinsen die Arme aus. »Du hast dich überhaupt nicht erinnert. Was ich wohl der Tatsache zu verdanken hatte, dass du das Aonaich-Ritual nicht mit deinem wahren Seelengefährten durchgeführt hast.«

Er beugte sich über mich und streifte mit den Lippen über meine Wange. »Aber du musst zugeben, dass der Kuss Spaß gemacht hat«, raunte er mir ins Ohr. »Ich hatte den Eindruck, dass du in meinen Armen regelrecht dahingeschmolzen bist. Du warst jedenfalls ziemlich leidenschaftlich.«

»Mi…st…kerl!«, presste ich hasserfüllt hervor.

»Na, na«, sagte er tadelnd. »Beschimpfe doch bitte nicht deinen zukünftigen Gemahl, Anna!«

Meinen zukünftigen Gemahl? Hatte er den Verstand verloren? Nebruel konnte doch nicht allen Ernstes glauben, dass ich mit ihm zusammen sein wollte.

Er zog sich etwas von mir zurück, damit er mir in die Augen sehen konnte. »Als deine ersten Erinnerungen zurückgekehrt sind, habe ich mir natürlich Sorgen gemacht«, fuhr er im Plauderton fort. »Aber deine pazifistische Ader hat mir in die Hände gespielt. Ich wusste, wenn ich dir im Wunschsee die Bilder von dem Mord zeige, bist du so schockiert, dass du alle weiteren Erinnerungen abblockst.«

Seine Hand glitt über meinen Oberkörper nach unten und tauchte in das Wasser ein, in dem ich lag. Als seine Finger unter den Saum meines nassen T-Shirts fuhren, entwich mir ein verzweifeltes Wimmern. Solange das Fianais-Gift in meinem Körper noch nicht abgebaut war, konnte ich mich nicht gegen ihn wehren.

Nebruel seufzte übertrieben tief auf. »Ihr Menschen seid so leicht zu steuern. Das ist fast schon lächerlich.«

Seine Hand liebkoste die Haut an meiner Taille und tastete sich langsam nach oben. Ich musste ihn ablenken und am Reden halten!

»Wa…rum?«

»Warum ich mich die ganze Zeit für deinen David ausgegeben habe?«, hakte er nach. »Ich gebe zu, bei den Brockenhexen musste ich oft gegen die Versuchung ankämpfen, ihnen einfach die Magie zu rauben und sie zu töten. Aber das wäre nicht klug gewesen, denn im Moment sind die drei noch zu stark für mich. Hättest du gedacht, dass unsere Magie mehr mit unserem Körper als mit unserer Seele verbunden ist, Anna?«

Nein, hatte ich nicht, aber es war ohnehin nur eine rhetorische Frage gewesen. Nebruel wartete meine Antwort gar nicht erst ab.

»In diesem Menschenkörper verfüge ich leider nur über die mickrigen Fähigkeiten, die dein Cáraid besessen hat. Nicht einmal die Lebensmagie der Tiere, die ich geraubt habe, hat daran viel geändert. Außerdem möchte ich auch nur ungern auf meine frühere Unsterblichkeit verzichten.« Seine Miene nahm einen entschlossenen Ausdruck an. »Deshalb muss ich unbedingt meinen Körper zurückhaben! Doch das wird erst in der heutigen Nacht möglich sein.«

Er machte eine nachdenkliche Pause, was immerhin den Vorteil hatte, dass seine Hand mit ihrer Wanderschaft innehielt.

»Da du heute ohnehin nicht auf den Blocksberg gehen wirst«, meinte er schließlich, »kann ich dich auch in meinen Plan einweihen.« Er grinste verschwörerisch. »Ich warte am Hexenmoor darauf, dass das alte Spiegelgefängnis zerbricht. Zweifellos wird dein Cáraid überrascht sein, dass du nicht gekommen bist, um seine Rückkehr zu bejubeln. Diesen Überraschungsmoment werde ich nutzen, um unsere Körper zu tauschen und David in sein neues Gefängnis zu befördern. Doch dieses Mal wirst du mich nicht daran hindern, es zu zerstören.«

Trotz seiner letzten Aussage keimte Hoffnung in mir auf. Hatte er nicht gerade zugegeben, dass David in Nebruels Körper auch Nebruels immense magische Kräfte besaß? Wenn David sich nicht überrumpeln ließ, konnte er den noch sterblichen Nebruel problemlos besiegen.

»Wenn ich zurückkomme«, sprach Nebruel weiter, »wird nichts mehr zwischen uns stehen. Dann gibt es nur noch uns beide. Gemeinsam werden wir Urian vernichten und den

Thron seines Reichs besteigen. Mein übermächtiger, selbstgerechter Vater wird vor mir knien und mich um Gnade anbetteln.«

Ein irres Funkeln trat in seine Augen. Während er bisher eher kühl und rational gewirkt hatte, nahm seine Stimme nun einen übereifrigen und fanatischen Tonfall an.

»Mit dir an meiner Seite wird sich alles zum Guten wenden, Anna! In den vergangenen Wochen habe ich erkannt, wie viel Potenzial in dir steckt. Wir beide werden das neue Cáraid und du wirst meine Hexenkönigin sein! Mit unserer vereinten Magie sind wir unbesiegbar. Urians Reich zu erobern wird erst der Anfang sein.«

Endlich brachte ich meinen Mund dazu, ein zusammenhängendes Wort auszusprechen. »Niemals!«, spie ich hervor.

Für einen kurzen Moment huschten Ärger und Enttäuschung über sein Gesicht. Doch dann hatte Nebruel sich wieder im Griff. Er lachte kalt. »Du hast keine andere Wahl. In letzter Zeit bin ich sehr gut darin geworden, die Meinung der Menschen grundlegend zu ändern. Glaub mir, Anna, du wirst dich mir freudestrahlend hingeben.«

Er sprach von Chloe, kein Zweifel! Also hatte er tatsächlich in ihrem Gehirn herumgepfuscht – und mit mir hatte er das Gleiche vor. Mich schauderte bei der Vorstellung, dass er mich genauso seinem Willen unterwarf.

Wie um seinen Worten Nachdruck zu verleihen, strich seine Hand unter meinem T-Shirt besitzergreifend über meinen BH. Ihm entwich ein Stöhnen. Vor Demütigung und Ekel traten mir Tränen in die Augen.

»Als kleines Hochzeitsgeschenk werde ich für dich die Schattenwesen vernichten«, kündigte er an. »Leider hatte ich noch nie von ihnen gehört, denn Urians Reich ist größer, als du dir vorstellen kannst, und ich habe mich vor meiner Verbannung nur selten in den Außenbezirken aufgehalten. Doch diese Wesen werden für das büßen, was sie uns angetan haben. Das verspreche ich dir, mein Schatz!«

Sein Blick blieb verlangend an meinen Lippen hängen. Er beugte sich wieder über mich. »Doch nun wird es Zeit, dass du dich ausruhst, Anna«, flüsterte er.

Mein Herz schlug mir bis zum Hals. Ich vernahm Nebruels Murmeln, doch ich konnte nicht den Wortlaut seines Zauberspruchs verstehen. Was hatte er mit mir vor?

Sein Mund näherte sich meinem. Zwar konnte ich nicht zurückweichen, doch dafür presste ich meine Lippen so fest zusammen, wie ich konnte.

»Schlaf gut, meine Hexenkönigin«, murmelte Nebruel, ehe seine Lippen mit brutaler Gewalt auf meine trafen.

Er durchbrach mühelos meinen Widerstand. Ein bitterer, scharfer Geschmack breitete sich auf meiner Zunge aus, der ein unangenehmes magisches Kribbeln hinterließ. Schlagartig wurde mir klar, dass er gerade den Cadal-pòg-Spruch anwandte, der unter den Hexen auch den Beinamen Dornröschen-Zauber trug. Gleich würde ich in einen totenähnlichen Schlaf fallen, aus dem mich allein Nebruels Kuss wieder aufwecken konnte. Wenn er wollte, konnte Nebruel mich auf diese Weise zwanzig Jahre oder länger schlafen lassen.

»Nimm sofort deine dreckigen Pfoten von meiner Schwester!«, vernahm ich in diesem Moment Sofies Stimme.

Ich sah meine kleine Schwester, die mit Mamas gusseiserner Bratpfanne neben Nebruel stand. Sie hob die Arme weit über den Kopf, um Schwung zu holen. Dann fielen mir die Augen zu und ich schlief ein.

*

Eine kratzige Stimme durchdrang die Dunkelheit und zerrte mich aus einem tiefen traumlosen Schlaf.

»Ich glaube, sie wacht auf«, meinte Ludmilla. »Du scheinst den Kuss im letzten Moment unterbrochen zu haben. Hätte die volle Wirkung des Zaubers eingesetzt, hätte das Gegenmittel nicht mehr helfen können.«

»Das … ist gut«, schluchzte Sofie.

Moment mal, meine Schwester weinte? Etwa wegen mir? Oder hatte ihr Nebruel etwas angetan? Mühsam kämpfte ich mich zurück in die Wirklichkeit und strich die klebrigen Fäden des Schlafes ab, die mein Bewusstsein umgaben. Obwohl meine Augenlider schwer wie Blei waren, zwang ich sie in die Höhe. Das Erste, was ich sah, war Ludmillas runzliges Gesicht, das sich über mich beugte.

»Uuuaaah«, murmelte ich.

»Sie scheint noch benommen zu sein«, meinte die Zirkelanführerin kritisch.

»Anna, kannst du mich hören?« Sofie griff nach meiner Hand und zerquetschte fast meine Finger. »Dieser Dreckskerl …« Sie schluchzte erneut. »Er hat Jonas!«

Das genügte, um mich vollends wach werden zu lassen. Ich richtete mich auf und ignorierte das Schwindelgefühl, das mich dabei erfasste. Nur nebenbei registrierte ich, dass ich mich in einem Bett im Haus der Hexen befand. Anscheinend hatte Sofie meinen Rat befolgt, war zu den Schnarcherklippen gelaufen und hatte die Brockenhexen um Hilfe gebeten.

»Was meinst du damit? Wieso hat er Jonas?«

Sofie putzte sich die Nase und atmete tief durch. »Nach zwanzig Minuten bin ich wie abgesprochen in den Garten, um nach dir zu sehen«, erklärte sie, nun etwas ruhiger. »Ich habe euer Gespräch mit angehört und dadurch erfahren, dass David in Wahrheit Nebruel ist und du in Gefahr bist. Leider hat mein Schlag mit der Bratpfanne ihn nur kurz außer Gefecht gesetzt. Nebruel hat mich mit irgendeinem Zauber erstarren lassen und ist abgehauen. Erst nach zehn oder zwanzig Minuten konnte ich mich wieder bewegen. Natürlich bin ich sofort ins Haus gerannt, um nach Jonas zu sehen, doch er war wie vom Erdboden verschluckt. Und du hast tief und fest geschlafen.« Erneut kullerten Tränen über ihre Wangen und ich drückte tröstend ihre Hand.

Hilfe suchend sah ich zu Ludmilla. Mehrere Haarsträhnen hatten sich aus dem strengen Dutt der Zirkelanführerin gelöst. Offensichtlich wusste auch sie schon über Davids wahres Ich Bescheid. »Aber was will Nebruel denn mit meinem kleinen Bruder?«

Ludmilla wich meinem Blick aus und starrte zum Fenster, an dessen Glas sich schon die Schwärze der Nacht drückte. Mit hängenden Schultern ließ sie sich auf das Bett sinken. Mit einem Mal sah die Zirkelanführerin gar nicht mehr Furcht einflößend, sondern schwach und gebrechlich aus.

»Ich schätze, er hat es aus zwei Gründen getan«, antwortete sie. »Zum einen hat er ein Druckmittel gegen dich, falls du heute Nacht doch noch auf dem Blocksberg auftauchst und seine Pläne durchkreuzen willst. Zum anderen könnte der Junge ihm nützen, falls es zu einem Kampf mit David kommt. Du weißt ja, dass Pflanzen, Tiere und Menschen einen magischen Lebensfunken in sich tragen. Am stärksten ist er jedoch bei einem kleinen unschuldigen Kind. Nebruel könnte den magischen Lebensfunken deines Bruders an sich reißen, um einen mächtigen Zauber zu wirken. Für Jonas würde dies jedoch den sicheren …« Ludmillas Stimme brach und ich war ihr dankbar, dass sie den schrecklichen Rest ihres Satzes nicht laut aussprach.

Jede Faser meines Körpers schien zu Eis zu gefrieren. Nebruel wollte Jonas töten? Um mehr Magie zu besitzen?

»Ich muss zum Blocksberg«, stieß ich hervor. »Sofort! Du musst es so einrichten, dass bei meiner Rückkehr in unsere Welt nur ein oder zwei Minuten vergangen sind.«

Ludmilla schüttelte bedauernd den Kopf. »In der Walpurgisnacht können wir die Zeit im Hexenwald nicht manipulieren. In dieser besonderen Nacht müssen die Zeitlinien parallel verlaufen. Deshalb ist es in eurer Welt jetzt genauso spät wie hier bei uns.« Sie zeigte in einer kraftlosen Geste zum Fenster. »Kurz vor Mitternacht.«

Das bedeutete, dass sich das Spiegelgefängnis jeden Moment aus dem Hexenmoor erheben konnte. Ich schlug die Bettdecke zurück, nur um gleich darauf festzustellen, dass ich lediglich meine Unterwäsche trug.

Sofie erklärte kleinlaut: »Ich habe dich aus dieser Waschwanne gezogen, dir die nassen Sachen abgestreift und eine Decke über dich gelegt, bevor ich Ludmilla geholt habe. Ich wollte nicht, dass du dir den Tod holst.«

»Ähm … Danke!« Das war zwar äußerst fürsorglich von meiner Schwester, aber ohne Klamotten wollte ich nicht unbedingt in den Kampf ziehen.

»Warte, ich hole dir etwas von Edith«, meinte Ludmilla. »Ihr habt ungefähr die gleiche Größe.«

Zehn Minuten später trug ich das schwarze Outfit der Brockenhexen – in Form einer schlichten Bluse und eines wallenden bodenlangen Rocks.

»Wow!«, meinte Sofie anerkennend. »Jetzt siehst du wirklich wie eine Hexe aus. Eine wunderschöne und mächtige Hexe.«

Ich musste zugeben, dass ich mich auch zum ersten Mal so fühlte. Sogar meine langen dunkelroten Haare passten perfekt. Jetzt war ich bereit!

Mir fiel auf, dass ich von Walpurga und Edith bis jetzt weder etwas gesehen noch gehört hatte. »Wo sind eigentlich die anderen?«

Ludmilla seufzte auf, als hätte ich damit ein weiteres unerfreuliches Thema angeschnitten. »Als deine Schwester gekommen ist, um mich zu holen, waren Walpurga und Edith schon unterwegs, um das neue Spiegelgefängnis zum Hexenmoor zu schaffen. Das Ding ist so monströs und strahlt derart viel schwarze Magie aus, dass wir es nicht durch ein Portal schicken konnten. Deshalb sind sie mit einem Kleintransporter unterwegs. Beim ersten Mal mussten wir noch eine Eselskarre nehmen.«

»Aber man darf doch nicht mit dem Auto auf den Brocken«, wandte Sofie ein, wie immer ganz pragmatisch. »Die Straße ist abgesperrt.«

»Eigentlich können wir solche Probleme mit Magie lösen, aber vielleicht hatten sie wirklich Schwierigkeiten und sind deswegen noch nicht zurück.« Etwas leiser fügte Ludmilla hinzu: »Jedenfalls hoffe ich das.«

Verständnislos sahen Sofie und ich sie an.

»Die beiden wissen noch nicht, wer der eigentlich Böse ist«, erklärte sie uns ihr Unbehagen. »Es wäre möglich, dass sie deshalb nicht zurückgekommen sind, weil Nebruel sie – in Davids Gestalt – überwältigt hat. Dann könnte er sich nach seinem Sieg umgehend die magischen Kräfte von zwei Brockenhexen aneignen.«

Nebruels wirkungsvollster Zauber war der Clepitur-Fluch gewesen und so machthungrig, wie er war, würde er den beiden Brockenhexen nur zu gern die Kräfte rauben. Doch wie er selbst gesagt hatte, benötigte er dafür seinen früheren Körper. Ein Grund mehr, keine Zeit zu verlieren!

»Kannst du ein Portal von hier zum Blocksberg erschaffen?«

»Natürlich.«

Ludmilla ging voraus in die Küche und blieb an der Stelle stehen, an der sie ansonsten das Portal zu den Schnarcherklippen öffneten. Mit einer Mischung aus Sorge und Hoffnung sah sie mich an. »Du hast deine Erinnerung noch nicht zurückerhalten, oder?«

»Nein, aber das spielt auch keine Rolle. Das Wichtigste weiß ich jetzt.«

»Leider spielt das sehr wohl eine Rolle.« Ludmillas Miene verdüsterte sich. »Du hast dein Machtwort und kennst in der Theorie all die Hexensprüche, die man zur Verteidigung anwenden kann. Aber du hast überhaupt keine Praxis, Anna.« Sie rieb sich über die Augen. »Hätten wir gestern doch nur anstatt der Cáraid-Zauber deine Verteidigungszauber geübt.«

Tatsächlich war ich auf einen magischen Kampf ungefähr so gut vorbereitet wie ein Caddie für ein Profi-Golfturnier.

Sofie, die uns gefolgt war, blickte mich mit weit aufgerissenen Augen an. »Dann wird er dich plattmachen, sobald du dort auftauchst?«

»Quatsch!«, erklärte ich mit allem Selbstbewusstsein, das ich aufbieten konnte. »Der Einzige, der plattgemacht wird, ist Nebruel.«

Leider wirkte Ludmilla nicht ganz so zuversichtlich. »Hör mir gut zu!« Sie packte mich an den Schultern, wozu sie sich in die Höhe recken musste. »Deine Energiekugeln ziehen immer ein wenig nach links, deshalb musst du deine Handfläche beim Abschießen nach rechts ausrichten. Und deine Feuerpfeile haben so gut wie immer das Ziel verfehlt. Deshalb hast du einen eigenen Hexenspruch erfunden und ihn den ›Zauber der tausend Pfeile‹ genannt.«

Offenbar war ich bei den Verteidigungszaubern genauso wenig treffsicher wie beim Werfen eines Balls im Sportunterricht. An den Wortlaut des »Zaubers der tausend Pfeile« erinnerte ich mich, da Anna Huber ihn in ihre Hexenfibel geschrieben hatte. Ich hätte mir nur gewünscht, ich hätte ihn wenigstens ein Mal üben können.

»Soll ich vielleicht mitkommen?«, fragte Ludmilla zweifelnd.

Ich schüttelte den Kopf. »Wenn wir zu spät kommen und Nebruel schon den Seelentausch durchgeführt hat, wäre das katastrophal. Dann kann nur noch das Cáraid gegen ihn bestehen. Wenigstens eine Hexe von uns …«, ich schluckte schwer, ehe ich leiser fortfuhr, »… sollte überleben.«

Für einen Moment herrschte bedrückende Stille.

Ich räusperte mich. »Könnt ihr beide inzwischen zu uns nach Hause gehen? Wenn unsere Eltern zurückkommen und das Haus leer vorfinden, werden sie wahrscheinlich verrückt vor Sorge.«

Zwar würden meine Eltern dadurch die Wahrheit erfahren, aber das war mir gleichgültig. Ich musste meinen Bruder retten! Sofie und Ludmilla nickten mir zu.

Ich umarmte ein letztes Mal meine Schwester, während Ludmilla das Portal zum Blocksberg erschuf.

»Keine Angst, ich bringe Jonas ohne einen Kratzer zurück!«

»Wehe, du hältst dein Versprechen nicht«, sagte sie schniefend und versuchte sich an einem Lächeln. »Dann werde ich zum Soffelgnut.«

Als ich mich wieder zu Ludmilla umdrehte, flimmerte neben ihr schon das geöffnete Portal.

Ehe ich es mich versah, drückte die Zirkelanführerin mich an sich. Die Umarmung fühlte sich etwas knochig und steif an. »Es tut mir leid, dass ich an dir gezweifelt habe. Du bist eine Kämpferin, genau wie früher. Ich war nur nicht in der Lage, es zu erkennen. Ich bin stolz auf dich!«

Ich wusste ihre Entschuldigung zu schätzen. »Danke.«

Ich atmete noch einmal tief ein, dann trat ich durch das Portal.

25.

»Stimme (oben):
Wer ruft da aus der Felsenspalte?

Stimme (von unten)
Nehmt mich mit! Nehmt mich mit!
Ich steige schon dreihundert Jahr,
Und kann den Gipfel nicht erreichen
Ich wäre gern bei meinesgleichen.

Beide Chöre
Es trägt der Besen, trägt der Stock
Die Gabel trägt, es trägt der Bock
Wer heute sich nicht heben kann
Ist ewig ein verlorner Mann.«

»Faust«, Johann Wolfgang von Goethe

Dunkelheit und Kälte empfing mich auf der anderen Seite. Das Hexenmoor befand sich auf dem Gipfel des Blocksbergs. Hier oben wehte ein eisiger Wind, der sofort an meinem langen Rock und meinen Haaren zerrte. Das entfernte Wummern einer Musikanlage drang an mein Ohr – die große Party zur Walpurgisnacht war in vollem Gange. Da das Hexenmoor jedoch zu einem abgesperrten Bereich im Schutzgebiet gehörte, konnten sich zum Glück keine Feiernden hierherverirren und das Geschehen beobachten.

Walpurga und Edith mussten mit ihrem Kleintransporter tatsächlich auf den Brocken gekommen sein, denn das neue Spiegelgefängnis schwebte in einiger Entfernung vor mir in der Luft und strahlte ein silbriges Leuchten aus. Nebruel konnte ich nicht entdecken, aber ich war mir sicher, dass er sich dort irgendwo befand.

Da ich nicht wagte, eine Lichtkugel zu erschaffen, tastete ich mich durch die Finsternis vorwärts, immer darauf bedacht, kein Geräusch zu verursachen. Das Gelände war hügelig und die struppigen Grasbüschel waren so feucht, dass ich immer wieder abrutschte. Wie überall im Harz lagen auch hier große Steine und Findlinge auf dem Boden herum. Andauernd lief ich im Dunkeln gegen eines dieser verstreuten Hindernisse und stieß mir die Zehen. Je näher ich dem schwebenden Spiegelgefängnis kam, desto vorsichtiger wurde ich. In einigen Abständen standen Gruppen kleiner Tannen beieinander, die ich als Sichtschutz nutzte. Ich blieb stehen und lauschte atemlos. Erst jetzt spürte ich das magische Vibrieren unter meinen Füßen: Das alte Spiegelgefängnis begann sich aus dem Moor zu erheben. Ich kam also gerade noch rechtzeitig.

Mit klopfendem Herzen huschte ich weiter, doch schon nach wenigen Schritten stolperte ich über etwas auf dem Boden. Doch dieses Mal war es nicht hart und unnachgiebig wie ein Findling. Überrascht sah ich nach unten und zog scharf die Luft ein. Ich war mit dem Fuß an einem menschlichen Körper hängen geblieben. Edith und Walpurga lagen bewegungslos und mit weit aufgerissenen Augen vor mir. Ich konnte die beiden nur deshalb in der Dunkelheit identifizieren, weil sie mit Feuerschlangen gefesselt worden waren. Das war ein bei Schwarzmagiern beliebter Zauber, um verfeindete Hexen außer Gefecht zu setzen. Die Feuerschlangen wickelten sich so eng um ihre Arme und ihren Oberkörper, dass ihr Brustkorb zusammengequetscht wurde. Damit Walpurga keinen Hexenspruch mehr wirken konnte, steckte der

Kopf der Feuerschlange in ihrem offenen Mund, um sie am Sprechen zu hindern. Es sah aus wie eine Foltermethode aus der Hölle. Walpurga röchelte angestrengt.

»*David hat uns das angetan!*« Selbst Ediths telepathische Stimme klang gepresst.

»*Ich weiß*«, antwortete ich ebenfalls lautlos. »*In ihm steckt Nebruels Seele. Ich bin hier, um …*«

»*Pass auf!*«, schrie Edith.

Ich wurde brutal von hinten gepackt und eine Hand legte sich auf meinen Mund. »Sieh an, meine Hexenkönigin ist hier! Ich habe fast damit gerechnet, dass es dir irgendwie gelingen wird, den Dornröschen-Zauber zu brechen. Zum Glück bin ich vorbereitet.«

Ich strampelte und zerkratzte mit den Fingernägeln seine Haut, doch er zerrte mich erbarmungslos hinter sich her. Wir waren schon fast beim schwebenden Spiegelgefängnis, als er scharf nach links abbog. Im Schein des Spiegels entdeckte ich Jonas, der auf dem Boden saß und seine Knie umklammert hielt. Da er keine Jacke trug, zitterte er am ganzen Körper. Sein leises Wimmern zerriss mir das Herz. In welchem Albtraum war er hier nur gelandet?

»Es wird Zeit für eine kleine Familienvereinigung«, sagte Nebruel.

Jonas zuckte beim Klang seiner Stimme ängstlich zusammen. Als er den Kopf hob und mich entdeckte, schluchzte er auf vor Erleichterung. »Anna!«

Wie der Blitz rannte er zu mir und klammerte sich an meine Beine.

Nebruel hielt mich immer noch fest und presste die Hand auf meinen Mund, sodass ich nicht einmal ein tröstendes Wort an Jonas richten konnte.

»Dummerweise habe ich keine Zeit, mich um euch beide zu kümmern«, raunte Nebruel mir ins Ohr. »Deshalb muss ich dich leider beschäftigt halten, Anna.«

Er streckte eine Hand aus und sprach einen Zauber. Sekunden später löste sich ein besonders großer Findling aus der Erde und flog direkt auf uns zu. Er kam näher und näher, bis er wenige Zentimeter über uns in der Luft zum Stehen kam. Erdbrocken und kleine Steine rieselten auf unsere Köpfe herab.

»Wenn du rohe Magie ausübst, kannst du keinen gezielten Zauberspruch mehr wirken, wusstest du das? In dem Augenblick, in dem du deine innere Magie für den Zauber sammelst, würdest du die Kontrolle über die rohe Magie verlieren.«

Mir wurde abwechselnd heiß und kalt, als ich begriff, was er vorhatte.

Nebruel lachte leise. »Ich setze auf deine überragenden Kräfte, Anna. Deinen Bruder brauche ich nämlich lebend, falls ich gleich meine Magie verstärken muss.« Er drückte mir von hinten einen heißen und feuchten Kuss auf die Wange. »Wir sehen uns, wenn ich deinen Cáraid getötet und meinen früheren Körper wiederhabe!«

Nebruel ließ mich los, trat zurück und löste den Zauber, mit dem er den Felsen in der Luft gehalten hatte. Es blieb keine Zeit mehr, einen Hexenspruch zu wirken – und genau das hatte Nebruel beabsichtigt. Blitzschnell hob ich beide Hände in die Höhe und sammelte die Luft um mich herum, genau wie in der Höhle mit den Feuerteufeln. Ich presste das Luftpolster gegen den Findling, der die Größe eines Kleinwagens hatte. Ich keuchte auf, als ich das Gewicht spürte, das sich gegen meine Magie drückte.

»Anna, bist du stark genug?«, fragte Jonas.

Dass meine Hände den Findling nicht einmal berührten, schien in seiner kindlichen Welt weder undenkbar noch befremdlich zu sein. Allerdings schien er sehr wohl zu bemerken, wie schwer es mir fiel, den Felsen oben zu halten.

»Geh, Jonas!«, brachte ich zwischen zusammengebissenen Zähnen hervor. »Lauf weg! Dorthin, wo du die Musik hörst.«

Doch Jonas klammerte sich nur noch mehr an meine Beine. »Ich bleib bei dir«, gab er bockig zurück. »Ich will nicht wieder allein sein. Chloes Bruder ist böse.«

Zu allem Überfluss verstärkte sich das magische Vibrieren unter meinen Füßen immer mehr. Die Erde erzitterte, bebte und riss auf. Ich wagte einen kurzen Blick zur Seite und sah, dass sich das alte Spiegelgefängnis aus dem Hexenmoor erhob. Mittlerweile hatten sich unzählige Sprünge und Risse auf der Oberfläche gebildet. Nebruel stand in kampfbereiter Haltung davor und in seiner Handfläche formte sich eine Energiekugel. Ich betete darum, dass David bei seiner Ankunft auf einen Angriff gefasst war.

Vor Anstrengung liefen mir Schweißperlen die Stirn hinab. Mir wären auf Anhieb mindestens ein halbes Dutzend Zaubersprüche eingefallen, mit denen ich Jonas und mich aus dieser Situation hätte befreien können. Doch genau wie Nebruel gesagt hatte, war das Risiko zu hoch. Sobald ich meine innere Magie sammelte, würde sich mein Luftpolster auflösen und der Felsen auf uns herabfallen.

Mit einem gleißenden Aufblitzen zersprang das alte Spiegelgefängnis. Wie eine Flutwelle breitete sich dichter Nebel auf dem Boden aus. Jonas schrie und presste sein Gesicht ängstlich an meinen Oberschenkel.

Augenblicklich spürte ich Davids Anwesenheit – warm, tröstend, hoffnungsvoll und fürsorglich. Seine Nähe war wie ein Lichtstrahl, der auf meine Seele fiel. Mein Cáraid war zurückgekehrt! Das Gefühl war so überwältigend, dass mir Tränen des Glücks in die Augen traten. Zugleich strömte eine Vielzahl von Erinnerungen auf mich ein. Mein früheres Leben wurde vor meinem inneren Auge lebendig. Ich sah meine damalige Familie, unsere ärmliche Hütte, David und mich, unsere gemeinsame Kindheit, meine ersten Zauberversuche, den Unterricht bei den Brockenhexen, unsere Cáraid-Zauber … Durch die Ankunft meines wahren Seelengefährten vervollständigte sich das bisher unfertige Aonaich-Ritual und ich erinnerte mich innerhalb eines Wimpernschlags an all meine Erlebnisse als Anna Huber bis zur schicksalsträchtigen Walpurgisnacht 1685. Nun wurde mir auch klar, weshalb David mein Machtwort *Ayssan* gewusst hatte. Er hatte dasselbe Machtwort – denn damals wie heute war es die Erinnerung an unseren ersten gemeinsamen Kuss, die unserer Magie ihre Kraft verlieh.

Allerdings gab es ein Erlebnis in Anna Hubers Leben, das im Moment weitaus wichtiger war, denn es konnte Jonas und mir das Leben retten: Im Winter des Jahres 1681 war des Nachts ein Feuer in unserer Hütte ausgebrochen und hatte meine Geschwister eingeschlossen. Sie waren dem Tode geweiht gewesen, denn ich kannte die Brockenhexen damals noch nicht und beherrschte keinerlei Zauber. Aber aus Sorge und Angst um meine Geschwister hatte ich damals einen Weg gefunden, meine rohe Magie zu verstärken …

Ich hörte ein Zischen in der Luft und gleich danach einen Aufschrei. Nebruel musste seinen Plan in die Tat umgesetzt und sofort eine Energiekugel auf David abgefeuert haben. Durch den Hexennebel über dem Moor konnte ich jedoch kaum etwas erkennen. Schon ertönte ein weiterer Schmerzensschrei. Im Inneren des Nebels war ein Kampf um Leben und Tod entbrannt. Ich durfte keine Zeit mehr verlieren!

»Ich hab Angst, Anna«, wimmerte Jonas.

»Es wird alles gut«, keuchte ich mit letzter Kraft.

Ich konzentrierte mich auf meine Füße, das Gras unter meinen Schuhen und das Gestein des Blocksbergs. Mein Bewusstsein ging auf eine Reise, tiefer hinein in die Erde, sogar noch tiefer als Urians Reich. Zu dem Ort, an dem die magischen Energielinien verliefen und der Zauber des Harzes entsprang. Hier pulsierten das Leben und die Magie wie der Herzschlag eines einzigen mystischen Wesens. Dieser Ort war der Ursprung allen Seins. Ich bat die tiefen verwunschenen Wälder meiner Heimat, die rauschenden Flüsse, die lauen Nachtwinde, die gurgelnden Bächlein und die eisigen Sturmböen um einen winzigen Funken ihrer Kraft. Ich wollte die Magie nicht gewaltsam an mich reißen und keine verbrannte Erde, Tod und Zerstörung hinterlassen, wie es sonst die Hexen und Hexer bei starken Zaubern taten. Dafür war das Leben zu wertvoll und niemand von uns stand es zu, es zu rauben. Ich wartete einen quälend langen Augenblick, in dem meine Absichten geprüft und meine Seele erforscht wurden. Ob ich den Ansprüchen genügen würde?

Plötzlich wurde mein Bewusstsein wie mit einem Katapult zurückgeschleudert, fort von diesem friedlichen Ort und hinein in meinen geschwächten Körper auf dem Gipfel des Blocksbergs. Doch ich hatte nicht versagt. Die Magie dieses Ortes pulsierte nun in meinen Adern und verlieh meiner Haut ein goldenes Leuchten. Es war ein Geschenk, das mir für einen flüchtigen Moment anvertraut worden war. Ein Geschenk, das ich auch schon als Anna Huber erhalten hatte, um meine Geschwister vor dem Feuer zu retten.

Dank der Urmagie verstärkte ich mühelos das Luftpolster und drückte den Findling ein gutes Stück in die Höhe. Gerade als ich ihn auf die Seite befördern wollte, nahm ich aus dem Nebel eine Bewegung wahr. Ich erstarrte mitten in der Bewegung. Humpelnd und mit blutüberströmtem Gesicht lief Nebruel in Davids Gestalt auf uns zu. Das konnte nur eins bedeuten: Seine Chancen im Kampf gegen David standen schlecht und nun wollte er Jonas den magischen Lebensfunken entziehen. Doch das würde ich niemals zulassen! Ohne zu zögern, riss ich so viel Luft an mich, dass meine Haare nach vorne gewirbelt wurden. Mit aller Kraft schleuderte ich den Felsen auf Nebruel.

»Nein, Anna, nicht!«, rief er erschrocken aus.

War es etwas in seiner Stimme, das mich innehalten ließ? Oder unsere Seelenverbindung? Schlagartig bemerkte ich meinen Irrtum. Das war David! In seinem eigenen Körper. Sofort sandte ich einen weiteren Luftstoß aus, um den Felsen von ihm abzulenken. Nur einen Atemzug später traf der Findling krachend auf dem Boden auf.

Ich hatte David haarscharf verfehlt. Keine Ahnung, ob ich ihn in letzter Sekunde gerettet hatte oder ich glücklicherweise tatsächlich so wenig treffsicher war, wie Ludmilla behauptet hatte.

Ich eilte ihm entgegen und warf mich in seine Arme. »David!«

»Ich hätte nicht gedacht, dass du vor Wiedersehensfreude gleich ganze Felsbrocken durch die Luft fliegen lässt«, bemerkte er schmunzelnd.

Grüne Augen blickten mir entgegen, die mein Herz zum Flattern brachten. Am liebsten hätte ich David geküsst und nie mehr losgelassen. Doch das musste warten.

»Nebruel?«, fragte ich atemlos. »Was ist mit ihm? Ist er tot?«

Er verzog das Gesicht. »Nur vorübergehend. Nebruel ist nicht so einfach umzubringen, sonst bräuchten wir kein Spiegelgefängnis.«

David hob die Hand und strich mir fast ehrfürchtig über die Wange. Ich fühlte es über unsere Seelenverbindung und konnte es zugleich in seiner Miene lesen, wie viel ihm das bedeutete. Wie oft er sich diesen Moment in den vergangenen Jahrhunderten ausgemalt hatte. Allein die Hoffnung auf unser Wiedersehen hatte ihn am Leben gehalten. Ich schmiegte meine Wange in seine Hand.

Doch dann zuckte David zurück. »Autsch!«, entfuhr es ihm halb erstaunt, halb belustigt.

Jonas trommelte mit seinen kleinen Fäusten auf Davids Oberschenkel ein. »Lass sie los! Tu ihr nicht weh!«

Ich beugte mich zu ihm hinab und fing sanft seine Fäuste ein. »Chloes Bruder ist nicht mehr böse. Sieh ihm in die Augen! Ihre Farbe hat sich verändert, weil der Bösewicht nun wieder in seinem eigenen Körper steckt. Jetzt ist wieder alles so, wie es sein sollte.«

Jonas blickte skeptisch zu ihm auf.

David ging vor ihm in die Knie. »Ich würde deiner Schwester niemals etwas antun, das schwöre ich bei meiner Ehre«, sagte er und legte seine Hand feierlich über sein Herz. »Aber ich finde es sehr mutig und heldenhaft von dir, dass du bereit bist, sie zu verteidigen, junger Mann.«

Jonas' Misstrauen verflog nur zögerlich. Doch immerhin löste er nun seine Fäuste und legte seine Hand vertrauensvoll in meine.

»Und wo ist der böse Mann?«, fragte er.

Das interessierte mich ebenfalls brennend. »Was ist bei eurem Kampf geschehen?«

David richtete sich wieder auf. »Ich habe so getan, als hätte er mich in die Enge getrieben und überwältigt. Da wir den Wortlaut des Anam-Corp-Malairt-Zaubers nicht kennen, war das der einzige Weg, meinen menschlichen Körper zurückzubekommen. Während Nebruel den Zauber gesprochen hat, um unsere Seelen wieder an ihren ursprünglichen Platz zu schicken, habe ich in letzter Sekunde einen Todeszauber auf Nebruels eigenen Körper gelegt«, erzählte er hastig. »Nebruels Seele fuhr somit in eine leibliche Hülle, in der kein Herz mehr schlug. Das macht selbst einem unsterblichen Wesen wie ihm zu schaffen. Eigentlich sah mein Plan vor, diesen Moment zu nutzen und ihn sofort ins neue Spiegelgefängnis zu befördern.«

Bewunderung wallte in mir auf. Das war ein genialer Plan gewesen.

Seufzend deutete David auf seinen rechten Arm, den er an seinen Oberkörper presste. »Aber mein Handgelenk ist gebrochen. Nebruel kann offenbar auch mit der linken Hand zaubern, ich jedoch nicht. Im vorangegangenen Kampf hätte ich wohl besser daran gedacht, dass ich meinen eigenen Körper ein paar Minuten später noch benutzen will, anstatt ihn zu Mus zu verarbeiten.«

Okay, dann mussten wir uns beeilen! Ich hatte keine Ahnung, wie lange ein unsterblicher Nebruel brauchte, um zu regenerieren, aber diese Chance mussten wir nutzen.

»Halt still! Ich spreche schnell einen Heilzauber.«

Da noch immer die Magie des Harzes in mir pulsierte, heilte ich Davids zahlreiche Verletzungen in Rekordzeit. Allerdings ließ das Leuchten unter meiner Haut deutlich nach.

Ich blickte ihm entschlossen in die Augen. »Bringen wir die Sache zu Ende.«

David ging wieder vor Jonas in die Knie. »Kannst du uns den Rücken freihalten? Deine Schwester und ich müssen zu dem Bösewicht und es wäre gut, wenn jemand hierbleibt, um uns zu warnen, falls sich uns von hinten eine Gefahr nähert.«

Ich wusste, dass er Jonas lediglich in Sicherheit bringen wollte. Wenn es zum Kampf mit Nebruel kam, war es für Jonas an meiner Seite viel zu gefährlich.

Ehrgefühl, Entschlossenheit und kindliche Angst wechselten sich in Jonas' Gesicht in Sekundenschnelle ab. Er wollte nicht allein in der Dunkelheit bleiben, aber dass ihm David so eine wichtige Aufgabe übertrug, erfüllte ihn auch mit Stolz.

David lächelte leicht und erschuf eine Lichtkugel. »Damit du einen möglichen Feind besser entdecken kannst, kleiner Ritter!«

Jonas bekam große Augen. »Eine schwebende Sonne«, hauchte er begeistert. »Dann ist es nie mehr dunkel. Kann ich die behalten?«

»Fürs Erste.«

Wir ließen Jonas hinter dem Findling zurück und tasteten uns in die Nebelschwaden hinein. Die dunkle Magie, die durch das Zerspringen des alten Spiegelgefängnisses freigesetzt worden war, und die kühle Witterung sorgten dafür, dass der Hexennebel so dicht wie eine Mauer war. Mein Herz raste und wie selbstverständlich griff ich nach Davids Hand. Als wir beim neuen Spiegelgefängnis ankamen, blieben wir stehen. Voller Beklemmung sah ich mich um.

»Kannst du dich erinnern, wo du Nebruel zurückgelassen hast?«, fragte ich mit gedämpfter Stimme.

»Wenn mich nicht alles täuscht, haben wir die Stelle gerade passiert«, gab David ebenso leise zurück.

Das konnte nur bedeuten, dass Nebruel sich inzwischen erholt hatte. Unsere Chance war vertan.

Ich spürte Davids Schutzzauber, der sich wie eine wärmende Decke um mich legte. Ohne zu zögern ließ ich meine eigene magische Deckung fallen und nutzte die Energie, um David in meinen Schutzzauber zu hüllen.

Keine Sekunde zu spät, denn prompt prallte ein Strahl schwarzer Magie mit einem elektrischen Sirren daran ab. Ich nahm die Überreste des verpufften Zaubers wahr, der durch unseren Schutzschild drang: Es war ein Clepitur-Fluch gewesen. Nebruel! Sofort wandten David und ich uns in die Richtung, aus der der Zauber gekommen war.

Nebruel tauchte vor uns aus dem Nebel auf. Ein hochgewachsener und beeindruckend schöner Mann, den die Dunkelheit wie ein Mantel umgab. Doch nichts an ihm erinnerte mich an den Nebruel, den ich in den letzten Wochen heimlich in den Spiegeln getroffen hatte. Es lag an dem kalten Funkeln seiner fast schwarzen Augen. Durch sie war alles Freundliche und Warme, das seinen kantigen Zügen die Schärfe genommen hatte, aus seinem Gesicht verschwunden.

»Der Schutzzauber des Cáraids«, sagte er abfällig. »Ich hätte mir denken können, dass er bei euch beiden wirkt.«

Nebruel blickte auf unsere ineinander verschränkten Hände und Bitterkeit zeichnete sich in seinem Gesicht ab. »Ich sehe, du hast dich entschieden, Anna.«

Ich schüttelte den Kopf. »Dazu war keine Entscheidung notwendig. In Wahrheit habe ich immer zu ihm gehört. Ich wäre niemals deine Hexenkönigin geworden. Nicht freiwillig.«

Die tosende Oberfläche des Spiegels ließ Schatten über Nebruels Gesicht tanzen. »Dann sind die Fronten wohl geklärt.«

Somit war auch ich ab sofort seine Feindin und für meine Zurückweisung würde er mich büßen lassen.

Nebruels Lippen bewegten sich hastig und er riss die Hände in die Höhe. Im nächsten Moment prallte ein Rückstoßzauber gegen unseren Schutzschild, der so stark war, dass ich und David die Füße in den Boden stemmen mussten. Leider bot das feuchte Gras nicht viel Halt. Nach und nach drängte uns Nebruel nach hinten in Richtung Spiegelgefängnis. Er wollte uns durch das Spiegelportal stoßen! Die unmittelbare Nähe zu der schwarzmagischen Quelle jagte mir einen Schauer über den Rücken. Hilfe suchend sah ich zu David.

»*Du leuchtest noch*«, teilte er mir telepathisch mit.

»*Ja, und?*«

»*Bei unserem letzten Kampf vor 333 Jahren hast du nicht über Magie aus der Urquelle verfügt. Wir sollten alles auf eine Karte setzen und einen einzigen Zauber wirken, in den wir unsere gesamte Kraft legen*«, schlug er vor.

»*Du meinst eine Art Super-Energiekugel?*«

Er nickte. »*Warum nicht?*«

Ich schüttelte den Kopf. Nebruel war Urians Sohn. Selbst gemeinsam besaßen David und ich nur einen Bruchteil der Macht, die Nebruel als Urians direkter Nachkomme erhalten hatte. Ganz zu schweigen von all der fremden Magie, die Nebruel geraubt hatte, indem er skrupellos getötet hatte. Außerdem rechnete er im Moment mit einem verzweifelten Angriff von unserer Seite.

Ich biss die Zähne zusammen, während Nebruel unablässig vor sich hin murmelte, um seinem Rückstoß-Zauber noch mehr Kraft zu verleihen. Dabei konnte der Cáraid-Schutzzauber die Wirkung bereits jetzt kaum noch abhalten. Wir standen mit dem Rücken schon so dicht vor dem Spiegelgefängnis, dass ich das Rauschen des Portals hörte. Nur mit Mühe konnte ich meine Panik im Zaum halten.

Wütend funkelte ich Nebruel an. Vor ein paar Stunden hatte er noch behauptet, dass er mich lieben würde. Pah! Wenn seine Gefühle aufrichtig gewesen wären, hätte er immer noch das Bedürfnis, mich zu beschützen, und würde, ohne zu zögern, den Platz mit mir tauschen. Natürlich war das ein ziemlich egoistischer Gedanke, doch ich war wirklich verzwei… Moment mal, das war die Lösung! Wir mussten mit Nebruel den Platz tauschen, sodass er sich direkt vor dem Spiegelgefängnis befand.

»David, der Àite-Zauber!«

Damit wechselte man mit seinem Gegner schlicht und einfach die Positionen. Der Àite-Zauber zählte zu den gängigen Hexensprüchen und war nicht verboten, weil er im Kampf nur selten einen Vorteil verschaffte. Wenn man nämlich mehr als drei Meter von seinem Gegner entfernt stand, funktionierte er nicht mehr. Junge Hexen und Hexer, die gerade erst ihr Machtwort gefunden hatten, übten gerne diesen simplen Zauber. Nicht zuletzt deshalb, weil er beim Positionswechsel ein höchst angenehmes Kribbeln im Bauch verursachte.

David schätzte unsere Entfernung zu Nebruel ab. *»Das müsste passen.«* Er warf mir einen zweifelnden Blick zu. *»Aber meinst du wirklich, er ist dumm genug, sich nicht mit Erdungs-Magie zu schützen?«*

Bei unserer Ausbildung hatten uns die Brockenhexen jahrelang gepredigt, dass ein guter Schutzzauber auch immer das Element der Erdungs-Magie enthielt. Denn mit dem Àite-Zauber konnte man selbst von einem blutigen Anfänger ausgetrickst werden. Allerdings war Nebruel nur wenige Wochen von Walpurga unterrichtet worden und er war kein besonders gelehriger Schüler gewesen.

»Lass es uns versuchen! Ich glaube, er ist zu arrogant, um sich vor so einem Pipifax-Zauber zu schützen.«

»Dann gehen wir es an!« David schenkte mir ein zuversichtliches Lächeln. Er vertraute voll und ganz auf mein Urteil. *»Denk daran, dass wir in die falsche Richtung schauen, wenn wir mit ihm den Platz tauschen. Wir müssen uns sofort umdrehen.«*

Während ein Teil unserer Aufmerksamkeit nach wie vor dem Schutzschild galt, hielten wir uns an den Händen und deaktivierten unsere eigene Erdungs-Magie. Gleichzeitig murmelten wir den Zauberspruch: »Námhaid Malairt Àite … Ayssan!«

Zwei Herzen schlugen im Einklang, zwei Stimmen wurden zu einer und die Magie brach aus uns heraus. Sie wirbelte um uns herum, verband sich, wurde stärker und verschmolz zum Zauber des Cáraid. Er floss durch unseren Schutzschild hindurch und bahnte sich seinen Weg zu unserem Gegner. Ich sah gerade noch Nebruels überraschtes Gesicht, da spürte ich bereits ein angenehmes Kribbeln im Bauch. Es funktionierte!

Ein kurzer Schwindel erfasste mich und mir wurde schwarz vor Augen. Einen Atemzug später sah ich nicht mehr Nebruel vor mir, sondern blickte auf eine Nebelwand.

David und ich fuhren herum. Nebruel stand mit dem Rücken zu uns direkt vor dem Spiegelgefängnis. Wir verloren keine Zeit und wirkten sofort einen Rückstoßzauber: »Aer As Gaoth, Thoir Ur Brìgh … Aysann!«

David und ich legten all unsere Entschlossenheit, all unsere Kraft und Magie in diesen Zauber. Der Nebel um uns herum stob in die Höhe, Steine wurden aus der Erde gelöst und kullerten über den Boden. Es musste am Rest der Urmagie liegen, die ich erhalten hatte, denn so gewaltige Kräfte hatte unser Cáraid-Zauber noch nie freigesetzt. Nebruel drehte sich gerade zu uns um, als ihn die volle Wucht des Rückstoßzaubers erfasste. Sein Körper versteifte sich und seine Lippen bewegten sich in Windeseile, doch schon wurde er in das Spiegelportal hineingezogen.

»Anna!«, schrie er. Verzweifelt versuchte er, sich mit den Fingern am Rahmen des Spiegels festzuklammern. »Anna, hilf mir doch, bitte!«

Himmel, ich konnte das nicht tun! Schon wollte ich meine Hände sinken lassen, da sagte David nur ein Wort: »Jonas.«

Ich presste kurz die Augen zusammen, dann nickte ich. Es ging nicht nur um mich und mein Gewissen. Nebruel hätte selbst meinen fünfjährigen Bruder ohne Skrupel getötet. Wenn ich jetzt versagte, mussten andere dafür bezahlen.

»Anna, tu mir das nicht an!«, flehte Nebruel. Quälend langsam rutschten seine Finger ab und verloren den Halt. »*Anna …*«

Der Sohn des Teufels verschwand im Inneren des Portals.

Für einen Moment war nichts mehr von ihm zu sehen. Doch dann tauchte Nebruels Gesicht übergroß auf der anderen Seite des Spiegels auf. Seine Miene war hasserfüllt und wutverzerrt.

»Die Gefahr ist noch nicht vorüber«, rief David. »Dieses Mal müssen wir den Dion-Zauber aufrechterhalten.«

Schon verfestigte sich die Oberfläche des Spiegels, doch kurz bevor sich das Portal endgültig schloss, schaffte es Nebruel im letzten Moment, einen magischen Blitz-Speer in unsere Welt zu schicken. Der Speer flog auf uns zu, durchbrach unseren Schutzschild und streifte meine Hüfte. Ich stöhnte auf und ein brennender Schmerz durchzuckte mich.

Trotzdem hatten wir gesiegt. Nebruel war für die nächsten 333 Jahre in der Spiegeldimension gefangen. Der Kampf war vorbei.

»Anna, nein, bitte nicht!« Mit fahrigen Fingern zog David die schwarze Bluse hoch, um meine Wunde zu untersuchen. »Mein Schutzschild war schon wieder nicht stark genug.« Seine Stimme klang gepresst vor Sorge und Angst.

»Ich … ich glaube, es ist nicht besonders tief«, beruhigte ich ihn. »Nicht wie beim letzten Mal. Außerdem kannst du nichts dafür. Es hätte genauso gut dich treffen können. Nebruel war einfach zu stark.«

Erst als David sich davon überzeugt hatte, dass ich nicht mehr als einen Kratzer abbekommen hatte, wandte er sich wieder dem Spiegelgefängnis zu.

Die Wut war aus Nebruels Gesicht gewichen und hatte einer tiefen Verzweiflung Platz gemacht. Er lehnte mit der Stirn am Spiegel und seine Fäuste schlugen immer wieder an die Wand seines Gefängnisses. Gegen meinen Willen wallte Mitgefühl in mir auf. Damals bei unserem ersten Kampf hatte ich Nebruel nicht gekannt, doch das hatte sich mittlerweile geändert. Ich wusste, dass nicht alles in ihm böse war.

Eine Energiekugel in Davids Handfläche lenkte meine Aufmerksamkeit auf meinen Cáraid. David war bereit, den Spiegel zu zerstören und Nebruel damit zu vernichten. Ich entdeckte in seiner Miene weder Rache noch Genugtuung, obwohl er wegen Nebruel so viel Leid hatte ertragen müssen.

Ich legte ihm meine Hand auf den Arm. »Bist du sicher, dass das notwendig ist?«

Er seufzte auf. »Diese Diskussion haben wir schon vor drei Jahrhunderten geführt. Und genau wie damals bin ich der Überzeugung, dass wir keine andere Wahl haben.« David stutzte und deutete mit dem Kinn in Richtung Spiegel. »Der Sohn des Teufels scheint wohl derselben Meinung zu sein.«

Ich wandte mich um. Nebruel zeigte auf die Energiekugel und nickte zustimmend. Er *wollte*, dass wir das Spiegelgefängnis zerstörten?

Mir fiel seine Klaustrophobie ein und die panische Angst, die er vor der engen Passage in Urians Reich gehabt hatte. Was hatte er gestern im Garten der Hexen noch zu mir gesagt? *Ich kann mir nichts Schlimmeres vorstellen, als eingesperrt zu sein. Lieber wäre ich tot.*

Diese Worte waren sein voller Ernst gewesen. Nun, da er in diesem Spiegel für Jahrhunderte eingekerkert war, bedeutete der Tod eine Erlösung für ihn.

Erneut deutete Nebruel auf die Energiekugel und dann auf mich. Meine Knie wurden weich, als mir klar wurde, um was er mich gerade bat.

»Ich soll es tun?«, wisperte ich und zeigte dabei auf mich.

Nebruel nickte. Er brachte ein leichtes Lächeln zustande und legte seine flache Hand bittend auf sein Herz.

Ich wusste, was er mir damit sagen wollte. Wir waren mehr als normale Feinde. Ich hatte ihn schon einmal getötet, doch dank der Magie waren wir über Zeit und Raum hinweg wieder aufeinandergetroffen. Doch dieses Mal hatten wir uns als Verbündete kennengelernt und für einen flüchtigen Augenblick hatte es sogar etwas Ähnliches wie Liebe zwischen uns gegeben.

David legte mir schützend eine Hand in den Rücken. »Du schuldest ihm nichts«, wandte er ein. »Ich kenne dich, Anna.

Du würdest dich quälen und die Schuldgefühle nie mehr loswerden. Lass es mich für dich …«

»Nein!«, unterbrach ich ihn. Ich blickte zu Boden und schüttelte den Kopf. »Nein, ich werde es tun. Wenn das sein letzter Wunsch ist, werde ich ihn erfüllen.«

Ehe ich es mir anders überlegen konnte, sprach ich den Zauber der tausend Pfeile: »Aon Gath, Milé Gath, Rach Gu Amas … Ayssan!«

In meiner Hand formten sich Pfeil und Bogen aus Feuer. Das Spiegelgefängnis senkte sich schon langsam in Richtung Hexenmoor, aber ich nahm mir die Zeit, den Pfeil exakt einzulegen. Ich spannte den Bogen und atmete tief durch.

Ich versuchte mich auf all die bösen Dinge zu konzentrieren, die Nebruel getan hatte. Auf die Menschen, denen er wehgetan hatte. Chloe, meinen Bruder, Edith, Walpurga, David und all die Unschuldigen, die durch ihn den Tod fanden. Doch stattdessen sah ich die Augenblicke vor mir, in denen wir zusammen gelacht und gescherzt hatten. In denen er mir geholfen und mich unterstützt hatte.

Nebruel hob die Hand zu einem letzten Gruß.

»Leb wohl, Sohn des Teufels«, flüsterte ich.

Ich ließ die Sehne los. Der Feuerpfeil erhob sich in die Luft, vervielfachte sich und im Nu wurde der Nachthimmel über dem Blocksberg von Tausenden Feuerpfeilen erhellt, die wie Kometen einen goldenen Schweif hinter sich herzogen. Jeder von ihnen traf sein Ziel. Mit einem ohrenbetäubenden Knall explodierte das Spiegelgefängnis und die Splitter flogen zischend umher. Geistesgegenwärtig erschuf David vor uns einen Schutzschild, denn ich stand nur wie erstarrt da und blickte auf die Stelle, an der ich eben noch Nebruels Gesicht gesehen hatte.

Ich hatte ihn erneut getötet. Aber dieses Mal war es endgültig. Tränen rannen mir über die Wangen. Ich wusste, dass ich richtig gehandelt hatte, allerdings würde es wohl einige Zeit dauern, bis das auch mein Herz begriffen hatte.

David sagte kein Wort. Er schloss mich einfach in die Arme und hielt mich fest. Dankbar vergrub ich meinen Kopf an seiner Schulter und klammerte mich an ihn.

»Bitte lass mich nie mehr los«, wisperte ich.

EPILOG

Ich stand in meinem schönsten Sommerkleid im Garten und blickte auf meine versammelte Familie. Es war Mitte August und die Sonne strahlte von einem azurblauen Himmel, an dem nicht das kleinste Wölkchen zu sehen war. Jonas sah voller Sehnsucht in Richtung des kleinen Pools, den unsere Eltern gleich am Anfang der Sommerferien aufgestellt hatten. Trotzdem sang er tapfer mit den anderen weiter: »… liebe Anna, zum Geburtstag viel Glück!«

Alle applaudierten und ich grinste sie an. Ich hatte mir gewünscht, meinen siebzehnten Geburtstag im kleinen Kreis zu feiern, und meine wenigen Gäste gaben eine ziemlich kuriose Mischung ab. Neben meinen Eltern und Geschwistern standen die drei Brockenhexen in ihrer gewohnten schwarzen Kluft. Zur Feier des Tages hatte sich Ludmilla eine Brosche angesteckt und Edith trug eine violette Blume im Haar. Meine Freundin Chloe hüpfte vor Aufregung auf der Stelle, weil sie es nicht abwarten konnte, mir ihr Geschenk zu überreichen, und ihr Bruder legte ihr sanft eine Hand auf die Schulter, um sie zu beruhigen.

David … Ich konnte es immer noch kaum glauben, dass wir alles gut überstanden hatten und der ganze Albtraum nun schon dreieinhalb Monate zurücklag.

Die Polizei hatte zwar Ermittlungen angestellt, weil einige Besucher der Walpurgisfeier auf dem Brocken einen lauten Knall gehört und ein illegales Feuerwerk über dem Hexenmoor gemeldet hatten, doch die Schuldigen konnten nicht gefunden werden. David und ich hatten natürlich all unsere Spuren beseitigt und uns zusammen mit Walpurga und

Edith, die nach Nebruels Tod automatisch von den Feuerschlangen befreit gewesen waren, schleunigst aus dem Staub gemacht.

Unsere Blicke trafen sich und wie jedes Mal, wenn ich in Davids grüne Augen sah, schlug mein Herz höher. Kein Spiegel stand mehr zwischen uns, und wenn ich wollte, konnte ich einfach die Hand ausstrecken und ihn berühren. Was ich im Übrigen nur allzu gerne getan hätte, aber nun schnitt meine Mutter den Geburtstagskuchen an.

Ganz der perfekte Gastgeber verteilte Papa an jeden ein Stück, obwohl seine Hand ein wenig zitterte, als er Ludmilla einen Teller reichte. Man bewirtete schließlich nicht jeden Tag eine uralte und griesgrämige Zirkelanführerin. Alles in allem hatten es meine Eltern jedoch gut verkraftet, dass ich eine Hexe war. Mittlerweile hatten sie sich sogar an die Vorzüge gewöhnt. Egal, ob eine Pflanze eingegangen war oder mein Vater sich beim Rasieren geschnitten hatte – immer wurde ich gerufen, um die Sache zu richten.

So verstohlen wie möglich kratzte ich den Zuckerguss von meinem Geburtstagkuchen herunter, um den Grad der Verkohlung abzuschätzen.

»Du kannst ganz beruhigt sein«, raunte mir Sofie gut gelaunt ins Ohr. »Der Kuchen ist perfekt geworden. Ich habe Mama extra beim Backen geholfen. Mein Geburtstagspräsent an dich!«

Ich schenkte ihr ein breites Lächeln. »Danke!«

Gerade als ich mir ein Stück in den Mund schieben wollte, trat Chloe vor mich und wedelte mit einem Briefumschlag in der Luft herum.

»Wir gehen zusammen eine Woche in Urlaub, Anna«, verkündete sie strahlend.

»Ist nicht dein Ernst?« Ich riss erfreut die Augen auf. »Chloe, das ist ja fantastisch!«

»Ich habe uns als freiwillige Helfer bei einer Seehundstation an der Nordsee angemeldet«, erklärte meine Freundin. »Da werden wir verletzte Tiere pflegen, die Becken reinigen, Abfall vom Strand einsammeln und andere tolle Sachen machen.«

Meine Vorfreude erhielt einen kleinen Dämpfer. »Aha.«

Hilfe suchend sah ich zu David, der jedoch grinsend mit den Schultern zuckte. »Das war meine Idee. Eigentlich hatte Chloe vor, euch als freiwillige Helfer auf einem Greenpeace-Schiff anzumelden und Wale zu retten. Ich konnte sie aber überzeugen, dass das in eurem Alter ein wenig zu gefährlich ist.«

Ich schüttelte schmunzelnd den Kopf. Das war typisch Chloe! Ich drückte sie an mich. »Herzlichen Dank! Unser erster Urlaub ohne Eltern wird bestimmt großartig. Wenn es an der Nordsee dauernd stürmt und regnet, zaubere ich uns einfach schönes Wetter.«

David und ich hatten nach der Walpurgisnacht entschieden, Chloe in alles einzuweihen. Denn zum einen wollten wir den Schaden beheben, den Nebruel mit seiner Gehirnwäsche bei ihr angerichtet hatte, und zum anderen brauchte David eine Verbündete, um sich in seinem neuen Leben zurechtzufinden. Ganz die zukünftige Bundeskanzlerin hatte Chloe unsere Beichte mit bemerkenswerter Selbstbeherrschung aufgenommen. Sie war ziemlich erleichtert gewesen, dass sich all die mysteriösen Zwischenfälle, die sie in den letzten Jahren mit ihrem Bruder erlebt hatte, dadurch endlich erklärten. Auch hatte sie in David nun den Bruder gefunden, den sie sich immer gewünscht hatte. Einer, der sie nicht drangsalierte oder als magisches Versuchskaninchen missbrauchte.

Chloe tippte sich nachdenklich an die Lippen. »Meinst du, ich kann Walpurga mal fragen, ob es irgendwelche Müllbeseitigungszauber fürs Meer gibt?«

Ich sah mich kurz nach der Brockenhexe um. Sie diskutierte gerade mit Ludmilla darüber, ob das dunkelgrüne Gewächs neben unserer Terrasse ein seltenes Heilmittel oder schnödes Unkraut war. Ich nickte. »Klar, nur zu! Sie freut sich bestimmt, wenn sie helfen kann.«

Nachdem Chloe gegangen war, zog David mich an sich und gab mir einen Kuss auf die Nasenspitze. »Alles Gute zum Geburtstag, Babe!«

Ich verschluckte mich fast. »Babe?«, wiederholte ich ungläubig. »Wo hast du das denn her?«

»Das habe ich letztens im Fernsehen aufgeschnappt. Der Held hat es zu seiner Herzallerliebsten gesagt.« Er runzelte die Stirn. »Ist das falsch?«

»Das finde ich ja sehr süß von dir«, sagte ich kichernd. »Aber so etwas sagen nur coole Geheimagenten oder Gangsterbosse. Mir reicht es völlig, wenn du mich Anna nennst. Oder von mir aus auch …«, ich reckte das Kinn und warf mir theatralisch die Haare über die Schultern, »meine strahlende Göttin der Liebe!«

»Apropos strahlend …« Er blickte bedauernd auf meine Hand an seiner Brust. »Ich finde es sehr schade, dass du nicht mehr leuchtest wie in der Walpurgisnacht. Das hat mir irgendwie gefallen.«

»Pech gehabt!«, meinte ich mitleidlos. »So schnell wird das nämlich nicht wieder passieren. Dafür gefällst *du* mir seit der Walpurgisnacht sehr viel besser.«

Ich schlang ihm die Arme um den Hals und stellte mich auf die Zehenspitzen, um ihn zu küssen, doch David erwiderte meinen Kuss nur zaghaft.

»Wir leben nicht mehr im Mittelalter, David«, erklärte ich ihm nicht zum ersten Mal. »Heutzutage darf man sich auch in der Öffentlichkeit küssen.«

»Ich weiß.« Er zog mich noch enger an sich und raunte mir mit tiefer Stimme ins Ohr: »Ich befürchte nur, dass ich mich dann nicht mehr zurückhalten kann und dich sofort nach oben in dein Zimmer entführe.«

Bei seinen Worten lief mir ein wohliger Schauer über den Rücken. Wir grinsten uns vielsagend an.

Ich wusste, dass es noch einige Zeit dauern würde, bis David die Erlebnisse seiner grauenvollen Gefangenschaft überwunden hatte. Aber er schlug sich tapfer und bemühte sich jeden Tag aufs Neue, nach vorne zu sehen. Wir hatten beide schlimme Dinge erlebt, die uns für immer verändert hatten. Doch nun waren wir wieder vereint und das war alles, was wirklich zählte.

»Anna?« Mein Vater stand am Grill und winkte mich zu sich. »Könntest du bitte mit deinem Feuer-Dingsbums-Zauber die Grillkohle anzünden? Sie brennt einfach nicht.«

Schon wollte ich mich mit einem Seufzen in Bewegung setzen, als David mich zurückhielt.

»Ich geh schon«, bot er an. Als ich ihn erstaunt ansah, hob er entschuldigend die Hände. »Ich muss mich doch bei meinem zukünftigen Schwiegervater beliebt machen«, meinte er in neckendem Tonfall.

Ich streckte ihm die Zunge raus und sah David lächelnd hinterher. Immerhin konnte ich jetzt endlich meinen Geburtstagskuchen probieren. Ich nahm den Teller in die

Hand, doch ein seltsames Kribbeln in meinem Nacken ließ mich innehalten. Früher hätte ich es als bloße Einbildung abgetan, aber mittlerweile vertraute ich auf meinen Instinkt. Ich wandte mich um und ließ meinen Blick über die Gäste schweifen, das Gartenhäuschen, den Pool, in dem Jonas gerade plantschte – und wieder zurück zum Gartenhäuschen. An das schmutzige Fenster drückte sich von innen das rote Gesicht eines Feuerteufels. Er starrte begierig auf meinen Teller und sabberte dabei auf das Glas. Diabolo! Vor Verblüffung klappte mir der Unterkiefer herab. Niemals hätte ich erwartet, ihm noch einmal zu begegnen. Schon gar nicht im Gartenhäuschen meiner Eltern.

Nachdem ich meine Überraschung überwunden hatte, schaufelte ich noch ein zweites Kuchenstück auf meinen Teller und schlich mich, unbemerkt von meinen Gästen, zu ihm hinein.

»Hallo, Diabolo«, begrüßte ich ihn. »Was machst du denn hier?«

Die Sommerhitze hatte den winzigen Raum unerträglich aufgeheizt, doch das gefiel dem Feuerteufel wahrscheinlich. Ich ging in die Knie und drückte ihm den Kuchenteller in die Hand.

Diabolo hüpfte vor Begeisterung auf und ab. »Hexssse.« Er grinste mich breit an. Offenbar freute auch er sich, mich wiederzusehen. »Mein Herr … ssschickt mich.«

Meinte er damit etwa Nebruels Vater? Ich schluckte schwer. »Urian kennt mich?«

Diabolo nickte, während er den Kuchen in Sekundenschnelle verschlang. »Herr ssspürte dich im Reich … Junge Hexssse mit alter Magie.«

Er schnaufte angestrengt. Das Sprechen fiel ihm sichtlich schwer und der Feuerteufel kämpfte mit jedem Wort. »Du … gute Hexssse, gutes Herzsss.«

Er legte den leeren Teller beiseite und leckte sich genießerisch über die Lippen, ehe er mühsam fortfuhr: »Nebruel … verbannt. Urian meint, du geholfen … ssseinem Sohn, Tor zu öffnen. Aber du … nicht wisssen Wahrheit.«

Damit beraubte mich Diabolo einer weiteren Illusion. Nebruel hatte mir also nur deshalb beigebracht, meine rohe Magie einzusetzen, damit ich das magische Tor für ihn öffnete. Aufgrund seiner Verbannung hätte er ohne mich überhaupt nicht Urians Reich betreten können, um das Zalvit zu holen.

»Und jetzt will mich Urian deswegen sehen? Oder weil ich seinen Sohn …«, ich machte eine kurze Pause und räusperte mich, »… getötet habe?«

Hinter mir ging die Tür auf, und ohne mich umzudrehen, wusste ich, dass David hereingekommen war. Wortlos legte er mir von hinten die Hand auf die Schulter.

Diabolo war so damit beschäftigt, sich seine nächsten Worte zurechtzulegen, dass er David nicht einmal Beachtung schenkte.

»Nein«, beantwortete er meine Frage. »Herr braucht … deine Hilfe. Kahlia issst … zzzurück.«

Kahlia? Der Name sagte mir irgendetwas, aber ich kam einfach nicht drauf.

»Das ist die allererste Hexe, die Urian erschaffen hat«, half David mir auf die Sprünge. »Allerdings hat sie sich seitdem sehr verändert – und leider nicht zum Positiven. Wenn sie hier aufgetaucht ist, kann das nichts Gutes bedeuten.«

Diabolo nickte zustimmend, sichtlich erleichtert, dass er all diese Informationen nicht selbst hatte aussprechen müssen.

Entschlossen stand ich auf und strich mein Kleid zurecht. »Na, dann mal los! Statten wir Urian einen Besuch ab.«

David zog die Augenbrauen in die Höhe. »Und ich habe dazu nichts zu sagen?«

»Na schön …« Ich grinste. »Kommst du mit?«

Er legte den Kopf schräg. »Wenn du mich so lieb darum bittest, begleite ich dich natürlich. *Babe.*«

Pah! Ich tat einfach so, als hätte ich den bescheuerten Kosenamen nicht gehört. David schloss mich lachend in die Arme und gab mir einen leidenschaftlichen Kuss, der mich alles andere vergessen ließ. Mein Herz füllte sich mit Wärme und Glück.

Ayssan – ein Kuss, eine Seele. Das waren David und ich. Wir waren das Cáraid.

Wilk, Janine:
Spiegelherz – Das Spiel mit dem Teufel
ISBN 978 3 522 50562 8

Umschlaggestaltung: Rose Dobmeier, Favoritbüro, München
Innentypografie: Arnold & Domnick
Reproduktion: Digitalprint GmbH, Stuttgart
Druck und Bindung: CPI books GmbH, Pößneck

MIX
Papier aus verantwortungsvollen Quellen
FSC
www.fsc.org
FSC® C083411

Dieses Buch wurde vermittelt durch Michael Meller Literary Agency GmbH, München

Geheime Organisationen und eine verbotene Liebe ...

Julia Dippel
Izara
Das ewige Feuer

540 Seiten · Broschur
ISBN 978-3-522-50603-8

Ari hält sich für ein ganz normales Scheidungskind: Sie lebt bei ihrer labilen Mutter, verabscheut ihren reichen Vater und jobbt neben der Schule, um sich ein Auto leisten zu können. Doch all ihre durchschnittlichen Sorgen rücken schlagartig in den Hintergrund, als übernatürliche Wesen versuchen, sie zu töten. Einer von ihnen ist Lucian, für den Ari als Tochter seines Erzfeindes ganz weit oben auf der Abschussliste steht. Als er jedoch erkennt, wie sehr er sich getäuscht hat, begeben sich die beiden auf die gefährliche Suche nach Antworten. Vor ihnen tut sich ein Abgrund aus Intrigen, Verrat und den Machtspielen einer verborgenen Gesellschaft auf, in der Ari ihren Platz finden und vor allem überleben muss.

LOOM LIGHT

www.loomlight-books.de